一個醫生的救贖

The Doctor's Redemption

朱曉軍 著

引言

不論西方還是東方，過去還是現在，醫生都必須將為病人謀幸福作為首要。

病人猶如誤入雷區的羔羊，需要醫生的引領。

作家張潔在《世界上最疼我的那個人去了》中，寫母親在腦部手術之前，握著甲大夫的手說：「謝謝了。從今以後，你就是我的親人了。」

「媽為什麼對甲大夫說『從今以後你就是我的親人了』？是把自身的安危託付給了甲大夫，或是替方寸大亂的我負起托靠大夫的責任？還是說，從此以後，她的命運就緊緊地和甲大夫連在了一起？」

張潔的母親表達了所有病人的心願，當把生命交給醫生幫忙打理時，最大渴望就是醫生能將自己當成親人。

醫改是關乎國計民生的大事，也是世界性難題，令許多國家的政府和政要頭痛不已。美國總統川普上臺簽署的首個行政令就是凍結奧巴馬的醫改計畫，提出新方案，儘管事後屢戰屢敗，仍然堅持不懈。

每屆政府都想通過醫改來尋求政府、醫院、病人三者之間的平衡點。三十九年前，中國剛結束十年動亂，開始「摸著石頭過河」，醫改的三輪車就搖搖晃晃上路了，醫院走上自主經營、自負盈虧的市場化之路。

政府補貼減少了，醫療的公益性淡化了。醫院除救死扶傷這一神聖目標之外，還多了一種追求——經濟效益。醫院出現「以物代藥」、「以藥養醫」、「以療養醫」、「以械養醫」，醫生成為「複合型人才」，不僅妙手回春，還要能從病家的口袋掏出錢來。世上最不該有的腐敗——醫療腐敗形成了……。

在二十一世紀初，一位身患重症的農民揣著借貸的二千元錢走進省城大醫院，藥還沒抓錢沒了。他悲痛地攥著一摞檢驗單據，蹲在地上痛哭流涕。他說，有的檢驗在縣醫院做了，這裡的醫生卻要求重做。

省城醫院的檢驗就準確了？未必。記者以茶水作為尿液樣本，送到杭州的十家醫院檢驗（其中四家民營醫院，六家公立醫院，在六家公立醫院中有四家是省級醫院），有六家醫院在茶中檢測出白細胞（即白血球）和紅細胞（即紅血球），其中的兩家表示在顯微鏡看到了白細胞。五家醫院給「茶水」診斷出病來，配了一千三百元的藥。

上海長江醫院有意將兩位孕婦確診為不孕症，讓她們花去數萬元的治療費；上海協和醫院將未婚女子診斷為不孕症，當即推上手術臺，在二十三小時內向病人收取四萬元醫療費……。

衛生部公佈的第三次中國全國衛生服務調查資料表明：「在城鎮，約有百分之四八・九的居民有病不就醫，百分之二九・六的患者應該住院而不住院；而『脫貧三五年，一病回從前』則成為廣大農民兄弟醫療現狀的真實寫照。」

醫護人員也感到水土不服，上海醫生陳曉蘭就是其中之一，她發現所在醫院為牟取暴利，用假冒偽劣儀器對病人進行假治療，踏上舉報之路……有人說，她打的是一場一個人的戰爭；也有人說，她是當代中國的堂．吉訶德；還有人說，她這樣是拿著石頭砸天。

在這場戰爭中，她堅持二十多年。在她的堅持下，披著合法外衣的偽劣醫療器械被取締，欺騙病家的醫院被吊銷……。

目次

第一章

病人王洪豔跟陳曉蘭反映：未婚的她在上海民營醫院的旗艦——上海協和醫院做一莫名其妙的「宮－腹腔鏡」手術，在二十三小時花去四萬元。最後發現本無大礙，完全沒必要手術。這家開辦僅三年的民營醫院號稱「百年協和」，背景複雜如何討到公道？

一

二〇〇六年十一月二十八日，晨曦將人們喚醒。上海市閘北區一個像塞滿火柴盒似的社區裡，一處兩室一廳的房間裡一派淩亂，客廳兼餐廳的餐桌上一片狼藉，杯碗瓶罐、書本雜物，與電視機面對面的沙發上堆積著雜七雜八的衣物手袋報紙。孩子的一陣陣哭聲撕破清晨的寧靜，撒歡的「嘟嘟」在居室、客廳和書房竄來竄去。「嘟嘟」是一條已不年輕的白黃兩色京巴狗。此刻，它似乎不甘話語權被哭聲獨佔，不時地「汪汪」回應，邊叫邊歡實地躥上沙發，上上下下跳個不停。

年過五旬的陳曉蘭醫生頭髮蓬亂地在臥室、客廳和廚房穿梭不停地忙碌著，女兒和小外孫都感冒了，發著高燒。

當她忙得不可開交時，「鈴鈴鈴」電話不識時務地響了起來，「嘟嘟」又跟電話較上勁，衝著它狂吠幾聲。陳曉蘭拿起話筒，是一位陌生的女性，聲音細弱，聽不清。又換了一位女人接著說，她說，是部隊醫院退休的檢驗師，也姓陳。她說，第一個說話的女人叫王洪豔，是黑龍江人，三十三歲，未婚，前幾天去上海協和醫院體檢時，被專家診斷為繼發性不孕症，做了「宮－腹腔鏡」手術。術後，在醫生的勸說下，她把剛離婚兩個月妹妹也領去做了手術。她們姐妹倆先後花去近八萬元醫療費後，卻發現自己上當受騙了，在投訴無果的情況下，通過《解放日報》的讀者熱線找到陳曉蘭的電話。

未婚女子被診斷為不孕症，可謂醫療史上的奇跡。

什麼是不孕症？不孕症指的是育齡期的婦女，婚後兩年夫妻生活正常，未採取任何避孕措施的情況下未妊娠者。導致不孕的因素很多，其中有將近一半的原因在男方身上。不孕症的診療原則是先檢查男方，後檢查女方。在沒有已婚配偶檢查的前提下，是不應該把女方診斷為不孕症的。她們一個未婚，一個離婚，醫生是根據什麼診斷不孕症的？是臨床經驗，還是財迷心竅、利令智昏？

荒唐！

陳曉蘭知道上海協和醫院是上海民營醫院的旗艦，不僅財大氣粗，而且背景複雜。這是福建省莆田人開的醫院，二〇〇四年初開業時叫「上海市閘北區民辦協華醫院」；二〇〇四年十月，更名為「上海市閘北區民辦協和醫院」；二〇〇六年年初，像泥塘的蝌蚪跳上了岸，蛻掉了「閘北區民辦」的尾巴，變成了「上海協和醫院」。他們投入數千萬元廣告費，從「地方」到「中央」，從報紙到電視，從戶外到網路，廣告鋪天蓋地：

「上海協和醫院是一家集預防、醫療、康復、教學、科研於一體的綜合性醫院，始創於一九四二年，舊址為常熟路二七四號，第一任院長王逸慧……。」

「上海協和醫院是美國協和醫學院（一九二一年由美國基督教會創辦）協作醫院。如今，這所歷史悠久的醫院已發展成為大型現代化綜合性醫院。醫院技術力量雄厚，擁有眾多國內外著名的醫學專家和一大批中青年拔尖優秀醫學人才，在國內外享有較高的知名度和美譽度。醫院在著名生殖醫學專家、教授、博士生導師王益鑫院長等專家的帶領下，在不孕不育、婦科、顯微外科、腔鏡外科、泌尿外科等領域達到國際先進水準……。」

「醫院目前擁有正、副高級職稱以上專業人員一百二十餘人，其中具有博士、碩士學位者占醫師總數近百分之四五，國家級重點學科專家三名、省部級優秀專家二十名、享受國務院政府特殊津貼者八名。」

在兇猛的廣告攻勢下，上海協和醫院火了起來，不僅全中國聞名，而且還達到了以假亂真的目的，許多病人不知道北京協和、武漢協和、福建協和為甚，卻知道上海協和；知道北京協和的病人對上海協和更加堅信。上海協和醫院還搶注了「協和」網名，如果患者在鍵盤敲下「www.xiehe.com.cn」，登錄的不是北京協和，而是前「上海市閘北區民辦協華醫院」——上海協和。

希特勒的宣傳部長戈培爾曾經說過一句名言：「謊言重複一千遍就等於真理。」當下有錢不僅可以讓謊言重複一千遍，而且可以讓謊言成為名言。謊言不僅不明真相的病人相信了，而且讓那些知道真相的權威機構也相信了，居然授予了這一建構於謊言之上的醫院「上海市衛協醫療誠信單位」、「上海市物價誠信建設單位」、「精神文明建設標兵單位」等稱號。

上海協和醫院火了，門診量飆升，高達每月數千人次；手術室常常爆滿，尤其是他們力薦的「宮－腹腔鏡」手術，一台接一臺地，從早晨做到凌晨。

陳曉蘭只是一位「退休」醫師，儘管有九年的打假經驗，叫板上海協和醫院還是有點兒自不量力。雖然腐敗只是遮不住天日的箭毒木樹葉，可是一枚樹葉的陰影往往會籠罩一個人的命運，讓他幾年、十幾年都走不出去。

陳曉蘭約王洪豔晚上面談。

二

三十年前，位於福建省莆田市秀嶼區的東莊還是一處窮鄉僻壤，其有一別稱——「界外地」，意思是其邊緣得不在官方統計之內。東莊不僅小，而且人多地少，耕地鹽鹼化。二十世紀九十年代，東莊的村民竟在日漸氾濫的性病上發現了商機，紛紛進城行醫——在犄角旮旯開設非法性病診所。中國出現一種專業職稱序列之外的醫療「界外地」——遊醫。遊醫讓城市感染「牛皮癬」——廁所、角落、電線杆和社區樓道貼滿「專治性病」的小廣告。

「據圈內人透露，這些診所在短短幾年內就完成了約有七八十億規模的原始資本積累」。遊醫有錢之後就不再偷偷摸摸地看性病了，而成為民營醫院的投資人和國有、集體醫院的承管者。英雄不問出身，遊醫若能守法行醫，懸壺濟世自然是好事，遺憾是他們的廣告從廁所移到報刊電視、網路戶外，本質卻沒發生轉變。遊醫集中在「下三路」，即性病、皮膚病和不孕不育症，想坑你騙你宰你，還讓你啞巴吃黃連有苦難言。他們「端坐大城市，面對大農村，吹起大牛皮，舉起大砍刀」，還將遊醫騙術寫進《醫院電話接診技巧》、《醫生銷售技巧十法》等讀本，用以培訓他們的員工。他們或以高額提成利誘，或以下崗脅迫，要醫生將沒病的病人說成有病，將小病說成大病，將一個療程可治癒的病拖到十個療程，把十幾元一瓶的藥賣到幾百元……。

上個世紀末，國家衛生部糾風辦公室專門為莆田遊醫現象下發文件：「福建省莆田市農民遊醫詹國團、陳金秀詐騙團夥在全中國各地以金錢鋪路，承包經營國有、集體醫療衛生機構開辦的性病、泌尿專科門診，甚至承包整個醫院或皮膚病、性病研究所，大肆進行詐騙錢財、坑害患者的非法活動，造成極為惡劣的影響，嚴重損害了國有、集體醫療衛生機構的聲譽。」

據《望東方週刊》報導，莆田秀嶼區的遊醫在全中國各地擁有醫療機構有一萬家（東莊占百分之九十三），資產總數為三百六十億元，年營業額為三千零五十億元，員工總數為六十三萬；另外，他們還擁有醫藥和醫療器械生產企業五百多家（東莊鎮占百分之八十），資產總數為二十五億元，年營業額五十億元，員工總數五萬人。莆田秀嶼區遊醫的年產值已超過中國中西部個別省的生產總值。據權威人士說，全中國註冊的醫院一萬家左右，莆田人投資或參與投資的占五分之一；全中國兩千家上規模的民營醫院，莆田人占了百分之八十五。他進一步解釋道，「這裡說的莆田人，基本就是東莊人了。」

這是個可怕的數字，意味著中國的民營醫院較為普遍地感染或攜帶一種病毒——遊醫意識。

陳曉蘭對莆田人開辦的民營醫院的關注起始於兩位女性的懷孕。在上海這座容納一千七百多萬人口的城市，平均每天有近千位女性妊娠，三百四十名女人分娩，按理說兩位女性的懷孕是不會引人注意的。這兩個女人懷孕很不容易，是在婆家和娘家的焦盼目光下，在一次又一次求醫問藥失敗後才懷上孕的。這本是件可喜之事，可是不知是久不懷孕缺少了自信，還是對身體的變化沒有察覺，她們還在為自己的不孕症而四處求醫。

二〇〇五年五月，已懷孕的四川省合江縣民工唐利梅到上海長江醫院就診，竟然被醫生診斷為原發性不孕症、免疫性不孕症和宮頸炎。診斷一位育齡婦女是否懷孕早已不是什麼醫學難題，鄉鎮衛生院即可準確無誤地作出診斷，唐利梅的主治醫師既不缺乏醫學知識，也不缺少臨床經驗，缺的是醫生應有的醫德和良知。她已經診斷出唐利梅懷孕了，卻採取了世界上最為荒唐的「療法」，一面給唐利梅「治療」不孕症，一面讓她服用保胎藥。對醫療來說是荒唐，對這位醫生來說絕對不荒唐，假若她告訴病人其已懷孕，病人還會在她那兒治療所謂的原發性不孕症和免疫性不孕症嗎？醫院還能賺到黑心錢麼？正因為她診斷唐利梅患有那些疾病，唐利梅才在長江醫院接受治療，才在三天之內把丈夫打工一年的血汗錢——一萬多元交給他們。

二十多天後，這家醫院又將懷孕的安徽阜陽市潁上縣的民工葉雨林診斷為原發性不孕症，同時將她的丈夫葉浩魁診斷為男性不育症。讓他們在醫院做了第一個療程的恒頻磁共振等治療。他們夫婦像倒拎著錢袋，錢流水似的花了出去。五天他們花了三萬五千八百零五元。他們僅有一萬九千元的積蓄，為了治好不孕症，能生個孩子，咬牙借了一萬六千元的高利貸。醫生說，還要進行兩個療程，這意味著他們要花十多萬元。

這家有著「送子醫院」美名的醫院似乎有一個統一的看病模式，病人不論男女先來一個超千元錢的大檢查，有的是十幾個項目，有的是二十幾個項目，然後確診出輸卵管不通、精子存活率過低等毛病。他們的效率很高，就診的病人差不多都能查出點兒病來。接著就是一套治療套餐，恒頻磁共振幾次，體外短波治療幾次，治療費很高，一次六百元、八百元或九百元。

江蘇泰州有位姓王的農民也到這家醫院看過病。他婚後多年沒有生育，父母就他這麼一個兒子，傳宗接代的歷史使命責無旁貸地落在他的肩上。在中國農村，絕後不僅淒涼，而且沒有面子。為保住面子，他在江蘇幾家醫院扔進兩萬多元錢後，又慕名趕到上海長江醫院。這家醫院確實與眾不同，不僅服務態度好，熱情周到，還有笑盈盈的導醫小姐陪診。醫生的醫術也不同尋常，不僅查出他老婆的病，還查出了他的病——精子存活率過低。可是，這位農民心底的歡喜很快就被沖得寡淡，這家醫院的收費實在是太高了，導醫小姐不斷地提醒他錢快用完了，趕快給家裡打電話往銀行卡上充值。隨充隨沒。第一次，他們看完病回家時，兩萬元錢只剩十四元。醫生還叮囑他和妻子每個月都要去複診，他們陸續複診三次，每次都扔進許多錢。在最後一次，他告訴醫生，他的岳母已被確診為癌症，家已債臺高築，再也沒錢來複診了。醫生對他的老婆說，你的病已經治好百分之七八十了，再來複診一次就有希望治好了。他們表示放棄，不是不想治了，是發現自己被騙了。

貪婪使得醫院瘋狂，使醫生鋌而走險，以紙包火，也許他們認為這些人都是農民，沒知識，沒文化；也許他們覺得外地人即使上當受騙，不會跟他們打官司；也許膽子是幹出來的，這種事做多了，也就習以為常了，心裡沒有了「擔心」兩個字。

幾個月後，唐利梅和葉雨林分別生下了男嬰。這兩對夫婦發現自己被醫院和醫生耍了，寶貝兒子在未出生前遭受了恒頻磁共振和短波傷害，他們怒不可遏。這些傷害會不會給孩子帶來嚴重的後果，讓他們惶恐不安。他們分別向虹口區人民法院起訴上海長江醫院。

上海長江醫院是一家莆田人開辦的民營醫院。這家醫院不僅以兩千多萬元的籌碼奪得央視的上海民營醫院的廣告「標王」，而且還有著兩塊足以讓厚道老實、秉性純樸的農民相信的牌子：「中國誠信醫院」、「中國全國百姓放心醫院」。在中國最不可信的恐怕就是這些牌子，有的今年戳起來，明年就倒了；上個月光光彩彩掛上去，下月就狼狽不堪地掉下來。

這兩件案例引起陳曉蘭注意的是：按理說，孕婦接受短波治療之後會導致流產，可是兩位孕婦不僅沒有流產，還生下了兩個男嬰。她懷疑長江醫院是在用「假器械」對病人進行假治療。

二〇〇六年三月，陳曉蘭到上海長江醫院去暗訪。她先往院長辦公室撥個電話，發現沒人接聽，她走進門診大廳對導醫小姐說：「我找院長×××，他在嗎？」

《南方週末》的記者柴會群到這家醫院暗訪過。他說，想進這樣的醫院暗訪需要先過保安和導醫小姐那一關。當你進入門診大廳，導醫小姐的目光就會像陰影似的跟著，讓你渾身不舒服。如果你說看病，她會領你掛號；如果隨便看看，她可能會通知保安把你攆出去。陳曉蘭為躲開保安和導醫小姐的注視，選擇了這麼個辦法。

「去樓上問一下吧。」聽說她找院長，導醫小姐不僅客氣有加，而且也沒多加盤問。

長江醫院門診部大樓的舉架很高，像是廠房改建的，不過裝修得不錯，像家境殷實女人的服飾——體面而精緻。每間診室有一位醫生，陳曉蘭好奇地一間間看過去。她的一位同學受聘這家醫院，在與其專長毫不相干的科室當醫生。在去之前，陳曉蘭跟那位同學瞭解過情況，同學不僅把醫院裡的亂七八糟的事情講給了陳曉蘭，而且還告訴了陳曉蘭認識的醫生都在哪間診室。可是，陳曉蘭轉悠一圈兒也沒發現認識的醫生。

當陳曉蘭轉悠到三樓的女性治療室時，一位護士把她攔住了。

「我是來找×院長的，他到這兒來過沒有？」陳曉蘭從容不迫地問。

「沒有。」護士一聽她是找院長的，春風掠過臉面。

「那我進裡邊看一下，瞭解一下你們用的是哪家的治療儀器。」陳曉蘭平靜地說。

護士閃開了，讓她進去。治療室由布簾分隔出一個個單元，裡邊擺著十幾台恒頻磁共振治療儀，七八位女性正在接受治療。驀地，她發現有幾位病人在煲電話粥，話語輕柔，潺潺若水。這裡怎麼能打電話？她感到不對了，這麼些微波、短波、磁療儀同時工作，訊號將受到干擾，手機難以正常使用。可是，她從病人打電話的神態上看，接聽清晰，訊號較強。毫無疑問，治療儀肯定有問題。

陳曉蘭走出去，心情沉重地站在醫院門口，望著那些進進出出的病人。他們都是從外地專程趕到上海治病的，他們相信這個國際化的大都市，相信這裡的科學技術，相信這裡的醫院和醫生，他們懷著希望而來，帶著生兒育女的信心而去，還有那被掏空的錢口袋。他們哪裡知道自己花的是真金白銀，接受的卻是假治療！

陳曉蘭在醫院門口外的馬路上給上海市食品藥品監督管理局（簡稱藥監局）打電話舉報，要求對長江醫院的微波、短波等治療儀進行檢查。上海藥監局對陳曉蘭的舉報十分重視，委託上海醫療器械檢測所進行了檢測。

「假的假的，假得一塌糊塗！」幾天後，上海醫療器械檢測所的一位工作人員打電話說。

這個人陳曉蘭過去不認識的，他在陳曉蘭的個人主頁上留言說他是檢測所的，堅決支持陳曉蘭的打假行動，他會在第一時間把檢驗結果告訴陳曉蘭。

恒頻磁共振治療儀的檢測報告出來了，一百一十一項檢測指標，其中有八十八項無法檢測，八項不合格，其中包括最重要的指標「磁感應強度」。另外，還有四項安全指標不符合要求，存在患者或操作者被電擊或觸電的危險。

「這意味著它基本上起不到治療作用。」一位檢測人員進一步解釋道。

陳曉蘭要求藥監局對上海市所有醫院的恒頻磁共振治療儀進行檢查，結果不僅發現許多民營醫院在使用這種儀器，而且抽查的四台儀器跟上海長江醫院一樣不合格。

上海藥監局請求恒頻磁共振治療儀的註冊機構——河南省藥監局協查。河南省藥監局不僅復函證明恒頻磁共振治療儀確為他們局註冊的合法產品，而且還出具了該產品的註冊證書和相關資料。根據《醫療器械監督管理條例》及配套法規，醫療器械的監管是以註冊為依據的。這種產品沒有療效的產品是註冊的、合法的產品。合法的產品應該在全中國各地暢通無阻，上海藥監局也奈何不得，只能建議上海的醫院不要使用。在金錢面前，這一建議顯得何等的蒼白無力，何等的輕如鴻毛，建議者又是何等的尷尬無奈！

陳曉蘭氣憤地說：「只要註冊，哪怕就是廢銅爛鐵也是合法產品！」

在陳曉蘭的九年打假生涯中，類似的遭遇多了。猶如玩電子遊戲，第一步到第N步或順暢或艱難地通過，第N＋一步卻像一道銅牆鐵壁橫在那裡，無論如何都通不過去，舉報擱淺，問題得不到最終解決。陳曉蘭第一次跟莆田人辦的民營醫院過招，就這麼不了了之。造假的和用假的都沒有得到應有的處罰，她是否還有勇氣對第二家莆田人辦的民營醫院進行調查和舉報呢？

三

十一月二十八日的傍晚，黃河路的一家咖啡廳內，咖啡的熱氣嫋嫋上飄，漸漸消散。

陳曉蘭坐在咖啡桌旁。她的衣襟是濕的，這讓她有點兒難為情。這幾年，她變了，變得越來越邋遢，越來越不修邊幅了。過去，她的頭髮一絲不亂，衣服一塵不染，現在前襟濕乎乎也敢往出跑了。她太忙了，忙得顧不了這些細節了。在離家前，小外孫吐了，白花花的奶瓣噴射在她的身上。她本來想換一下衣服，可是跟王洪豔約定的時間到了，怕讓病人在咖啡廳裡苦等，用抹布擦擦衣服就匆匆趕來了。

她的衣襟散發著被胃消化過的奶味兒。錢也是好東西，經過某些管道，或某些人手就像從胃裡吐出來的奶——變味了。《增廣賢文》曰：「君子愛財，取之有道。」如今，正道上車水馬龍，爭先恐後；歪門邪道也是熙熙攘攘，絡繹不絕。

醫生這一稱呼，對陳曉蘭來說已是過去時了。她離開臨床已經三年多了，病人不僅沒有減少反而多了，她成了專門給醫院看病的醫生，那些有病醫院的病人成了她的病人。

王洪豔是一位小巧機靈的年輕的女性，圓圓的臉龐，兩道柳眉，一對執著而富有主見的眼睛。陪同她來的一位是她的妹妹，另一位是上午跟陳曉蘭通過話的從部隊醫院退休的檢驗員——陳軍醫。她曾經是王洪豔的房東。

陳曉蘭一邊端詳王洪豔，一邊不露聲色地聽她講述就診過程。

王洪豔聲音低弱，斯斯文文地講述著，好似講述的不是自己的遭遇，而是他人的往事。陳曉蘭聽著，感到陣陣寒冷，好似懷裡被塞進個雪球，喝熱咖啡都暖和不過來。

王洪豔說，她有房，還有「現代」（轎車），男友是位特別注意身體健康的美籍華人。在男友的影響下，她每年都要去醫院做一次體檢。

在八天前的上午，她開車去上海東方醫院體檢中心體檢。在婦科檢查時，她對醫生說，我來月經的時候有腰腹痛的症狀。醫生摁了摁她的腹部說，你的子宮前位，右側增厚。

十一點半，體檢終於結束了，沒吃早飯的王洪豔已是饑腸轆轆。鑽進「現代」，她先將體檢中心發的麵包和牛奶打發到肚裡，然後開車回家。不知是「子宮前位，右側增厚」讓她心煩，還是體檢報告要九天之後才能拿到令她心焦，抑或該她倒楣，在回家的路上，「現代」被剮了一下，牌照被剮掉了。她只好把車直接開到修車行。

當王洪豔趕到家時，已是下午兩點多鐘。她打開電視機，一邊調台，一邊吃著香蕉和小食品。「子宮前位，右側增厚」這究竟意味著什麼，會導致什麼後果？醫生那句話又從她的心裡鑽了出來，讓她惶然不安。她父親和奶奶都死於癌症，這一家族病史是她一塊心病。歷經多年拼搏，總算擁有了這陽光燦爛的日子，她很珍惜。

九天之後才能拿到體檢報告。九天，二百一十六個小時，這對渴望知道病情的患者來說實在是漫長。王洪豔有點心煩，手裡的遙控器在不停地調台，電視的畫面在變幻，上海協和醫院婦科專家門診的廣告出現在眼前。「協和醫院」這幾個字讓她怦然心動，她知道北京協和醫院，那是中國最好的醫院之一，歷史悠久、舉國聞名。

這上海協和較之北京協和如何呢？她丟下遙控器，上網查詢。網上介紹：「上海協和醫院體檢中心是目前上海市為數不多的幾家大型體檢中心之一。」她有點兒後悔，上午應該去上海協和醫院檢查。

驀然，她在網頁上發現有北京協和醫院的連結。這兩家協和是否是一家呢？王洪豔想。似乎當人生病時想像力就得以激發，王洪豔越想越相信這兩所醫院存有關聯，否則上海協和的網頁上怎麼會有北京協和的連結，誰會在自己的網頁上給競爭對手做廣告？

王洪豔撥通接診電話：「協和醫院嗎？我現在去你們那裡做婦科檢查，今天能不能拿到檢驗報告？」

「可以拿到。」接電話的是位年輕女性，聲音柔婉，口氣堅定，不容懷疑。

王洪豔關掉電視，拎包下樓，駕車而去。她有點兒後悔，如果上午就去協和醫院，體檢報告早已拿到手了，看來東方醫院那五百一十一元體檢費算是白花了。

「我是王洪豔，剛才給你們打過電話。」王洪豔走進上海協和醫院，對導醫小姐說。

導醫小姐笑盈盈地把她領到掛號處，問都沒問就讓掏五十元錢，給她掛了不孕症專家門診，把她領上三樓，交給一位人到中年，方臉，皮膚白皙，面帶微笑的祝醫生。

「你是怎麼找到我這裡的？」祝醫生用東北話說。

的確不同，最關注的似乎不是病情，而是來路。

「我看了電視廣告。」王洪豔實話實說。

「我們是東北老鄉啊。」祝醫生欣然說道。

「你的病情很嚴重啊，宮頸糜爛，肥大，有膿，有血。你看看電腦。」祝醫生邊檢查邊說。

診床邊有一台顯示器，病人可視檢查情況。那圖像對王洪豔來說十分陌生，陌生得根本就不知道正常是什麼樣，不正常又是什麼樣。

「子宮沒有神經，你就是得了癌症也不知道，只有通過醫生檢查才能發現。你知不知道梅豔芳，知道她是怎麼死的嗎？她就是這麼死的，子宮頸癌！」祝醫生說。

對生活像早晨八九點鐘的太陽的人來說，這句話猶如無邊無際的陰雲將一切覆蓋。王洪豔已渾身綿軟，腿像泡了好幾天的速食麵。

你有男朋友麼，他是幹什麼工作的？哦，收入很高吧？你在上海住的房子是租的還是買的？有車嗎？什麼車？哦……祝醫生像位古道熱腸的東北大嫂，有一句沒一句地跟王洪豔聊著，手裡的筆在處方上勤奮地耕耘著，不一會兒就開出一迭檢查化驗單，遞給領診護士（在許多民營醫院都有領診護士，她的職責就是持檢驗單，領病人交費付款，去做檢驗，然後再把報告單拿給醫生）。王洪豔跟著領診護士到收款處交了四千多元錢，然後去做檢驗。

王洪豔做完檢驗，跟著領診護士回到祝醫生那裡。祝醫生從領診護士手裡遞過檢驗報告，很快就做出診斷：王洪豔患有繼發性不孕症、盆腔粘連、雙側輸卵管炎、多囊卵巢綜合征等多種疾病。

這一串的病像散落的隕石劈頭蓋臉砸來，將這位熱愛健康的女人砸蒙了。

「這個人這輩子是沒希望有孩子了，」祝醫生隨手拿起桌子上的一張X光片說道，「不過，你還有百分之九十的希望。只要在肚子上打三個洞就可以，今天就做。」

如同把兩個人拽到刑場，將其中的一個槍斃，然後對另一個說，恭喜，你獲得特赦！不過，你得把錢留下來。在這種情況下誰還會計較那身外之物——錢呢？

王洪豔像那個活下的人一樣感到慶倖。可是，她是隻身一人來醫院的，車還停在東昌路的停車場。她動了手術，那車怎麼辦？總不會跟著她一起住進醫院吧？再說，動這麼大的手術身邊沒有親人哪行？

「沒關係的，手術後你就可以下地行走，可以爬山。我的一位親戚做完手術就回家了。不過，你不行。我跟你不熟，需要監護二十四小時之後才能讓你回家。」祝醫生的眼睛好似X光，看透王洪豔的心思。

比起梅豔芳，比起那位終生不孕的女人，王洪豔感到自己實在是太幸運了，找到這麼好的醫院，遇到這麼好的醫生，還能說啥呢？

破財免災是無奈的抉擇，也是幸運的抉擇，畢竟錢財是身外之物，沒了還可以賺，生命卻只有一次。王洪豔像小品《賣拐》裡的范偉，懷著無限感激接受了手術。她交了一萬八千元押金和一千元的術前檢查費，在二十時十分進入手術室，注射了麻藥，吸食了乙醚，就什麼也不知道了。

二十一時許，王洪豔醒來了，已躺五號病區七十九床。祝醫生已給她做了「宮－腹腔鏡」探查術，其中包括盆腔粘連松解術、雙側多囊卵巢電凝打孔術、雙側輸卵管疏通術、子宮內膜息肉摘除術。她感到頭和肩膀很痛，腹部發脹，還有刀口火燒火燎地疼痛。她看一眼紮在胳膊上的輸液管，藥液正一滴接一滴流入靜脈。守在身邊的護工告訴她，她是二十時三十多分從手術室出來的。她算了一下，手術做了二十多分鐘。

「你的手術很成功。如果再做個小手術，治療效果會更好。」次日早晨，祝醫生在查房時對王洪豔說。

大手術都做了，還在乎小手術？王洪豔接受了。祝醫生把她領到一間掛有更衣室牌子的房間，給她做了輸卵管通液手術。接著，她又被領到治療室，做了ＯＫＷ微波中藥離子導入。

下午，祝醫生又來了，說王洪豔要是再做一項小手術，病將會好得更澈底。可是，王洪豔惦念著她的車，著急出院，沒有同意。

十五時，王洪豔拎著祝醫生給她開的二十袋口服中藥製劑和十袋灌腸用的中藥溶液出院了。這二十多個小時，她完成了「宮－腹腔鏡」四項手術，不孕不育檢測、性激素檢測、肝腎功能等二十四項檢查，還做了三次陰道超聲波沖洗，二次體內微波治療和三次ＯＫＷ微波中藥離子導入治療，可以說這是她有生以來最為高效的二十多個小時，不過費用也是可觀的，總共花了三萬九千八百七十五元醫藥費。

王洪豔懷著對祝醫生的無限感激，開著她的「現代」回家了。她做了這麼大的手術，居然第二天就出了院，還能親自駕車回家，這真是奇跡，祝醫生確實是專家啊！

四

第二天，王洪豔去醫院輸液，隨便把妹妹帶去了。前一天出院時，她跟祝醫生說，她妹妹偶爾也有痛經。這話似乎激發了祝醫生救死扶傷責任感，她一再叮囑王洪豔把妹妹帶來檢查一下，如果需要治療的話，可以給予優惠。

祝醫生給王洪豔的妹妹做完檢查後，轉過身來對王洪豔說，你妹妹的病情比你還要嚴重，需要做「宮－腹腔鏡」手術。

王洪豔的妹妹嚇壞了，不知所措地看著祝醫生。自己怎麼這麼倒楣呢，兩個月前離了婚，離鄉背井地投奔姐姐，卻生了這麼重的病。姐姐看病花了四萬元，她傾之所有不過三千多元錢，連零頭都不夠。

「祝醫生，醫療費太高，我治不起。」王洪豔的妹妹說。

祝醫生看看她，又看看王洪豔，把神色緊張的王洪豔拽到一邊，一臉嚴肅地說，你一定要救你妹妹，她的病情非常嚴重，如果不手術治療的話就會廢掉，這樣吧，我給她優惠！

一奶同胞，手足之情，王洪豔怎能不救自己的妹妹，怎麼能忍心眼看著她廢掉，領妹妹來醫院不就是想給她看病麼？再說，妹妹已經夠不幸的了，哪還能讓她再遭受疾病的摧殘？王洪豔沒有猶豫，默默地掏出信用卡替妹妹付了款。妹妹也不再堅持了，把自己所有的錢都掏了出來，付了醫療費。王洪豔一筆接一筆地替妹妹刷卡，一口氣刷了三萬多元錢，把妹妹刷進了手術室。

夜晚，王洪豔在病房陪護妹妹。

「在這兒看病咋就這麼貴呢？簡直跟搶錢似的。」鄰床一位年輕的病人滿面愁雲地叨咕著。她是從外地來的，到醫院不到一天就把帶來的錢花光了，轉眼間欠下醫院一堆債。她的丈夫只好匆匆跑回家去張羅錢。唉，這病能不能治好還說不準呢，又欠這麼多的債，將來可怎麼還呢？她睡不著覺，眼睛瞪得大大地望著天棚。

王洪豔也睡不著，進醫院神經就像拉滿的弓。妹妹的手術做完了，神經鬆弛下來，她突然感到饑腸轆轆，有點兒挺不住了。要是吃碗熱氣騰騰的牛肉拉麵該多好？王洪豔一邊想著那碗熱面，一邊往出走。當走到樓梯門口時，一位保安粗暴地把她攔住了，不許她出去。

這是醫院，又不是奧斯維辛集中營，我又不欠你們的醫藥費，憑啥不讓我出去？王洪豔很惱火。人在惱火時很容易聯想到其他事情，王洪豔想了很多，越想越來氣，越想越覺得不對勁，他們為什麼要在每層樓都設幾位手持對講機的保安？這些保安像看賊似的看著病人和家屬，不許他們在病房之間走動；醫院明明有電梯，術後的病人卻要保安用擔架抬著上樓，擔架大幅傾斜，讓人看上去都害怕，擔心病人從擔架上折下來。

難道上當受騙了？這一念頭像丟進山洞的石頭，驚飛一群鳥兒，她的心被遮得沒了縫隙。她急忙給從前的房東陳軍醫發短信詢問。陳軍醫回復：「你們已掉進老虎口，趕快出院。出院時一定跟他們要病歷、檢驗報告等證據。」壞了，看來真的上當受騙了。王洪豔幾乎一夜未眠，反復思考著如何出院，如何把損失減到最小。

天終於亮了，祝醫生上班了。王洪豔提出給妹妹辦理出院手續。

「不行。你妹妹身體虛弱，還需要住院治療。」祝醫生說。

護士對王洪豔說，你妹妹已欠費三千零三十七元。

「我沒錢了。我的ＯＫＷ中藥離子導入和體內微波治療不做了，可退回四千多元，用這錢來頂欠款吧。」王洪豔說。

王洪豔跟祝醫生要妹妹的病歷。祝醫生說，病人的病歷要存放在醫院。王洪豔堅持要把病歷帶回去，結果從上午九時要到中午十二時，祝醫生說什麼也不給。

「你不給我們病歷，我們就不結帳了，以後再說吧。」王洪豔不得不使出殺手鐧，說完就往外走。

這一鐧巧好中祝醫生的軟肋，她無可奈何地叫回了王洪豔，匆匆在病歷上寫下出院小結，交給王洪豔。

回家後，當妹妹知道自己上當受騙後，抱著王洪豔大哭道：「大姐，都是我不好。我要不去醫院的話，你就不會被他們騙去那麼多的錢。大姐，我不知道什麼時候才能還上你的這筆錢。」

王洪豔見妹妹哭得這般傷心，深感對不住妹妹，自己要是不聽信祝醫生的話，不領妹妹去醫院看病，哪裡會被騙得這麼慘。王洪豔在短短幾天之內就被這家醫院騙去了將近八萬元錢，實在咽不下這口氣。她不相信在偌大上海會討不到公道，打電話向監管部門投訴，接電話的人問清情況後，約她過去面談。

王洪豔舒口氣，揣著病歷等證據，按約定時間開車去了。

「你認為我們醫院看病貴提出來嘛，我們可以商量解決，你不要到處投訴了。」路上，王洪豔接到上海協和醫院的電話。

「我沒時間跟你們商量。」王洪豔一口就回絕了。

跟他們還有什麼好商量的？這不是錢的問題，是病人的健康和生命尊嚴的問題！她寧可不要退賠也要投訴，要讓這些騙子遭到應得的懲罰！他們是怎麼知道我在投訴？會不會監管部門有人給他們通風報信？那樣的話，投訴會有結果嗎？王洪豔不禁有點遲疑。

當王洪豔趕到監管部門時，門衛告訴她裡邊正在開會，恕不接待。

這是否醫院作祟？否則約好的面談，怎麼變成開會了呢？王洪豔突然感到無助、無奈和孤苦。

投訴不成就起訴，王洪豔想打官司，去找律師諮詢。律師聽罷，給她指出三條路：一是自認倒楣，自我心理調解；二是打官司，去衛生監督管理部門投訴，去法院起訴，不過勝訴的可能性不大；三是找媒體曝光，揭露上海協和醫院的欺詐黑幕。律師認為，相比之下，找媒體曝光更為有效。

在法制社會，一位異鄉人不能通過法律途徑解決問題，內心深處將會何等的悲苦？律師畢竟見多識廣，富有經驗。王洪豔決定聽從律師的指點，選取第三條路。她給報社打電話投訴，聯繫幾家均無結果。看來這條被律師稱之為快捷方式的路並不好走。最後，她找到《解放日報》的讀者熱線，接待她的老李推薦她找「打假醫生」陳曉蘭。

五

咖啡的嫋嫋熱氣飄散了，杯裡的咖啡涼了，顯得有幾分寂寥。

陳曉蘭同情地望著王洪豔，假如她所說屬實，那麼很可能被騙了。下午三時到醫院，想當天拿到體檢報告幾乎是不可能的，況且王洪豔剛剛吃過飯。在福建莆田的遊醫的培訓資料《醫院電話接診技巧》上說，接診的目的只有一個：把病人引誘到醫院。為達到這一目的，接診人員（即接電話的）不管病人提什麼要求都要答應，別說王洪豔想當天拿到檢查報告，哪怕說前天馬路上撞死一人，現在送過去搶救能否救活，接診人員也會拍胸脯說：「你趕快送過來吧，再晚就來不及了。」他們是不會放過任何宰病人的機會的，病人不進醫院他們怎麼宰？

渴望奇跡出現時是最容易上當受騙的。王洪豔要是不急於當天拿到體檢報告，或者說她要是懂點兒醫學常識的話，也許就不會上當了。可是，中國有多少病人具備醫學常識？如果病人都掌握醫學常識，遊醫和庸醫豈不只能到建築工地搬磚頭了？再說，如果醫療完全靠病人監督，還有必要養活那麼多衛生監督人員麼？

中國醫療之所以出現這麼多的問題就是監管不到位，給不良的醫院和醫生留有空子和機會。

有時看似簡單的問題卻很複雜，看似複雜的問題卻很簡單。祝醫生只有給王洪豔確診為「繼發性不孕症」，王洪豔才會接受「宮－腹腔鏡」手術；同樣，要王洪豔接受手術就得有一個必須手術的理由，否則哪個女人沒病沒災的肯花一萬九千元做「宮－腹腔鏡」手術？她們寧肯花錢去隆鼻去皺墊胸，去買法國的LANC ME、美國的ESTEE LAUDER、日本的SHISEIDO，也不會跑到上海協和醫院在肚皮上打三個洞。

祝醫生之所以打聽王洪豔有沒有住房，開的什麼車，她的男朋友是幹什麼的，收入多少，是想摸清她的經濟狀況。莆田人的《醫生銷售技巧十法》上說，「如果不去判斷病人的支付能力，不靈活運用銷售技巧，只一味追求營業額，無異於『殺雞取卵』。好的銷售技巧是讓顧客被動付錢到主動付錢，好的銷售技巧是平衡顧客滿意度和經濟效益的方法。銷售技巧是在對病人的支付能力有一個大概的判斷後，循序漸進，逐漸加壓的方法。」祝醫生的醫術好壞且不說，在遊醫技巧應用方面絕對稱得上行家裡手。

陳曉蘭給王洪豔的妹妹做一下檢查，發現肚皮上有三個紅點，手指斜摁下去，沒有異樣指感，沒發現皮下硬結。讓陳曉蘭疑惑的是，當指頭摁下去時，術後僅六天的王洪豔的妹妹不僅沒有痛感，反倒「咯咯咯」地笑了起來。

這手術會不會有詐，這三個紅點會不會是表皮性的？

第二天，王洪豔拿著東方醫院的體檢報告來找陳曉蘭。體驗報告上面寫著：「宮頸光、宮體正常，伴有慢性附件炎。」王洪豔說，在取報告時問過醫生：「慢性附件炎用不用手術治療？」醫生說：「慢性附件炎是一種常見的婦科病，不用手術，只要吃點兒消炎藥就可以了。」王洪豔說，她將東方醫院拍的X光片拿給其他醫院的專家看了，專家認為她的輸卵管沒有阻塞，是通暢的。

陳曉蘭領王洪豔姐妹去找同學湯醫生。湯醫生是位有近四十年臨床經驗的婦科醫生，很有正義感，對醫療服務腐敗痛恨不已。在陳曉蘭的醫療打假生涯中，她給過陳曉蘭很大的支持。湯醫生給王洪豔姐妹進行了細緻的檢查，診斷王洪豔姐妹均無宮頸糜爛現象。她跟陳曉蘭一樣，對王洪豔姐妹手術的真實性持有懷疑。臨別，湯醫生對陳曉蘭說：「你把找到的病人都弄到這來，我免費檢查。我就要看他們造假造到什麼程度！」

事實清楚了，王洪豔姐妹的婦科沒有大礙，根本不需要做什麼「宮－腹腔鏡手術」。王洪豔的妹妹有病歷和出院小結，王洪豔卻沒有病歷、病史和檢驗報告單，只有付費收據和病例卡，而且病例卡填寫的也不規範。陳曉蘭讓王洪豔去醫院把證據收集齊全，並叮囑她千萬不要跟醫院吵架，要巧妙點兒。

要揭開上海協和醫院欺詐病人的黑幕，幫助病人討回公道，一要有鐵證，可是這種欺詐病人的民營醫院往往壁壘森嚴，病歷病史等有力證據連病人都不給，要想調查取證很難；二要有新聞媒體配合，當今財大氣粗豈止體現在市場？金錢不僅僅是財富的標誌，也是實力體現。上海協和醫院每年在上海投放大量廣告費，已成為電視、報刊等媒體的重要廣告客戶。上海媒體能否堅持新聞的客觀性、公正性，站在民眾一邊，陳曉蘭沒有把握。

第二章

上海協和醫院壁壘森嚴，暗訪困難重重。安徽農民小胡夫婦伐薪燒炭五載，進入醫院不到半個小時一萬一千元所剩無幾。在陳曉蘭和記者的說明下，胡妻躲過手術之劫。小胡將病人帶出醫院配合調查。這些病人被騙淒慘，悔之斷腸，淚灑不盡。

一

上海，北風刺骨，寒氣逼人。中興路一六〇〇號的上海協和醫院的大門外，站立著幾位身著灰制服的身強力壯的保安，警覺地打量著進進出出的病人。

幾位女病人從醫院出來，手裡拎著沉甸甸的藥口袋，臉像陰沉沉的天氣，沒有陽光，沒有歡喜，有的是苦澀、無奈和惱恨。

陳曉蘭在距醫院五十米外徘徊，目光不時飄向醫院門口，隨著病人遊移。她不是孤身一人，而是三人。不，四人，有新華社記者劉丹，《南方週末》記者柴會群，還有一個就是她懷裡的孩子——她的小外孫尼克。小尼克只有一歲多，從面部表情上看他是不情願來的。小尼克的感冒還沒好利索，送不進托兒所。爸爸媽媽上班了，外婆要到醫院暗訪，他被「綁架」到醫院門口。

隆冬數九，抱著小尼克來調查，陳曉蘭很是擔心，孩子還沒完全好，如果受涼了，或傳染上其他病，對女兒和女婿怎麼交待？女兒女婿怕小尼克生病，從來不帶他去公共場所，連公共汽車都沒讓他坐過。可是陳曉蘭不來哪行？劉丹和柴會群都不懂得臨床醫學，跟病人溝通有困難。

陳曉蘭反復考慮之後，把王洪豔姐妹被騙情況反映給了新華社上海分社記者劉丹。如果說法律是武器的話，那麼證據就是彈藥。沒有彈藥，槍再先進也只能當燒火棍子。陳曉蘭認為，王洪豔姐妹的事件絕對不是個案，要揭開上海協和醫院欺詐病人的黑幕，必須深入調查取證。這不是一場巷戰，而是一個重大的戰役，必須要趁對方沒察覺時，把所有鐵證搞到手。上海協和醫院是一個擁有近百人的醫院，也是一個具有實力的利益集團，醫院有人力財力，醫院外有關係，相比之下陳曉蘭和劉丹實在是勢單力薄。這種醫院是很警覺的，一旦發覺有人暗訪和取證，不僅會迅速將證據銷毀，將違法違紀的痕跡抹去，還會給設置重重障礙，讓調查無法進行下去。於是，陳曉蘭約柴會群和上海人民廣播電臺的記者臧明華加盟，一起暗訪。

在這三位記者中，陳曉蘭最早認識的是柴會群。柴會群的年紀不大，跟陳曉蘭的女兒貝尼同庚，是山東人。他們是在二〇〇三年認識的。那時，柴會群在剛創刊不久的《東方早報》特稿部當記者。那年，《外灘畫報》、《中國青年報》發表了陳曉蘭舉報「光量子」的報導。柴會群認真地研讀後，發現還有可挖掘的新聞價值，於是採訪了陳曉蘭。

柴會群和熊焰等人採寫了《鐳射治療騙局上海橫行六年》一稿。柴會群博得《南方週末》的青睞，進入《南方週末》上海記者站。

讓陳曉蘭傷腦筋的是他們要找的病人絕大多數都是從外地來的，一是剛做完「宮-腹腔鏡」手術，還沒出院，住在上海協和醫院；二是出院後就離開了上海，淹沒於茫茫人海，無處尋覓。後者找不到，前者見不到，醫院戒備森嚴，樓裡門外到處都是手持對講機的保安，就算混進去了也難以暗訪。

他們斟酌再三，最後選擇了一種最笨方式——站在醫院馬路斜對面等待病人。他們不敢離醫院太近，怕引起保安的懷疑。那幾位保安可不是肯德基速食店門外戳的那個大腹便便的美國老頭兒——擺設。他們警覺得很，裡裡外外，左左右右都在他們的注視之中。陳曉蘭他們還不能站在那兒不動，只好在那兒來回轉悠著。

當有病人出來時，陳曉蘭他們裝出若無其事的樣子跟過去。離醫院遠了，他們再緊趕幾步，跟病人搭話。陳曉蘭懷抱著小尼克，行動遲緩，總是落在後邊。劉丹和柴會群想把孩子接過去，小尼克認生，拒絕別人抱。

劉丹，二十六七歲，臉圓圓的，眼睛大大的，一笑倆酒窩，說起話來爽爽快快，按理說容易獲得別人的信任。可是，民營醫院經常把這樣的女孩子派到競爭對手的門口去拉病人，所以劉丹很容易被病人視為醫托。

柴會群，三十來歲，身材高大，眉毛深重，有著一雙憂鬱的眼睛，背著個大皮包，一肩高一肩低的，有點兒像推銷員。他跑過去跟病人一搭話，病人不僅沒站下來，反而緊走幾步，生怕被他黏上。總算有一位病人站住了，一聽說柴會群說自己是記者不禁笑了：

「知道知道，醫院早就跟我說了，這門口經常有人冒充記者。」

柴會群急忙掏出記者證，病人卻擺擺手說：

「不看了，不看了，現在什麼沒有假的？連身分證、警官證和博士學位證都有假的。」

人家都把話說到這份上了，再說什麼也就沒用了。柴會群只好尷尬地轉回來，對陳曉蘭和劉丹攤一下手，自嘲地說：「不問他了，一會兒，我再抓一個。」

看他那個神態好像病人遍地，隨手拈來似的。

陳曉蘭他們在那裡苦守一個小時，毫無收穫。

陳曉蘭對此特別理解。「文革」時，人與人之間的勾心鬥角，爾虞我詐；市場經濟下的商業欺詐，假鞋、假酒、假藥和假醫療將人與人之間的信任折騰得所剩無幾。別說那些病人，就是有陌生人主動搭話，她也會趕快溜的。前些日子，她去北京向國家藥監局反映情況，要回上海時沒買到硬臥車票，只好到火車站去碰運氣，看能否等到退票。陳曉蘭在車站廣場聽廣播說某某號視窗在賣去往上海的軟臥車票，急忙跑去排隊。這時，一位老頭兒發現她要買去上海的車票就緊跟在後，想把一張軟臥車票退給她。她怕是假票，不敢買。

「你看我都這麼大年紀了，怎麼會騙你呢？」老頭兒說。

「騙子還分年紀大小？有的騙子比你年紀還大呢！」陳曉蘭笑著說。

說完，她見老頭兒臉上的笑容消失了，有點兒後悔，動了惻隱之心，想把他的票買下。

「你就買他那張票吧，他那麼大年紀是不會騙你的。」旁邊的人勸道。

聽旁邊人這麼一說，她又不敢買了。

「沒準你們幾個是一夥的。」陳曉蘭說。

「我是看你面善、可靠，才把票退給你。你怕我也怕，這張票四百九十九元錢，如有一張假鈔我就虧了。」老頭兒說。

陳曉蘭看他說得實在，於是掏錢買下了他的車票。沒想到，老頭兒接過錢後，衝著太陽一張張地仔細看了一遍，然後揣兜，咧嘴笑了。

「你一再說信任我，難道就這麼信任我？」陳曉蘭不快地問道。

老頭擺擺手，尷尬地笑笑。這回陳曉蘭不安了，這票萬一是假的，不僅五百元錢就打了水漂，而且還耽誤了行程，不禁感到後悔。她忐忑不安地進站，上車。找到鋪位坐下，她還不敢肯定這鋪位一定就是自己的，說不準哪位旅客持票找過來。當列車駛出北京站，她才長舒一口氣，看來那老頭沒騙自己。信任危機把人搞到了這種地步。

調查無進展，陳曉蘭很著急，想進醫院碰碰運氣。她把孩子交給了劉丹，戴著口罩走過去，問大門口的保安：

「你們醫院的洗手間在哪兒？」

「進去，右拐。」

「哪邊是右啊？」她故意問。

「這邊，對這邊。」

「喂喂，你幹什麼？」裡邊的保安見陳曉蘭進來，問道。

「我去洗手間，門口的讓我右拐。」

「去吧，去吧。」保安不耐煩地擺擺手說。

陳曉蘭想躲在廁所，病人進來解手就可以搭上話；如果兩個病人結伴進來，通過她們之間的交談還可以瞭解一點兒情況。那個廁所味兒太大，她在裡邊等了一會兒也沒有病人進來，最後實在堅持不住了，跑了出來。

首戰失利，陳曉蘭只好請王洪豔幫忙，讓她帶劉丹去醫院，尋找機會接觸病人。

二

第二天，陳曉蘭等人到醫院門口時，王洪豔還沒有到。劉丹說她自己先進去，在門診大廳等候王洪豔，也許有意外的機會。

陳曉蘭在附近找到一家茶館，抱著小尼克在那兒等待劉丹。

醫院外邊的大門口站著幾位保安，裡邊的門口也站著幾位保安。劉丹在大學裡讀的是體育新聞專業，進新華社後一直負責文教領域的報導，這是她第一次接手醫療調查。當了幾年記者，見識也不算少，可是當她走進這家不尋常的醫院時，卻感到莫名其妙的緊張和不安。

「您需要什麼服務？我幫你掛號。」一位導醫小姐過來，熱情地對劉丹說。

「不必了。我等個人，然後一塊兒去看病。」劉丹說罷，四處打量一下，在大廳中央的椅子上坐下來。

門診大廳牆壁上貼著名醫照片、簡介和出診時間，還有患者的感謝信。這家醫院除應有的之外，還掛有該院的院長和國家衛生部前任副部長的巨幅合影，以及一段人們熟悉的文字：

「我願盡餘之能力與判斷力所及，遵守為病家謀利益之信條，並檢束一切墮落和害人行為；我不得將危害藥品給與他人……」

這是古希臘著名醫生希波克拉底的誓言。兩千四百年來，這一誓言在西方醫學界廣為流傳，被視為醫德的聖經，每位醫學院畢業生都要宣讀。如今，走出貧窮的中國人越來越講究包裝了，大到學校醫院、政府大樓、賓館酒店；小到圖書、衣飾、酒水、月餅。坐落於繁華街巷的咖啡廳，用粗糙的樹皮包裝成《查泰萊夫人的情人》裡的守林人的小木屋；窮鄉僻壤的洗澡塘用霓虹燈包裝成了「紐約洗浴中心」；橫臥於國際大都市的酒店卻用毛主席語錄、「文革」的舊報紙和土布、高粱、玉米，還有那些號稱「狗剩」、「村妞」、「二丫」的服務員包裝成農村生產隊。可是，有誰想到用希波克拉底誓言包裝醫院？沒有。這家醫院將古老的希波克拉底誓言開發到了極致，挖掘出了市場價值，高，實在是高！

導診台像諾亞方舟漂泊在湖水似的背景壁前，在那灣碧水之上，幾個白色行書「上海協和醫院」像從魚嘴吐出的氣泡浮在上面。幾位身著潔白護士服、頭戴護士帽的導醫小姐應接不暇地忙著，或接電話，或領著病人去掛號，嘴角掛著可人的微笑。

大廳裡沒有幾位病人，來來往往的除穿白服的護士就是著灰服的保安，只有劉丹穿便服，而且坐在中央的椅子上，特別引人注目。導醫小姐的目光不時地飄過來，似乎很在意她的存在。劉丹的目光與之相遇，不由自主地有幾分緊張。

突然，一位農村男子走過來，在她的對面的椅子上坐下來打電話。他個兒不高，瘦骨嶙峋的，大約三十來歲，顯得有些衰老。

「醫院要一萬八千元的手術費，我帶的錢已經用沒了，你們幫我借點兒錢……」他操持著安徽話焦急地說道。

真是「踏破鐵鞋無覓處，得來全不費工夫」。劉丹一聽，不由心跳加快，一點點地向那男人湊過去。當他掛完電話時，她已經坐到他的身邊。

「五分鐘後，你到大門外等我。」劉丹緊張地掃視一下門診大廳，用手遮住嘴巴，低聲對他說道。

還沒等他反應過來，劉丹已起身離去。

那人可能見劉丹是個女孩子，又不像是壞人，於是跟著她後面出了醫院。他蠻機靈的，出門後沒有喊她，而是悄悄地跟在後面。劉丹走出五六十米之後，回頭看看，見已走出保安的視線，站住。

「怎麼啦？」他莫名其妙地走過來問道。

「這家醫院好像有點問題。」劉丹說。

「我也覺得有點兒怪，我帶來的錢還不到半個小時就用完了，手術還沒做呢。」

接著，劉丹帶他去茶館見陳曉蘭。原來這位男子姓胡，是安徽的農民。他結婚六年了，跟他同時結婚的人，孩子都吱吱哇哇滿地跑了，他的妻子卻還沒懷過孕。為此，他們夫妻兩人著急，雙方的老人更急，可是家裡窮，沒錢看病。為治好病，能有個孩子，他們起早貪黑地砍柴燒炭，苦幹了五年，攢下了一萬一千元錢。

那天，他們夫婦倆揣著鈔票，坐火車來上海看病。在來之前，小胡給上海協和醫院打了電話，接診小姐說只要八千到一萬元錢就能治好他妻子的病，就可以有孩子了。小胡夫婦高興極了，不管怎麼苦沒白吃。希望就像早晨的陽光暖融融的，撫慰著他們的心，他們多少次地夢見自己有了孩子，夢見孩子圍著他們繞來繞去，叫著「爸爸」、「媽媽」。這回孩子可真就要來了，夢想就要成真了。他們有點兒坐不住了，恨不得一下子到上海。

火車終於在中午十一點時抵達上海，他們下車出站徑直趕往上海協和醫院。他們踏進醫院還不到十一點半。導醫小姐熱情地領他們去掛號，把他們送到診室，那股親熱勁絕對不亞於鄉里鄉親。醫生先給他們夫婦開了一遝化驗單，讓領診護士帶他們去交款、檢驗；然後再開單，再交款，再檢驗。從那一刻起，他們燒五年炭攢下的錢像倒進漏底的水桶，「嘩嘩嘩」一個勁兒往外流，還不到半個小時一萬一千元錢就所剩無幾了。

經過一番折騰，診斷結果誕生了：繼發性不孕症。醫生讓小胡交一萬八千元手術押金，要給他妻子做「宮—腹腔鏡」手術。

「大夫，我的精子檢驗報告還沒有出來，我倆到底誰有病還沒搞清楚，怎麼就讓我老婆上手術臺了呢？」小胡莫名其妙地問醫生。

「你妻子已經確診了，她患有繼發性不孕症，需要做手術。」醫生說。

小胡的心情從春暖花開的初春一下子掉進冰天雪地的數九。你們不是說八千到一萬元錢就能治好病麼，這治療費怎麼像出手的風箏似的，轉眼間就上了天呢？醫院哪是講理的地方？看病就是看醫生，醫生說一，你不能說二，因為你不懂。

「醫生，我們帶來的一萬多元錢都花了，沒錢做手術了……」小胡無奈地跟醫生說。

「沒關係，你去張羅錢，我們先給你妻子做手術。」醫生說。

這招兒絕對陰損，趁你還沒想明白，他先把手術給你做了，連反悔機會都不給你，到時候將人扣在醫院，還愁你不送錢來？

小胡沒轍了，只好同意手術。他急三火四地給家裡打電話，讓家人趕緊借錢。

陳曉蘭聽後，心像壓在了磨盤下，難以舒張。一萬八千，這對小胡夫婦意味著什麼？意味著他們夫妻要起早貪黑，沒日沒夜地再燒上九年炭！另外這一萬八千僅僅是個底數，手術中再增加幾個項目，小胡夫婦燒炭就不知道要燒到猴年馬月了。

這哪還是醫院，醫生哪還是醫生？

有個民營醫院的老闆說，騙的就是農民。農民的錢最好騙。哪怕明明知道自己上當受騙了，也不能把醫院怎麼樣。

一位民營醫院老闆對醫生說：「農民來了，你不僅要讓他把錢都留下，而且還要讓他回去把豬賣了，把錢送來。這樣你就算是成功了。」可是，那家醫院跟上海協和醫院相比，可謂小巫見大巫了。上海協和醫院不僅讓農民賣豬，還要他的債臺高築，賣掉明天後天！

「千萬不能讓你的妻子動手術……」陳曉蘭說。

陳曉蘭一直懷疑王洪豔姐倆腹部的三處刀口是表皮性，懷疑上海協和醫院的「宮－腹腔鏡」手術是假的。

病人的利益高於一切，這是行醫的原則，在任何情況都不能違背。儘管陳曉蘭已經離開臨床三年了，可是真正的醫生哪怕離開臨床三十年，也不會做傷害病人的事情。

「那怎麼辦哪？我老婆大概已經上了手術臺。」小胡慌亂地說。

「你快回去看看，如果手術還沒做的話，讓她馬上下來，不要做了；如果手術已經做了，你趕快跟我們聯繫，我們幫你籌點兒錢。」陳曉蘭說。

當小胡回到醫院時，護士已給他妻子做完麻藥試敏，麻醉師將為她實施全身麻醉。小胡呼哧帶喘地對醫生說，他沒借到錢，不想讓老婆做手術了。染坊哪有出白布的，那位醫生哪能讓煮七八成熟的鴨子飛了？那位醫生說，只要你先交五十元押金，我們就給你老婆做手術。

小胡動心了，打電話跟劉丹商量。

「不要相信他們，手術做完之後，他們還會讓你付兩萬多元的。你不付款，他們絕不會讓你們出院的。」劉丹在電話裡說。

「可是，我怎麼跟醫生說呢？」小胡不知所措。

「你就跟醫生說，老婆做手術是個大事情，老婆娘家人怕老婆上手術臺後就見不著了，他們要趕到上海來看看。他們說了，無論如何也要等他們來見一面再做手術。」劉丹說道。

小胡去跟醫生說了，搞得醫生哭笑不得，可能覺得「林子大了，什麼鳥都有」，各種各樣的人，他們見得多了；病人娘家的荒唐要求也就可以理解了。

「你們先住院吧，等家人來了再手術。」醫生悻然地說道。

陳曉蘭也希望小胡的妻子在醫院住兩天，這樣不僅可以協助調查，還可以把病人或家屬領出來見他們。陳曉蘭他們幾人湊了五百元錢送給小胡，讓他做住院費和生活費，可是小胡卻說什麼也不要。

「你現在不是有困難嗎？這錢你先拿著，萬一有什麼事，手裡沒錢哪行。」他們勸小胡道。

小胡還是不要。他說，老婆沒做手術，減少了兩萬多元的損失，他已經很感激陳曉蘭他們了。他說自己還算幸運，打電話時遇到了劉丹，否則他們夫妻還不知要多燒多少年炭呢！

三

隨著小胡的出現，陳曉蘭他們的調查漸漸打開了局面。小胡把病人和家屬偷偷領出來見陳曉蘭他們。這些病人大都來自貧困地區。一位北方的病人嘴唇發青，穿著特別單薄，身子像寒風中掛在樹枝上的枯葉瑟瑟顫抖。她得過宮外孕，在當地醫院做了手術。按常規做宮外孕手術與輸卵管吻合術是分開進行的，可是，現今許多醫院都把兩個手術並在一起做。她很不幸，輸卵管吻合術沒有成功，輸卵管的外表連接上了，實際卻沒有通的。她看到上海協和醫院的電視廣告後，像王洪豔一樣打電話諮詢，接診護士說他們醫院能做這種手術，她滿懷希望地從數千里之外趕來就診。她在上海協和醫院做了「宮－腹腔鏡」手術，帶的錢花得光光的，不能購衣禦寒，只好這樣受凍。劉丹將大衣脫下來給她披上，又把圍巾解下來給她圍上。可是，她好像凍透了似的，仍然哆嗦不已。她術後沒超過四十八小時，陳曉蘭將她送到其他醫院進行檢查。可是，她以前做過手術，判斷不出「宮－腹腔鏡」手術的真偽。醫生根據病情給她開了一些藥。病人在其他醫院的所有費用都是陳曉蘭、柴會群和劉丹出的。那些日子，他們離家時都總不忘多帶點錢，需要給病人付費時，就爭先恐後地交錢。

醫生天天催小胡的妻子做手術，陳曉蘭他們就幫小胡想種種理由搪塞。先讓他跟醫生說：「錢已經借到了，可是車票不好買，老婆的家人在想辦法。」再催，他們就讓他說：「快到了，老婆的家人已經在路上了，過幾天就到了。」

按醫院的規定，病人和病人的家屬只能待在自己的病房，不許去其他病房跟其他病人或家屬交談。小胡做其他病友的工作並不容易，想把他們領出來就更難了，保安對病人和家屬看得很緊，欠款多的不讓出去，欠款少的出來時要請假，甚至還要寫保證書。小胡領病人出來很容易引起保安的注意，陳曉蘭怕他在裡邊不安全，第三天就讓他和妻子離開醫院。

在辦理出院時，小胡跟醫生索要妻子的病歷、病史和檢驗報告單。醫生又裝模作樣找一番，然後說道：「你妻子的病歷不是早就拿走了嗎？」不論小胡怎麼否認，醫生就是一口咬定他已經拿走了。小胡有口難辯，最終沒拿到妻子的病歷和檢驗報告單等資料。

劉丹想讓小胡夫婦在上海等幾天，等被騙去的錢要回來再走。劉丹請求領導後，小胡夫婦被免費安排在新華社上海分社的招待所。她事後發現事情遠不像自己想的那麼簡單。小胡夫婦在上海等了兩天，見沒有什麼進展，也就回安徽去了。

茶館老闆見陳曉蘭等人天天來茶館，每人一杯茶，從早坐到晚。另外，他們還經常領些人來，舉止有點兒鬼祟，就把他們轟了出去。他們又選擇附近的一家大娘水餃店為據點，這個店較大，顧客較多，人來人往，出出進進，在那兒不大惹人注意。

陳曉蘭畢竟是五十五歲的人了，心臟又不好，要抱著小尼克跟病人交談，還要作筆錄，晚上還經常跟柴會群、劉丹他們分析事件，商討對策直至夜半。柴會群和劉丹都擔心她吃不消，可是時間緊迫，又沒有別的辦法。

經過二十多天的調查，陳曉蘭他們總算摸清上海協和醫院欺騙病人的過程。受騙的病人百分之九十以上是外地的，她們被電視廣告所吸引，專程趕來就診。到醫院後，醫生先給她們開一迭檢驗單，該查不該查的都要查，檢驗費都要數千元。檢驗之後，醫生將她們診斷為繼發性不孕症、輸卵管粘連、宮頸糜爛等病，勸她們做「宮－腹腔鏡」手術。如果拒絕手術，醫生就會嚇唬她們，什麼不手術就不能生育啦，甚至會癌變啦。直到把她們嚇蒙，接受手術。如果病人還有點兒猶豫，醫生就會信誓旦旦地說：「手術一個月後，保證你百分之百懷孕！」當病人詢問手術費用時，醫生答覆，一萬到一萬五千元。病人嫌貴，醫生就答應給優惠，總之千方百計把病人騙上手術臺。在手術進行一半，醫生往往會通知家屬，又發現數種疾病，問同意不同意增加手術項目？表面上看是讓家屬抉擇，實際沒有選擇餘地。你想想，手術已經做一半了，丈夫哪能為省幾個錢讓新查出來的病留在妻子的體內？做！一言既出，債臺高築。當病人下了手術臺，催款單接踵而至，幾乎沒幾個病人不被翻番的手術費所驚呆，一萬五變成了三四萬。多數病人錢花了，還不知道自己到底得的是什麼病。在出院時，醫生還要給她們開數千元錢的中草藥製劑。

病人就診有跟診護士全程陪同，病歷和檢驗報告全部掌控在跟診護士手裡。交款時，跟診護士告訴病人交多少，病人就交多少，交的什麼錢，病人往往弄不清楚。病歷、病史、檢驗報告等資料一律不給病人。病人拿到的只是沒明細的交款收據。有的病人跟醫院要病歷、病史等資料，醫生說：「你們的病歷、病史、檢查報告單等資料要存放在醫院。醫院要為你保存二十年。」不知情的人還以為這家醫院對病人多麼負責任，其實醫院怕這些資料掌握在病人的手裡，作為向衛生監管部門投訴或向法院起訴的有效證據。

有一位病人因醫院不給病歷而打電話向上海市衛生局衛生監督所投訴，一位執法人員答覆道：「如果（上海）協和（醫院）再不給你病歷，你打電話給我，六四三一〇二四五。不管哪個醫院，病歷都是（應該）掌握在病人手上的，（醫院）不能把病人的病歷像押寶一樣押著。（你們）手上的發票都留著，預防他們不良措施，他們有很狡猾的手段的，我姓×，我為什麼不留全名給你？最近我也不太安全，他們感覺（認為）我最近很幫助你們的。所以你們的措施要趕快跟上去，我老是站在你這一邊，我的安全也受到威脅。沒辦法的，他們這種人其實就是詐騙，如果我是專門負責這一塊的，就會像陳（曉蘭）醫生一樣。我知道這些孩子真的很可憐。我不是每天在這裡，我接手的舉報者就有二十幾個，你們可以聯合告。作為一個老同志，我（要跟你）說實話，這一醫院的成立背景很複雜。我們國家法律滯後，一個醫院取個名字，肯定想起和贏利有關的，北京協和醫院沒有註冊自己的名字，如果註冊的話（上海協和醫院）就侵權。媒體廣告的誤導，讓老百姓眼睛上蒙上一層紗。我不要說協和，就算開在我家門口的民營醫院，我也不會去看病的。」

四

揭開上海協和醫院欺詐病人的黑幕，必須有充分的證據，讓藥監和衛生監督執法部門介入。陳曉蘭沒取得「宮－腹腔鏡」手術不實的證據。夜長夢多，她不能再等下去了，弄不好就被醫院發現了。

陳曉蘭手裡最有力的證據就是王洪豔的幾包無處方、無保質期、無「上海協和醫院」字樣的中草藥製劑。能否以上海協和醫院給病人開具「三無」中藥製劑為由，向上海市藥監局投訴，要求對醫院進行監督執法稽查呢？陳曉蘭對中醫和中藥有關規定知道的不多，需要瞭解。

陳曉蘭和劉丹走進一家中藥房。空氣中彌漫著濃郁的中草藥味兒，牆壁都是藥匣子，幾位營業員在櫃檯裡邊忙著，掃一眼放在櫃檯上的處方，轉身拉開一個匣子，抓藥，稱藥，倒藥……陳曉蘭湊過去，想看那張處方。營業員看了她一眼，像抓藥似的把處方抓走了。

「能不能把那處方讓我看看？」陳曉蘭問。

「那是病人的隱私，你沒有資格看。」等待抓藥的病人不快地說。

「我想瞭解一下，你們藥店劃價時是處方的每一味藥都標明價錢，還是只給出一個總價？」陳曉蘭問。

「你知道這些幹啥？」營業員白了她一眼，說道，「要配藥的，趕快交方配藥；配好的請離開，別在這裡妨礙工作。」

陳曉蘭知道他在攆自己，她從小到大從來沒幹過討人嫌的事情，可是現在她不能離開。劉丹出示一下記者證，希望他配合一下，營業員一臉冷落地說，「對不起，我們沒空。」

在櫃檯碰壁後，陳曉蘭想找坐堂醫生諮詢一下。那幾位醫生很忙，候診的病人不少，陳曉蘭不好意思擠到前邊去諮詢，只好排隊等待。她排了半個多小時，總算排到了，在診桌旁坐下，問道：「醫生，我不看病，我想問幾個問題……。」

「胡鬧，沒看我都忙死了嗎？你還來問問題！」那位很瘦的老中醫說罷，揚了揚手，讓她趕快離開。

她苦笑了笑，尷尬地站起來，離開了。當她和劉丹要離開那家藥店時，突然想起自己是上海醫保局的監督員啊，這個身分對她也許會有幫助。她轉身回去，從包裡把監督員證件掏出來，遞給攆她走的營業員。他翻看一下證件，當目光從證件移到陳曉蘭臉上時，表情已不像藥匣子裡的乾枯灰暗的中草藥，有了陽光，變得生動了。

「您想瞭解什麼？」他問道。

這不是證件的作用，是權力的作用。陳曉蘭跟營業員瞭解了中藥代煎的手續和中藥收據的明細。接著她又給那位老中醫看了看證件，他的態度變了。

「西醫能不能開中藥湯劑？」陳曉蘭問。

「不能。西醫可以開中成藥，不能開中藥湯劑。」

「中藥湯劑一次可不可以開一個月，或者一個半月？」

「不能。中醫在『望、聞、問、切』，辨症之後，通常只能開三天的，如服用後效果好，那麼可以開一周的。一周後再調整，如病情穩定，那麼可以開十五天或三十天的，不過很少開三十天。」

「祖傳秘方可不可以不告訴病人？」

「中醫不傳的是劑量，處方的內容沒什麼保密的。現在許多醫生棄醫存藥，這對中醫而言是致命的。」老中醫說。

陳曉蘭又去了煎藥間。

「你就是電視裡那個打假醫生？」一位員工笑著問道。

「是的。我是市醫保局的監督員。」陳曉蘭迎過去，自我介紹道。

「知道，知道。你有什麼事情？」

「您能不能把煎藥的師傅找過來？」

「好的，好的。」那員工說罷，轉身去找了。

「您這有煎好的藥嗎？能不能給我看看？煎藥的程序能告訴我嗎？能不能讓我看看你們的煎藥設備？」陳曉蘭對煎藥的師傅問道。

「她就是那個打假醫生，市醫保局的監督員。」那位員工對煎藥師傅介紹道。

於是，煎藥的師傅領著陳曉蘭和劉丹看了煎藥鍋，他還給她講了煎藥的程序，在煎草藥之前，要放在水裡浸泡一個小時左右，然後煎一個小時左右，最後是去渣和包裝。

「這麼說，從浸泡到出藥需要兩個多小時？」陳曉蘭問道。

「是的。」

陳曉蘭和劉丹從那家中藥房出來後，又跑了幾家中藥房。她心裡漸漸有了底，知道該怎麼舉報了。

第三章

一九九七年，陳曉蘭所在的醫院出現一種叫「鐳射針」的醫療器械，病人紮後渾身發抖，痛苦不已。陳曉蘭發現這根本就不是什麼「鐳射針」，而是「紫外光針」；這一療法很荒唐——先往藥液裡充氧，然後用紫外光照射。

一

一九九七年七月二十四日是個尋常的日子。尋常的日子就是那種既沒有天上掉餡餅的好事，也沒有被掉下來磚頭砸破腦袋的窩囊事。

上海市虹口區廣中路地段醫院的門診區設在一二兩層。理療科像犯了錯誤被老師留下的孩子，不尷不尬地待在三樓的辦公區。初次掛理療科的病人爬到三樓，左看看，右看看，以為自己走錯了地方，轉身下去了。在二層或一層轉幾圈後，滿臉悻惱地又爬上來，在院長和書記辦公室旁邊找到了理療科。

理療科的房間較大，除擺放著的立式臥式、各種各樣的理療器械之外，還舒舒展展地擺放著十三張理療床。這個科只有一個醫生——陳曉蘭。她已經四十五歲了，可是看上去卻像三十多歲，年輕而漂亮。身著白大褂的陳曉蘭像盛夏傍晚的舒緩河流，目光柔和，語氣溫軟，表情真誠而慈悲，讓病人感到一半的痛苦已被她分擔了過去。她的患者很多，開診不大一會兒，理療床就躺滿了病人。

「感覺好嗎？有沒有不適？」陳曉蘭站在床邊，躬身問道。這一姿勢是三十年前在鄉村衛生院學醫時老師教的，如今已成為她的習慣。

「陳醫生，內科的醫生非讓我紮鐳射針不可，他說我不紮就不給我開藥。」突然，一位叫呂桂英的病人氣喘吁吁地跑上樓，對陳曉蘭說，「我紮過鐳射針，一針要多花四十元不說，那針紮上去還渾身顫抖，特別難過。你能不能過去幫我說說不紮鐳射針……。」

病人對陳曉蘭很信賴，不論在醫院裡遇到什麼事都來找她幫忙。

「鐳射針，什麼鐳射針？我怎麼沒聽說過？」陳曉蘭惑然不解地問道。

呂桂英將「鐳射針」描述了一番，陳曉蘭還是沒明白它到底是什麼東西。病人很多，她脫不開身，只好請護士去注射室取回一份使用說明書。

陳曉蘭讓呂桂英稍等一下，她繼續給病人看病。

「你的血脂有點兒高。治這種病最好是食療，吃梅乾菜燒肉，連續吃兩周。記住梅乾菜要切得碎一點兒，肉用文火燒三個小時左右，這時肥肉就燒化了。這一療法不僅能降脂，還能提高高密度脂蛋白……」陳曉蘭對一位老年病人說。

陳曉蘭崇尚食療，主張能食療的不服藥。是藥三分毒，不論多麼好的藥都有副作用。她在看病時總不忘給病人講講保健常識和醫學知識。

近年來，其他科室的病人在減少，門診量在下降，理療科的病人卻在不斷增多，平常每天五六十人次，多時高達八九十人次。病人多時，陳曉蘭就不停地忙著，從這張理療床忙到那張理療床。她在繁忙中感受充實，在充實中感受欣慰，在欣慰中感受著生命沒有虛度。

護士將鐳射針的使用說明書取來了，陳曉蘭仔細看了一遍，原來這種儀器的正式名稱叫「光量子氧透射液體治療儀」。據說明書上介紹，它不僅可降低血黏度，增加血氧飽和度，還能治療腦血栓、腦動脈硬化等幾十種病。

「這是一種新儀器和新療法，看來不錯。既然醫生給你開你就紮好了。你們外資企業又不是沒有錢，也不會不給你報銷，你就用吧。」陳曉蘭勸呂桂英道。

「什麼新儀器？那儀器很舊的，很破的，上面還有鏽呢……。」呂桂英還是不肯去紮，非要陳曉蘭跟她下去找醫生說說情，另外讓陳曉蘭下去見識見識那「鐳射針」。

「啊，鐳射針哪，打不得，打不得。」陳曉蘭跟呂桂英正說著，一位病人走進來說。

「那東西紮上真的很難受，渾身哆嗦，心都哆嗦成一團兒。」另一位病人也插話說道。

「上次，醫生給我開鐳射針，紮上不一會兒整個人就像篩糠似的抖個不停，沒等輸完液就讓護士拔掉針頭。

還剩幾針，我說什麼也不紮了。」那位搖頭的病人繼續搖著頭說。

這是怎麼回事？一個病人紮了發抖，兩個病人紮了發抖，怎麼這麼多病人發抖呢？是輸液反應，還是器械的問題？這是性命攸關的事，不行，得下去看看。陳曉蘭忘了自己多次發誓再不管醫院的「閒事」，跟呂桂英匆匆下樓，徑直去注射室。

陳曉蘭認為，這幾年來病人的醫療費用上去了，醫療服務水準卻下降了，許多不該發生的事情發生了，不該出現的現象出現了。廣中路地段醫院有一名職工病了，到自己醫院看病，醫生一直按低燒診治。在臨死的前一天，那位職工在另家醫院被確診為白血病，被誤診了。有一次，護士在幼兒注射丁胺卡那時，醫囑是四分之一克，護士卻把一克一股腦兒推了進去。這不僅動搖了病人對醫院的信任，也導致了醫務人員之間的信任危機。陳曉蘭要去注射室看看，想瞭解一下「鐳射針」到底是什麼東西。

注射室外，排有好幾位等待輸液的病人，注射室只有六七平方米，像一個大號的蒸屜，空氣彌漫著濃郁的臭氧味兒，讓人感到空氣稀薄，呼吸不暢。注射室周邊擺滿的椅子已座無虛席，每位病人跟前都懸掛著一瓶或兩瓶藥水。藥水的顏色不同，病人的表情各異，有的在聊著，好像趕來會客似的，有的眉頭緊鎖，似乎在忍受著痛苦的磨折；有的一片深情地望著那一滴接一滴滴下的藥水，好像水滴石穿，這瓶藥水滴完了，病就消弭；有的病人神若僧人念佛，雙目緊閉，面無表情……。

陳曉蘭對忙碌著的護士說想看一下「鐳射針」。她平素跟同事相處得不錯，醫院的醫生和護士對她都很尊重。忙得不可開交的護士抬手指了指說：「那個就是。」

陳曉蘭的目光順著護士的手看到在茶几的盒上。那盒子有月餅盒大小，鐵的。她走過去，彎下腰，端詳著這印有「光量子氧透射液體治療儀」的盒子。看來這月餅盒子頗具能量，一拖二，置於兩位病人之間，左右開攻，同時服務於兩位病人。陳曉蘭的目光順著輸液管爬動，到與那儀器配套的「石英玻璃輸液器」時，她明白了，病人所說的「鐳射針」就是讓藥液流經石英玻璃輸液器，在鐳射照射後輸入病人的靜脈。

醫療器械不像溫州的鞋子和石獅的服裝誰想生產就生產，誰想怎麼生產就怎麼生產，它關係到病人的生命，在生產前不僅需要試驗和專家鑒定，還需要在國家或省市醫藥管理局註冊。按理說，它的安全性是不容置疑的。

陳曉蘭直起腰來，轉身離去。突然，她將轉過的身子轉了回去，目光收網一瞬，發現「光量子氧透射液體治療儀」前邊的「ZWG-B²型」幾個字。咦，怎麼說它是「鐳射針」呢？這不是瞪眼睛說瞎話麼，這不是欺騙病人麼？

聽說陳曉蘭跑下樓來看「鐳射針」，一位醫生拿著筆跑過來問：「這『鐳射針』怎麼樣？」

「這哪是什麼鐳射針？你回家查查字典吧。」單純直率的陳曉蘭想也沒想就丟給那位醫生一句話，轉身上樓了。

幾十年來，陳曉蘭經受過許多坎坷和磨難，卻沒打磨出圓滑世故。她心腸熱，嘴巴冷，說話從不遮遮掩掩，用詞準確而刻薄。同事們都知道她沒有惡意，也不計較。

陳曉蘭的話引爆了注射室，閉目養神的眼睛睜開了，熱聊的嘴巴停下來了，對「鐳射針」充滿期待的眼神疑惑了……那位漂亮的女醫生說什麼，這不是鐳射針？那是什麼？紮一針不僅要多付四十元錢，還要忍受難以忍受的疼痛和顫抖，我們憑什麼要花錢找罪受？

有時，一句話可以決定命運，人往往不知道決定自己命運的究竟是哪句，陳曉蘭沒想到決定自己命運的恰恰就是這一句。

假若她想到了，還會說嗎？

會的。哲人說，性格決定命運。

二

第二天，清晨六時陳曉蘭就上班了。門診部靜悄悄的，三樓辦公區還沉浸在殘夢。

理療科是在前一年的調整中「更上一層樓」的。調整是個敏感的字眼，領導者通過調整實現自己的想法和願望，被領導者在調整中得失地位和利益。

「理療科的病人不是腰痛腿痛頸椎病，就是年老體弱，半身不遂，趔趔趄趄，走路劃圈，調到三樓之後，病人能爬上來嗎？那樣，他們也許就不來了，去附近的四一一醫院和上海市第四人民醫院做理療了。」陳曉蘭給院長提意見說。

任何調整都有依據和原則，哪怕是荒唐的。有時不是根據原則來制定方案，而是根據方案來擬定原則。不過，廣中路地段醫院的科室調整是符合「改革精神」的，是符合市場經濟原則的——經濟效益好的科室安排在「黃金地段」，經濟效益稍差科室安排在「白銀地段」，理療科屬於「發展中」的科室，被邊緣化到跟行政辦公室一起「辦公」了。

如今是「三年河東，三年河西」。陳曉蘭的理療科曾經是全院經濟效益最好的科室之一，醫療面寬，幾乎是「全科」，不論外科病、內科病、婦科病、兒科的病人都可以到理療看病。陳曉蘭不僅可以給病人物理治療，還擁有其他科醫生的處方權，可以給病人開各種各樣的藥。後來，醫院出現了「以藥養醫」，陳曉蘭拒絕給病人開高價藥和大處方，門診量和處方量沒有減少，收入卻跟不上其他科室的步伐了。理療科調整到三樓，門診量下來，陳曉蘭繼續拒開高價藥和大處方的話，完不成醫院所規定的經濟指標，有可能被取締。在部分領導者的眼裡，凡跟GDP不搭界的都屬於闌尾，在切除之列。調整不僅給陳曉蘭帶來巨大的壓力，也讓她的良心、信念遭受前所未有的挑戰。

出乎意料的是理療科調到三樓之後，人氣不減，不僅腰酸腿痛、行動不便的病人跟著陳曉蘭「更上一層樓」，而且還增加不少新病人。有些老病人不管去哪科看病，總要爬上三樓看看陳醫生，似乎不看她一眼就等於沒看完病。公費醫療的病人很理解陳曉蘭的處境，主動「求」陳曉蘭開點高價藥，怕她完不成經濟指標理療科被取締。

這時，陳曉蘭爬到三樓，掏出鑰匙打開理療科的門，消毒水味撲面而來，她不僅對每台器械的脾氣和秉性瞭若指掌，而且還是一些器械的母親，它們是她親手製作的。她一邊像端詳女兒似的看著它們，一邊換上白大衣。她的櫃子裡有六件白大衣，有長袖的短袖的，還有新的舊的。在所有衣飾中，她最愛穿的就是白大衣，穿上它就猶如基督徒步入耶路撒冷老城的聖墓教堂，神聖感油然而生。

「陳醫生，你昨天是不是講了一句不該講的話？病人跑掉一半。」突然，副院長推門而入，滿面冰霜地質問道。

陳曉蘭蒙了，莫名其妙地看著院長，竭力在記憶中打撈著逝去的昨日——那片已被時光沖走的樹葉。自己到底說了什麼，在哪兒說的，跟誰說的？什麼時候說的，上午、下午，還是臨近下班時？她無論如何也想不起自己說過什麼具有讓病人跑掉一半之威力的話。她是醫院的一員，愛這一群體，愛醫院的一草一木，她珍惜這份來之不易的工作。她每天提前半小時上班，拖後半小時或一小時下班，從來不缺勤，不遲到，不早退。她沒忘記當年自己所在的工廠倒閉，失業在家的滋味，知道離開醫療崗位的痛苦，也知道自己是怎樣調進這所醫院的。

「沒有呀！」她自信地說。

「你講沒講過『光量子』不是鐳射？」副院長追問一句。

「講過！」陳曉蘭恍然大悟，「光量子確實不是鐳射，它是紫外光。那儀器上清清楚楚地印著『ZWG-B^2』。『ZWG』是紫外光三個字的中文拼音縮寫，B^{2}的意思是中波。」說著，她又取出一本書來，跟院長解釋道，「鐳射和紫外光是不同的光，一種是受激輻射發出的光，一種是自發輻射發出的光，二者的物理性能是不一樣的……。」

當她講完，抬起頭來時，副院長已氣呼呼地走了。她望著院長的背影，百思不解，醫院為什麼要把紫外光說成鐳射，為什麼自己糾正「光量子」不是鐳射是紫外光，院長要大動肝火？出生於知識份子家庭的陳曉蘭認為對待科學就像數理化習題，對的就是對的，錯的就是錯的，一加一不能等於三，這是不可變通的。

中午，醫生和護士都愛跑到理療科紮堆兒。忙碌一上午，躺在理療床上伸伸懶腰，睡個午覺，是很愜意的事兒。來的人多了，床被占滿了，陳曉蘭在一邊站著。她閒不住的，總要找點事兒做。她的手很巧，什麼活看兩眼就會做。誰的拉鍊、雨傘、鑰匙鏈壞了，她就一邊聊天，一邊鼓搗，很快就修好了。這樣一來，理療科就成了資訊集散地。陳曉蘭也就「秀才不出門，全知天下事」了。

醫生和護士都願意跟陳曉蘭聊天，什麼事要是不跟她叨咕叨咕，就堆在心裡堵得慌。說一說，就像做了理療，塊壘變小了，消失了。下午上班時，煩惱就丟在了理療科，輕鬆了許多。

不熟悉陳曉蘭的人都覺得她身上有種傲骨，難以接近；熟悉她的人都認為她平易隨和、古道熱腸。她單純、正直，不爭名奪利，不斤斤計較，醫院往往為漲半級工資打得不可開交，她卻連續兩次把漲工資的機會讓給別人。她的醫術水準較高，臨床經驗豐富，又刻苦鑽研業務，對一些疑難雜症都有自己的見解。她還不保守，願意跟別人交流。

突然，藥劑員發佈一條院內新聞：「今天，×醫生再次打破我院歷史紀錄，他給一位感冒患者開了一張五百多元錢的大處方！」

×醫生是陳曉蘭等正派醫生引以為恥的，這人醫術不怎麼樣，醫德卻比醫術還要低好幾個數量級，自從開藥有回扣以來，他宰起病人心狠手辣，冷酷無情，被大家稱之為廣中路地段醫院「一號殺手」。

「給感冒患者開五百多元藥？這不可能，絕對不可能，你說說他是怎麼開出來的，都開了什麼藥？」幾位醫生不相信地搖著頭說。

「你們自己不會試一試嘛！」

陳曉蘭和幾位醫生像學生答題似的試著開起了處方，每開完一張送交藥劑員，讓她劃一下價。

「不夠，不夠，你開的藥只有二百多元。啊，你開的藥不夠貴，再想想。」

「不夠，這才三百多元。思路再開闊點兒，膽子再大點兒，再想一想什麼藥最貴？」藥劑員像考官似的看完大家試著開的處方之後說道。

還能開什麼？這已經夠離譜了，幾位醫生握著筆傻呆呆地想著，可是怎麼也想不起來感冒還能開什麼藥。

藥劑員說，你們的心還沒有黑，開不出來那麼大的處方。我告訴你們吧，他根本不管病人是否需要，什麼藥最貴就給病人開什麼藥。

「醫生怎麼能這樣開藥呢？」

「這哪裡是看病，這不是坑害人嗎？」幾位醫生驚詫不已地說。

「坑害病人又怎麼樣？醫院不是鼓勵醫生像他那樣大撈不義之財嗎？」

大家心事重重，氣氛一下子沉悶起來。

「陳醫生，你不要再說『鐳射針』不是鐳射了，那樣會給自己帶來麻煩的，甚至會激起民憤的。」突然，一位好心的同事對陳曉蘭勸道。

「為什麼？」陳曉蘭不解地問道。

「內科醫生給病人開光量子是有回扣的，一針七元。不僅醫生有回扣，注射室的護士也有提成。你這樣講會壞了他們的好事，會招來怨恨的……」

「可是，光量子確實不是鐳射針，是紫外光針……」陳曉蘭固執地說。

「你管它什麼光呢，你不去管它不就沒事了嗎？」

難道沒人講，紫外光就能變成鐳射？難道沒人講，病人就永遠不知道「ZWG」是紫外光？這不是現代版的「皇帝的新衣」麼？

不過，多數醫生和護士是支持陳曉蘭的，醫生又不是小販子，怎能信口開河？

那是特別漫長的一天，陳曉蘭好不容易熬到了下班。她感到疲乏，恨不得馬上就回到山陰路父母的家裡。

父母不僅給予她生命，養育了她，還是她的精神家園。爸爸說過，曉蘭，醫生是一種崇高的職業，是跟生命打交道的。在英語中，「醫生」和「博士」是同一單詞。你要經常叩問自己：我配得上這一稱呼嗎？媽媽從小就嚮往當醫生，結果陰差陽錯地學了化學專業，當了一輩子教師。媽媽說，醫生是不能有半點私心雜念，否則這個醫生是絕對當不好的。

三

建築是凝固的音樂，街道就是一場不知疲倦的音樂晚會，不論有沒有人欣賞，也不計較行人的表情是厭煩、麻木，還是不屑，都在那裡執著地演奏著。街道有的古典，有的時尚；有的明快，有的沉悶；有的流暢，有的凌亂；有的強悍霸道，有的低聲下氣。它們或像巴赫、蕭邦、舒伯特、柴可夫斯基的作品，或像流浪藝人瞎子阿炳的《二泉映月》，或像阿寶唱的黃土高原的民歌，或像郭頌的《烏蘇裡船歌》，或像三尺琴童彈奏的生澀的練習曲，可是能讀懂的永遠是極少數。對多數人來說，街道就是街道，一個跑車和走路的地方。街道只能用繁華與蕭條，喧鬧與冷僻，中心與偏遠來區分。

街道孕育著文明，孕育著歷史的章節、段落、語句和標點。

山陰路是一條寬不過十米，長不過五百米的街道，不解底蘊的人是覺察不出它有什麼不同，頂多從道路兩邊的法國梧桐樹察覺出它歷史的久遠。山陰路曾經是鴻儒學者匯聚，社會名流聚居的地方。這裡有魯迅、茅盾、瞿秋白、日本友人完山內造和中華人民共和國國旗的設計者曾聯松的故居。魯迅的犀利檄文，譯作《死魂靈》和《表》就在這條街道誕生。在上海解放前夕，國民黨淞滬警備區總司令湯恩伯兵敗逃往臺灣後，劉昌義將軍率部起義，使得這座城市免遭炮火的摧殘。熱愛上海的劉昌義將軍也曾居住在山陰路。

陳曉蘭出生在山陰路，長在山陰路，對這條街道有著深厚的感情。在她出生之前，她的父親陳嶸星畢業於雷士德工學院機械專業，後來又就讀於聖約翰大學土木工程系。母親屈湘培也畢業於聖約翰大學，所不同的是父親畢業於一九四八年，母親畢業於上海解放那一年，學的是化學。專業像街道，將人分流於不同的方向。父親從事了一輩子工程技術工作，母親在上海市第五女子中學教了幾十年的化學。

母親像門捷列夫週期表中的活躍元素，年輕時是位熱血青年，不僅熱衷於愛國學生運動，而且跟中共地下黨關係密切。解放後，她憑著對黨和人民熱愛與忠誠，積極參加各種各樣的政治運動。可是，她過於誠實和單純，只會講真話實話，不會看風使舵，所以總是積極主動投入進去，被動、窩囊，甚至狼狽地出來，挨批挨整是常事。可是，母親好似改變不了那活躍的性格，她身上有著無窮無盡的熱情和旺盛不衰的活力，再有運動，只要組織上號召，她就好了傷疤忘了疼，又情不自禁地投入進去。

父親的性格跟母親正好相反，他像門捷列夫週期表中惰性元素，做事扎實穩重。他信仰科學，對科學持有嚴肅認真的態度和堅持不懈的追求。他頭腦冷靜，對政治運動從來不抱有什麼熱情。他像是在矗立海邊的礁石，不論多麼大的風浪都不會捲入進去。

生活就這麼奇妙，這兩個性情相左的人不僅恩恩愛愛了一輩子，而且彼此十分理解。不論生活中發生什麼，父母都從不怨尤對方。也許在家庭生活中，活躍元素與惰性元素是最佳的、最牢固的結合。

陳曉蘭從小到大呼吸著山陰路空氣，感受著山陰路的文化。「文革」期間，她從山陰路下鄉，返城後回到山陰路；結婚，她再次離開這裡，離婚後，又領著女兒貝宜搬回這裡。她有兩個姐姐和一個弟弟。二姐結婚後離開了山陰路，弟弟也移民到了澳大利亞，家裡剩下陳曉蘭、女兒貝宜、父母和終生未嫁的大姐。她家住的是一幢三層樓房，有五個房間。

「往藥液裡充氧？那怎麼能行。生理鹽水加氧氣後會變成酸性溶液。」陳曉蘭進屋後，就把醫院裡的事情跟父母說了，母親一聽就跳起來說道。母親邊說邊拿來筆和紙，像給學生答疑似的列出了化學反應方程式。

「偽科學！氧微溶於水，把氧充進藥液，那是絕對不可能的。這完全是騙人的！」父親忿然地說，「另外，紫外光是紫外光，鐳射是鐳射，這兩者怎麼可以混為一談？這是科學，不是兒戲。科學是容不得半點虛假的。你們是醫生，不是江湖郎中。醫院怎麼能欺騙病人，怎麼能將紫外光說成鐳射？曉蘭，你作為醫生，有責任告訴病人光量子不是鐳射，是紫外光！」父親堅定不移地對她說。

從陳曉蘭懂事起，父親除要求他們有理想，多讀書之外，還教育他們做人要誠實、做事要認真。陳曉蘭沒有想到平時從來不管「閒事」，哪怕兒女的事情都不願干預的父親對此卻這麼認真。

「這是人命關天的事啊，怎麼能胡來呢？」臨睡覺前，父親還念念不忘地說。

陳曉蘭矛盾重重地躺在床上，輾轉反側，難以入寐。為什麼說光量子是紫外光，副院長要暴跳如雷？醫院為什麼要把紫外光說成是鐳射？是否鐳射意味著高科技？這些年來，雷射技術在普通外科、心腦血管、泌尿、口腔、婦科、耳鼻喉、眼科、肛腸科是得到了廣泛應用，並且被廣大病人所接受。按照上海市衛生局和物價局審定的標準，紫外光治療每次收五角錢，後來調整到兩元錢。難道說光量子是鐳射就可以名正言順地收取四十元錢，說它是紫外光就收不了那麼多錢？

「光量子」成了陳曉蘭一塊心病，一道無法消弭的陰影。痛苦引人深思，深思往往會推開一扇意想不到的門窗。藥液可以充加氧麼？藥液可以用紫外光照射麼？

「院長，藥品被紫外線照射後，會不會產生理化反應，藥物會不會變成另一種新藥？」三天後，陳曉蘭在院長辦公室門口攔住院長，說出了自己的擔憂。

「光量子是可以使用的。藥品不能光照是在沒有加氧的情況下，藥品加氧氣之後就可以用紫外光照射了。放心吧，這不會有什麼問題。」院長心不在焉地對陳曉蘭敷衍道。

「充氧就更糟了。藥液充氧後會發生污染。污染的藥液輸入病人的靜脈後就會污染血液。」陳曉蘭嚴肅認真說道。

「人家發明光量子的人是專家教授，你算個什麼東西！」院長的臉色陡變，氣急敗壞地說。

「我是臨床醫生，要為病人的生命和健康負責！」陳曉蘭氣憤地回一句。

院長轉身進了辦公室。走廊寂靜，原來開著的門一扇扇悄悄地關上了。陳曉蘭孤零零地站在那裡，滿腹悲涼和屈辱。難道專家、教授發明什麼，醫生就給病人用什麼，不需要從臨床醫學的角度想一想這樣是否科學，對病人是否有利？她不明白為什麼一提光量子就像戳了領導的肺管，他們就大為惱火。

第四章

陳曉蘭說，「光量子」治療理論的發明人是假的。領導說，誰再說「光量子」不是鐳射，我就讓誰下崗！

一

陳曉蘭在這所醫院越來越水土不服了。尤其是她給虹口區紀委寫信反映醫院的問題之後，似乎有一股強大的寒流在她的身邊流動著，「陳曉蘭有神經病」的說法在醫院悄悄地流傳著。

不知是年紀大了，有了懷舊情結，還是境遇不好，讓人留戀以往。陳曉蘭總懷念初到醫院的日子。她是一九九一年調入這所醫院的，當時叫同心地段醫院。後來，同心地段醫院併入廣中路地段醫院，成為廣中路地段醫院的分院。那時，她的臨床經驗和醫術水準深得醫院領導的賞識。每當上級領導下來檢查工作，院長還悄悄把招待領導的水果給她送來幾枚。

隨著醫療改革的深入，「放權讓利，擴大醫院自主權，放開搞活」精神指導下，醫院領導的權力越來越大了，想法也越來越多了。

二十世紀九十年代初，「以物代藥」盛行，門診部成了小商品批發零售市場，一些「病人」到醫院不是看病，而是購物。病人憑著醫生開的「處方」不僅可以在藥房領取人參、蜂蜜、按摩器、蜂王漿，還可以提取襪子、背心、短褲、電飯煲。病人支付的是公款，得到的是實惠；醫院提高了經濟效益，撈到了好處。一個願打，一個願挨，皆大歡喜。正派的醫生護士都很痛苦，這短褲、襪子怎麼會是藥呢？

一九九五年，「以物代藥」之路行不通了，「以藥養醫」又出現了。醫院給臨床醫生制定了經濟指標：每月要開一定數量的藥，完不成指標拿不到基本獎金——二百六十元；超額完成的有獎。藥品氾濫了，家家戶戶的櫃子裡、抽屜裡出現一盒盒、一瓶瓶的藥物；在垃圾箱裡經常可見一瓶或一袋沒有開封的藥……

醫院藥房裡價格低廉、療效良好的常用藥物不見了，取而代之的是那些合資藥廠、廠開工廠生產的高價藥。一分多錢一片的抗病毒藥A.B.O.B不見了，取而代之的是十四元三角六〇毫升的威樂星；一元錢一盒的克感敏沒有了，取代的是十三元兩角一盒的黑白感冒片。

接著，醫院出臺了回扣政策，紅處方的回扣是千分之一點五，黑處方是千分之三，高價藥雙重回扣，如六味地黃口服液，醫生開一盒可以在千分之三的回扣外多得一角錢。部分醫生和護士意見很大，他們拒絕回扣，拒絕給病人開沒用藥物。傳統的醫德與現行的醫療制度發生了慘烈的衝撞。可是，個別醫生已背棄了治病救人的宗旨，將經濟效益和開藥提成視為首位。

「院長，我們是地段醫院，應該多為低收入的病人著想，多進廉價而有效的藥，少進高價的有回扣的藥。一九九一年時，我們醫院的日門診量是一千三百人次，營業額是兩萬多元；現在日門診量僅是一百多人次，營業額也是兩萬多元。只要醫院為病人著想，是不會虧損的，掛號費和治療費都是可賺的。」從不管閒事的陳曉蘭憂心重重地去找院長提意見。

院長解釋說，醫院已經虧損了，再不這樣職工的工資都發不出來了。

幾番交談後，陳曉蘭與院領導的關係猶如一泓秋水，表面看上去與盛夏沒什麼兩樣，可是水溫發生了變化，有點寒氣襲人了。

「陳醫生。」院長拿著黑色硬殼本子來到理療科，將本子翻到寫有陳曉蘭的那一頁，遞過來讓陳曉蘭簽字。

「院長，這錢我不要。醫生給病人開藥是本職工作，這錢是不應該拿的。」當陳曉蘭弄清這是開藥回扣時，紅著臉說道。

陳曉蘭的病人多，每月都超額完成經濟指標，獎金是全院最高的。她認為多勞多得，多拿獎金是合理的，但藥品回扣是不合理的。

「陳醫生，這是你應該得的。」院長說著，把點好的錢遞給陳曉蘭。

陳曉蘭覺得自己拿了這筆錢就等於做了虧心事——給病人開了不該開的藥，讓病人花了不該花的錢。她不知如何好了，自己在醫院已屬另類了，再拒收回扣那就更另類了。另類意味著不被接受，意味孤立無助。陳曉蘭不想這樣，她只想平平靜靜地做醫生。她讓步了，在那黑殼本子上簽了字。

父母常說，「君子愛財，取之有道。」陳曉蘭很在意「道」，醫院過去規定醫生每上交一封患者感謝信就可以得到兩元錢的獎勵，她每個月收到十來封，一封也不上交，統統鎖在抽屜裡。

「你那麼些感謝信怎麼一封也不上交呢？」知情的同事不解地問道。

「看病是醫生業內的事，誇獎醫生治好了病就像誇獎裁縫會做背心。」陳曉蘭說。

病人的頑症被她治好，感激不已，送東西給她，她一概拒收。有的病人趁她不在家把東西送過去，她就把東西給送回去。

「曉蘭，你給病人看病是有工資的；病人看病是花錢的，你不能再要病人的東西。」媽媽對陳曉蘭說。

一位病人把一遝錢放在桌上：「陳醫生，聽說你的醫術很高明，治好了很多疑難病。你如果能治好我的病，錢就是你的了。」

「請你把錢收起來！作為醫生我會盡自己所能為你治病，該收的錢一分也不會少，不該收的錢一分也不要。」陳曉蘭說。

陳曉蘭不是不缺錢，而是很缺錢。她是單親母親，要養家糊口，要供女兒讀書。為多賺點兒錢，她業餘時要給裁縫店鎖扣眼，要拆紗。拆紗很髒，把房間弄得塵土飛揚，讓媽媽的保姆很不開心。有許多醫生都像她這樣，同學小湯是婦產科的醫生，晚上要跟母親賣餛飩，即便如此也不賺藥品回扣。

院長夾著本子走了，幾張皺巴巴的鈔票像上流漂來的污穢塑膠袋落在陳曉蘭的手裡。她不知所措，傻呆呆地戳在那裡。

「你這個月拿了多少回扣？」同事見院長走了，哧溜一下子過來問道。

醫院有規定，相互之間不許打聽回扣。院長那個黑殼本子每位員工一頁，醫生護士看見自己那頁。

「兩元六角。」陳曉蘭猶豫一下，說道。

「這麼可憐，想知道別人拿多少嗎？」

陳曉蘭搖搖頭。

「你還不足人家的零頭！」同事心直口快地說，「全院拿回扣最高的兩位醫生每天僅看十六個病人，每月回扣在四位數。」

「醫生多得一角錢回扣，病人就要多支付幾十元錢；醫生拿幾千元錢回扣，病人就得多支付幾十萬元錢，這錢怎能拿得心安理得？再說，這樣下去，病人還會相信醫生嗎？」

醫改的出發點和目的是什麼？是讓一部分沒良心的醫生先富起來，讓病人看不起病嗎？病人都看不起病了，醫院還能存在嗎？

陳曉蘭想起近兩年醫院的變化……。

二

「陳醫生……我住地離你們……醫院很遠，倒三次……車才來的……。」一位年逾古稀的老奶奶坐在陳曉蘭的面前，氣喘吁吁地說。

「您這麼大年紀，沒有必要從那麼遠趕來看病啊，您家附近沒有醫院嗎？」陳曉蘭望著老人那蒼蒼白髮和溝壑皺紋深為同情地問道。

「有哇。我家附近有好幾家大醫院，可是那裡的醫生看病太貴了，貴得有病不敢進去。聽人說你這兒看病便宜，說陳醫生是個好人，病看得好，還不宰病人。所以，我今天一大早趕來了。」老人望著陳曉蘭，一臉信賴地說。

醫生絕大多數是好的，宰病人的只是少數。可是，這些人卻如魚得水，不僅賺了大把鈔票，而且還得到領導的賞識。他們還理直氣壯地說，他們養活了醫院，養活了那些不宰病人的醫生。這都是什麼邏輯呢？好像不宰病人的醫生在吃他們的軟飯。

幾天前，老護士長周鴻寶氣喘吁吁地跑上樓來，紅著眼睛對陳曉蘭說，樓下有個打工女來看病，對×醫生說，醫生，我感冒發高燒，實在挺不住了，請你給我看一下……我只有十五元錢，您就按這錢給我開藥好嗎？她說著，把兜裡的零錢掏出來，放在診桌。

「十五元錢你來看什麼病？」×醫生冷冷地說。

那位女病人收拾起桌上的錢，失望地離開了。

「十五元錢怎麼就不能看病？她走多少時間了？」陳曉蘭急忙問道。

「剛走不大一會兒。」周護士長說。

陳曉蘭急忙追出去，外邊陰雨連綿，行人影影綽綽。她找了幾圈兒也沒找到那個女病人。她渾身濕淋淋地跑回來，雨水和淚水在臉上流淌著。

「×醫生，你做得過分了，實在是太過分了。有錢的病人你宰宰也就罷了，一個外地打工女怎麼也宰？她掙那點兒錢容易嗎？你讓發高燒的她冒雨回去，燒成大葉肺炎怎麼辦，這不是要她的命嗎，你還有人性嗎」陳曉蘭氣憤地質問×醫生。

媽媽總說陳曉蘭是溫吞水，讀書時老師也說她是溫吞水，給增加一件厚衣服讓她高興不起來，減少一件衣服，她也不難過。「溫吞水」卻跟×醫生拍起了桌子。

幾天前，一位年近花甲老人也跟×醫生吵起來。陳曉蘭見他們吵得不可開交就走進去，病人說，前一天來看病時一再對×說：「醫生，我青黴素過敏。」

沒想到狼心狗肺的×醫生卻給他開了六盒高回扣的藥阿莫西林。

「醫生，這藥我不能吃。」病人拿著藥來找×醫生。

阿莫西林是青黴素家族的藥。

「沒關係，沒關係。」×醫生說。

病人服後不一會兒臉就麻木了，沒敢再服。他找×醫生退藥，×醫生不給退。

陳曉蘭把病人請到理療科，「那藥你千萬不要服了。根據你現在的情況，過敏反應會漸漸消失的，不要害怕。」

「陳醫生，我再去掛個號，你給我看看好嗎？」

「不行，×醫生給你看過了，我不好再看。另外，他有責任把你過敏反應記錄下來。」

可是，病人說什麼也不讓×醫生再看，怕被害死。陳曉蘭只好給老人開了一種藥。

有人說，她偷改了×醫生的處方。偷改別人處方是卑鄙的，為同行所不恥。可是，她沒偷改×的處方啊，她有處方權，用得著在×的處方動手腳嗎？

沒想到醫院變得如此複雜。

算了，不去想它了。陳曉蘭給跑很遠路來看病的給老人做了檢查，她心臟不好，血壓較高。陳曉蘭給她開了廉價藥，告訴她怎麼服。老人連連道謝，滿意地走了。

「陳醫生，人家都說你不宰病人，你給我開的藥咋這麼貴呢？」不一會兒，老人哭著回來了，無限委屈和怨懟地對陳曉蘭說道。

「我的藥不貴啊，心痛定片兩元四角一百片，每片十毫克，這已經很便宜了……。」陳曉蘭莫名其妙地望著老人，疑惑不解地說。

突然，她發現老人手裡拿的不是心痛定片，而是心痛定緩釋膠囊，這種藥十七元六角六片，每片五毫克，按她開的劑量一百片就是二百八十一元六角，這對老人來說的確是很貴的了。

陳曉蘭火了，「咚咚咚」跑下了樓，直奔藥房。

「你出來一下，把我開的處方拿出來。」陳曉蘭對平素跟自己關係不錯的藥劑員說。

「陳醫生，我……」藥劑員見平時溫和的陳醫生面色鐵青，有點兒不知所措了。

「不不不，你把我的處方念一下。」陳曉蘭不留情面地說。

「心、心痛定片一瓶……。」

「這是什麼？」陳曉蘭揚揚手裡的心痛定緩釋膠囊說，「你難道分不清片劑和緩釋膠囊的區別？」

藥劑員委屈地說：「陳醫生，我這是為你好。我是想……。」

正值氣頭上的陳曉蘭毫不買帳地說：「我是醫生，你沒資格改變我的處方。今後，我給病人開什麼藥，你就要給我的病人拿什麼藥！」

藥劑員默不做聲地把藥換了。

老人走了，陳曉蘭心裡卻像被扣了一扇磨盤似的沉重和憋悶。醫院是治療救人的地方，怎麼變得這麼冷酷無情？一件冰天雪地的往事像一陣西北風似的從她心裡席捲而過……。

有一天，天飄著小青雪，氣溫很低，一位年逾八旬的病人氣喘吁吁地爬上三樓。老人理療時，陳曉蘭就下樓去替老人付款。收款處在另一幢樓，對年紀大或腿腳不好的病人來說上上下下很不便。陳曉蘭就幫病人去付款。

門診的一樓彌漫著污穢的氣味，污水橫流，一片汪洋。下水道堵了多時，沒有人管。陳曉蘭踩著橫在污水裡的幾塊磚頭搖搖晃晃地走了出去。她付完款往回跑，忘記了門診部污水氾濫一事，門簾一掀，就闖了進去。「撲通」，她掉進門口的窨井裡。幸虧她反應靈敏，用雙手撐住了井沿，沒有完全掉進去，可是腰部以下已浸泡在冰冷的糞水裡。

她狼狽不堪地從井裡爬上來，像落湯雞似的渾身上下流淌著臭烘烘的污水。她臉色蒼白，唇無血色，抖作一團，手裡還攥著處方和找回的零錢。她不顧一切地鑽進消毒室，將濕淋淋的衣服一件件扒下去，然後將自來水龍頭放開，用刺骨冷水來洗身體。她洗了一遍又一遍，還是覺得沖洗不淨。索性將浴盆放滿涼水，再放進兩把漂白粉，咬緊牙關仰臥下去。

陳曉蘭躺在冰寒刺骨的冷水裡，好似一團團馬蜂落在身上，無數根毒針透過肌膚刺在心上，血凝了，心蜷縮著舒張不開，身體像篩糠似的不由自主地抖著，上下牙緊張地顫抖著……

她身體凍僵了，失去了知覺。她感到最冷的不是身體，是心。醫院怎麼變得這樣蒼白冷漠，沒有人情味，那些人道主義、人文關懷都哪兒去了？她想起幾天前病人孫家瑞來找她，說：「陳醫生，我老伴去世了，死於心梗。她每天都按時服用醫生給開的小阿斯匹林（M-ASA），直到發病前還在服用，怎麼會死於心梗呢？」

不會吧，小阿斯匹林是減少血液黏稠和血小板，預防心梗的藥啊，怎麼會在服藥的情況下發生意外呢？會不會吃錯了藥？陳曉蘭感到蹊蹺，讓孫家瑞把藥拿來給她看看。

「這藥是什麼時候開的？」孫家瑞回家把藥拿來了，陳曉蘭一眼就發現問題了，驚詫地問道。

「她死的前幾天。」孫家瑞說。

「在哪兒開的，我們醫院？」她不相信地問道。

「是的，就是你們醫院。二十四元八角一盒。」

這是一瓶過期失效藥！難怪孫家瑞的老伴在服藥期間死於心梗。醫院是治病救人，救死扶傷的地方，怎麼會賣給病人過期失效的藥品？陳曉蘭拿著那瓶藥氣呼呼地轉身下樓，直奔藥房。

「陳醫生，這事不能怪我，」藥房主任滿肚子委屈地說，「我領你到庫房看看你就清楚了。」

藥房主任打開庫房的門，拽過一箱藥，邊開封邊對陳曉蘭說：「你看看醫院進的都是什麼藥！」一箱藥打開後，藥房主任從裡邊掏出五六種藥，這些藥不僅不是同一品種，而且還不是同一廠家生產的。

「醫院怎麼能進這樣的藥？這藥是從哪兒進來的？」陳曉蘭疑惑地問道。

「醫院進的就是這種藥！這種雜七雜八的藥肯定不是從醫藥批發公司進的。」

接著，藥房主任又打開一箱，也是這樣。

「這藥是哪家醫院剩的，還是哪家藥房賣不掉的？否則怎麼會是這樣包裝？」陳曉蘭問道。

「這回你清楚了吧？」藥房主任反問一句。

陳曉蘭是個有心人，她很快就弄清楚那瓶小阿司匹林的來源。那是上海某三級甲等醫院委託製藥廠生產的協議方，按規定那藥只能在那家醫院使用，卻流入廣中路地段醫院。

這不是謀財害命嗎？下班後，陳曉蘭茫然地走在街上，不知不覺就進了一家藥店。

「請把小阿斯匹林拿給我看看。」

營業員把藥遞給她。啊，這是正規廠家生產的，沒有過期失效。她多麼想把它買下來，送給孫家瑞的老伴。這藥是安全有效的，只要按時按量服用，就不會出現心梗了。突然，她意識到孫家瑞的老伴死了，不再服藥了。生命就這麼輕易地流逝了。她不由得將藥緊緊地攥在了手裡。

「這藥您買嗎？」年輕的營業員問道。

「買，啊，不，不……。」陳曉蘭把藥還給營業員。

她的目光隨著營業員手裡的藥落在櫃檯上，標籤上注有定價：六元二角。

她腦袋「嗡」的一下，六元二角的藥醫院怎麼能賣二十四元八角，這是藥店的四倍啊！還是過期失效的藥！這哪裡是治病救人，這不是牟利坑人，草菅人命麼？她想到此不禁憤憤不已。

右手做的惡，左手不可能不知道。知情者往往比不知情者更為痛苦，事情清楚地擺在那裡，想騙自己都騙不了。院長的權力越來越大了，不僅可以決定醫生紅包大小，還可以決定醫生的去留，醫生和護士敢怒不敢言了。可是，舉報醫院領導的匿名信卻像紛飛的處方投向虹口區衛生局和上海市衛生局。舉報信轉到醫院，最終落到醫院領導的手裡。醫院的問題沒得到解決，人際關係卻變得緊張了，領導猜測著匿名信的作者，對醫院領導意見大的醫生和護士成為懷疑對象。醫護人人自危，相互交往變得謹慎了，都怕給自己帶來麻煩。

陳曉蘭泡在冰冷的水裡，肢體麻木了，思維還活躍著。

「陳醫生掉進化糞池了。」消息像秋風刮著落葉似的傳遍醫院的角落。

「陳醫生給我交款掉進了污水裡，這麼大冷的天還不凍死啊？」那位年邁病人帶哭腔說。理療科的病人都守候在了消毒室門口，等陳醫生出來。

「陳醫生，衝衝就算了，回去再洗吧。」化驗室的檢驗員小張溜進來，給陳曉蘭送來一套白色隔離服。一會兒，門又開了，「哧溜」，一盞遠紅外線燈偷偷地送了進來，接著又有人送來一盞。陳曉蘭背對著門，沒有回頭。她知道他們不想讓人知道自己是誰。

當陳曉蘭穿著隔離服哆哆嗦嗦回到理療科後，一位院領導抱著膀子走過來說，太冷了，這天咋這麼冷呢？聽說你掉進窨井了，想過去看看，可是太冷了。你回家吧，算你公休。

回家？回家診室裡那麼一大堆病人怎麼辦？有些病人是事先約好的，讓他們頂風冒雪地趕到醫院，醫生卻不在，不是白跑一趟？這些病人大多是行動不便的啊。

中午，又一位領導過來說：「陳醫生，醫院負責賠償你的經濟損失。你開個價吧，上不封頂。」

「開什麼價？好像錢什麼都能買似的，你們想沒想過，假如今天掉進窨井的不是我，是老人或者孕婦，可能就喪命了，醫院拿什麼賠？」陳曉蘭氣憤不已地說。

晚上，睡眠的城門關上了，把她留在了外邊。她一閉眼睛，那位流淚的老奶奶，那瓶失效的阿斯匹林，那口流瀉著污水的窨井就出現在眼前。這醫院還是醫院？她開燈爬起，給虹口區紀委寫信，反映情況。

她送到區紀委，一位姓趙的官員認為她所反映的問題嚴重，一定查處。接著，她又寫一封檢舉信，連同那瓶過期的阿斯匹林一起交到上海市衛生局糾風辦。紀委將舉報信轉給區衛生局，衛生局又轉給了廣中路地段醫院。舉報在醫院產生了很大震動，她成了別人眼裡的怪人，一個沒良心的人。

有人說，院長對你那麼好，你還告他的狀。

陳曉蘭說，我這是對事不對人。

事不過是天空的風箏，追究下去就會逮住拽繩子的人。

沒過多久，虹口區九所地段醫院的藥劑科主任都被抓了起來。檢察官到醫院取證，別人都找藉口躲了。她卻主動要求反映問題。她不認為這是落井下石，醫院將劣質藥和過期藥採購進來，造成了病人死亡。這是犯罪，院長和相關人員都應對此責任。

檢察官卻說，陳醫生啊，醫院要生存，要發展；職工要吃飯，要有工資和獎金。你們院長不容易啊，有時候不得不打政策和法律的擦邊球。

她失望極了，痛苦極了。她只是想為病人著想，沒有個人的恩怨。

他們醫院的藥劑主任被判處三年有期徒刑，緩期三年執行。這判得也太輕了，該判的不該僅僅是他一個人。陳曉蘭感到自己被愚弄了，發誓今後再不管醫院事情。

沒想到，光量子卻把她捲進矛盾漩渦。

三

「我想請教一個問題，藥物可以用紫外光照射嗎？」陳曉蘭打電話給華東醫院理療科主任。

「用紫外光照射藥物？荒唐！藥物怎麼可以用光照呢？多數藥品存放的要求之一就是避光。」

「那麼，可以往藥液中充氧嗎？」

「藥液怎麼能充氧呢？藥液充氧後會產生氧化反應，會改變藥性的。你問的都是什麼稀奇古怪的問題？」

陳曉蘭又問了幾位老師，都認為藥物不能用紫外光照射，也不能充氧。

在不確切的情況下，將「光量子」大規模用於臨床治療是對生命和健康的漠視。

陳曉蘭越想越坐立不安了，由此想到阿托品，由阿托品想到了德國的「反應停」。

二十八年前的深夜，疏星寥落，十七歲的陳曉蘭背著藥箱出診歸來。作為生產隊的赤腳醫生，不論什麼時候，只要有人來找，她就要背起藥箱出診。出診回來往往是深更半夜，她一個人背著藥箱深一腳淺一腳地沿著山路往回走。剛下鄉時，一聽到草叢裡的響動，陳曉蘭不禁毛骨悚然，站在那兒緊握著手裡的棍子，一動不敢動。後來，夜路走多了，膽子就大了，哪怕從墳塋地穿過也不再害怕了。

山道彎彎，七拐八拐就進了一座小山村，陳曉蘭舒了一口氣，再走不遠就回到住所了。驀然，一陣哭聲時斷時續地飄來，淒厲瘆人。是什麼人在哭？為什麼這般悲痛欲絕，到底發生了什麼不幸？陳曉蘭的腳步改變了方向，尋聲而去。

那是一間低矮的農舍，黯淡的燈光似乎為逃避悲淒的哭聲，從門縫湧出。陳曉蘭敲敲門，哭聲弱了下去。她推門走進去，見地上擺放著一口新做的薄皮棺材，裡面躺著一個四五歲的小男孩。一位農婦趴在棺材邊哭著。陳曉蘭走過去，摸了摸那孩子的脈搏，沒摸出來。她從藥箱裡取出脫脂棉球，拽出棉絲放在孩子的鼻子下邊。棉絲拂動了，這說明孩子還沒死，還有氣息！她急忙把孩子抱出來，平放在床上。

接下來該怎麼辦？陳曉蘭不知所措了。突然，她想起老師給休克病人注射阿托品。她取出注射器和阿托品，給小孩推了小半支。孩子媽媽說，她的兒子是拉肚子拉死的。拉肚的病人需要補液，陳曉蘭沖了些淡鹽水，給孩子灌了下去。然後，她給他針灸和按摩足底。四五個小時過去了，天放亮了，陳曉蘭已累得腰酸背疼，兩手麻木。忽然，她感覺臉上溫熱，原來孩子的尿澆到了她的臉上。她高興壞了，這孩子被救活了！隨著一陣「咕咕」聲之後，他開始排便了。

那年春節，陳曉蘭回上海探親，放下行囊就跑到離家不遠的上海市第四人民醫院。

「我在鄉下救活一個小男孩兒。」陳曉蘭得意地對幾位教過她的醫生說。

「是嗎？你是怎麼搶救的？說一說。」醫生興奮地說。

陳曉蘭把搶救小男孩的過程聲情並茂地講給他們。

「你怎麼給他用阿托品？你們看看這個赤腳醫生，她給拉肚子的孩子注射阿托品！」開始大家聽得津津有味，當聽說她給孩子注射了小半支阿托品時，一位醫生跳起來說道。

那位醫生把陳曉蘭從二樓拽到四樓，一直拖到她的當醫生的姨媽跟前。

「看看你的外甥女，她給拉肚子的孩子注射阿托品！」

「啊？你昏了頭了啊？」姨媽弄清事情後，瞪大眼睛說。

姨媽讓那醫生把陳曉蘭拽到藥房，交給藥劑科主任去訓導。

藥劑科主任嚴肅地對陳曉蘭說，醫生是不能隨便用藥的。有時藥用後在短時間內可能療效很好，可是副作用將無窮無盡。在二十世紀五十年代，美國科學家研發了一種新藥，叫「反應停」（即酞胺哌啶酮），它可以幫助孕婦控制精神緊張，防止噁心，並且有安眠作用。一九五七年，「反應停」被廣泛用於臨床，並且深受廣大孕婦的歡迎，在歐洲流行起來。沒想到，二十世紀六十年代初期，德國、加拿大、日本、歐洲、澳洲、南美洲等十七國出現大批的「海豹肢畸形」，這種畸形兒長骨缺損，如無臂和腿，形同海豹。最後，研究發現是「反應停」的副作用。一九六一年，「反應停」被禁用，可是已出生了一萬餘例「海豹肢畸形」，其中德國有六千例，日本有一千例。美國從「反應停」吸取教訓，制定了藥物上市後不良反應的監測計畫。可是，「海豹肢畸形」已給近萬個家庭帶來了無窮無盡的苦惱和憂愁。「反應停」藥物事件被列為人類發展史上最值得銘記的二十大教訓之一。

陳曉蘭的腦袋耷拉下去，不吱聲了，看來自己太嫩，用藥太草率了。

三年後，陳曉蘭回上海探親時去聽醫學講座，當聽說阿托品可以用來治療中毒性痢疾，她差點從座位上跳起來。

「姨媽，專家說阿托品是可以用來治療中毒性痢疾的……」陳曉蘭歡快地跑去告訴姨媽。

「你用的時候知道嗎？你說你給孩子注射了小半支阿托品，小半支是什麼概念？用完後，你跟蹤調查了嗎，做記錄了嗎？他後來有沒有不良反應，有沒有併發症，你知道嗎？你還想為自己平反昭雪？做夢去吧！作為醫生，你怎麼能夠胡亂用藥？」姨媽冷冷地說道。

陳曉蘭不吱聲了。

是啊，藥怎麼能夠亂用？「反應停」用於孕婦，造成了一萬餘例「海豹肢畸形」；「光量子」廣泛地用於男女老少，如果出現副作用將會給多少病人帶來災難？

週六值班時，陳曉蘭請內科護士長韓邦華幫忙做一試驗。韓邦華是位相貌富態，有著菩薩心腸的女性，為人正直，做事很機靈。她幫陳曉蘭做過許多事，醫院卻抓不住她的把柄。有時領導指責她：「你怎麼能幫助陳曉蘭呢？」她就裝出一副無辜的樣子說：「我哪裡幫助她啊？她是醫生，我是護士長，她讓我把那個東西送過來，我送過去啦。」

臨近下班時，韓邦華把一台「光量子」悄悄抱進理療科。陳曉蘭把事先買好的生理鹽水和丹參遞給她。韓邦華把丹參注入生理鹽水後，懷揣著藥瓶跑到樓下去充氧。充完氧，她又抱著藥瓶「咚咚咚」地跑上來，把藥瓶懸掛好，接上「光量子」後，將藥液輸入一個代表人體的密封藥瓶。

「我想把它拍照下來，作為證據。」陳曉蘭說。

「拍吧，想怎麼拍就怎麼拍。」韓邦華說。

陳曉蘭取出照相機拍了幾張後，又跟韓邦華跑上樓去拍了幾張。

下班時，兩瓶藥液滴完了，陳曉蘭舉起藥瓶看一下，藥液的色澤和形態沒有變化。韓邦華把「光量子」抱走了，陳曉蘭收拾一下就去輔導班上課去了。

週一早晨，陳曉蘭一上班就把那兩瓶藥液拿起來觀察。這麼一看她就傻了，眼睛盯著那瓶藥液，心像被什麼重擊一下，半天說不出話來。藥液變了，不僅變得渾濁，而且還懸浮著絮狀物，這東西輸入病人的靜脈怎麼能行呢？

陳曉蘭想也沒想就叫來了幾位護士和醫生，把那兩瓶藥液拿給他們看。當知道這就是「光量子」的產物時，他們都感到頭皮發麻，一個個你看看我，我看看你，目瞪口呆。

「怎麼會這樣呢？」

「這種藥液輸進病人的靜脈會導致栓塞和免疫系統機制紊亂！」陳曉蘭說。

領導上班了，她又拎著那兩瓶藥液去找院長。院長連「ZWG」是紫外光都不承認，怎會承認「光量子」對病人有害？就算有問題，他有什麼責任？「光量子」又不是他從自家廚房搬來的。再說，出麻煩也不過罰點兒款，罰的遠沒掙的多。

從某種意義上說，我們對造假、售假、用假者太寬容了，寬容到了近乎縱容的地步！他們賺一百萬，抓不住什麼事都沒有，抓了也就罰三五千，這怎麼能叫罰款？充其量收點兒小費。再說，罰款也罰不到院長身上。否則，領導見到那瓶渾濁的、有絮狀物的藥液早就屁滾尿流了。

下班後，陳曉蘭拎著那瓶混濁的藥水，無精打采地走在街上，心裡空蕩蕩的，像一隻飛在茫茫海面的小鳥，無處著落，無法棲息。她不知不覺就走到自家的門口，意識到家才是心靈的棲息地。

「曉蘭，我今天給上海醫科大學的同學打電話了，她說他們學校沒有叫陸應石的教授。」陳曉蘭一進家門，媽媽就對她說。

過去，陳曉蘭一回家父母就問她，今天看了多少病人，都是什麼樣的病人，用了哪些療法，效果如何。「光量子」出現後，她一下班父母就問她「光量子」處理的進展。他們一家人都是理想主義者，有著一種共同的基因——嫉惡如仇。「光量子」成為他們這個家的公敵，每天都要談論它，琢磨它，研究它。前幾天，陳曉蘭把那瓶渾濁的藥液拎回家後，父親拿著藥瓶衝著燈光看了看，氣憤地說：「血管不是下水道，把這種東西輸進病人的體內，讓它怎麼出來？」資料上說，「光量子治療理論」的發明人是上海醫科大學的陸應石教授。陳曉蘭想找這位教授請教幾個問題，沒想到媽媽卻幫她聯繫了。

「不會吧？媽媽，你已經七十多歲了，你的同學年齡也跟你差不多，都已年近古稀了。他們退休多年了，對本校的年輕教授可能不大熟悉。」陳曉蘭對媽媽說。

「這也有可能，我再打聽一下其他的人。」媽媽說。

「曉蘭，我今天又打電話問了，這次問的是我的同學的弟弟，他是上醫的在職教授。他也說上醫沒有叫『陸應石』的教授。」第二天，媽媽對陳曉蘭說。

這怎麼可能呢！「光量子」使用說明書上，清清楚楚地寫著這一理論的發明人是上海醫學院的陸應石教授，怎麼會找不到這位教授呢？不可能，絕對不可能。

兩天後，陳曉蘭去上海市消費者協會反映「光量子」情況，然後又去上海醫科大學查找陸應石教授。學校人事處的一位姓王的工作人員把「陸應石」三個字輸入電腦查詢，結果不僅沒有叫「陸應石」的教授，連員工也沒有。

「沒有陸應石教授？怎麼會呢？」陳曉蘭驚訝地問道。

陳曉蘭又去請教上海醫科大學藥學院的專家。有兩位專家認為，光量子治療理論跟它的發明人陸應石一樣——根本就不存在。

造假者膽識非凡，居然敢把「陸應石」說成是上海醫科大學的教授。造假者的膽識究竟來自對上海醫生尊嚴和責任心的蔑視，還是沒想到會有像陳曉蘭這樣的醫生存在呢？

醫生有責任維護生命的尊嚴和價值，有責任讓病人不受到傷害。

陳曉蘭想，我沒能力阻止醫院使用「光量子」，我可以讓醫生、護士和病人認清「光量子」是什麼。她不斷地跟醫生和護士講「光量子」不是鐳射；「光量子」治療有不安全的隱患，「光量子治療理論」的發明人陸應石是不存在的。

有的醫生用異樣的目光打量陳曉蘭，認為她在說謊。有的醫生說，我少開一針「光量子」，陳曉蘭又不能給我七元錢，憑啥不開？這年頭，只有傻瓜才跟錢過意不去。有的醫生對她惱恨不已，生怕「光量子」被取締自己斷了財路，也有許多醫生和護士或明或暗地支持著陳曉蘭。

老護士長周鴻寶對陳曉蘭說，有一對夫婦領著孩子來看病，母親一聲接一聲地咳嗽，眼淚都咳出來了。可是，她沒捨得錢給自己掛個號。結果醫生為得回扣，給孩子開了幾針「光量子」。「光量子」一次要四十元，再加藥費和其他費用，一針要百八十元。周護士長想告訴那位父親：「不要紮『光量子』，那是騙人的，省下錢來給孩子的媽媽看看病吧。」可是不敢說，只得眼睜睜地看著那個孩子紮「光量子」。

「光量子」問題上，醫院絕不允許置疑存在。

醫院開大會，曉蘭躲在角落看報紙。突然，唧唧喳喳的聲音消失，會場鴉雀無聲了。她抬起頭來，發現所有的目光都在注視自己。怎麼回事，難道自己坐錯了地方？自己每次開會不都是坐在這個地方嗎？

「我再說一遍，鐳射就是紫外線，紫外線就是鐳射。誰再散佈紫外線不是鐳射，影響醫院的經濟效益，我就讓誰下崗。」行政主任像吵架似的說。

「你這是指鹿為馬！『光量子』上面清楚地寫著『ZWG』，『ZWG』就是紫外光，紫外光就不是鐳射！」陳曉蘭站了起來，跟行政主任辯論道，「你這樣做是欺騙病人，是謀財害命！」

會場亂了，最終不歡而散。

第五章

「光量子」成了醫院的搖錢樹，醫生和護士的獎金如逢牛市，一個勁兒地往上躥。陳曉蘭等三人在夜晚摸進掛號室，抄下接受過「光量子」治療的病人住址。陳曉蘭的調查發現二十三位病人有九位死於腎功能衰竭和肺栓塞，紮過十次「光量子」的病人多數出現過重度感染。舉報是否繼續下去？

一

陳曉蘭可以不懼下崗的威脅，可以堅持「光量子」是紫外光，不是鐳射，可是她扭轉不了醫院的對「光量子」的態度，阻止不了醫生給病人開「光量子」。那次會後，醫院將開「光量子」的回扣由七元提到九元。

阿基米德說：「給我一個支點，我就能夠撬動地球。」回扣撬動了幾千年的傳統醫德，湮滅了部分醫生和護士的良心。「光量子」在廣中路地段醫院流行起來，由內科普及到外科、小兒科、婦產科、針灸科，除陳曉蘭的理療科和口腔科的醫生之外，其他科醫生都在給病人開「光量子」。注射室熱鬧開來，從早到晚排著等候紮「光量子」的病人。

「光量子」成了搖錢樹，它使得醫院的收入直線上升，很快占到醫院總收入的百分之六五－七〇。部分醫生的獎金如逢牛市，一個勁兒地往上躥，連注射室護士的獎金也從每月一二百元飆升到一千兩百多元。

在市場經濟下，做任何生意都有風險。醫院給病人用「光量子」治療卻不然，風險是病人的，鈔票是醫院和醫生、護士的，上哪兒找這樣的生意？退一萬步說，就是出醫療事故又怎麼樣？追究責任，醫院可以一推二六五，既不會有人坐牢，也不會有人丟官，可以說是毫髮無損。

漠視是一種深層的傷害，這一傷害像鈍刃在陳曉蘭的心上戳著，這痛苦既躲不開，又無可奈何。這是人命關天的事情，陳曉蘭無法放棄。放棄了，「光量子」的隱患就會被金錢掩蓋，病人的生命和健康將遭受更大的威脅。

陳曉蘭產生了對病人進行跟蹤調查，收集病例和病史，掌握「光量子」對病人戕害的證據的想法。

一天下班後，陳曉蘭回家匆匆吃完飯就返回醫院。掛號室的小W和一位護士也趕回醫院。醫院外邊的大鐵門已經上鎖，她們三個女人從圍牆爬了進去，然後又從視窗爬進掛號室。醫院格外清靜和空寂，偶爾的響動讓人驚心動魄。陳曉蘭她們躲在掛號室裡，護士回憶著做過光量子治療的病人姓名，小W熟練地把病人的病歷卡調了出來，陳曉蘭把病人的家庭住址記下來。那天晚上，她們收集到了六七十位病人的聯繫方式。

第二天下班，陳曉蘭溜出醫院，跑到醫院馬路對面的弄堂，向看弄堂電話的人打聽：「最近，在醫院紮過鐳射針出問題的病人家住哪兒？」

她的話猶如一根靈巧的指頭按在了半導體收音機的開關上，那位看電話的中年婦女就「哇啦哇啦」連標點符號都沒有地說開了。「你們醫院的鐳射針太可怕了，打死了好多病人。他們紮鐳射針，紮著紮著就死掉了。已經死了很多了……對對，有一個人被搶救過來了，他叫施洪興，我帶你去他家……。」

難道有病人被「光量子」治死？陳曉蘭既震驚又難過。

陳曉蘭跟著那位婦女來到病人的家，見到了病臥在床的施洪興。他是因咽喉疼痛、咳嗽到廣中路地段醫院就診的。醫生給他開了五次先鋒六號加「光量子」治療，花去了七百多元的醫藥費。紮上「光量子」後，施洪興感到渾身發抖，接著牙齦和鼻腔出血。他要求停止治療，退掉剩下的四針。醫生不同意，讓他繼續接受治療。在第二次治療時，紮上十分鐘後，他再度出現牙齦出血和鼻腔流血。醫生說沒有關係，他只好咬牙堅持紮下去。紮完針後，施洪興解手時發現尿液已像洗肉的水似的鮮紅，緊接著陷入了昏迷。他被轉送到海軍四一一醫院搶救。一個月後，他脫離了危險，留下了腦栓塞和慢性腎功能衰竭等病症。醫生說，幸虧發現得早，搶救及時，否則他就沒命了。

陳曉蘭找到了幾十位病人和家屬，其中有二十三位願意接受調查，這些病人有九位已經死於腎功能衰竭和肺栓塞。在用過十次「光量子」治療的病人中，多數出現過重度感染。這種感染一般的抗菌素無法控制，只有用新型的三線抗菌素才有效。

陳曉蘭把這些情況跟父母說了，父親說告訴她，要讓病人瞭解「光量子」，拒絕接受「光量子」治療。可是，行政主任已經說過：「如果誰再散佈紫外線不是鐳射，影響醫院的經濟效益，我就讓誰下崗。」

陳曉蘭有過下崗失業的經歷，知道那是一種什麼滋味。當醫生不僅僅是她的飯碗，更是她一生的追求。她不敢設想失去了醫生這份職業會怎麼樣。

二

一九六九年，上海火車北站人流如潮，車站內外掛著一幅幅鮮紅的「歡送知識青年上山下鄉」、「知識青年到農村去，接受貧下中農的再教育，很有必要」的標語。一列列知青專列從這裡出發，載著十六七歲的上海知青奔赴各地的農村插隊落戶。

三月的月臺，又一群胸前帶著大紅花、斜挎黃書包的十六七歲的孩子在跟父母家人話別，他們是赴江西安福縣插隊的知青。父母兩眼通紅，孩子淚光閃閃。在他們的身後停靠著一列綠色的列車。

在人群中，身高一．四八米，梳著兩隻小抓鬏的陳曉蘭滿眼新奇與欣喜，好像不是去插隊落戶，而是去旅遊，在外邊轉一圈，玩夠了也就回家了。來送她的有戴著眼鏡，氣度儒雅，書卷氣很濃的父母，還有年邁的奶奶，滿臉稚氣的弟弟。

「嗚——」知青專列開動了，陳曉蘭趴在車窗笑著向親人揮手告別。「曉蘭……」她的父母喊道，那聲音滲透出撕心裂肺之痛，「三姐，三姐……」小弟邊喊邊跟車跑著。

她笑眯眯地望著窗外，望著望著，突然父母那慈愛的面容不見了，小弟跑動的身影也像落葉似的刮走了。她慌了，這位從小到大沒離開過家，沒離開過父母的女孩「哇」地咧開嘴——哭了。她蹦著，跳著，喊著要下車。帶隊的老師急忙趕過來，哄了好一陣子，才把她哄好。

孩子的臉，六月的天，說晴就晴，她又像沒事人似的了。車廂的廁所裡上方有根水管，讓她興奮起來，臉上浮現淘氣的笑容。她踮著腳去摸水管，沒有摸到。她又跳起來去摸，那動作就像是個小男生在夠籃筐，一下，兩下，三下，小辮歡快地顫抖著，手終於摸到了管子，她開心地笑了。那張笑臉就像晴朗的天空，沒有一絲愁雲。

「曉蘭，來打撲克。」有人喊道。

「我不會。」陳曉蘭說。

在她的家裡，打撲克是犯禁的。

她出生於上海灘家道從容的讀書人家，這個家族有五十多人飄泊海外，遍及世界各地，不乏社會名流：她的舅舅是臺灣駐韓國總領事，她姑媽的女兒嫁給了蔣介石的外甥。在「文革」前，她家不僅有兩個保姆，還有裁縫和家庭醫生。據父親說，在解放前，她家曾經有洋樓和汽車，雇用的保姆超過家人。後來，她的爺爺迷上了股票，把家產一點點地賠掉了。她的父親對賭博恨之已極，不許家人動麻將、推牌九和打撲克。

陳曉蘭的童年像首歡快的樂曲，心靈像一片純淨的天空，沒有陰霾。小時，她深得父母和家人的寵愛，吃的玩的用的應有盡有。當然，也有別的孩子有，她沒有的東西，比如弄堂裡小夥伴踢的毽子，她就沒有。毽子太好玩了，陳曉蘭的腳癢癢的，想踢又不好意思跟小夥伴借。她「噔噔」跟回家去，翻箱倒櫃地找了一番，在奶奶的首飾盒裡找到一枚金戒指。她興奮地跑出去，小夥伴踢毽，她踢金戒指。

天漸漸黑了，車廂，沉沉悶悶。有人吃飯了。吃飯是件頗具傳染力的事情，本來沒覺得餓，聞到誘人的飯香，看見咀嚼的嘴巴，唾液分泌了，食欲產生了。在這種情況下，如不用食物壓一壓，那就是痛苦。知青們紛紛從行囊裡取出吃的，恨不得把所帶的食物統統擺放在茶几上。陳曉蘭的行李很沉，她帶的東西比其他知青都多，可是吃的卻很少。那裡邊有榔頭、鋸子、鉋子，各種規格鑿子，什麼七分鑿、五分鑿、三分鑿，還有一大包土黴素等藥物，以及聽診器、止血鉗和一個她喜愛的布娃娃。

陳曉蘭望著車窗外閃爍的燈光，想像著背著藥箱行走在阡陌的田間小路的感覺。她笑了，笑得很甜……在她八歲時，父母爭搶閱讀《新民晚報》，那上面有什麼呢？她感到很好奇。媽媽說，上面有篇文章，講的是全中國各地拯救六十一個階級兄弟的故事。接著，媽媽把〈為了六十一個階級兄弟〉的通訊讀給她聽。當媽媽講到給六十一位農民喝綠豆甘草水解毒無效，注射了嗎啡無效，生命垂危之際，她的心懸了起來；當聽到醫生診斷，只有給病人注射特效藥二巰基丙醇才能挽救生命時，醫生的形象在陳曉蘭的心目中高大起來。後來，經多方面努力，藥品從北京空運到平陸縣，空投下來，病人注射了二巰基丙醇後，轉危為安時，陳曉蘭說，我長大要當醫生，就是這樣的醫生！

隨著年齡的增長，陳曉蘭的這一想法沒有改變。她把自己的理想定位為外科醫生，而且最好是急診室的。急診室的醫生每時每刻都在跟死神爭奪病人的生命，是最能體現醫生價值的。她的理想得到父母的支持和鼓勵，爸爸說，當外科醫生要心靈手巧，不僅會縫縫補補，還要有木工、鉗工的基礎。於是，十幾歲的陳曉蘭買來了木工工具，躲在家裡「吱嘎吱嘎」地鋸，「哧啦哧啦」地刨，「乒乒乓乓」地鑿。她折騰了幾天，像模像樣的凳子和椅子就做出來了。在下鄉前，陳曉蘭在虹口區長春地段醫院學了四個月外科、內科和針灸，然後又去上海市第四人民醫院學習了兩個月的婦科和產科。她想當名鄉村醫生，像〈為了六十一個階級兄弟〉裡的醫生那樣為農民治病。

列車像搖籃，搖著睡夢。陳曉蘭夢見了自己持手術刀給病人動手術。「不要怕，打上麻藥就不知道疼了。你不要動，一動手術刀就會劃偏……你怎麼還動呢？」她對病人說道。病人還在不停地亂動，她只好用手把病人穩住，可是她的手也在動。她一著急醒了，火車還在奔馳著。

火車到站了，陳曉蘭吃力地拎著沉重的行李下了車。這裡的房子都舒舒展展地趴臥在土地上；天空是完整的，藍藍的。突然，她看見一隻螞蚱，急忙丟下行李去逮螞蚱。咦，上海的螞蚱是綠的，這裡螞蚱怎麼是土頭土臉的呢？

「陳曉蘭，陳曉蘭！」老師把她喊了回來。

「老師，你看，螞蚱！黃色的。」她舉著手裡的螞蚱對老師說。

老師見她的小臉蹭上了紅色泥土，像花蝴蝶，掏出手帕給她擦臉。擦著擦著，老師竟忍不住哭了。老師為什麼要哭呢？陳曉蘭不知所措地看著老師。

陳曉蘭如願以償地當上了「赤腳醫生」，被安排在公社衛生院進修。她以為農村缺醫少藥，沒想到公社的衛生院卻有三位「反動的學術權威」，一位是外科醫生，姓廖，德國歸僑，不遠萬里回來，想報效祖國，卻被打成了「德國特務」；一位是藥學家，姓朱，是江西省人民醫院藥劑科主任，業務精深，學識淵博，出身於地主家庭；還有一位是地區醫院的婦產科主任，被打成了「牛鬼蛇神」。

在江西安福縣那個偏僻鄉村，陳曉蘭師從廖醫生，一步一個腳印地踏上了行醫之路。廖醫生雖然是監督改造對象，卻深受當地人的敬重。他行醫嚴謹認真，對病人有著博大之愛，不僅手把手地教會陳曉蘭「視觸叩聽」等診療方法和縫合、清創技術，還要求她一招一式完全符合規範，容不得半點偏差，他的醫德醫風給了她很深刻的影響。

一天，廖醫生彎腰要給躺在床上的肺炎患者檢查時，病人突然嘔吐起來。陳曉蘭本能地躲閃開了，廖醫生卻迎上去，一把將病人抱坐起來。嘔吐物一股股地噴射在廖醫生的身上，散發著難聞的氣味兒……。病人吐完了，望著廖醫生白大衣上的嘔吐物，不知所措了。

「吐了就好了，吐了就好。」廖醫生安慰道。

陳曉蘭愣住了，這位平素整潔的留洋醫生居然穿著那件被吐得一塌糊塗的白大衣，繼續給病人檢查病情。事後，廖醫生對陳曉蘭說，醫生跟躺著的病人說話時，應該伏下身去；躺著的病人嘔吐時，要立刻把他扶坐起來，因為躺著嘔吐時，容易把嘔吐物吸進氣管，造成窒息；當衣服被病人吐髒時，不要當著病人的面脫下來，那會加重病人的心理負擔。他告訴她，醫生要時時刻刻為病人著想，要真正把病人當親人，而不是停留在口頭上。

廖醫生經常對陳曉蘭說，在這個世上，生命是最寶貴的。許多事做錯還可以重來，生命逝去了就永遠挽救不回來了。醫生是跟生命打交道的，容不得半點粗心大意。幾十年過去了，陳曉蘭還牢牢地記著廖醫生的話。不，這觀念已深入她的骨髓，溶入她的血液，成為她生命的一部分。

三

陳曉蘭在鄉下當了七年赤腳醫生，治好了別人的病，卻治不好自己的病，她得了風濕性心臟病。根據政策可以返城，不過返城後她就不能當醫生了。她寧願放棄返城，也不放棄當醫生，從江西轉到安徽壽縣繼續當赤腳醫生。後來，病情越來越重，她不得不返回城。

返城後，她進了虹口區的一家小集體企業，完成了兩件大事——結婚和生女。生活中沒有了白大衣和消毒水味，聽診器被流放在抽屜裡，讓她失落和鬱悶。她的病情不僅沒好轉，反而重了，一年要休半年病假。

一天，突然聽說局裡要舉辦招賢考試，給在農村當過教師、會計和醫生的知青重返崗位的機會。陳曉蘭興奮極了，急忙跑到廠裡報了名，然後翻出醫學書來備考。可是，她已為妻為母，不僅要生火燒飯，還要照看剛剛兩歲的女兒，要伺候上班的丈夫，哪裡有時間來複習功課？她心急如焚，只好夜以繼日，挑燈夜戰。這時候，偏偏夫妻關係也緊張起來，在考試那天早晨，夫妻之間爆發了一場衝突。陳曉蘭被丈夫打了一頓，嘴唇打裂了，鮮血淋漓。為重返醫療崗位，愛面子的陳曉蘭捂著傷口趕到考場。

考場特別安靜，分分秒秒都像拉滿的弓，再一使勁就要斷裂；噪音似乎被緊張坐在了屁股底下，哼哼不出聲來。考場內只有筆和試卷或輕鬆，或暢快，或沉重，或艱澀的親吻聲，還有考生的清清濁濁的呼吸聲。陳曉蘭坐在前排，左手捂著被丈夫打破的嘴唇，右手握筆在試卷上「刷刷刷」地書寫著。「叭」一滴殷紅的鮮血落在試卷上，像一朵綻開的紅梅。她慌然掏出手帕，小心翼翼地拭去。「叭」又一滴血落在試卷上，將答完的題染紅了……

傷口像個頑皮的孩子，在一跳跳地痛，血流不止。陳曉蘭清楚她的傷勢較重，創口較深需要縫合。可是，她不能管它，這是一次難得機會，如果失去了，今生今世就再也不能當醫生。她埋頭答著，漸漸忘記了臉上的傷，忘記了挨打的委屈，卷面上的字像一個個痊癒的病人，笑臉盈盈地向她走來。鈴聲響了，考試結束了，陳曉蘭從卷面收回目光，交卷了。傷口好似從睡夢中醒來，疼痛難忍了，她急忙騎自行車去醫院，縫合四針。

陳曉蘭跟丈夫提出離婚，不僅那個男人不同意，她的父母也不同意。當初結婚時她的父母反對，在離婚時父母還是反對。在父母的眼裡，離婚是件丟人的事情，既然結了婚，那就要安安分分地過下去。可是，那不符合陳曉蘭的性格，她寧可死也不跟那個男人過了。為了掙脫那痛苦的婚姻，她自殺過兩次。

成績出來了，陳曉蘭脫穎而出，考得了九十六點五分，順利獲得重返醫療崗位的機會，進了工廠的醫務室。

一九八一年，陳曉蘭終於爬出了婚姻的僵殼，不僅爭取到了女兒的撫養權，還得到了住房。陳曉蘭用那套房子換了一間老式弄堂裡的舊房子。那是一間位於二樓的，沒有衛生間的，面積僅十一・四平方米的房間。廚房在一樓，僅六平方米，四戶人家共同使用，平均每戶一・五平方米。沒有煤氣管道，燒的是煤，不論春夏秋冬，廚房裡都是煙薰火燎的。舊房子外表看上去像位風燭殘年的老人，格局和設施陳舊不堪，可是陳曉蘭卻很滿意，那房間的舉架很高，可以搭層閣樓。

離婚了，自由了，她本來可以搬回娘家，搬回山陰路，跟父母住在一起。可是，她是一個剛強的女性，她不想離了婚狼狽地回去，讓別人看不起，尤其不能讓父母看不起。她頂起了一個家，她和女兒小貝宜的家。在這個家裡，不論什麼事都要她親自去做，自己砌爐子，自己安水龍頭，自己裝水錶，自己拉電線，連搭閣樓都是自己幹。她過去學過木匠，閣樓搭得很漂亮。有了閣樓，房間的面積增大一倍，屋裡變寬敞了。晚上，她們睡在閣樓上；白天，她們在下面讀書。她從苦難中為女兒營造出了溫馨。她的收入很低，每月的收入只有四十二元錢，為保證女兒的營養和開銷，她不僅學會了打毛衣等女紅，還經常去揀木柴和煤渣。最苦的還是內心，她不愛說話，孩子也很老實，不哭不鬧，家裡靜悄悄的，死氣沉沉。有時太寂寞了，她只好自己跟自己嘮嗑，自己跟自己交流。

女兒上學了，她也想讀書，要求報名參加首屆醫科中專自考班。廠領導不同意，他們覺得陳曉蘭的醫術已經很不錯了，不論外科、內科和婦科，她都能看，還讀什麼自考？幹嗎要拖家帶口地去混那紙輕飄飄的中專文憑？他們哪裡知道，陳曉蘭太熱愛醫學了，太渴望學習了，太想成為一名出色的醫生了。最終，領導被她感動了，在報名申請表上簽了字，蓋了章。

從那之後，陳曉蘭和女兒都上學了，家裡有了兩個書包。每天下班，陳曉蘭背著書匆匆離開醫務室，跑到學校去接女兒。在一群嘰嘰喳喳的孩子中找到女兒後，領著女兒趕往另一學校。路上，她買點吃的，讓女兒填飽肚子，自己的肚子卻餓得咕咕直叫。進了教室，她先把女兒安頓好，然後從書包裡掏出書本，跟著那群被時代耽誤的、沒有文憑的醫務人員一起上課。學校明文規定，學員不許帶孩子上課，不過，學校對陳曉蘭卻網開一面，不僅允許她帶孩子上課，還允許她帶孩子去醫院實習。

下課了，陳曉蘭扭過頭一看，小貝宜手裡還攥著沒吃完的食物，趴在課桌上睡著了。

陳曉蘭心疼啊，內疚啊，自責啊，女兒那麼小的年紀，上一天學已經夠累的了，晚上還要陪媽媽去上課讀書。陳曉蘭心酸酸的，淚水差點滾落下來。可是，她不能哭啊，還要收回心來，集中精力聽老師講課。放學了，陳曉蘭先背起女兒，然後左肩挎上女兒的書包，右肩背上自己的書包，迎著一盞盞昏黃的街燈往家走。為省幾角錢車票，陳曉蘭要餓著肚子背女兒走五六站地。沒辦法啊，每月那麼點兒收入，要買米購柴，要支付水電費，還要供女兒和自己讀書。錢不夠用，她就算計自己的肚子，伙食標準一降再降，經常靠醬菜下飯。飯餿了，捨不得倒掉，用水衝衝，燒一開，吃掉。她本來體弱，再加上長期營養不良，走路就像踩在海綿上似的飄飄悠悠的。可是，生活再苦，她都不覺得苦，真正讓她痛苦的是，沒錢買自己特別需要的醫學書。

到家了，總算到家了，陳曉蘭累得把女兒放到床上就不想動了。可是，不行，她還要起來生火燒飯，撫慰轆轆饑腸。當她再爬上床時已近半夜，還要躺在床上回顧一下老師講的內容。親朋好友勸她，退學吧，別念了，再念下去命就沒了。當醫生的不學習哪行，要活到老學到老，要不斷提高自己的醫術。她不想放棄任何的學習機會，哪怕是中專自考學習。

四

怎麼的了？手術臺轉動了，病人跟著轉動了，老師那雙戴著無菌手套的手也跟著轉了……。

「小陳……」

「小陳醫生……」

聲音由遠而近，似乎是在喊她。她睜開眼睛，身邊圍滿了同學和醫生。她感到難為情，感到羞愧，感到對不起大家。她很難為情地笑了笑，掙扎著想要坐起來。

「躺著別動。小陳醫生，你休息一會兒。」一位外科醫生說。

這是她在為期半年的實習中第二次暈倒在虹口區中心醫院的手術室裡。實習是從書本到臨床，由理論到實踐的轉化過程，是一個難得的機會。為交實習費，她把自己最珍貴的東西——祖母留給她的金首飾都賣了。

「小陳，我們是一個整體，你有什麼困難就跟大家說，讓大家幫助你。」那位醫生找她談話。

「我沒有困難，真的，一點困難也沒有。」

「你不能再吃得那麼差了。營養跟不上去，做手術時就會體力不支，會暈倒的。你暈倒了，就會分散其他醫生的注意力，會影響手術的進行。」那位醫生見她不肯承認，只好實話實說。

「我的伙食並不很差。我吃的那些都是愛吃的。您放心，我今後一定注意，一定會照顧好自己，不會再影響大家。」陳曉蘭含著眼淚說。她明白了，儘管自己總是背著別人吃飯，可是他們還是發現自己吃得很糟糕，飯盒裡經常只有飯沒有菜。她不願意讓別人同情自己，可憐自己，幫助自己。哪怕是父母，她也不願意。她已經有一年沒回山陰路去看望父母了，怕他們知情後會伸出援助之手，會給她錢，甚至讓她搬回娘家。

中午，她又躲在角落打開飯盒，發現裡邊有雞、魚、肉、蛋。壞了，我拿錯飯盒了！她急忙扣上飯盒，仔細看看。沒錯啊，這是她的飯盒啊。她明白了，這是老師和同學背著她塞進去的。她不禁熱淚盈眶。第二天，她把自己的飯盒藏了起來，讓他們找不到。吃飯時，她打開飯盒，裡邊又出現了那些菜。第三天吃飯時，一位醫生夾塊肉放進她的飯盒：「陳醫生，這塊肉我吃不掉了，你幫我吃了吧。」一位同學撥過一塊魚說：「曉蘭，這塊魚你幫我吃了吧。」

轉入內科實習後，每天吃午飯時，內科主任都要過來檢查一下陳曉蘭的飲食，看看她吃什麼，營養夠不夠。原來外科主任特意將陳曉蘭的情況介紹給了內科主任。在她初到內科時，主任很嚴肅地跟她談過一次話，要求她吃飯不能將就，要注意身體健康。內科醫生對她也特別好，吃飯時這位說，「小陳，你幫我吃掉一個雞蛋，這個雞蛋我沒動過。」那位說，「陳醫生，你幫我吃掉兩塊雞肉。」

這是醫院，是最講人道的地方，最富有同情心的地方；醫生，是最善良、最無私、最值得依賴的人！

實習的日子是緊張而幸福的，陳曉蘭的責任心和臨床經驗均得到老師們的認可，在她的實習鑒定上，一位主任情不自禁地連連寫了三個「優」。上海那批參加中專醫科自考的學員有數幾千人，那次拿到畢業證的只有二十七個人，其中就有一個叫陳曉蘭的醫生。

也許，知道陳曉蘭取得了中專文憑的人不以為然，卻沒幾人知道這是她用自己生命換得的。在學醫的路上，她付出了遠遠超過其他人的代價。

一九八八年，企業倒閉了，三十六歲的陳曉蘭下崗了。

倒閉的原因是複雜的，其中重要的一點是經濟效益不好，導致經濟效益不好的一個重要因素是醫療負擔過重。在改革初期，醫院出現了「以物代藥」的傾向——藥品用飯盒、暖瓶來包裝，誘使一些職工跑到醫院使勁地開藥。藥開出來後，還沒出醫院就倒掉了，飯盒和暖瓶被拿回了家。

陳曉蘭以為自己有中專文憑和臨床經驗，找工作不難。她很快就發現自己想得太簡單了，醫院是全民所有制的事業單位，她是集體所有制的企業職工，按規定集體所有制的職工進不了全民所有制單位，企業職工也進不去事業單位。兩座巍峨大山聳立在她的面前，背後有條小路——放棄做醫生，到集體所有制企業當工人。

一九九〇年年底的傍晚，陳家燈火輝煌，高朋滿座，父親陳嶸星七十大壽，海內外的親朋好友紛紛趕來祝壽。夜巷深處，一葉剪影獨自徘徊。夜寒如水，那影子若冬日的柳枝瑟瑟縮縮，這就是陳曉蘭。

夜深人靜，席散客去，陳曉蘭踽踽踏入家門，沒有祝父親生日快樂，一閃身躲進了自己的房間。那夜，房間的燈像星星似的閃爍著，陳曉蘭伏案給上海市虹口區區委書記寫人民來信。她邊寫邊哭，淚水一滴滴地掉在信箋上，將信箋打濕，將字跡變得模糊。她聽說這位區委書記很關注人民來信，喜歡為群眾辦實事。

數日後，陳曉蘭突然接到虹口區衛生局的通知，讓她去同心路地段醫院去面試。原來區委書記讀完她的信後，在上面作了批示，讓區人事局解決。區人事局又把信轉給區衛生局，區衛生局轉給同心地段醫院。

同心醫院的會議室坐著八位考官，陳曉蘭坐在他們的對面。她不斷地告誡自己不要緊張，不要緊張，可是還是抑制不住地緊張。

考官一個問題接一個問題地問著，由複雜到簡單，由理論到臨床，由專業到生活，後邊的竟是文憑、住房、結婚、子女。陳曉蘭不緊張了，他們提的大多是醫療專業的問題，很好回答。七位考官都問過了，只有坐在長條桌子邊的一位男性考官從始到終沒有提問，一直在埋頭看材料。突然，他站起來說：

「別問了，這個人我要了，留下吧。」

原來他就是上海市虹口區同心地段醫院的院長，姓嚴。

從會議室出來，嚴院長領陳曉蘭去報到。他們邊走邊聊著，從內科聊到外科，又從外科聊到婦科、兒科。嚴院長沒有想到陳曉蘭知識面那麼廣，臨床經驗那麼豐富。他興奮地說：「陳醫生，我想把你安排在理療科！」

理療科是醫生們所羨慕的科室，環境舒適，不吵不鬧，冬天凍不著，夏天熱不著；既不接觸傳染病，也不需要值夜班；醫療領域寬廣，擁有內科、外科、兒科、婦科等科室醫生的處方權。

「有些人想進理療科為的是舒適，想舒適的人怎麼能辦好這個科室？我希望你能將我們醫院的理療科辦成虹口區最好的理療科！」院長對陳曉蘭說道。

爸爸對她說，一位好理療科醫生不僅對醫療器械的功能瞭若指掌，還要懂得器械的結構和機械性能，甚至要會維修。陳曉蘭聽了爸爸的話，經過幾年的鑽研，不僅能夠修理寇里的所有醫療器械，而且有些器械還是她自己製作的。

轉眼間，陳曉蘭已經在廣中路地段醫院工作了七八年。這是在她人生中非常重要的日子，也是最幸福的日子。她天天跟病人在一起，感受著他們心臟的律動，看著一個個病人擺脫疾病的痛苦。

「曉蘭，你已經四十六歲了，要是為光量子下崗了，那是多麼的不值啊。承認鹿就是馬又能怎麼的，承認光量子是鐳射針又怎麼的？你為何就不能變通一下，別那麼較真！」朋友勸陳曉蘭。

「陳醫生，只要你對光量子視而不見，充耳不聞，生活不就太平了麼？你不能跟光量子過不去，跟光量子過不去就等於跟院長過不去；跟院長過不去，那不就等於跟自己的飯碗過不去？」

陳曉蘭面臨著艱難的抉擇，一是明哲保身，不再管「光量子」的事情；二是對病人負責，繼續舉報「光量子」，這樣很可能會下崗。

當醫生不為病人負責，那還算是醫生麼？

五

一九九八年的冬日，西北風越刮越狂，雨絲躲過雨傘，掃在行人身上。

陳曉蘭和周護士長來到虹口區公安分局舉報「光量子」坑害病人。一位警官告訴她們，社會上的制假、銷假歸公安局管，醫院內制假、銷假歸衛生局管。

她們倆又頂風冒雨趕往上海市衛生局。到了衛生局，她們的衣服快要淋透。濕乎乎的衣服有些僵直，把人變得笨拙。當她們來到藥政處時，還沒說幾句話，一位官員說：「你是陳曉蘭，你反映的情況不屬於我們管的。我們處管的是醫院購進假藥的問題，購進真藥濫用變性問題不歸我們管，管了就是越權；藥品在使用之前變質，這歸我們處室管。你說的『光量子』是在藥液中充氧和紫外光照射所引起藥性變化問題，這屬於藥性在使用的過程中所產生的變化，這歸醫政處管。」

「你怎麼知道我呢？」陳曉蘭驚詫地問道。

「華山醫院反映上來的。」官員說。

陳曉蘭明白了，是王大猷等專家反映給上海市衛生局的。這是醫務人員的責任，哪怕問題沒發生在自己的醫院，也要為病人負責啊。陳曉蘭在寒冷的冬天感到了一股暖流。

「我們只管行政，不懂專業問題。您說的問題我們管不了，請你找一下管業務的Q女士。」陳曉蘭她們又去了醫政處，一位年輕官員對她們說道。

「我們只管造成病人死亡的重大醫療事故，人沒死我們不管；死了人，家屬不反映，我們也不管。您說的這種情況應該跟信訪辦反映。」Q女士說。

「我們不懂醫學，這事您跟糾風辦反映。」信訪辦的官員說。

「這類事與糾風辦無關，該由藥政和醫政部門管。我們不懂業務，您還是跟他們反映一下吧。」糾風辦的官員說。

陳曉蘭和周護士長像皮球似的被踢來踢去，樓上樓下，跑進跑出。甲乙丙丁戊己庚辛壬癸，幾個處室轉一圈，累得腰酸腿軟，氣得脹鼓鼓的，什麼問題也沒解決。

「他們把我們當皮球踢了……」周護士長氣憤地說。

「沒辦法，我經常遇到這種情況。」陳曉蘭無奈地說。

「我不想讓他們這樣踢來踢去的，算了，不反映了。」周護士長失望地說。

周護士長撤出了，陳曉蘭只好一個人繼續舉報下去。

在採訪時，陳曉蘭給我一張表，上面記載著她在一九九七年十二月到一九九九年八月間上訪的部門和次數。我數了一下，共計七十一次，平均每月三點五五次，其中上海市衛生局她先後去過十三次，上海市醫藥管理局她去過九次，還去過上海市人大、市紀檢委、市工商局、市物價局等部門。

有的官員對陳曉蘭舉報自己所在的醫院非常不理解，不明白她到底圖什麼，她是醫生又不是病人，是既得利益者，不是受害者，為什麼放著撈取回扣的機會不撈取，反而不惜得罪領導和同事到處上訪、舉報？她為什麼對「光量子」有著刻骨的仇恨，甚至於遠遠超過那些受害的病人？

「陳醫生，你是第一個舉報『光量子』的人，而且還是位醫生。」

陳曉蘭的舉報終於引起上海市醫藥管理局醫療器械監督管理處的重視，他們向局領導和國家醫藥管理總局做了彙報，並給河南省醫藥管理局發函瞭解「光量子」的情況。

第六章

理療科被砸了，陳曉蘭被迫「自動離職」了，「光量子」還在其他地段醫院流行著。陳曉蘭去上海市醫藥管理局時，一位官員答覆，你不是那些醫院的醫生或病人，舉報無效。為獲取舉報資格，她只好冒充病人分別去四家醫院接受「光量子」治療。

一

一九九八年三月九日，陳曉蘭像往常一樣提前半小時上班，醫院裡靜悄悄的，一扇扇門就像孩子熟睡的眼睛。她順著樓梯上了三樓，驀然發現理療科的門已被撬開。她急忙推開門，診室像剛剛遭受暴徒的洗劫，一片狼藉。

牆壁的鏡子和窗戶的玻璃都被砸碎，碎屑像數不清的眼淚散落在地，診室裡的理療器械、理療床，還有她親手製作設備統統不見了，辦公桌的抽屜、櫃子都被撬開，她的六件白大衣和圖書資料，還有她收集的證據都被洗劫一空。

陳曉蘭感到自己的心像這間診室——被掏空了。她感到身體沉重，四肢發軟，兩條腿充滿著彎下去的欲望。這不僅僅是個診室，這是她生命的支柱，是她信仰的祭壇……。

她不能容忍內心的神聖和純潔被如此凌辱，不能容忍這一暴行。她衝出門外，走廊仍然沉寂，一個個房間仍然緊閉著。她又下一層樓，見身穿白大衣的醫生和護士像往日一樣來去匆匆，三三兩兩的病人靜靜地坐在那裡候診，早春的陽光從開門的診室瀉到走廊，似乎一切都沒有變化。難道是噩夢？難道門裡是夢境，門外是現實？

她轉身上樓，那扇可怕的門還開著，裡邊仍然是凌亂和狼藉。

「科室要合併，經院長辦公會決定，理療科取消了，要籌建老年護理院。」院長上班了，看一眼魂失魄散的陳曉蘭，冷冷地說道。

「合併科室為什麼不通知我，有必要砸門撬鎖嗎？另外，在辦公桌的抽屜和櫃子裡還有我的私人財物，請還給我！」陳曉蘭質問道。

勝利者往往會顯現出超常的涵養與寬容，哪怕被問得理屈詞窮，也會不動聲色。

領導說過，「誰再講『光量子』不是鐳射，我就讓誰下崗！」領導的那句話像一股寒流襲向陳曉蘭的心靈，但是很快又消散了。陳曉蘭認為自己是一名合格的醫生，每個月都能超額完成醫院的考核指標，工作上兢兢業業，醫院是沒理由讓自己下崗的。

「光量子」不是鐳射，這是不爭的事實；「光量子治療理論」發明人陸應石教授是假的，這也是事實；藥液充氧和紫外光照射後出現渾濁和懸浮物，這還是事實。自己向上級機關反映醫院的問題是實事求是，走的也是合理合法的管道和程序。自己為病人負責，出於公利，沒有任何個人目的，醫院有什麼理由讓自己下崗呢？

科室合併，這完全超出陳曉蘭的想像。醫生可以成為傑出的政治家，由研究生理和病理到研究社會政治。可是，對於那些視生命高於一切，將醫學視為神聖，把行醫當成信仰的醫生只能成為傑出的醫學家，永遠也成不了政治家。

陳曉蘭一氣之下到上海市衛生局糾風辦上訪。她認為醫院領導這樣做是對她打擊報復。

理療科的病人陸陸續續地來了，他們發現溫馨的診室已變得冷冷落落，七凌八亂，無不驚訝地問：「理療科搬哪兒去了？陳醫生呢？」

「理療科取消了，陳醫生不知去哪兒了。」先來的病人肩負著答疑的義務。

「取消了？為什麼取消？不行，得找他們院長理論理論！」

「還不是因為『光量子』？唉，陳醫生幹得好好的，理療科取消了，讓她去做什麼呢？」

「你們還在這兒等什麼，沒看理療設備都沒有了麼？」

「等陳醫生啊，她是多麼好的醫生啊！」

「那好吧，我也等她。」

走廊的病人越聚越多，很快就水泄不通了，辦公區亂了起來。對於那些老病人來說，理療科已遠遠超出理療的功能，這裡不僅可以療治身體的疾病，還可以慰藉心靈的創傷，感受人間的溫情。理療科撤銷了，這就好像學生失去了學校，村民失去了家園。老病人不知所措了，儘管他們年邁體衰，儘管腰酸背痛、腿腳不利索，可是他們像一群失去鳥巢的小鳥一樣，落在舊巢的樹枝上不肯離去。

「你們憑什麼把理療科給撤了？理療科撤了，我們怎麼辦？上哪兒去做理療？你們考沒考慮過病人的利益？」火氣旺盛的病人憤怒了，跟醫院領導吵了起來。

「你們可以到其他科室去看病……。」

「我們不去。陳醫生不在，我們就不看病！」

醫院會在意他們看不看病嗎？他們都是中老年病人，不是醫療消費的主體，是邊緣化的「病人」，他們既不服用那些虛高的藥品，也不做「光量子」治療。

醫院可以不在意這百八十號病人，可是不能不在意其他病人的感覺，不能不在意他們所帶來的影響。他們不是理療器械，醫院想搬到哪裡就搬到哪裡；他們也不是理療科的桌椅和櫃子，放在哪兒都不吱聲。那百八十號病人有百八十張嘴巴，他們要跟其他病人講述他們的陳醫生，要講「光量子」是紫外光，「鐳射針」是騙人的。

「你們再不走，我們就撥打一一〇報警，讓員警把你們帶走。」醫院的工作人員威脅道。

有幾位病人害怕了，面面相覷，不知如何是好了，甚至有人拿起帽子，站起來準備離開。

「你們報警吧，不過請你們告訴一一〇，至少要來三輛警車，少了裝不下！」一位病人說。

是啊，我們又沒犯法，員警憑什麼把我們帶走？那位病人的話讓其他人有了底氣，站起來的坐下了。

「我們不能光這麼坐著，我們要給有關部門寫信，反映陳醫生的情況。」一位病人提議。

這一提議得到眾多病人的回應。一封，兩封，三封信寫好了，病人爭先恐後地簽上了自己的名字。

「陳曉蘭醫生醫德高尚，她急病人所急，想病人所想，所有經過她治療的病人都會異口同聲地稱讚她：『當今社會像這樣的醫生確實難找！』她（對病人）態度好，醫術高，技術上精益求精，對病人提出的問題從來都是耐心解答。我們惟一要求就是：保證陳曉蘭醫生仍舊能以她的精湛醫術為我們廣大的患者服務。」轉瞬間，信的天頭、地腳和白邊就簽下了六十八位病人的姓名、住址和電話號碼。

這哪裡是簽名？這是人心，是病人對一位醫生的肯定、信任和厚愛。現今的醫生，有幾人能享受到這樣的待遇？

上海化工研究院的退休職工應先生在信中寫道：「在理療科，從八十多歲的老人到七八歲的小孩，都一致認為陳醫生是一位罕見的好醫生。每天來她理療室的病人有五十多人次，甚至經常高達八十多人次。由於她的醫術高明，有的病人遠在仁濟醫院也特地專程趕來找她看病。有的小孩腳跌傷了，流著血，按理應該去看傷科或外科，但也來找陳醫生。可見她對病人的吸引力……陳醫生不怕髒，不怕臭。有的病人嘔吐，不僅吐一地，還吐在她身上，她一把一把揩洗乾淨。她對老人特別照顧，經常幫助他們下樓去付款和配藥……她經常（為病人）選用藥價便宜、療效好的幾元錢的藥，代替那些幾十元藥價的昂貴藥，來減輕病人的經濟負擔。她對來理療的各種病人經常講吃藥用藥的學問、理療的知識，病人不僅受益匪淺，而且如同到家裡一樣溫暖。陳醫生把溫暖帶給病人，病人把心交給了陳醫生……尤其可貴的是她嫉惡如仇，對那些只要賺錢不講醫德的同仁同事不講情面，毫不護短，有力揭露。因此，她得罪了一些人，所以有些人伺機打擊報復……對這樣的好醫生，尊敬的領導請給予大大的表揚，並准許陳醫生留下來，（讓她繼續）為我們這一大批病人治病，賜准為祈，謝謝！再謝謝！」

還有的病人在信中憤怒地寫道：「目前，醫院借改革之名，把價格低、療效好的科室解散，讓我們這些患者去光顧那些昂貴的治療手段，這簡直是與改革的宗旨背道而馳……」

「陳醫生來了……」

「陳醫生來了！」

當陳曉蘭出現在醫院時，病人像見到久別的親人，一擁而上，這個拉著她的手，那個撫著她的背，滿臉的親情，滿眼的淚花。

陳曉蘭是聽說病人聚集在醫院，匆忙趕了過來的。她怕病人影響醫院的秩序，怕他們吃虧，還怕他們氣著累著，影響他們的健康。

「大家安靜一下，請不要影響其他病人的就診。謝謝大家對我的關心。我會想辦法把這一問題解決好的，請大家相信我。大家在醫院待這麼長時間一定累了，請回去休息吧。」陳曉蘭對病人們說。

病人信賴她，對她的話就像對待醫囑一樣遵從。病人跟她依依惜別，眷戀之情溢於言表。陳曉蘭對病人放心不下，一一叮囑，今後如何治療，繼續服用什麼藥，要多吃哪些食物，要注意什麼，同時把自己家裡的電話告訴了他們，讓他們有事就給她打電話。

病人走了，三樓走廊空了。陳曉蘭的心裡也變得空空落落，淚水潸然而下。此時此刻，作為醫生的陳曉蘭只有默默地為自己的病人祈禱了。

二

虹口區衛生局會議室，一邊坐的是局長，另一邊坐著的是陳曉蘭，旁邊坐著一位男子。局長介紹說，他是局裡新來的辦公室主任。氣氛有點兒沉悶，甚至說有點尷尬。

陳曉蘭的上訪得到上海市衛生局糾風辦的重視，他們責成虹口區衛生局局長親自解決她的問題。局長將陳曉蘭請到衛生局。陳曉蘭一進來就明白了局長的意圖。

「你可以說了。」辦公室主任微閉雙眼地對陳曉蘭說道。

什麼叫可以說了？她白了辦公室主任一眼，沒有吱聲。

接著局長問，陳曉蘭答，她語言簡練，用詞準確，沒有任何多餘的話。

有時，陳曉蘭回答完畢，局長還沒想出新的問題，談話就像文章的省略號，把時間交給沉悶，一點接一點地消耗掉。

有幾次談話陷入冷場，陳曉蘭一聲不吱地坐著，局長閉著眼睛，不知是在思考，還是在養神。辦公室主任始終保持那個姿勢——微閉雙目，不知是在分析，還是在回味。

「去年年終考評，你們全院醫生只有你一個人不及格，你要好好反思啊。有錯誤不要緊，改了就是好同志嘛。只要你今後好好表現，不再上訪告狀，我可以讓你們院長把對你的考評改過來。」驀地，局長睜開了眼睛說道。

「我去年完成了醫院所有的考核指標。考評不及格是我的錯麼？」陳曉蘭說。

局長又閉上了眼睛，氣氛接著沉悶下去。陳曉蘭並非有意跟局長作對，也不是不想解決問題，而是那位所謂的辦公室主任陳曉蘭認識，他是虹口區精神病院的副院長。這幾年來，醫院裡一直有人散佈陳曉蘭有精神病。局長找她談話是假，想讓精神病院副院長診斷她是否有精神病是真。陳曉蘭覺得這是對她人格的污辱，是對她的人權侵犯。

在醫院一些人的眼裡，陳曉蘭的精神的確不正常，她每天上班早來一個或半小時，下班遲走一個或半小時，醫院又不給她加班費，正常的人誰這樣？

當醫院組織醫生和護士獻血時，有人服用阿托品，讓心跳過速，體檢不合格；她有心臟病卻主動要求獻血。醫院為獻血的人提供的計程車她不坐，她反而帶著女兒騎自行車去血站。醫院給每位獻血人員一周的假，她第二天就跑來上班了。

她掉進窨井後，醫院要給她經濟賠償。院長說了上不封頂，讓她自己提，提多少都成，要是別人說什麼也要索賠三五千元，她卻一分錢都不要，反而要求上級機關對醫院進行整頓。

一次，她遇到在一起插過隊的同學，那位同學現在稅務局工作，因此兩人聊來聊去就聊到了個人所得稅。「咦，我怎麼從來就沒交過個人所得稅呢？」她說。「那你肯定偷稅漏稅了。」同學說。第二天，她上班就跑到財務科去問會計。會計說：「我們醫務人員是不需要納稅的，納稅是個體戶的事。」她又打電話問那位同學說：「那是不可以的，個人所得稅是必須要交的。」於是，她就給上海市稅務局寄去了自己五年來的收入的明細，打聽自己需要交納多少稅。結果導致稅務局到醫院查帳，搞得全院職工補交了個人所得稅七萬六千餘元，並處以七千六百二十三元的罰款。稅務局獎勵陳曉蘭五百元錢，她捐給了上海市慈善基金會。

醫院引進了「光量子」，許多醫生都高興壞了，為多撈回扣都在想方設法多給病人開「光量子」。她卻堅持說「ZWG」不是鐳射，還自己掏腰包做什麼試驗，到上海醫科大學去找「陸應石」，去調查病人用過「光量子」後的反應，這不是放著漁網不打魚，一個勁想弄清漁網是誰偷來的嗎？

她不僅經常讀《醫學倫理學》，而且還按照書上說的去實踐，這不是有病嗎？這都是什麼年代了，哪還有人想當「毫不為己，專門利人」的白求恩？她有病啊，確實有病，而且病得不輕！

區裡選人大代表，恐怕除了候選人沒人當回事。她說，選舉是神聖的。投票那天，她不僅穿得漂漂亮亮的，還特意燙了發。別人都隨便在選票上畫個勾，她卻要認真去讀候選的人的情況介紹。有人告訴她醫院招待前來投票的職工一頓飯，她卻說：「選舉是我作為公民應有的權利和應盡的義務，吃飯那是你們的事情。」投完票就走了。

在野蠻人的眼裡，文明人的精神不正常；在卑鄙者眼裡，高尚者精神不正常！

在陳曉蘭的眼裡，局長這樣對待她是不正常的！她回到家後，給那位局長寫了一封信：

×××同志：你好！

承蒙你浪費寶貴的工作時間接待我。雖然我也浪費了不少時間等待你的接待，但我卻對你有了較為立體的認識。

你臨時調精神病醫院的副院長接待我的來訪……其實，我早就認識他。

這些年來，我一直忙於工作和學習，實在沒有時間去生「精神病」。讓你費心了，在此深表感謝！

……

×××同志，我以前聽說過你的事蹟，覺得很感人，曾經認為你是一位正直的領導，並且把這一看法跟市衛局糾風辦說了。可是無情的事實卻告訴我，我的判斷是錯誤的。你盲目、主觀、自以為是，是一個不懂得尊重別人的人。

作為局長，你讓精神病醫院副院長冒充辦公室主任接待來訪的基層醫院的職工這一作法是荒唐的。難怪人們都說虹口區衛生局怪事多，這些歪風、家醜不外揚能行嗎？醫院如果沒有後臺，敢「以物代藥」、違法亂紀、偷漏國稅、利用令人髮指的方式打擊陷害舉報人嗎？

廣中路地段醫院職工：陳曉蘭

一九九八年三月二〇日

理療科撤銷了，陳曉蘭的工作怎麼安排？

這可能是醫院領導的心病。當初陳曉蘭想晉內科或外科醫師，他們不同意，非讓他們報考醫技類醫師不可。他們以為從沒學過物理學的陳曉蘭醫學物理學考不過去，沒想到她考出了八十六分的好成績，順利地晉升為醫技類醫師。如今，把她安排在哪兒呢？

陳曉蘭不是愛學習麼？讓她去第×醫院進修。這樣她的工作安排了，也把她支出了醫院，解除了心患。陳曉蘭的確讓有些人又恨又怕。她做事執著，有韌性，肯付出，不計得失，做什麼都會堅持到底。

早在兩年前，陳曉蘭掌握了醫院藥價虛高和回扣的問題。辦公室的小Z給過她一垃圾袋的醫院在以物代藥時期的證據——處方；財務科的小F每月都把送交區衛生局的報表複製一份給她；收款處給了她所有藥品的價格表。她想計算一下回扣究竟是怎麼來的，結果她和父親算了幾天也沒算出來，覺得這裡邊有貓膩。從此，她沒事就往電腦室溜，還裝出對電腦一竅不通的樣子。一天，趁操作員不注意，她把幾個藥名和批發價輸入電腦。她發現醫院是根據藥品的零售價編的批發價。她不僅破譯了藥品回扣與藥價虛高的祕密，還收集了醫院弄虛作假、亂收費的證據。

「請告訴我，想讓我去進修什麼？你們最好打聽一下，在醫術方面他們是否比我強。」她哪兒也不想去，就留在醫院抵制「光量子」。

三月二十四日，醫院的五位領導一起跟陳曉蘭談話，同意她不去第×醫院進修，讓她脫產自學，溫習好功課，迎接五月份的醫科大專的自學考試。醫院參加大專自考的醫生很多，第一學年只有兩人四門課程全部及格，其中一人是陳曉蘭。第二學年，全部及格的只有陳曉蘭一人了。這時，離自學考試的時間已經很近，對她來講能有時間複習畢竟是件好事。醫院表示自學期間，她的工資獎金照發，資料費全部報銷。

「陳醫生，你是院裡的技術骨幹，是我們重點培養對象。」院長說。

「我回去考慮考慮再答覆你們。」陳曉蘭說。

讓一位臨床醫生離開臨床，這是一種懲罰。陳曉蘭越想越委屈，流著淚回到家。她跟父母講了，母親聽後半晌無語，父親在沙發上深思許久，起身離去。

「你應該接受他們的安排。」爸爸回來說。

「你看看這一章，」父親將剛買的《孫子兵法》翻到「聲東擊西」一章說，「你想想，他們讓你自修，你非要上班，那麼即使他們給你安排了工作，也不會讓你稱心如意，可能還會找機會報復你。你的目的是讓『光量子』停下來，不再坑害病人。你要是答應他們的話，就可以有充分的時間去調查取證和向有關部門舉報。自學考試的時間也快到了，你還可以好好複習一下功課，爭取全部通過……」

陳曉蘭覺得父親說的有道理，於是接受了脫產自修。她不上班，醫院每次分東西，院長都會讓司機給她送來。可是，性情倔強的陳曉蘭一概拒收，不管送來什麼都統統扔出去。父母勸她不要這樣待人，要有修養，有禮貌。人家把東西送來了，我們就應該收下來，哪怕等司機走後再扔呢，總得給別人一個面子。陳曉蘭是嫉惡如仇的人，他們把她打發回家了，「光量子」還在醫院氾濫，一批批的病人被他們宰，被他們戕害，她怎能接受他們用「光量子」賺錢買的東西？

那些日子，對陳曉蘭來說是一個飄雨的冬季，她感到生活中所有的一切都不對勁了。她鬱悶，她苦惱，她悵惘，她心情煩躁，肝火旺盛，不願說話。

一周過去，兩周過去，三周過去，陳曉蘭越來越渴望穿上白大褂，回到臨床中去。她看病時很少開檢驗單，主要靠觸診——用手撫摸。離開臨床的時間長了，她那雙靈敏的手會變得遲鈍的，苦學數十年的醫術將會荒廢。另外，醫院只是口頭上說讓她脫產自修，沒有給她一份書面的決定。如果他們耍賴了，說她無故曠工，把她除名了，那不是幹吃啞巴虧嗎？

四

當陳曉蘭那年大專自學考試結束時，上海市醫藥管理局醫療器械監督管理處致河南省醫藥管理局的函得到答覆：上海市醫藥管理局醫療器械處：

來函收悉。現將有關問題作如下說明：

一、河南光電技術研究所生產的「光子氧透射液體治療儀」是一九九一年經我局批准生產的醫療器械產品，產品註冊號為「豫藥器監（准）字九一第二二六二一二號」。

二、該產品不是系列產品，產品名稱沒有「ZWG-B系列」的字樣。

三、該產品結構原理是利用百分之五—十的葡萄糖或生理鹽水為載體，經紫外線照射、高壓充氧、磁極化後，輸入人體靜脈血管，對病原微生物有一定殺傷作用，提高了人體免疫功能，增加了血氧飽和度，降低了血黏度，改善微循環。適應於腦血栓、腦動脈硬化等症。

四、該產品不含任何藥物。在治療過程中不得擅自加入任何藥物輸入人體。

五、該產品的使用說明書若有加入藥物輸入人體的內容，可按偽劣產品予以查處。

六、截止目前，其他地方未有此反映。

此致

敬禮！

河南省醫藥管理局醫療器械行政監督處

一九九八年六月二十日

「光子氧透射液體治療儀」不是系列產品，沒有「ZWG-B系列」，那麼上海各醫院使用的「ZWG-B系列」的醫療器械是誰生產的？它們是從哪兒來的？「光子氧透射液體治療儀」的功能是「提高了人體免疫功能，增加了血氧飽和度，降低了血黏度，改善微循環」，適應範圍是「腦血栓、腦動脈硬化等症」，「該產品不含任何藥物。在治療過程中不得擅自加入任何藥物輸入人體」，那麼上海醫院憑什麼加入藥物，用它治療各種各樣的疾病？

上海市醫藥管理局醫療器械監督管理處對此展開了調查。不久，一個令人震驚的事實浮出水面：上海各家醫院所用的與「光量子」配套使用「一次性使用輸液器」是上海醫用診察儀器廠生產的假冒產品，該產品的生產許可證編號、衛生許可證編號、產品登記號和國家專利號都是假的！

上海醫藥管理局醫療器械監督管理處責令上海醫用診察儀器廠立即停產並回收產品，等待處理；建議上海市衛生局按有關規定對廣中路地段醫院進行處理。

六月二十五日，廣中路地段醫院的「光量子」被停止使用。搖錢樹倒了，醫院的收入從兩萬多元下滑到不足六千元。醫護人員的收入也一落千丈，有人恐慌，有人抱怨，有人憤恨，有人罵娘。

五

十一月五日，陰雨淒涼，陳曉蘭的心裡一片泥濘。一紙醫院決定像巨大的吸盤把她的意識吸空，那上面寫著由於陳曉蘭違反勞動紀律，對她做出自動離職的處理決定。

「光量子」停下來後，醫生和護士的回扣跌落下來，部分人對陳曉蘭怨恨不已，挑起「開除陳曉蘭」的簽名活動。這事遭到大部分醫務人員的抵制。那些人想在醫院開會簽名時，「狸貓換太子」——用白紙代替簽到簿，騙取全院員工的簽字。

「明槍易躲，暗箭難防。」那些人的陰謀得逞了，不明真相的醫生和護士都在那頁白紙上簽了名。當那些人竊喜時，沒想到陳曉蘭突然出現在會場，在那張紙上也簽了名。有幾位醫生和護士意識到了這一點，悄悄打電話通知了陳曉蘭。陰謀破產了，當有人說，全院職工強烈要求將陳曉蘭除名時，陳曉蘭冷笑道，那上面還有我的簽名呢，我總不會「強烈要求」將我自己除名吧？

幾天後，醫院的副院長帶領人事幹部、總務科幹部到陳曉蘭的家來找她，通知她次日回院上班。

陳曉蘭已經「脫產自修」半年多沒上班了，回到臨床這正是她所期待的。正當她準備第二天上班時，一位同事打來電話：「陳醫生，你這幾天千萬不要回醫院上班！有人安排了四個人守在醫院門口，想把你打昏，送進精神病院……。」

去上班的話，被那些人打昏送進精神病院怎麼辦，誰能證明她沒有精神病，誰能把她救出來？她進去了，家裡老的老，小的小，誰來照顧？不去上班，那等於授之以柄，他們會以曠工為名將她除名。陳曉蘭左右為難，想來想去只有一條路可行，那就是跟醫院請假。她和醫院關係如此緊張，誰肯幫忙捎請假條呢？她想來想去決定自己送去。第二天早晨六時，她悄悄潛入醫院，想把請假條從門縫塞進院長辦公室。當她來到院長辦公室門口時，突然感到這個辦法不行。她把請假條塞進門縫了，院長說沒見到，誰能證明呢？正當她不知如何是好時，偏巧碰到了值班的護士長韓邦華。

八點鐘上班後，韓邦華把陳曉蘭的請假條送到了院辦，把陳曉蘭送進精神病院的陰謀破產了。

晚上，陳曉蘭接到醫院辦公室的通知：「如果你明天不來上班，就把你交給職工代表大會處理，給你除名……。」

「院長讓我脫產自修，他沒讓我上班。我聽院長的。」陳曉蘭理直氣壯地說。

兩天後，院長親自率領兩位副院長來通知她：「陳曉蘭，你的脫產自修到今天截止，明天務必回醫院上班。」

陳曉蘭提出醫院要給她正式通知。

第二天，她收到醫院的特快專遞，內有通知：「陳曉蘭同志，你的全脫產自學到今天為止（即脫產自學時間為三月至九月），明天回醫院上班……。」

陳曉蘭拿著醫院的通知去找虹口區紀檢委，接待她的官員打電話給虹口區衛生局長說，陳曉蘭與廣中路地段醫院的問題由區紀委來解決。那位官員讓陳曉蘭回家安心複習，等她自學考試結束後，再坐下來解決這一問題。

陳曉蘭懸著的心總算放了下來。沒想到她剛回到家就收到了醫院的自動離職處理決定書。

陳曉蘭下崗了，離開了醫院，離開了她的病人，失去了工作。她已習慣於早早起床，提前半小時上班，當她收拾好東西準備離家時，下崗的事實就會像刺骨的寒風橫掃過來，痛苦和失落像根絞索吊起她的心。那些以醫改為名而坑害病人的領導沒有下崗，那些為撈取回扣而欺騙病人的醫生沒有下崗，而她這位愛病人，將醫生那份職業視為生命的人卻下崗了。

六

一九九九年一月二十八日夜晚，是陳曉蘭有生以來感覺最為寒冷。她躺在床上，聽風在呼嘯，輾轉反側，難以入寐。明天，她要去醫院接受「光量子治療」。一瓶經過充氧和紫外光照射後變得渾濁的藥液不時在她眼前晃動，它將輸入自己的靜脈，隨著血液流入心肺肝腎。它可能會導致隱性感染和栓塞、溶血、敗血症、尿毒癥、彌散性血管內凝血功能障礙（DIC），甚至誘發紅斑狼瘡……。

陳曉蘭的心已是千里冰封，恐懼像在雪野出沒的野獸似的嚎叫。她的媽媽患有紅斑狼瘡，她的體內可能潛有紅斑狼瘡的基因。她是過敏性體質，對許多藥物過敏。她調查過二十三位接受過「光量子」治療的病人，九位死於腎功能衰竭和肺栓塞。自己不幸地成為二十三分之九怎麼辦？父母年邁體弱，女兒正值豆蔻，她是這個家的頂樑柱啊。

她感到自己面對著千仞懸崖，海浪拍天，只要轉過身去，便可重拾安樂。可是，她不能轉過去，轉過去將看到一批批的病人前仆後繼地去遭受「光量子」戕害。別想那麼多了，自己不會成為那二十三分之九的，為減輕傷害，自己不是已經服用一周多的「強的松」了麼？

「光量子」停用後，廣中路地段醫院的收入下滑到不足過去的百分之三十。過去跟陳曉蘭不錯，甚至曾經支持過她的醫生和護士也抱怨了：「陳醫生，你胳膊肘盡往外拐。你這麼一舉報，我們醫院的『光量子』停下來了，其他醫院還都在用。」

不可能的。難道其他醫院就不歸上海市醫藥管理局管？要停肯定全市都停，怎麼可能只有廣中路地段醫院一家呢？陳曉蘭說什麼也不相信。她騎著自行車去虹口區衛生局下屬的地段醫院看了看，第一家醫院有「光量子」，第二家醫院有「光量子」，第三家也有「光量子」……。

陳曉蘭越跑兩腿越軟，越看頭皮越麻，「光量子」在虹口區其他醫院方興未艾，如火如荼。

陳曉蘭去找上海市醫藥管理局。一位官員答覆道：你舉報了你所在的醫院，所以我們就查禁了。那些家醫院沒人舉報，我們就不查禁。

這是什麼邏輯呢？「民不舉，官不究」？難道你們明知那些醫院使用害人的醫療器械，只要沒有人舉報你們就不管？員警要是看見殺人放火，沒人舉報就可以視若無睹嗎？

「我現在不是舉報了嗎？」陳曉蘭說。

「你不是那些醫院的職工，舉報無效。」

「除了醫院的職工之外，誰舉報有效？」

「病人。病人是受害者。」

執法的官員啊，你明明知道病人是受害者，為什麼就不能主動去保護他們？為什麼非要等「有資格的人」來舉報呢？在中國，有多少醫生會像陳曉蘭這樣冒著打擊報復、下崗失業的風險而去舉報？病人哪裡知道醫院給自己用的醫療器械注沒註冊，是真是假，是優是劣，對身體有哪些傷害呢？如果那些醫院五年沒人舉報，就讓它氾濫五年？十年沒人舉報，就讓它氾濫十年？坑害的是誰？是病人，是百姓，是你們的衣食父母！

「假如我是受害者呢？」陳曉蘭問道。

「如果你是受害者的話，你的舉報我們也受理。」官員說。

「那麼，你們能讓那些醫院的『光量子』全部停下來？」

「能。」

好在醫院不是監獄，任何人都可以進出，哪怕沒病沒災的也可以掛個號看看醫生。陳曉蘭決定去當病人，去接受「光量子」戕害。

可是，陳曉蘭畢竟不是病人，病人不知道「光量子」有什麼危害，不知道它是假冒偽劣產品。陳曉蘭去上海市藥品檢測所諮詢，在接受「光量子治療」時，如何減少對身體的傷害。藥檢所的工程師被陳曉蘭的精神所感動，他們勸陳曉蘭千萬別做這個受害者，等大家一起想辦法來解決「光量子」的問題。陳曉蘭不能再等下去了，必須立即採取行動了。每天有成千上萬的生命遭受著「光量子」的威脅，幾百萬元錢醫療費被它吞噬，哪裡還能等下去啊。

現實的巧合往往超出作家的想像，正當陳曉蘭想裝病人去醫院接受「光量子治療」時，不慎摔傷了腳，真就成了病人。她拄著拐杖，在以前的病人呂桂英陪同下到了乍浦路地段醫院。

醫生向她推薦靜脈內鐳射注射治療。她聽說這種療法好得快也就同意了。

於是，醫生給她開了藥和治療單，讓她去注射室排隊治療。當護士將針紮進她的靜脈，她突然發現身邊的那台儀器很眼熟，於是戴上花鏡看了一下，這哪裡是什麼「靜脈內鐳射注射治療儀」，這不是她舉報的「ZWG-B^{2}型光量子氧透射治療儀」嗎？真是打了半輩子大雁，卻讓大雁啄傷了眼睛。

「你這不是『光量子』嗎？怎麼能說是鐳射呢？」

「鐳射就是光量子。」護士答道。

衛生局的官員這麼說，醫生這麼說，護士也這麼說，真不知道他們是沒文化，還是在騙沒有文化的人。陳曉蘭停止了治療，跟護士索要了自己使用過的輸液針管及包裝袋。

已近子夜，窗外氣溫滑向最低點，陳曉蘭的心裡卻不感到那麼寒冷了。明天接受「光量子」戕害，後天把它送上黃泉，值啊。想到這裡陳曉蘭的心安定了下來。唉，作為醫生，她也只能為病人做這些了。睡吧，睡吧，明天還有幾個戰役等著呢。

第二天，陳曉蘭拄著拐去了歐陽路地段醫院。「光量子」紮上時，陳曉蘭緊張起來，眼前又浮現那瓶渾濁的、漂著絮狀懸浮物的藥水。「不要緊張，不要緊張。」她不斷地告誡著自己，可是汗下來了。沒想到注射室的護士跟她一樣緊張，不停地跑過來問她：「有沒有不適的感覺？我們對這個機器的性能不瞭解，醫生給你開了，我們也只好給你用。你要有什麼不適就趕快跟我說。」這是一位很有責任心的護士，從扎針到調節流速都很用心。

下午，陳曉蘭帶著藥和治療單去了四川北路地段醫院的治療室。護士說：「醫院有規定，其他醫院配的藥不能用，病人必須在本院重新掛號開藥。」護士見陳曉蘭行動不便，動了惻隱之心，讓陳曉蘭的朋友去掛號配藥，她先用陳曉蘭帶來的藥進行治療。

「喂，你的藥點完了。」光量子紮上不一會兒，鄰床的病人對她提醒道。

陳曉蘭抬頭一看，石英玻璃管和輸液管分離了，五百多毫升藥液有一多半流失掉了。

陳曉蘭叫來了護士，拔掉插在手臂上的針頭。她看一下表，從紮上到拔下只用了十五分鐘。她用酒精棉球揉著手臂上的針眼，轉過頭去看看用過的「光量子」，跟自己醫院用的一樣，上面印著「ZWG-B^{2}型光量子氧透射治療儀」。突然，她意識自己已經離開廣中路地段醫院了，它已經不是「自己醫院」了。可是她已經習慣這麼說了，一時半會兒是改不過來了。那是她工作過的第一家醫院，在那裡工作了七年，這輩子都不會忘記。

第三天，陳曉蘭又帶著藥和治療單到新港路地段醫院去紮「光量子」。在那裡紮「光量子」的病人很多，她在治療室外排隊等候了許久才進去。那間巴掌大的治療室擺放著兩台用黑布遮著的「光量子」儀器。有八個病人同時接受「治療」。坐在陳曉蘭旁邊的是一位年逾古稀的病人。老人說她姓胡，是離休幹部。有過兩次治療，陳曉蘭已不那麼緊張了，悄悄地撩起遮在儀器上的黑布，那一行十分熟悉的字跡出現在眼前：「ZWG-B²型光量子氧透射治療儀」。護士乾淨俐落地將陳曉蘭帶去的藥物稀釋後，轉身拿到醫用氧氣瓶旁，把掛在氧氣瓶口的穿刺針頭紮入藥瓶充氧。陳曉蘭對此提出異議，護士乾淨利索地答道：「這是規定。」接著，護士又乾淨利索地將針頭紮入陳曉蘭的靜脈。當護士要轉身離去時，陳曉蘭發現輸液管上端有三段氣泡，分別在一－三公分左右，急忙叫住護士，讓她幫助排除掉了。

虹口區有七家地段醫院，陳曉蘭在三天內分別在四家醫院接受了四次「光量子治療」，另外三家醫院有兩家陳曉蘭的同學已幫忙收集了證據，還有一家就是廣中地段醫院。這四家醫院給陳曉蘭用的一次性輸液器有三支是上海市醫藥管理局查處的上海醫用診察儀器廠生產的，生產日期分別是十月、十一月、十二月，這足以說明那個廠根本就沒有停止生產。

幾天後，陳曉蘭帶著處方、病史和一次性輸液器等證據來到上海醫藥管理局，作為病人——受害者舉報其中的三家醫院，沒有受理；兩個月後，她又向虹口區人民法院起訴這三家醫院。法院經過三百多天的立案調查之後沒有立案。同時，她起訴廣中地段醫院打擊報復一案也被駁回……。

陳曉蘭感到自己走投無路了，年邁的父母一邊勸慰她，一邊幫她找關係。父母都是自尊心很強、特別要面子的知識份子，從來沒為自己或家人的事麻煩過朋友。現在不一樣了，他們認為自己幫助的不僅是女兒，還有那些飽受「光量子」戕害的病人。可是，他們將自己的關係都篩選個遍，也沒找到幾個能幫上忙的。

一九九九年的仲秋，媽媽收到上海市委市政府的中秋晚會請柬。陳曉蘭想，我要是拿著這一請柬去上訪，肯定會受到重視。她揣著請柬就去了上海市政協，接待她的工作人員叫康萊莉。康萊莉聽完陳曉蘭所反映的情況後驚呆了，醫院怎麼能這樣呢？她讓陳曉蘭把舉報信留下來，她負責轉給有關領導。

第三天，康萊莉來電話，讓陳曉蘭趕快過去。她一見陳曉蘭就激動地說，當上海市政協副主席謝麗娟下樓送客人時，她把陳曉蘭的信交給了謝麗娟。謝麗娟拿著信去食堂吃飯時邊吃邊讀，沒吃幾口就吃不下去了。她「噔噔噔」回到辦公室，在陳曉蘭的信上附封信，讓通信員送交徐匡迪市長。

康乃麗對陳曉蘭說，你放心吧，很快就會有結果的。籠罩在陳曉蘭心頭多日的陰雲現出一條縫隙，一道燦爛的曙光照射進來。

第七章

媽媽讓陳曉蘭跪在地上，讓她答應在媽媽病危時放棄搶救；媽媽在病重時，不僅不許她留在身邊，還逼著她趕快把光量子的事情解決好；媽媽臨終時對她說：「曉蘭，你是醫生，病人不懂你懂，你要保護他們的權利！」

一

一九九九年十月十五日，秋風時緩時疾地刮著，空中不時飄下一片像巴掌大的梧桐樹葉。每逢汽車駛過，馬路上的樹葉就像頑童似的撒著歡，「嘩啦嘩啦」追攆著汽車。

官司卻像灰濛濛的天空，不見一縷曙光。等待像一鍋坐在爐子上的老湯，「咕嘟咕嘟」地熬著，熱氣嫋嫋飄著，讓人焦慮、煩躁和絕望。陳曉蘭蟄居在天水路自己的家裡，一邊整理新收集的「光量子」材料，準備再次舉報；一邊溫習功課，準備新一輪的自學考試。這次要考四門功課，其中有內科學、外科學和老年醫學。

「曉蘭……曉蘭！」聲聲呼喚夢囈似的細微。

陳曉蘭伏案忙著，沉浸在另一時空。

「陳醫生，你在家嗎？」樓下有人喊道。

她聽到了，丟下筆，跑到樓梯彎道口向下望去，先看見兩位鄰居，接著看見了鄰居身邊的媽媽。媽媽的腰弓成九十度，頭髮凌亂，臉色蒼白，仰著臉艱難地看著她，目光流瀉著無盡的痛楚。

看來媽媽已虛弱得爬不上那十多級臺階，否則哪會在樓下喊她。

陳曉蘭「噔噔噔」跑下樓去，把媽媽背了上來。她爬上閣樓取下被子，鋪在地板上，讓媽媽躺下。

媽媽艱難地吸了一口氣，綿軟無力地說，她又去看醫生了，做了胃腸道鋇餐造影透影，第一杯硫酸鋇服下去後，X光科醫生說：「邊緣模糊，看不清楚，再服一杯。」於是，媽媽又服了一杯。兩杯硫酸鋇下去後，醫生的診斷出來了：幽門梗阻。媽媽痛得直不起腰了，只好彎著腰，忍受著刀割火燎似的痛苦來找陳曉蘭。

「幽門梗阻？媽媽，你開什麼玩笑，那是不可能的。」陳曉蘭搖著頭說。

這怎麼可能呢，懂一點兒醫學的人都知道，幽門梗阻屬於外科急診病人，弄不好要死人的。媽媽真要是幽門梗阻，內科醫生會立即請外科醫生會診，或者把媽媽轉到外科，絕不會讓媽媽回家的。

媽媽無力跟曉蘭爭辯，接著說，醫生讓她十八日去做肝功，肝功正常的話，就給她開單做胃鏡了。媽媽的臉上浮現微笑。媽媽多麼想把胃病查個水落石出，清清楚楚。陳曉蘭看著媽媽，心裡很難受，距離做肝功和那個有可能的胃鏡還有三天——七十二個小時。這七十二個小時媽媽將怎麼過？

半年前，陳曉蘭陪著媽媽去看帶狀皰疹，皮膚科醫生提醒過她：「得過帶狀皰疹之後，將會終身免疫，不再得這種病。可是，你母親這次又得了帶狀皰疹，這說明她的免疫力低下，如果不注意的話，很可能會出現惡性病變。」

哪怕是醫生也難正視臨床的殘酷。「有可能會出現惡性病變」，這話隕石般砸在陳曉蘭心裡最柔軟的部位，讓她難以承受。她不快地白了一眼「烏鴉嘴」。

不知是不相信，還是不願相信自己的親人會得什麼不治之症，重要的提示往往最容易被人忽略。日子順著原有軌道流逝著，陳曉蘭忘卻了那位醫生的提示，也許是有意識地遺忘了。

八月初，媽媽咳嗽不止，媽媽去離家附近的公費醫療定點醫院看病，一位年輕的戴眼鏡的醫生給她開了環丙沙星和蛇膽川貝口服液。十天後，病情不見好轉，那位醫生又給媽媽開了複方新諾明和敵咳。又一周後，媽媽出現了腹部疼痛，並伴有噁心的症狀，那位醫生未做檢查就診斷為複方新諾明併發症，給媽媽開了顛茄、胃複安、多酶片。當媽媽服藥無效，要求做胃鏡時，醫生冷冷地答覆，沒必要。接下來媽媽再去看病，那位醫生就給媽媽開嗎丁啉和多酶片。

媽媽知道陳曉蘭很忙，為自己不能在這一關鍵時刻幫她而深感不安。媽媽不想讓她為自己分散精力，一直對她隱瞞病情。

五天前，陳曉蘭回山陰路去看望父母時，媽媽胃痛難忍，沒能瞞住。

「媽媽，我陪你去看一下病，做個胃鏡。」當得知媽媽已經胃痛兩個多月了，陳曉蘭說道。

「不用，你先忙你的事吧，不要管我。儘快把『光量子』了結了，那是大事啊，牽涉到成千上萬病人的生命與健康。我教過的學生就在那家醫院，我可以讓學生陪我看病。」媽媽說道。

今天，媽媽又去醫院了，沒找她的學生，她從來不給別人添麻煩。媽媽對醫生說，她胃痛難忍，還伴有嘔吐，吐出來的是前一天的食物。醫生給媽媽開了胃腸道鋇餐造影透視。

陳曉蘭心一驚，通常食物到胃裡半個多小時就消化差不多了，如病人能吐出隔宿食物，這將是幽門梗阻的表現。

陳曉蘭急忙給在那所醫院的同學打電話，請她幫忙查看一下媽媽的病例。

「沒錯，是幽門梗阻。」幾分鐘後，同學回話說道。

「是完全梗阻還是非完全梗阻？」陳曉蘭焦急地問。

「上面沒寫。」同學說。

那位醫生也太過分了。幽門梗阻是有生命危險的，他怎麼能讓媽媽回家？陳曉蘭又看一下他給媽媽開的處方，不禁倒吸一口冷氣，開的是一種強制胃收縮的藥物。對於幽門完全梗阻的媽媽來說，胃裡的兩杯硫酸鋇排泄不出來，再服用這種藥物將會導致內臟器官破裂！他這哪裡是看病，簡直是害命！

「太過分了！」陳曉蘭火冒三丈地跑出去，將媽媽的「你跟醫生要好好講，好好講……」的話關在了門裡。

「這位病人患了幽門梗阻，請你告訴我，她喝進去的那兩杯五百ｃｃ硫酸鋇怎麼出來？你讓她四天之後再來做肝功，胃鏡。病人吃不下東西，沉甸甸的硫酸鋇留在胃裡，排泄不掉，你又不給她平衡體液，補充能量，等做胃鏡時，她可能因脫水而導致電解質紊亂和酸中毒死掉了。你這不是糟蹋人嗎？」陳曉蘭怒氣衝衝地來到醫院，找到給媽媽看病的那位戴眼鏡的醫生，把病歷摔在桌子，厲聲質問道。

「這樣吧，你把人先弄過來。」那位醫生看看陳曉蘭，往上推推眼鏡說。

「就憑你對待病人這種態度，我還能相信你嗎？還『把人弄過來』，她是你的病人，不是貨物！」陳曉蘭氣憤不已地說。

陳曉蘭憤激地去找院長。院長聽完陳曉蘭含淚敘述之後，發現了問題很嚴重，問：「那麼你有什麼要求，請講。」

陳曉蘭說，先把媽媽胃裡的硫酸鋇弄出來，然後立即組織內科、外科和胃鏡室主任給媽媽會診。要嚴肅處理那位對病人極其不負責任的醫生，院長頷首同意。

「曉蘭，這是你媽媽呀？她病到這種程度，你怎麼不陪她來看呢？」當陳曉蘭把母親接到醫院，內科副主任嗔怪地說。

「我不陪她來，她就該遭受這樣的待遇嗎？如果病人和病人的家屬不認識你們就應該回家等死嗎？你們這是醫院還是火葬場？」她忍不住慟哭起來。

醫生啊，你應該全力以赴地救治每一位病人，怎麼能將病人分出遠近親疏、貴賤貧富？怎麼能夠有關係就好好醫治，沒關係就不管？中國幾千年的醫德醫風，難道就這麼喪失殆盡？

「不是，不是。曉蘭，別急，別著急……」內科副主任慌忙安慰道。

那是陳曉蘭的母親，她怎能不急？

「你們必須嚴肅處理那個醫生……」陳曉蘭對內科副主任和外科副主任說。

這兩位副主任都是陳曉蘭的老師，當年陳曉蘭在這家醫院進修時，他們對她要求特別嚴格。

外科副主任用傳統診斷方式——「視觸叩聽」，為陳曉蘭的母親做了細緻的檢查，見媽媽出現酸中毒症狀，外科副主任急忙開處方補液，調整酸堿平衡。

陳曉蘭望著外科副主任忙碌的身影不禁想起往事。八十年代初，奶奶病倒了，陳曉蘭和弟弟把奶奶送到這所醫院。陳曉蘭想讓外科副主任——那時他還是主治醫師給奶奶好好檢查一下。護士告訴她，主治醫師正在做手術，連中午飯都沒吃。陳曉蘭站在手術室門外等到傍晚四五點鐘，手術終於做完了，主治醫師手裡拿著碗和勺，邊走邊敲地走了出來，嘴還興奮地叨咕著：「吃飯嘍，吃飯嘍！」

陳曉蘭把他截住了，拉著他去給奶奶看病。主治醫師走進急診室，一眼就看見了躺在診床上的奶奶，他把手裡的碗和勺子一丟，急忙奔向奶奶。陳曉蘭拽他一下說：「我奶奶……。」他擺著手說，莫急莫急。陳曉蘭想跟他講述奶奶的病情。他又說，莫急，莫急。

「這個病人是怎麼回事兒？」他對守在一旁的陳曉蘭的弟弟問道。

陳曉蘭過去，把弟弟拽到一邊。

主治醫師臉色陡變，生氣地說：「你讓我先看好這個病人！然後再去看你奶奶。」

「這就是我奶奶。」陳曉蘭說。

「啊，怎麼會是這樣子呢？快，推進手術室……。」

在給奶奶做術前準備時，主治醫師抽空喝杯開水，吃個饅頭，接著進了手術室。

術後，他顧不得休息又跑了過來，查看一遍，見沒什麼事了，用指頭點著陳曉蘭說：「糊塗啊，糊塗。你要記住，這是你這輩子見到的第一例血運性腸梗阻。」

「曉蘭，在胃黏膜上有一個粉紅色的小點兒。」第三天，在給媽媽做胃鏡檢查時，內鏡室主任邊做邊對陳曉蘭說。

「會不會是沖的呢？」陳曉蘭問道。

「不可能，那是個死角，沖不到那兒。」

「那是什麼東西呢？潰瘍？」她請主任再將探頭伸進去，一個深粉紅色的小點出現了。「您能不能觸碰一下那個部位？」主任將探頭輕輕地觸碰了一下那個小點，破潰了，血洇出來，像霧一點點擴大。這說明它很脆，可能是癌。陳曉蘭的心跌落了，沿著一條通道滑向無底深淵……

媽媽可能被誤診了。怎麼沒早點陪媽媽來看醫生呢？媽媽啊，真對不起你啊！在那些日子裡，女兒為舉報「光量子」而奔波，為失去工作而上訪告狀，為病人起訴虹口區那三家醫院，卻沒有想到您也是病人啊，您老人家不僅沒得到很好的照顧，反而為女兒著急上火，坐立不安。

陳曉蘭悔恨莫及，淚水決堤般湧下來。她流著淚水看主任採下五個標本。

她希望媽媽患的是腺癌，那是胃癌症家族中最溫和的一種。

十月二十二日，在同學的幫助下，媽媽的病理組織檢驗報告提前三天就出來了。當陳曉蘭的女兒貝尼把檢驗報告取回來交給她時，她的手顫抖地展開，上面寫著：「腺細胞癌，其他部分為黏液細胞癌」。這幾個字眼像一排鋼釘毫不猶豫地釘在她的心上。她感到天昏地轉，頭痛欲裂，噁心嘔吐，一下子就蹲在地上，再也站立不起。她量一下血壓，收縮壓已高達二百。

黏液細胞癌，那是癌中之王，非常猖獗。

陳曉蘭不斷地告訴自己：我不能倒下，不能倒下。我倒下了，誰陪媽媽看病。不行，我要喝開水。在這種情況下，最有效的降壓方法就是喝溫水。於是，她讓女兒一杯接一杯地給她倒溫開水喝，隨著溫水的大量飲入，她排尿了；隨著尿液的排出，感覺好些了。

二

一九九九年十月二十五日，在上海市虹口區僑聯臺盟的幫助下，媽媽從二甲醫院轉入三甲醫院。

這時，恰逢陳曉蘭要參加自學考試。她決定放棄考試，在醫院陪護媽媽。

「曉蘭，你不回家複習功課，不去參加考試，我就拔掉輸液針頭！」媽媽對陳曉蘭威脅道。

媽媽堅信陳曉蘭能回到臨床去，繼續當她的醫生。媽媽已經不能幫她了，這也許是最後的幫助。

《外科學》放在桌子上，陳曉蘭幾乎就沒翻過。跟媽媽相比那紙大專文憑算得了什麼？這兩年來，不論她遭受多麼殘酷的打擊，面對多麼大的壓力，媽媽都像一株蒼松堅定不移地站在身後。

陳曉蘭帶著課本和考試大綱趕到考場，想在進考場之前再看看。可是她翻開書，似乎那書上寫的是媽媽的病情。她合上書本，神志恍惚地在考場外轉來轉去，遇見同學就問：

「你說，我媽的診斷會不會錯了？」

「病理不是都做了嗎？不可能錯的。」將給媽媽動手術的同學說。

「老師不是講過嗎？歲數大的人不大可能患惡性腫瘤嗎？難道老師的這種說法不對？」她追問道。

「也許搞錯了。對對，搞錯了，醫院也可能會搞錯的。」同學可能發現陳曉蘭臉色不對，急忙改口說。

鈴聲響了，陳曉蘭被人流裹進考場；考試結束了，她又被人流裹出考場。

過去考試結束後，同學們都找陳曉蘭對答案，她不僅能夠告訴大家她是怎麼答的，而且還能說出為什麼要這麼答。這次走出考場，陳曉蘭像傻了似的，兩眼發直，至於考的什麼，她是怎麼答的，統統不記得了，腦袋裡一片空白。完了，完了，考砸了。工作沒有了，媽媽將離去了，苦讀幾年的大專自考考試又考砸了……。

陳曉蘭在街上茫然走著，大道小路，寬街小弄，到處是路；車流人流，若水洶湧，可是她不知道自己該往哪兒走，在下一個路口轉向何方。沮喪和絕望在陳曉蘭的心裡彌漫著，愈來愈濃重。

幾天後，同學告訴她考試成績出來了，她懶得去打聽成績，估計四門功課全軍覆沒——都不及格。這是她從小到大在學習上的第一個滑鐵盧。

媽媽要手術了。按照慣例，術前醫生要跟家屬談一次話。醫生說，手術有風險，術後可能產生的併發症有七種之多，且而每一種都將直接危及生命，導致死亡。談話結束完，醫生拿出手術同意書和麻醉同意書讓陳曉蘭的父親和弟弟簽字。他們面面相覷，兩手發抖，這哪裡是簽字，那是簽「命」啊。

「爸，簽吧，醫生談話都是這樣的，危險沒有那麼大。」陳曉蘭見父親和弟弟不敢簽字，於是勸道。爸爸聽從了她的話，在單子上簽了字。

「媽媽，你的胃潰瘍很重，胃已經變形了，需要把變形的部分切除掉⋯⋯。」在媽媽手術前，陳曉蘭忍著淚水對媽媽說。

「曉蘭，媽聽你的，需要怎麼做，你就安排吧。」媽媽非常信任地說。

十一月二日，媽媽做了手術。術後第二天的子夜，媽媽突然腹部疼痛難忍，情緒煩躁。陳曉蘭急忙去叫值班醫生。值班醫生來後，掀開被子瞟一眼說：「打杜冷丁！」

「病人肚子疼痛就打杜冷丁，這怎麼能行？」陳曉蘭感到驚詫，他掀被子瞟那一眼就能知道什麼病症？她覺得醫生有點兒眼熟，想不起來在哪兒見過。

「你診斷是什麼病症？」陳曉蘭又追問一句。

「先打杜冷丁，然後再說。」醫生漠然地說。

「沒診斷怎麼就能用杜冷丁呢？」陳曉蘭又問道。

陳曉蘭突然想了起來了。兩天前，她在洗漱間給媽媽洗衣服，在對面工作站有一位外地來進修的醫生跟護士聊天，他們的話時斷時續地飄進洗漱間：

「我們那裡可不像這裡那麼規矩。有一次，我給病人動手術，不小心將手術刀掉到了地上。我彎腰揀了起來，繼續給病人開刀。」他似乎越說越得意，「還有一次，我給患者裝關節頸，不小心將螺絲掉進關節腔，麻醉時效將要過去，如果再花時間把那個東西鉤出來，可能要造成醫療事故。我猶豫了一下，什麼也沒說就縫合了。手術後，那位病人半年不能走路，去過很多醫院，看過好多醫生，他們都弄不清是怎麼回事，於是他又來找我。我是手到病除，開刀將螺絲取了出來。手術之後，那位病人很快就走路了，他對我感激不盡……。」

做了虧心事，還那麼洋洋得意，把醜惡當作功績去講，這麼無恥的人怎麼做得了醫生？於是，平時不好多事的陳曉蘭從洗漱間跑出去，看了一眼那位進修醫生——也就是這位值班醫生。

「你不檢查病人疼痛部位，沒弄清疼痛的程度，也不分析疼痛與手術有無關係，甚至連手術的刀口都沒看一下就決定給病人注射這類強鎮痛藥？這樣會掩蓋疾病的症狀或造成沒病的假像。」陳曉蘭接著說，「你說說，病人為什麼會痛，這是由什麼原因引起的？」

「我估計是血運性腸梗阻。」那位醫生順口答道。

「這種病您看過幾例？」陳曉蘭問。

那位醫生答不上來了，一臉尷尬。

「我有三十多年醫齡，這種病至少看過四五例。根據我媽媽現在的症狀，根本不是這種病。請你的上級醫生過來一下！」

這時，護士已備好了杜冷丁，等候注射了。

「那麼給她注射阿托品好了。」那位醫生立馬更改醫囑，那速度比電視上的搶答題還快。

給藥不是猜字遊戲，這不僅關係到一個病人的疾痛，而且關係到她的生命，怎麼可以胡猜亂猜？

「阿托品會抑制病人在全麻之後的排氣。我媽媽術後還沒有排氣，你給她用阿托品之後，她還能排氣嗎？」陳曉蘭惱火地問道。這種人無論醫德還是醫術都一塌糊塗，怎麼配做醫生？

過去，陳曉蘭非常佩服這所三甲醫院的醫療水準，沒想到幾年的工夫就變成這個樣子。

三

腹外科病房跟媽媽同一天做手術的病人有四位。在這五位病人中，媽媽年紀最大，體質最差，病情也最為嚴重。大家都認為那四位病人有希望活下來，最沒有希望的就是屈湘培——陳曉蘭的媽媽。

「她那麼大年紀怎麼還做手術呢，能有多大治療價值啊？」

「是啊，就她的併發症多，眼前這道關恐怕是過不去了。」有人同情地說。

「看她那麼重都做手術，我們也有了信心。」一位病人說。

術後，主刀醫生告訴陳曉蘭：你母親只能活兩個月。她的體質很弱，術後無法進行化療，只能採取中醫中藥治療。

兩周後，媽媽出院了。陳曉蘭把媽媽接到了她自己的家。陳曉蘭一邊給媽媽食療，一邊給媽媽尋醫問藥。一個月過去了，兩個月過去了，對癌症晚期的病人來說，生命就像隆冬的陽光說走就走了。跟媽媽同一天手術的那四位病友像秋天的樹葉似的一個接一個地飄落，離開了人世，媽媽的病情卻在一天天好轉。陳曉蘭請過去的同事、上海一位著名中醫專家的關門弟子陳揚恩給媽媽看病。陳揚恩的醫術和醫德特別好，可是書生氣十足，在醫院許多人都欺負他，說他傻得一塌糊塗。有時院長領人找他看病，他會對院長說：「你先去掛個號。」甚至還會說：「不看了，今天不看了。今天已看十五個了，再看就是十六個了，看十六個品質我就不能保證了。我是醫生，要保證看病的品質，而不是工作量。」他看的病人少，總完不成工作量，經常被扣獎金。他說，「我看不快的，院長總讓我快快快，中醫講究辨證論治，我已經夠快的了，以前每天看十個病人，現在已經增加到十五個，院長還要我看第十六個。」醫院讓他給病人開白蛋白，說可以折合工作量。他說：「這個東西我是不用的。」他說什麼也不給病人開。陳曉蘭非常相信他，認為他是一個真正的醫生。

「你媽媽的病情我能扳過來，不過你和你媽媽要積極配合，第一不要吃葵花籽，第二不要吃牛羊肉……」陳揚恩給媽媽號脈時，點著頭，很有把握地說。

陳揚恩是從來不說過頭話的。他的話使得陳曉蘭對媽媽康復充滿了信心。她多想把媽媽的病治好，讓媽媽再活幾年，親眼看到她打贏「光量子」的官司，能看著她恢復工作，重返醫療崗位。多麼希望還能過去那樣每天下班後跟媽媽聊醫院裡的事情。

那些日子，陳曉蘭整天圍著媽媽轉，什麼事情也不做。媽媽一遍又一遍地催她去把「光量子」的事情解決了，不能前功盡棄；要抓緊時間上訪，儘早回到臨床中去。媽媽還跟老同學、《南方週末》的老報人虞丹取得了聯繫，想讓媒體幫助陳曉蘭。媽媽見陳曉蘭只想照料她，無意去廣州，趁陳曉蘭不注意悄悄溜下樓，想回自己家去，讓陳曉蘭去做自己的事。可是，媽媽身體太虛弱了，沒走多遠就走不動了，最後被陳曉蘭的鄰居看見給送了回來。

陳曉蘭見媽媽焦急上火了，只好讓步。她把媽媽送回了家，然後去了廣州。她從廣州回來之後，又去了北京，去了國務院信訪辦、最高人民法院、國家藥監局和衛生部等部門。

當陳曉蘭從北京回來時，媽媽又住院了，醫生給她做了第二次手術。

「媽媽，你的手怎麼腫了？」陳曉蘭一進病房就發現了。

「沒關係，這些日子一直是這樣的。」

浮腫說明水分洩露到細胞外，在細胞之間積累，肯定有問題。

正好醫生來查房，陳曉蘭問道：「我媽媽怎麼了？她的手一直腫著……。」

「什麼怎麼了，她已經是胃癌晚期了，腹水已經一塌糊塗了……。」

陳曉蘭嚇壞了，急忙轉過身去看媽媽。媽媽像睡熟似的，呼吸均勻。陳曉蘭不相信媽媽這麼快就睡著了，可是，她多麼希望媽媽是睡著的啊。媽媽還不知道自己患了癌症，家人都在瞞她。

當醫生走出病房時，陳曉蘭緊跟出去，嚴厲地說：「你憑什麼講她胃癌晚期了？你告訴我她那腹水是什麼性質的？是癌性腹水、結核性腹水，還是營養不良性腹水？」

那位醫生睜大眼睛看著陳曉蘭，講不出話了。陳曉蘭把媽媽的病歷卡拿過來，看了一下，發現媽媽的白蛋白和球蛋白已嚴重倒置。

「在她白蛋白和纖維蛋白比例顛倒的情況下，你們居然還給她做了手術！」陳曉蘭氣憤地說。

她急忙把兜裡的所有錢掏了出來，交給一位親戚，讓他去買白蛋白，給媽媽注射。

媽媽注射白蛋白後，浮腫很快就消失了。

陳曉蘭請陳揚恩來給媽媽看病。陳揚恩在查看媽媽的舌苔時表情有點吃驚。號脈時，他腦袋不停地晃著，

「唔？吃過葵花籽。」

「沒吃過。」陳曉蘭說。

「吃過葵花籽，肯定的。唔？牛羊肉也吃過了。」

「絕對不可能。」陳曉蘭爭辯著。

「肯定吃過。扳不回來了，這回真的扳不回來了，你就是把我殺了，我也扳不回來了。」他絕望地搖著頭說。

陳曉蘭腦袋大了，急忙問媽媽。媽媽像犯了錯誤的孩子似的點頭承認了。陳曉蘭的眼淚刷的就下來了。

「你不要哭，不要哭，我們再想想其他辦法，看看有沒有……。」陳揚恩說。

陳曉蘭知道已經沒有什麼希望了，她哭著批評姐姐沒照顧好媽媽。

姐姐委屈地說，我又不懂，你懂你還整天在外邊跑，不照顧媽媽。

陳曉蘭一下子就沒話說了。她悔之斷腸啊，如果不去廣州和北京，讓媽媽住在她的家裡，吃、穿、用都由她來經管，哪能吃禁忌食物？媽媽第一次手術時，陳曉蘭放下所有事情，守在病房，陪護媽媽。她白天一邊護理媽媽，一邊陪媽媽聊天；晚上，她把一張泡沫墊子鋪在媽媽床邊的水泥地上，睡在上面，只要媽媽一有動靜，她馬上就爬起來。病房裡的病人莫名其妙地對陳曉蘭說，你媽真是怪事，你陪護她時，她就安安靜靜的，睡覺也特別安穩；你姐姐陪護時，你媽一會兒小便，一會兒大便，把她支使得團團轉。陳曉蘭知道媽媽是非常希望她陪護的，有她在媽媽就有主心骨，有安全感，就可以高枕無憂了。

「曉蘭，你不是這家醫院的醫生，在這沒有處方權，待在病房反而礙手礙腳的。你去把『光量子』的事情處理好，把自己的事情處理好。去吧，不要再來醫院了。」媽媽的病情剛有好轉就開始攆陳曉蘭了。

陳曉蘭知道她的工作和「光量子」是媽媽的心病，媽媽對它們的關心已遠遠超過自己的生命。這兩個問題不解決，媽媽就是走也閉不上眼睛。可是，陳曉蘭不能不去醫院，不能不去陪護媽媽。她不在時媽媽不安心，她也不放心啊。

媽媽生氣了，把大學的同學、陳曉蘭尊敬的王林伯伯找來了，讓他守在病房門口，不許陳曉蘭再來。陳曉蘭一去，王林伯伯就迎上來，說：

「曉蘭哪，回去吧。你媽媽不會有事的。你媽媽說，你要是再來她就放棄治療。你媽媽多麼希望『光量子』能夠取締，你能早日回到醫療崗位；多麼希望你能夠拿到大專畢業證，成為一個出色的醫生啊！」

在解放前，王林伯伯是中共地下黨員，為上海的解放做出了貢獻。解放後，他擔任過上海某大學的教務長，是黨的高級幹部。他聽說「光量子」的事後極為氣憤，不僅支持陳曉蘭舉報和上訪，為陳曉蘭奔走呼籲，而且動用所有的關係來幫助陳曉蘭。

陳曉蘭只好離開了醫院，離開媽媽，把時間和精力都投入到「光量子」的調查上。二〇〇〇年五月初，陳曉蘭有了驚人的發現：那些流入上海各家醫院的「ZWG-B^{2}型光量子氧透射治療儀」是上海岳陽醫院遠端醫療諮詢中心下屬的上海華易實業有限公司組織生產的。岳陽醫院是上海中醫藥大學附屬醫院，是全中國重點中西醫結合醫院，誰會想到這麼著名醫院下屬企業會造假呢？廠商是醫療系統內部的，他們與醫療系統上上下下有著千絲萬縷的聯繫，那是一個潛在的具有彈性、韌性和能量的網。難怪陳曉蘭和家人竭盡全力地揭發和舉報，都不能將它從上海所有醫院趕出去。

二〇〇〇年五月四日，陳曉蘭在給上海市政府領導的信中悲憤地寫道：今來信向領導檢舉本市岳陽醫院內遠端醫療諮詢中心的上海華易實業有限公司（國內合資性質）非法生產的假冒偽劣醫療器械「ZWG-B^{2}型光量子氧透射治療儀」一事。

一九九七年，上海華易實業有限公司（位於本市青海路四四號）開始生產這種假冒偽劣器械，並且通過不正當的手段推銷到上海各醫院（部分流往外省市）。由於可以非法牟取暴利，這種假冒偽劣的儀器在醫院十分走俏，甚至氾濫成災，已造成數十億元醫療費用的流失。

「ZWG-B^{2}型光量子氧透射治療儀」是他們盜用河南省光電技術研究所的「光子氧透射液體治療儀」的生產許可證號，組織非法生產的，並配套使用同屬假冒偽劣的產品一次性石英玻璃輸液器。

他們聘用醫療系統的退休人員，以買三百副配件送一台主機的方式推銷給醫院（每副配件批發價十三元，實際上只要十元，三百副之外購買還可優惠），避開了市場、稅務、監督部門的監督。高額回扣是他們採取的促銷手段。

我為此一次次到有關部門反映和舉報，但兩年過去了，由於造假者是衛生系統內部的，行政管理部門的袒護和本位主義作怪，這種假冒偽劣器械一直沒有被取締，上海市醫藥管理局醫療器械處曾經對生產一次性石英玻璃輸液器的廠家做出「責令停產，回收產品」的處罰決定，結果沒起到遏制的作用。

由於廠商、銷售商、醫院各自謀取暴利，醫生得到高額回扣，所以醫院在向病人推薦時誇大其詞，將紫外線說成鐳射，將「光量子」說成鐳射針，以高出實際二十倍左右的價格向病人索取治療費，造成病人的醫療費的流失，最終落入制假的廠商、售假的銷售商醫院的器械採購人員和給病人用假的醫生的腰包。

四

媽媽的癌細胞不可遏制地擴散了，六月十二日，媽媽又做了第三次手術。

媽媽的身體越來越弱了。媽媽把陳曉蘭叫到身邊，讓她跪在床前。陳曉蘭蒙了，疑惑地望著媽媽，難道我哪兒做錯了？是什麼惹你生氣啦？陳曉蘭從小到大，不論犯多麼嚴重的錯誤，包括當年不聽父母的話，執意要嫁給那個男人，媽媽都沒有讓她跪過。媽媽是知識女性，他們家是非常民主的，過去每週都要開一次民主生活會。媽媽，你別生氣，千萬別生氣。我跪下。陳曉蘭在心裡默默地對媽媽說著，溫順地跪下了，跪在硬邦邦的地上。

「曉蘭，媽媽要你答應一件事。」媽媽看著陳曉蘭說。

「媽，你說吧。」陳曉蘭毫不猶豫地說道。媽媽不僅養育了她，而且每逢人生低谷，媽媽都老母雞似的把她攬在自己的翼下，溫暖她，撫慰她的創傷。發現「光量子」事後，媽媽不僅把壓在箱底的化學書翻出來了，把多年不用的實驗用品找了出來，還為她四處奔波，想方設法幫助她，甚至多年不聯繫的老關係都聯繫上了，年邁體衰的媽媽為女兒使出最後的力氣！在她下崗的日子，媽媽著多少急，上多少火？如果沒有這些事兒，媽媽也許不會得胃癌。媽媽別說求她一件事，就是十件百件千件，她也會毫不猶豫地答應媽媽。

「媽，您說吧，不管什麼事，我都答應你！」

「在媽媽病危時，放棄搶救！」媽媽盯著陳曉蘭的眼睛說道。

陳曉蘭的腦袋裡嗡的一聲，「放棄搶救」那幾個字像射釘似的穿透她的心。不行，這絕對不行！

「媽……」她哽咽地喊了一聲，再也說不出話來。

她哭了，使勁兒地搖著頭，淚水落在地上。

作為女兒，她怎麼可以眼睜睜地看著媽媽死去？作為醫生，她怎麼可以見死不救？不論在情感還是在理智上都通不過啊。

「你不答應就跪在地上別起來！」媽媽嚴厲而堅定地說道。

十分鐘，二十分鐘，半個小時地去了，陳曉蘭還跪在那裡。病房裡的目光都驚疑地落在陳曉蘭和媽媽身上，讓她感到壓抑。她悲傷地哭著，嘴角緊閉，說什麼也不肯答應媽媽。

時針像耄耋的蹣跚——遲遲緩緩，陳曉蘭的膝蓋麻木了，腰酸背痛了，地上的淚水越積越多，她還在那跪著，等待著媽媽改變想法。

媽媽是認真的，陳曉蘭也是認真的；媽媽理解陳曉蘭，陳曉蘭也理解媽媽。彼此在內心深愛，理智卻在對峙。陳曉蘭的心碎了，可是每一碎屑都在頑強地堅持著。

媽媽怎麼了？她過去通情達理，善解人意，總是為別人著想，從不提無理的要求。有時見其他病人病情不好，情緒低落，媽媽就說，曉蘭，你過去，幫他看看吧。陳曉蘭什麼器械都沒有，也要乖乖地聽媽媽的話過去看看病人。有一位病人嚇得直哭，醫生說她患的可能是惡性腫瘤，讓她做手術。陳曉蘭過去看了看她的舌苔，淡粉紅色。陳曉蘭說，你的病肯定是良性的。半是安慰，半是猜測。那病人卻願意相信陳曉蘭那沒有根據的話，她感動地笑著，臉上掛著眼淚被推進了手術室，最後開刀活檢，果然是良性的。

陳曉蘭多數情況是幫不上什麼忙的。一次，對面病房的一位病人突然跌下生命的懸崖，醫生、護士蜂擁而至，進行緊急搶救。可是，那兩位醫生邊聊天邊給病人做人工呼吸，一招一式讓陳曉蘭看著著急，那哪裡是在搶救，分明是把手伸下去擺動幾下，根本無意將掛在懸崖的生命拽上來。陳曉蘭覺得他們不過是表演給家屬看看，讓他們感到醫生已經盡力。

「他們這種假動作要是能救活病人就怪了！」陳曉蘭坐在媽媽的病床上，越來越看不下去，最後將臉轉過去，氣憤地說道。

「曉蘭，你過去幫幫忙，人家醫生這樣搶救也挺累的。」媽媽對陳曉蘭說。

能夠幫忙的話，她早就過去，哪會這麼看著焦急。她不是這家醫院的醫生，她那家地段醫院比這家的資質低許多，確切地說，她不過是一家地段醫院的下崗醫生，他們怎麼會看得起她呢？

「曉蘭，你還是過去幫幫忙吧……。」過一會兒，媽媽請求道。

陳曉蘭過去了，看了看病人的瞳孔，已經放大了。生命從醫生的指縫間滑落了，那張病床很快就空了，沉寂了；又一個病人住進來，懷著對生命的希望，還有對醫院和醫生的信賴……。

寫到此，我不禁想起一位同事的親戚，他是某公安局紀檢委書記，為人正直，襟懷坦蕩，在系統內有著「清官」之美譽。宦海生涯幾十年，沉沉浮浮，坎坎坷坷，風風雨雨，他只給下屬送過東西，沒給領導送過禮。有人說，他稍微懂點人情世故早就上去了。他的老部下已成為他上司的上司，他還堅持寧死不送禮，打死不行賄的原則。別人看著著急，把禮物給他備好了，只要拎著送過去就行了，他堅決不從。後來，他患了胃癌，需要手術。組織上幫他聯繫了當地最好的醫院，找了最好的醫生。在手術前，親朋好友，同僚下屬在他的病床前繞來繞去，欲言又止。最後他的妻子憋不住了，趴在他的耳邊低語幾聲。他面無表情，默默無語。接著妻子流著淚低語幾句，他沉思良久，艱難頷首，將臉轉了過，淚水從眼角流下。手術是成功的，他卻死了。有人說他是窩囊死的，他的妻子給主刀醫生和麻醉師各送五百元錢。我的同事說，他大可不必，在現實面前，病人首先要尊重自己的生命和家人的幸福，說他也太死板了，連哪大哪小都分不清。

最大的悲哀是分清了哪大哪小，分不清是非曲直！當生命背離了尊嚴，苟活就會成為最高的原則。

媽媽的目光漸漸溫柔了，也許媽媽心疼曉蘭了，她也是年近半百的人了，這些日子沒日沒夜地在醫院裡照顧自己，還讓她這麼長久地跪在地上，媽媽心疼了。可是，媽媽太瞭解曉蘭了，她知道在自己那一刻時，別人能同意不搶救，這個倔強的女兒是絕不會同意的。媽媽知道曉蘭從小說話算話，只要答應了就會去做的，所以媽媽要讓她答應這一事。

「媽，我答應你。」陳曉蘭說罷，放聲大哭起來。

「謝謝！曉蘭，你讓媽媽有尊嚴地走，媽媽在九泉之下都會感激你。」媽媽真誠地說。

陳曉蘭不是跪不下去了，也不是想應付媽媽，而是理解了媽媽。媽媽是想活得體面，死得莊重！媽媽這樣是對生命褻瀆的一種拒絕，是對人的尊嚴的最後捍衛，是以生命為代價對醫療服務現狀的抗爭。

五

「媽媽，『光量子』終於被取締了！今天市信訪辦等七家單位向我賠禮道歉了，市衛生局的領導聽說你有病住院，他們說要來看望您老人家。媽，問題徹底解決了，我很快就要回自己的崗位上去了，繼續當醫生了。媽媽，我想那些病人，真盼望能早點見到他們。媽媽，這回你放心吧！」

二〇〇〇年六月二十二日，陳曉蘭興沖沖地跑到醫院的病房，滔滔不絕地對媽媽說。

媽媽笑了，笑得一點兒都不開心，像是在敷衍陳曉蘭。

「媽媽，這是真的，你不相信嗎？他們確實跟我道歉了……。」陳曉蘭認真地對媽媽說。

媽媽還是那麼笑著，笑得意味深長，笑裡有話，可是媽媽什麼也沒說。媽媽的目光飄移著，從陳曉蘭的臉上飄到天棚和牆壁。

那天，陳曉蘭來到中山西路的一幢大樓的會議室，上海市信訪辦、市政法委、市衛生局等七個廳局的官員對她在舉報「光量子」過程中遭受的不公正待遇表示道歉，並對她的舉報行為給予肯定，宣佈獎勵她人民幣兩萬元。他們認為，由於陳曉蘭的舉報使蔓延在市、區不少醫院的假冒偽劣的「光量子」和一次性石英玻璃輸液器得到取締。他們還宣佈由廣中路地段醫院負責補發陳曉蘭兩年的工資，為她補繳「四金」，考慮到她家因動遷已從天水路搬到閘北區山泉路，新家離廣中路地段醫院較遠，離閘北區彭浦地段醫院很近，在征得她的同意的情況下，將她從廣中路地段醫院調到閘北區彭浦地段醫院工作。

上海信訪辦的一位官員對陳曉蘭說，這是信訪辦有史以來最高規格的道歉。

「你們不用給我道歉，應該給那些被『光量子』害死的人道歉，看看他們能不能從墳墓中爬起來原諒你們。」性情倔強的陳曉蘭一想起那些被「光量子」騙去錢財、健康，甚至於生命的病人，想起躺在醫院裡的母親，不禁兩眼噙淚，激動地說道。

官員們尷尬了。不過，官員畢竟是官員，不論什麼樣的尷尬都走得出來。

那天在場的還有閘北區衛生局的正副局長，陳曉蘭的新單位——彭浦地段醫院的院長。

「陳醫生，你可要珍惜這次工作機會啊。」政法委的一位官員意味深長地說。

他可能知道內幕，知道這次七個有關部門給陳曉蘭道歉和重新安排工作阻力之大。事後，有人告訴陳曉蘭，在處理決定上就有「珍惜工作機會」的字樣。上海市政協副主席謝麗娟在那幾個字的下邊畫一道橫道，在旁邊寫道：「誰不珍惜機會？」

「我怎麼不珍惜機會？我要是不珍惜醫生這一崗位，會頂著那麼大的壓力，會克服重重阻力去舉報『光量子』嗎？為此，我沒有時間陪女兒學習，沒時間陪母親去看病。媽媽的病被耽誤了，癌細胞擴散了，現在躺在醫院，也許一個星期，也許兩個星期，媽媽就沒有了……」她忍不住大哭起來，多年的委屈一下子湧上心頭，若滔滔江水把陳曉蘭淹沒了。

上海市醫保局一位官員說，由於陳曉蘭的舉報，上海取締約一千台「光量子」，以每台每天十人次計算，那麼上海的病人每天至少減少四十萬元的損失。十天就是四百萬元，一年就是一點四六億元，兩年就將近三個億！這僅僅是一個上海市，據有陳曉蘭的不完全統計，北京、天津、廣東、江蘇、遼寧等十幾個省市的醫院都出現了「光量子」。

不過，陳曉蘭傷心之後，接受了那位官員的好意。她默默地告誡自己：反腐，那是黨中央的事情；打假，那是政府的事情，今後不論醫院再出現什麼假的醫療器械也不管了。

媽媽還在微笑著，微笑著。最後，媽媽默默地搖了搖頭。媽媽是什麼意思？陳曉蘭不知道。媽媽再也沒提這件事。幾年後，陳曉蘭才明白，媽媽是不相信積重難返的醫療問題能這麼輕而易舉地解決了；媽媽知道「光量子」取締對女兒來說，只不過是萬里長征走完了第一步，以後的路還很長，將會更加艱難。媽媽可能還有點擔心，怕她不堅強，怕她不能堅定不移地走下去。

「媽媽，我的四門考試全部通過了！」陳曉蘭春風滿面地對媽媽說。

媽媽又笑了，這次媽媽笑得自然，笑得由衷。那歡樂像小河似的在媽媽的心底流淌著，越流越快，激起一簇簇浪花，浪花變成媽媽的笑容。

「媽媽，我還以為全不及格呢。前些天老師說我的外科學、內科學和老年醫學都通過了，我以為老師是在安慰我。今天，老師來電話說，你的錢我已給你墊上了，成績單怎麼還不來拿呢？媽媽，我通過了，真的通過了，而且分數還都不錯，七八十分。媽媽，真是蒼天有眼！我想，我能通過靠的是平時的基本功……。」陳曉蘭摟著媽媽說著說著，兩眼噙滿淚花。

媽媽笑著笑著，淚溢了出來。媽媽知道在此時此刻對曉蘭來說每一個成績都是至關重要的，也許會改寫她今後的人生。

媽媽似乎感到自己可以放心地走了。

癌細胞像一滴滴落水中的墨汁，在媽媽的肌體擴散了，彌漫了。

媽媽與曉蘭的生死離別日子一點點地逼近了。在那些日子裡，曉蘭寸步不離地守護著媽媽，盡情地享受著那最後的母愛。那是生命的晚霞，母愛的餘暉，如血盡染，播撒著無限的溫馨，還有那如絲如縷的眷眷之情。

在那些日子裡，陳曉蘭總將頭趴在媽媽的枕頭上，跟媽媽臉貼臉地親偎著。媽媽輕柔摩挲她的頭髮，一下接著一下，似要把那滿腔的母愛都輸送到女兒的肌體和血液，去溫暖女兒後半生的蒼涼、悲淒與艱辛。

媽媽語氣越來越弱，說話有點困難了。

「曉蘭哪，你是醫生，病人不懂的，你懂，你要保護他們的權利！」這是母親在愛撫著曉蘭時，對她說的話。語調輕微，卻字字如釘。

「媽媽，放心吧，我會的。」陳曉蘭含著淚水說。媽媽是無私的，媽媽是高尚的，媽媽在臨終沒有把女兒託付給別人，卻把病人託付給了女兒。這一託付意味著女兒將在那條佈滿荊棘的醫療器械打假之路上走下去，一直走到底。

二〇〇〇年八月五日，那是一個悲淒的日子，七十六歲的媽媽走了。

陳曉蘭和家人尊重媽媽的願望，在媽媽彌留之際，沒有讓醫生和護士搶救。

那是一場悲壯的告別，那是一場莊重的分手，家人簇擁在媽媽的周圍，陳曉蘭緊握著媽媽的手，眼看著媽媽的呼吸漸漸弱下去，最後一切歸於平靜，歸於岑寂……。

在那一刻，陳曉蘭真切地感覺到自己的精神支柱訇然倒了。她恨不得放棄塵世，隨媽媽而去。她不知道在沒有媽媽的歲月，自己是否還有勇氣與醫療腐敗抗爭下去，不知道自己能否不辜負媽媽臨終的囑託——保護病人的權利。

陳曉蘭後悔啊。後悔是一種可以無限蔓延的情緒，可以從一原點運動成一條軌跡，由那軌跡感染某一方面，漸漸漫山遍野地彌漫開來，讓心緒跌入黑暗。陳曉蘭先是後悔沒注意媽媽的身體變化，後悔沒及時陪媽媽去看病，接下來後悔媽媽手術後沒有照顧好媽媽……最後，她後悔當初選擇了醫生職業，如果她不當醫生，那麼就不會知道「光量子」，不會讓年邁的媽媽捲入到這場熬心耗血的鬥爭，也就不會讓媽媽為她奔波操勞，擔驚受怕。那樣媽媽就不能這麼早就死去，最起碼還能活上三五年。

陳曉蘭後悔啊，她後悔自己陪伴媽媽的時間太少。媽媽喜歡去陳曉蘭的診室，喜歡靜靜地坐在一旁，笑眯眯地看著女兒給患者看病。媽媽喜歡聽病人誇獎自己的女兒，讚美自己的女兒，這是母親的最大快樂和享受。可是，陳曉蘭不願讓媽媽去她的診室，媽媽一去她就攆媽媽回去。她不是怕媽媽在那兒礙手礙腳，影響她給病人看病，而是怕同事們說閒話，怕別人懷疑她「以權謀私」，用醫院的器械給媽媽理療。每每想起這些，陳曉蘭就為自己的「自私」而感到愧疚不已。

這是一個不完美的世界，只要撩起內幕都會發現腐敗的跡象。可是，醫療領域是不能腐敗的啊，這關係到病人的健康與生命。

媽媽說得對，「你是醫生，病人不懂的，你懂，你要保護他們的權利！」

第八章

小徐是一位畢業於警校的女性，她是抱著看一看的想法走進上海協和醫院的，可是她卻像中了邪似的一步步地陷了下去；在病人小馬的手術進行了一半時，醫生通知她的丈夫說，又發現四種婦科疾病，外加闌尾炎，結果手術費一下子翻了一番；農村的小翠是沒有子宮和陰道的石女，醫生卻說經過治療能夠生孩子，小翠為了這一夢想不僅花去了所有積蓄，還借了兩萬元的高利貸。

一

在陳曉蘭尋找做過「宮－腹腔鏡」手術的病人時，那些病人還在希望與絕望之間煎熬著。

小徐是二〇〇七年十一月一日做的手術。手術前，她猶豫了許久，按理說應該跟老公商量一下，可是她還是自己做了主。一是她不想跟老公說自己患有不孕症，二是想在懷孕後，送老公一份驚喜。

小徐是一位精明強幹的女性，語言特別流暢，做事一是一，二是二，乾淨利索。她不像上海女人那麼細皮嫩肉，她個頭兒不算高，卻給人一種身材頎長的感覺。

小徐二十三歲那年畢業於湖北一所員警學校。當初報考警校就是想當一名人民警察。可是，當她畢業時，當員警必須報考公務員。

二十三歲是充滿生機和活力的年齡，在這種年齡理想有時會被隨意的一個什麼念頭所改變，就像正一步步小心翼翼接近羚羊的幼獅，突然發現了離自己最近的一匹小角馬。小徐理想的路邊冒出一條岔道，幾位要好的同學約她去上海闖蕩。上海那是國際化的大都市，生長在湖北一座小城市的小徐過去不敢嚮往，她沒想到上海灘距離自己居然如此之近，買張車票就可以去。

去上海就不能當員警。孟子說：「魚，我所欲也，熊掌亦我所欲也；二者不可兼得，舍魚而取熊掌也……」可是，誰能告訴她當員警和去上海哪個是熊掌，哪個是魚？別人只能告訴她公務員今年不考明年還可以考，去上海可就沒人能劃分得那麼清楚。小徐選擇了去上海，反正她只有二十三歲，今年不考還有明年，明年不考還有後年。最有機會的事情往往是最沒機會的，自己書架上的書隨時都可以讀，讀的卻最少，借來的書幾個通宵就讀完了；家門口的風景總說要看，可能一輩子都沒看，天涯海角的名勝卻遊覽了無數。

小徐到上海之後就再也不想回湖北當員警了。過去在警校讀書時，她接受的是封閉教育，過的是集體生活，父母半個月去看她一次，給她帶些錢或好吃的。到了上海，儘管遠離了家鄉，父母不能來看她了，只有年節她才能回家看望父母，她卻沒感到過孤獨和困苦。她越來越喜歡上海這座城市，覺得這裡不論文明程度還是社會治安都比湖北好。她跟同事們相處得也非常好，因此不管多麼苦，多麼累她都感到快樂。

六年過去了，小徐一直在上海從事銷售，做過管材和電器。她的收入像出手的風箏——越飛越高了。看來當初的選擇是對的。

二〇〇五年五月，小徐結婚了，丈夫是湖北某監獄的獄警。小徐沒機會當員警，卻嫁給了員警，這也算是實現了理想。婚後，小徐繼續在上海打拼，丈夫留守湖北。小徐是賢慧的女人，有了老公之後，上海不再是原來的熊掌了，心思大多在老公身上了。可是，小徐不能一下子撤離上海，她在上海做得很好，每年都有十來萬元入帳。要想熊掌和魚兼得，老公就要辭職到上海定居，他們在上海買一套房子，將來孩子可以在上海讀書，成為地道的上海人。她想等懷上寶寶之後就不做了，錢賺多少算多啊？相夫教子才是硬道理。她最大的渴望就是有個寶寶。有了寶寶，她那個家才是完整的。

這哪裡是她一個人的企盼？公公婆婆只有她老公這麼一個兒子，從他們結婚那天起，兩位老人就在那兒等著抱孫子了。老公是從農村出來的，公公婆婆還在農村，在農村人眼裡兒子、孫子比土地還要金貴。

兩代人的希望最終都寄託在小徐的肚子上了。可是，她的肚子卻像一片沉睡的土地，沒有動靜。小徐結婚時已經二十七歲，她知道女性最佳生育年齡是二十五歲左右，隨著年齡的增長，女人的生育能力在下降，胚胎畸形的幾率在增高。

二十七八歲就像高速公路的提示牌一晃就過去了，轉眼間她就二十九歲了，老公已經三十二歲。小徐慌了，懷孕對她來說已經遠遠超過她的「ＧＤＰ」。她想，無論如何也要在三十歲以前把這個問題解決了，否則回家都沒法跟老公一起出去應酬。

有一次，她跟著老公出去應酬，老公的同事領去一個六七歲小女孩。爸爸讓孩子叫這位伯伯，叫那位爺爺，當叫到小徐的老公時，這位年齡比老公小的同事卻說：

「讓我女兒先叫你叔叔吧，等你們有了孩子，再讓我女兒叫你伯伯。」

這句話引起鬨堂大笑，可是她卻說什麼也笑不出來。那頓飯她吃得特別壓抑，感到自己很對不起老公。從湖北探親回來，她就跑到上海東方醫院檢查，醫生診斷為多囊卵巢綜合征，給她開了許多藥。

小徐是個很有個性和主見的女性，她不相信自己患的是什麼多囊卵巢綜合征。

接著，她又去上海紅房子婦產醫院檢查，醫生也說她的症狀不像多囊卵巢綜合征，經過輸卵管照影等檢驗後，確診為慢性盆腔炎和雙側輸卵管堵塞。

「那我該怎麼辦啊？」小徐茫然無措地問醫生

「你的子宮狀態很好，適合於試管嬰兒。」醫生說。

「吃藥不能治癒嗎？」

「像你這種情況吃藥的必要性不大，反而白花錢。試管嬰兒的成功率是百分之二十至三十。」

試管嬰兒？小徐驚呆了，嘴張得大大的半天沒有合上。老公是從農村出來的，思想有點兒保守，肯定難以接受這種受孕方式。再說，她怎麼跟他講呢？

她不甘心，又跟國際婦幼熱線諮詢。

「你到上海紅房子婦產醫院去看看吧。」

「我已經去看過了，他們說讓我做試管嬰兒。」

「他們說做試管嬰兒那就做試管嬰兒了。」

在他們眼裡，上海紅房子婦產醫院是權威的。在小徐的眼裡紅房子也是權威的，可是哪個病人不想有奇跡發生？小徐越來越關注不孕症的介紹。有專家說，以前不孕不育症病人占百分之十至十五，近幾年已達到了百分之二十。這絕對不是一個較低的比例，可是哪個人不希望自己能成為另外的百分之八十？小徐渴望從那百分之二十中爬出來，渴望能自然懷下寶寶。

上海某頻道有一檔節目——專家訪談。訪談的醫學專家大多是上海協和醫院的。自從小徐發現自己患有不孕症以後，對醫療保健的節目就有了濃厚的興趣，尤其是不育不孕方面的。一天，電視播放的是訪談上海協和醫院的一位姓王的婦科專家，王專家說：「大部分不孕症都能夠治癒。」這句話像隻溫柔的小手拍打在她的心上，讓她的心躁動不已。接著，她聽說了一個新名詞——「宮-腹腔鏡」。一輪希望隨著那國外進口的醫療器械「宮-腹腔鏡」升了起來。

上海協和醫院的電視廣告給小徐留下了深刻的印象：一個可愛的孩子從那綠得讓人心癢的草坪爬過來，驀地仰起頭喊著：「爸爸、媽媽，我來了！」緊接著響起渾厚的男性畫外音：上海協和醫院，治療不孕不育的搖籃。不知是那個孩子實在可愛，還是那渾厚聲音讓人信賴，讓她萌生一種想去那兒看看的欲望。

小徐瞭解到上海協和醫院是中美合資的醫院。她畢竟畢業於警校，學過法律，學過刑偵、查緝等課程，防範意識較強。她先打電話給北京的一家醫院，問他們那裡能不能做「宮-腹腔鏡」手術。對方回答說，他們醫院沒有「宮-腹腔鏡」，只能藥物治療，隨後寄來了治療方案。小徐認准了「宮-腹腔鏡」，掃兩眼就把那個方案丟到了一邊。

最終，小徐還是撥通了上海協和醫院的電話，接診護士說：「您過來吧，我給您留個號，幫您約位專家。」她態度出奇的好，讓小徐感到熨帖、寬慰。

二

小徐是抱著過去看看的想法走進上海協和醫院的。可是，去了之後，她就像中了邪似的，傻乎乎地被導醫轉給醫生，又被醫生轉給領診護士。她跟著領診護士交款、檢查，轉一圈後又被交還醫生——不孕症專家、不育不孕診療中心副主任張醫生。她本來想找電視上見到的那位姓王的專家，導醫小姐說，張主任是在國外進修過的，醫術很高。

張主任看了看檢驗報告，確診小徐患有原發性不孕，讓她先交兩萬押金，做「宮-腹腔鏡」手術。

「這種手術的治癒幾率是多少？」小徐問道。

「百分之八十。」張主任十分肯定地說。

小徐沉吟一下，試管嬰兒的費用跟「宮－腹腔鏡」手術差不多，成功幾率只有百分之二十至三十，比手術治療低很多。她理所當然要選擇幾率高的了。況且，試管嬰兒還要老公過心理那道關。

「我還有右側腹股溝斜疝……。」

「沒關係，可以給你一起做掉。不過手術費要有所增加，押金要三萬元。」張主任說。

「我再考慮考慮。」小徐還是有點兒猶豫。

張主任接著又開出一遝檢驗單交給領診護士，小徐又稀裡糊塗地跟著去交款和檢查。這時，她已花去四千多元檢驗費了。她把清單要過來看了一下，幾乎婦科的所有的檢驗都做了。

「你這病越早手術越好。你的月經週期是什麼時候？」當小徐再次回到診室，張主任問道。

「你現在是做手術的最佳時期，趕快交押金入院做手術吧！」當小徐回答完月經週期後，張主任說。

「我現在手裡沒有那麼多錢。」小徐說。

「我們的床位非常緊張，你現在不做以後還不見得排得上呢！」領診護士在一旁說道。

小徐動搖了，手術的成功幾率比試管嬰兒高出將近百分之五十，再說檢驗費已經花掉四千多元，不做手術這筆錢就白花了。

小徐急忙給朋友打電話，讓她幫忙籌錢。

下午五時，小徐將三萬元錢押金交上，當晚住進醫院。

第二天，小徐進了手術室。她感到很奇怪，醫生既沒讓她洗澡，也沒讓她換鞋，甚至沒給她拿一套乾淨點的病號服。她是自己走到五樓的手術室的。那裡邊挺空曠，好像除手術臺之外再沒有什麼儀器，沒有見到讓她心儀的「宮－腹腔鏡」，她爬上了手術臺，躺下後很快就失去了知覺。

「你不要哭，不要哭。」這親切而溫和的聲音遙遠得好似天邊，忽然又近得就在耳畔，好像是姐姐的聲音。

「我沒有哭啊，沒哭。」小徐爭辯地說著就醒了。

姐姐聽說她做手術，特意從湖北趕來護理。

「我怎麼在這兒？」

「保安用擔架把你從五樓的手術室抬到六樓的病房。你從手術室出來時渾身顫抖，不停地喊冷，還哭個不停。」姐姐見小徐醒了，對她說道。

手術做完了，付出總有回報，噩夢過去了，太陽升起來了，百分之八十的懷孕希望到手了，明年將會生個可愛的小寶寶。

第二天，護士長跑來對小徐說：「你交的錢已經用完了，趕快交錢，否則會影響你的治療。」

「我欠多少？」小徐疑惑地問。

「三千多元。」護士長說。

怎麼欠這麼多呢？她的心裡價位是三萬元，沒想到又冒出三千多元，這是怎麼回事呢？

她突然想起隔床的病人小馬，她做了八項手術，項目跟自己大同小異，異的是小馬還做了右側系膜囊腫和闌尾炎手術，花去了四萬兩千手術費。按小馬的費用來推算，自己做了腹腔鏡下盆腔粘連分解術、雙側輸卵管造口術、右側腹股溝斜疝修補術通液術、宮腔粘連分解術、診刮術、輸卵管系膜囊腫切除術七項手術，也該花三萬三千元了，想到此也就釋然了。在上海協和醫院是欠不得錢的，小徐認識的一位浙江農村的病友，帶來的三萬多元錢花光了，還欠了醫院的賬，本來一周前就該出院，結果還出不了院。護士每天都過來催賬：「你要交錢！」逼得她老公到處籌錢，對她的態度也越來越差。後來，她連吃飯的錢都沒有了，同一病房的一位臺灣病友給了她一千元錢。小徐可不想在醫院住下去，有許多事情等著她做呢，她讓姐姐趕快把錢交上。

第三天出院前，張主任來查房，檢查一下小徐的刀口，連聲說癒合得蠻好，手術很成功。小徐感到很高興，儘管多花了幾千元錢，但是病看得挺順的。

張主任說，她要出趟差，大約一周後才能回來，要給小徐開點兒藥。小徐點頭同意了，術後哪能不吃藥呢。天哪，這是什麼藥啊，咋就這麼貴呢？二十多包黑乎乎的草藥居然要五千多元錢，每天僅服這種藥就得四百來元錢，相當於一天吃掉一克白金！這樣算下來就不是三萬多元錢了，已經接近四萬元了。張主任出差了，她想問又沒地方問，醫生給開的藥又不能不要，醫囑又不能不聽，只好按時按晌地服藥。啥也別說了，打掉牙往肚裡吞吧。

三

小徐想，四萬元錢治好病，生個小寶寶也就算了，做試管嬰兒要是趕上那無效的百分之七八十，錢不是也白花嗎？到什麼山上唱什麼歌，過什麼河穿什麼靴，這時候就得自己寬慰自己啦！

小徐沒想到出院後感覺很不好，只好給張主任打電話詢問。張主任讓她去做輸卵管通液手術和ＯＫＷ微波中藥離子導入治療。

「你的病情很嚴重，一定要堅持治療，中藥要堅持服用，否則會影響療效的。」一見面，張醫生就嚴肅地叮囑道。

「我不想再吃中藥了……」小徐說。

她在紅房子婦產醫院也開過湯藥，自己拿回家去煎，每次只要一百多元錢，可以服用一周。你們的湯藥太貴了，十天就要五千多元錢，誰吃得起呀？她沒有說出來。

「你一定要堅持吃，不吃的話對你的治療會有影響的，你病情很嚴重。」張主任可能看出她的活思想，又叮囑一遍。

這是醫囑啊，她是來看醫生的，又不是做生意可以討價還價。小徐只好默不做聲了。

「你看看剛才那個女孩，手術之後不堅持治療，結果怎麼樣？輸卵管又堵上了，還得做手術。她嚇得在我的辦公室哭了半天，早知今日，何必當初呢？哭有什麼用？」張主任面色冷峻地說。

小徐嚇壞了，自己已經花掉四萬多元錢了，不堅持治療像那個女孩再堵上了可怎麼辦？她越想心越往下沉，越想越害怕，今後說什麼也要聽醫生的，醫生說怎麼樣就怎麼樣。

「你把ＯＫＷ的錢都交上吧，這樣也就能堅持治療了。」張主任語調緩和地說。

「還要做多少次啊？」小徐問道。

「十次。」張主任不容商量地說。

十次？小徐那顆不斷下沉的心猛然提了上來，天哪，每次要一千二百六十元，十次就要一萬二千六百萬元哪！

小徐沒帶那麼多錢，只好在下次做ＯＫＷ時，把一萬多元治療費交了上。ＯＫＷ微波中藥離子導入治療每次需要做一個小時，是件特別痛苦的事情。小徐的肚皮烤出幾個水泡，疼痛難忍。

「那麼，我就不給你用熱的了，用涼的好了。」醫生說。

醫生用碘酒在她腹部的泡上擦了擦，接著繼續治療。

那天，張主任又給小徐開了三千多元的離子導入用的中藥。小徐拎著那些中藥，心裡沉甸甸的，十天要十幾袋藥，十幾袋藥要三千多元錢，這什麼時候是個頭啊？

「這是什麼藥啊，要這麼多錢？」小徐去問護士。

「我不知道，這是醫院的秘方。」護士說。

小徐又去問藥房，藥房的人說，我們只負責發藥，不負責開藥。

「這藥是怎麼回事啊？開一個月的要五千多元，開半個月的要三千多元。」小徐無奈，只好去問張主任。

「你放心吧，我們是不會給你亂用藥的。在你的藥裡我加了名貴草藥冬蟲夏草。」

於是，小徐堅持服用張主任給她開的中藥，堅持做ＯＫＷ離子導入，堅持做輸卵管通液手術。可是，她的希望卻再沒有往上升，反而好像掛不住似的往下出溜。她有點兒麻木了，像一個機械部件進入了流水線，只好被動地接受命運的安排。

一次，做輸卵管通液手術前，領診護士領著她去交了一千零八十元的手術費。

「這次怎麼這麼貴啊？」小徐不禁問道。

「這次要把一個儀器放在裡邊，讓你看看自己輸卵管的狀態。」領診護士解釋道。

那天病人特別多，領診護士把小徐帶到更衣室的最裡邊。那裡擺有三個檯子，有做人工流產的，還有做卵泡穿刺的，裡面還有一位男醫生。

「怎麼還有男的？他怎麼不戴口罩呢？」小徐忍不住問了一句。

「啊，他是麻醉師，沒事的。」護士說道。

小徐有點兒難為情地在中間那個檯子躺了下去。

通液手術還是由張主任來做，護士搬來一台像B超監視器似的東西。

「你看看，你的輸卵管已經通了，狀態很好嘛！」張主任興奮地對小徐說。

小徐扭過頭去看了看那灰灰的螢幕，上面有兩條像水管似的細細的東西在遊動著。

通了，它終於通了。錢沒白花，苦沒白吃，它總算是通了！卵子可以從輸卵管遊動出來，與精子在子宮相聚，十個月後就可以有小寶寶了。孩子，等你長大時可不要忘了媽媽為你付出的代價啊，小徐激動得熱淚盈眶……。

小馬不僅跟小徐是同一病房的病友，而且還有著相似的就醫經歷。

小馬來上海協和醫院不是檢查不孕症的，她的擔憂似乎還沒聚焦在不孕症上，她和丈夫是來做常規檢查的。她的主治醫生是呂醫生，不過這些醫生不論姓祝姓張還是姓呂似乎都是一個師傅帶出來的，診療手段大同小異，先給病人開一遝檢驗單，然後確診為不孕症，接著就是「宮－腹腔鏡」手術、輸卵管通液手術、OKW離子導入、服用中草藥湯劑、卵泡穿刺等等。

呂醫生也不例外，小馬完成了三千五百元的消費，做了一系列檢驗之後，呂醫生看了看檢驗報告做出了診斷：小馬患有繼發性不孕症、雙側輸卵管阻塞和慢性盆腔炎等三種婦科疾病，需要立即做「宮－腹腔鏡」手術。

「我不需要手術！」小馬說。

小馬不同於小徐，她才二十五歲，距高齡產婦還有一段距離，對她來說生育還沒那麼緊迫。另外，在心理上，她還沒把自己定位於不孕症。

「你不做手術的話，以後就別想生育！」呂醫生見此說道。

這句話似乎擊中了小馬的軟肋，她一下子就軟了下來。

「做手術以後多長時間能夠懷孕？」這是小馬最關心的事。

呂醫生肯定地說，術後一個月，你百分之百能夠懷孕。

「手術要花多少錢？」

「根據你的病情一萬元至一萬五千元就夠了。」

「兩利相權取其重，兩弊相權取其輕。」對小馬來說，一萬多元不是個小數，可是跟能不能生孩子相比那就微不足道了。一萬多元錢，不論怎麼樣，只要肯吃苦，就是賺不來，省也省下來了。如果生不出孩子，那可是沒有辦法的事。小馬接受了手術。

在導醫、領診和醫生的齊心努力下，小馬不到三個小時就走完了從就診到手術的苦旅。

在手術進行二十分鐘時，小馬的丈夫接到呂醫生的電話，手術中發現小馬還患有四種婦科疾病，另外還患有慢性闌尾炎。呂醫生說，她的闌尾都發綠，爛了。單做闌尾炎手術的手術費是三千元，住院費要三千元。她問小馬的丈夫怎麼辦，這五項手術做還是不做？

肖志軍那樣的男人是特例。他不相信醫生的診斷，拒絕在妻子的剖腹產手術單上簽字，結果妻子和嬰兒死於非命。小馬的丈夫不是肖志軍，是一個正常的男人。作為正常的男人來說，哪怕再不相信醫生，為了妻子的健康也要伸長脖子讓醫生去宰去砍。這時，妻子已被實施全身麻醉，腹部已打了三個洞，手術進行了一半，該遭的罪都遭了，能為省幾個錢讓「爛了」、「發綠」了的闌尾留在妻子的腹腔？能讓查出來的疾病繼續發展？呂醫生一股腦兒給小馬做了「宮—腹腔鏡」探查術、盆腔粘連松解術、右側輸卵管傘端造口術、右側輸卵管系膜囊腫摘除術、多囊卵巢打孔術、宮腔鏡下通湧術、診刮術、闌尾切除術等八項手術。

「我的闌尾沒痛過，長這麼大也沒痛過呀，怎麼會有慢性闌尾炎呢？什麼，闌尾都綠了，爛了？怎麼會呢？」小馬醒後，聽說自己的闌尾也被摘除了，驚訝地說。

項目增加了，費用自然就得飆升。第二天，小馬就接到手術費用通知單：手術費三萬四千元。這對小夫婦望著那串讓人驚心動魄的數字嚇傻了。不是說手術費不超過一萬五千元麼？怎麼一下子就翻一番還帶拐彎呢？錢花在哪兒了，怎麼連個明細也沒有呢？有明細表又怎麼樣？醫生說做了八項手術，要是說十八項你不也得受著，肚皮又不是衣服，刀口也不安拉鍊，可以給你拉開看看哪兒做了，哪兒沒做。再說，呂醫生在做手術時又不是沒問過你們家屬，你們是同意的。「啞巴吃黃連有苦沒處訴」？訴不訴苦那是你們家的事，讓你掏錢是醫院的事，掏錢吧，掏吧，掏吧，啥也別說了，就是打官司你也打不贏！

手術費付完後，意想不到的事情發生了，小馬又連續收到三份催款通知單，他們交了三萬多元錢，結果還欠醫院三萬多元錢。出院時，呂醫生還給小馬追加了三千多元錢的中藥湯劑。

小馬在上海協和醫院住四天院，花去了六萬五千元，平均每天一萬六千二百五十元！這錢是怎麼花的呢，都花在哪兒了？醫院出具的費用清單只有四萬零六百七十七元，那兩萬多元哪兒去了？

在手術中途增加手術項目的事情不僅小馬一人，小吳也是這樣。她被診斷為患有繼發性不孕症等三種婦科疾病，也是當天被推上手術臺的。在手術中，醫生又發現了四種婦科疾病，於是手術項目由三項增加到七項。小吳的丈夫氣憤地說，幹嘛手術之前查不出來，上手術臺之後又增加項目，到底有沒有這些病，我們哪裡知道？可是說歸說，手術還得做不是，錢還得付不是？

小李的手術就更令人費解了。小李結婚多年一直未懷孕，他們夫妻到醫院做過檢查，問題出在她丈夫身上。二〇〇六年，她陪丈夫到上海協和醫院看病，導醫小姐不僅把她的丈夫領到不育症專家門診，還把她領到不孕症專家門診。小李跟專家說，有毛病的是她的老公，她要等老公看完之後再看。專家卻說：「他看他的，你看你的。」

專家這一看不要緊，小李被診斷為不孕症。

「我以前看過醫生，我的輸卵管是通的！」小李爭辯道。

「通是通，但通而不暢，需要手術。」

沒想到陪老公看病的小李卻被推上了手術臺。

四

小翠是一個不幸的女孩，一出生就被狠心的父母遺棄了，一對好心的農村夫婦把她撫養成人。

二〇〇五年，小翠已長大成人，不僅出落漂亮，而且有了自己的心上人。他們情投意合，相親相愛。可是，小翠的心裡卻有片陰雲，而且隨著幸福的逼近，陰雲越來越大，壓得她喘不過氣來——她從來沒來過月經。

在二十一歲時，小翠先後去張家港和蘇州幾家醫院看病，醫生給她確診為：先天性無子宮和陰道。

小翠一下子跌進無底深淵，天昏地暗，她悲淒地哭了。對女孩來說，這是一個非常殘酷的現實，這意味著小翠終生不能結婚，不能生兒育女。

醫生見小翠悲痛欲絕可能動了惻隱之心，對她說道：「你要麼去上海的大醫院看看。」

二〇〇六年五月，小翠在電視上看到上海協和醫院的廣告，本來已經死了的心又像枯枝似的發出了鵝黃色嫩芽。

二〇〇六年五月八日，在姐姐的陪同下，小翠專程趕到上海協和醫院看病。經過一番檢驗後，一位姓李的醫生說，你不是沒有子宮，你有子宮，只不過比一般人的要小得多，你還是有懷孕可能的。醫生給小翠開了許多中草藥，讓她回去堅持服用。

「有一個病人情況跟你的相同，服用這些中藥之後就懷了孕。」李醫生煞有其事地說。

「真的？」小翠兩眼興奮地問道。

李醫生的話讓這位渴望結婚，渴望像正常女性那樣生活的女孩熱淚長流。她感動不已地望著這位醫生，跑了這麼多醫院，看了這麼多醫生，快要絕望時，總算找到了專家。不，她就是活菩薩啊！她恨不得給李醫生跪下，給她磕幾個響頭啊！李醫生的話猶如一縷朝霞驅散了她心靈的黑暗，她的心裡亮堂堂了！

小翠捧著醫生給她開的靈丹妙藥回去了，每天無限虔誠地服用那些中草藥，一絲一毫都馬虎不得。每當服藥時，她耳畔就會響起醫生的那句話。那句話太有感染力了，它讓她想到幸福的將來，想到結婚，想到小寶寶……。

十天後，小翠再次來醫院，跟著領診護士緊張地做了B超。

醫生平靜地說，她的病情已有好轉，那中藥見點效果了。

有效了，有效了，我要做女人了！一個真正的女人，能結婚生孩子的女人！小翠激動得已經不知道說什麼好了。

醫生又給小翠開了一堆中草藥，這次比上次多，足夠她服用一個月。

小翠又開過幾次藥之後，李醫生又讓她做一次B超，然後對她說，她卵巢裡有個畸胎瘤，瘤裡有頭髮和牙齒，不摘除有癌變的可能。小翠驚呆了，怎麼會出現有頭髮和牙齒的瘤呢？那頭髮和牙齒到底是哪兒來的？

做女人咋就這麼難呢？

醫生說，那畸胎瘤可以摘除，同時還可以將陰道整形手術一併做，讓小翠回去籌集兩萬元手術費。兩萬元錢對於安徽農村的姑娘小翠來說是一筆鉅資。

可是，小翠已經顧不了那麼許多了，不僅僅是畸胎瘤摘除，還有陰道整形手術，前者是為了健康，後者是為了幸福，哪個不重要？為了自己和愛人的未來，哪怕下半輩子當牛做馬也值得！

小翠回去後，東挪西借，好不容易湊足了二萬五千元，其中的兩萬元是高利貸。

二〇〇六年六月二十八日，小翠帶著錢到醫院來做手術。

「這種手術對我來說是個小手術，一個星期就讓你出院。手術後，你除了不能生孩子之外，其他的都不影響。你要想一次性成功，提高夫妻生活品質的話，就得多遭點兒罪，在術後提一下腸子。」李醫生說。

不吃苦中苦，哪享福中福？小翠同意了。李醫生讓小翠的姐姐去商店買回許多大個的鈕扣，說手術時要用。

李醫生給小翠做了「宮－腹腔鏡探查術」、陰道成形手術和左卵巢畸胎瘤核除術等三項手術。

術後的第二天，護士告訴小翠，她已欠醫院七千元錢，藥已經停了。接下來小翠的家人不斷地借錢交錢，醫院不斷地發放欠費通知。

小翠不知道那些大個的鈕扣放到哪裡去了，只知道自己的陰道塞著紗布。紗布取不得，取出來就要流血不止。醫生也沒說術後會這樣流血啊？

「流血是正常的，你的手術跟別人不一樣，要耐心治療。」李醫生解釋說，

最讓小翠痛苦的是她的腹部被打了三個洞，然後將鋼絲拴在腸道上，每天用鉗子夾住往上提，每提一次都要流好多血，讓小翠下一次地獄，這種斷腸之痛折磨得她死去活來。打一針止疼針要三百多元，她打不起，只好服用止疼藥，可是藥不大管用，痛得她大汗淋漓，被褥都濕透了。

小翠在醫院住了二十多天。出院前，醫生說，她的陰道已有八釐米了。

可是，剛辦好出院手續，還沒走出醫院，她的陰道就血流不止，痛得渾身發抖，蹲在地上站不起來了。醫生在她的陰道縫了幾針，讓她痛不欲生，感到生不如死。

為了做一回女人，小翠付出實在太多了。她想欠下的高利貸可以慢慢去還，結婚生孩子是耽誤不得的。她寧願上刀山下火海，也要對得起自己所愛的男人，要跟他相守一輩子。

出院後，她去醫院複查過幾次，醫生開始說術後效果不錯，後來又說手術沒有達到預期效果，主要是小翠沒有配合好。

會不會上當受騙，會不會人財兩空？她還沒來得及想。

心誠則靈，疑惑則不誠，不誠則不靈。對待醫生要像菩薩，不能有半點懷疑。

上海協和醫院的中草藥湯劑，每袋二百七十九元兩角二分。要治不孕症，每月得花一萬多元服用這種藥。

第九章

稽查上海協和醫院，煎藥室的處方多數含有名貴草藥——冬蟲夏草，其中一張處方就有一八七克，可是卻見不到一根冬蟲夏草；在倉庫發現的一百克冬蟲夏草不知存放了多少年，他們既沒有冬蟲夏草的購貨發貨票，也沒有台賬。陳曉蘭離開醫院後被一高大的陌生男人跟蹤……。

一

二〇〇七年一月五日，上海。在接近中午時，一輛車悄然開進上海協和醫院。陳曉蘭和身著便裝的藥監稽查人員從車上下來，神情凜然地走進門診大廳。

六天前，陳曉蘭向上海市食品藥品監督管理局舉報上海協和醫院，她認為這家醫院在藥品和醫療器械的使用上存在嚴重違法違規問題，他們給病人開「三無」藥品——中藥湯劑的包裝無醫院標誌，無保質期和煎制日期，沒有中藥處方。

「醫生的中藥處方是不可以給病人的。」藥監局的一位年輕的官員十分肯定地說。

「你到底懂不懂？不懂就別講。你連這一常識都不懂，」陳曉蘭生氣地說，「中藥處方相當於西藥的說明書，醫院必須告訴患者中藥的成分，否則病人服藥後出現嘔吐、高燒等副作用，其他醫院怎麼對症搶救和治療？中藥處方必須得給病人，為了保護智慧財產權，可以不寫一兩味中藥的劑量。」

陳曉蘭沒法不生氣，作為藥監局的官員居然糊塗到這種地步，還怎麼對藥品進行監督管理？難怪下面的醫院敢那麼做。

更讓陳曉蘭生氣的是個別官員把「依法執政」掛在嘴上。前些年，他們查「鼻鐳射」時，廠商猖狂地說，我們的產品不是未經註冊的，而是假冒的。你們不是要依法執政麼，請拿出相關的法律依據來，看看對假冒醫療器械怎麼處理。沒有的，醫療器械管理條例上根本就沒有「假」和「偽」的字樣。藥監執法部門應該把這些問題反映上去，提出修補法律漏洞的建議，可是他們卻沒有做。

「陳醫生，你現在是名人了。」一位官員對陳曉蘭說。

「我這個名人還不是你培養的？」陳曉蘭回敬道。

那位官員抬起頭來看了看。陳曉蘭說：「看什麼？不就是你不作為，逼著我去打官司。我一打官司不就變成名人了？」

那位官員就不講話了。陳曉蘭對個別官員很有意見，她是一個說話直爽的人，有看法絕不藏著掖著。一位記者說陳曉蘭是冷面滑稽。一次，某藥監部門的領導對陳曉蘭說：「陳醫生，你能到我這來反映情況，說明你對我的信任。」

「我並沒有信任你啊，我信任的是政府。你只不過在這裡工作，你就接待了我。」她誠懇地糾正道。她對這位領導印象不大好。

「不要這樣說話嘛，我們的同志百分之九十九是好的，你說是吧，我們要相信他們。」

「沒有那麼高比例吧？國家藥監局不也就一百多人吧，現在已經抓進去四五個了，還槍斃了一個，這樣就沒有百分之九十九了。」陳曉蘭認真地說。

陳曉蘭批評完那位年輕官員之後，又去問上海藥監局的一位資深的官員。這位官員說，醫生給病人開中藥，應該給病人處方。

「那麼代煎的藥呢？」陳曉蘭追問一句。

「代煎的藥也要給病人處方。如處方中有稀有和貴重藥材的話，還必須讓病人知道。」官員說。

陳曉蘭的舉報得到上海市藥監局有關部門的重視，他們表示元旦後對這家醫院進行突擊稽查。

元旦是一年之始，是舉家團聚的日子，快樂的日子，放鬆的日子。可是，陳曉蘭的心卻始終懸著，放鬆不下來。她想以稽查「三無」藥品為由，緊緊抓住不放，就像抓著蠶繭的絲頭執著不懈地拽下去，最後黑黑的、胖胖的蠶蛹就剝出來。不過有一前提，要保證那絲不能斷，斷了再想找到絲頭就難了。

夜長夢多啊，陳曉蘭憂心忡忡，焦慮不安。有多大能耐就能做多大事情，那麼做了多大事情就證明有多大能耐。上海協和醫院不是一般的民營醫院，他們有能力將開辦兩年多的「上海市閘北區民辦協華醫院」包裝成「百年協和」，將籍籍無名的民辦醫院包裝成聞名遐邇、病患如流的大醫院，那麼肯定有能力遮掩事實和維護這棵搖錢樹。在法律不健全，腐敗現象嚴重之下，「有錢能使鬼推磨」的現象較為普遍。「鬼推磨」，這一形容實在太準確了，不能不讓人驚歎中國的文化與智慧。不論什麼鬼都是晝伏夜出，在黑暗的掩護下出來活動，在見不得人的地方推磨賺錢。人只能隱隱約約地聽到磨轉動的聲音，感覺到磨在轉，卻看不到鬼的影子。黑暗不僅給了鬼做惡的機會和自由，也給了鬼無所顧忌的勇氣和膽量。只要捉不住，鬼就會繼續推下去，惡就會不斷地從那眼磨裡流出來。鬼可能不止一個兩個，裡邊可能有陳曉蘭認識的、熟悉的，甚至是敬仰的。可是，只要不捉住，就不知道他到底是誰。

人過節，鬼是否也放假了呢？鬼是不會放假的，哪怕不推磨也要保持高度的警覺，害怕一不小心被捉住。藥監局要對上海協和醫院突擊稽查資訊鬼會不會知道呢？鬼是防不勝防的。通訊如此發達，「鬼」撥個電話，或者指頭在手機按鍵狂舞片刻，消息就會不翼而飛。上海協和醫院得到消息，很快就會將所有違法違規的痕跡掩蓋或抹去。這樣不僅會導致突擊稽查失敗，而且還打草驚蛇。

二〇〇七年一月四日，元旦總算在陳曉蘭的煩慮中過去了。上海市藥監局上班了，陳曉蘭早早就趕了過去，催促他們執法稽查。一位資深官員告訴陳曉蘭明天就去，陳曉蘭提出要監督執法，配合檢查。他沒有猶豫就同意了。

「那麼，你們能不能跟衛生監督部門溝通一下，看看能不能聯合執法？」

「好啊。」他表示贊同。

陳曉蘭滿意地走了。突然，她「噔噔噔」跑回去，對那位官員說：「還是你們先去執法檢查，查出問題來再找衛監。」

「好的。」他答應道。

「我告訴你，這事我跟誰也沒說，如果走漏風聲，我就找你！」性情率直的陳曉蘭忍不住說出了自己的擔憂。如果藥監局一家執法稽查，風聲走漏肯定是藥監局內部有鬼；如果兩個部門同時稽查，鬼在哪裡就說不清了，這樣就等於給鬼提供了可鑽的空子。

官員似乎早就看出陳曉蘭的意思，笑了。

「說好了，明天一定要去啊！」陳曉蘭臨走又叮囑一句。

「好的。」官員說。

「去之前一定要通知我！」

「好的。」

陳曉蘭回到家，又忐忑和焦慮地度過一天。

五日上午十時許，陳曉蘭接到電話，邀請她去上海協和醫院配合執法稽查。她急忙打電話給新華社記者劉丹、《南方週末》的記者柴會群，還有病人王洪豔，讓他們火速趕到醫院。

在門診部門口，陳曉蘭見到了劉丹和柴會群，緊張的心緒略微放鬆一下。他們倆是以病人的身分配合執法稽查的，他們年齡般配，看上去像一對小夫妻。陳曉蘭和他們對視一下，沒有說話。他們心領神會，緊跟在後。當陳曉蘭他們上電梯時，劉丹和柴會群也擠了上去。這時，煎藥室的工人推一車中草藥上來，車像活塞似的把電梯裡的人擠到邊上。電梯動了，人和草藥，還有那濃郁的藥味兒伴隨著指示屏上顯示的數位而上升。一、二、三，隨著一聲提示音，門打開了，電梯裡的人魚貫而下。

三層是不孕不育診療中心，幾位候診的病人靜靜地坐在走廊的椅子上。柴會群和劉丹走了過去，在椅子上坐下來。他們轉瞬就忘記了自己正在扮演的角色，像採訪似的對身邊的病人不斷地發問。

候診的病人都來自外地，臉像乾旱土地憂愁和痛苦從龜裂處溢出。生育的渴盼像一片多災多難的玉米地，每當將要抽穗時就遭到水澇、旱災和冰雹，那不甘心的希望像隻手在蹂躪著他們的心。「不孝有三，無後為大」的觀念淡泊了，可老人著急抱孫子、外孫子的念頭卻沒有減弱，老人的目光圍著女人的肚子轉來轉去，似乎要從裡邊挖掘出一枚鮮活的卵子。儘管國家在宣導計劃生育，可是生不出孩子似乎是社會最不能容忍的生理缺陷，搞得這些不孕不育者在眾人面前抬不起頭來。同病相憐，坐在這裡，前後左右都是不孕不育的人，他們不再感到壓抑了，不禁長長噓一口氣。女人像小鳥似的低語，交流著看病的經過；男人像棵樹，沒風就沒有動靜。

劉丹和柴會群的問話與病人不同，像勘探似的在搜索和挖掘什麼。劉丹和柴會群的舉止很快引起保安的警覺。保安手持對講機，站在離他們不遠的樓梯口，目光像見血腥的蒼蠅叮在他們倆身上。陳曉蘭看著很著急，怕保安發覺了異常報告醫院，那樣這次行動就會流產。突然，保安走了過去，站在了他們身旁。劉丹和柴會群意識到了自己的疏忽，那像二十四針打字機似的發問停了下來。他們像沉悶的病人那樣不吱聲了。

陳曉蘭有點兒焦急不安，目光不時瞟向樓梯口。她在等待著王洪豔。王洪豔告訴陳曉蘭，在她做完「宮－腹腔鏡」手術的第二天，醫生又將她領進三樓的更衣室，讓她躺在一張黑色革面的窄床上，給她做了「輸卵管通液」手術。陳曉蘭突然瞪大了眼睛，開什麼玩笑，上海是國際化大都市，不是醫療落後、缺醫少藥的窮鄉偏僻，不是黑龍江邊的小鎮，怎麼可能在更衣間裡給病人動手術？

陳曉蘭只知道三樓的更衣室，不知道究竟是哪一間，在這一關鍵時刻絕對不能出現任何紕漏。

嬌小玲瓏、穿著時尚的王洪豔走過來，陳曉蘭臉上的焦急不見了。她朝陳曉蘭輕輕點點頭，轉身徑直朝診療室與治療室之間的樓梯拐角處走去，在掛有「更衣室」牌子的房間停下，「咚咚咚」敲幾下門，然後推門而入。她進去轉一圈兒就出來了，陳曉蘭、劉丹和兩男一女的稽查人員已到門口，一位護士橫在門口，把陳曉蘭他們擋住了。

「藥監稽查。」稽查人員說道。

護士只好讓開，讓稽查人員進去。這間稱之為更衣室的房間裡卻沒有更衣櫃，房間像西瓜似的被切割成若干個小間，所不同的是西瓜切開後襟懷袒露，房間分割後更加幽深和詭秘。一陣陣熟悉的醫療器械碰撞聲鑽進陳曉蘭的耳朵，她尋聲而去，見裡邊正在做手術。一位女病人下身赤裸地躺在手術臺上，醫生和護士在旁邊忙碌著。見此，兩位男性稽查員慌忙躲了出去，陳曉蘭、劉丹和女稽查員張老師挨屋檢查一遍。那裡邊總共有六小間，靠門的兩個房間設有婦科沖洗台，靠裡邊的房間擺著兩張婦產科用的手術床。設施簡陋，不僅沒有消毒隔離措施，甚至連洗手的設施也沒有。

陳曉蘭和張老師挨屋檢查完後，沒發現中藥材和中藥製劑。

陳曉蘭查這個房間的目的是想確認他們是否在更衣間裡給病人做手術，看來王洪豔說的沒錯。

更衣室裡的手術結束了。醫生和護士意識到進來的幾個人絕非等閒之輩，神色有點兒緊張。

醫院的一些人員像快速反應部隊似的出現在更衣室。

「你們的中藥在哪兒？」執法人員問那幾個人。他們相互看看，沒有吱聲。沉默暴露了心裡有鬼，可是沉默卻可避免更大的暴露。

「不是在六樓嗎？」陳曉蘭說道。

「你怎麼知道的？」執法人員驚異地望著陳曉蘭。原來在乘電梯上來時，陳曉蘭留意了那位推藥車上來的工人摁了「六」。

二

六樓彌漫著濃郁的中草藥味，倉庫和走廊橫七豎八地堆放著各種各樣的草藥。陳曉蘭看了看，那些裝在編織袋子裡的草藥連個標籤也沒有。她去過中藥店的草藥倉庫，每一種草藥都放在藥架上，標籤上注明是什麼藥，什麼時間進的，產地在哪兒等等。

「哪有像你們這麼樣擺放中草藥的？這也太不規範了！」稽查人員忍不住地說道。

「你們的蟲草在哪兒？」陳曉蘭問道。

蟲草即冬蟲夏草，既不是蟲，也不是草，而是蟲、草結合的奇異東西。這種草藥產於青海、西藏等地，屬於名貴藥材。在王洪豔出院時，祝醫生給她開了十服中草藥（總共二十袋），藥價為五千五百八十四元五角。這種醫院煎制好的湯藥製劑為褐色液體，真空塑膠包裝上既沒有生產日期和保質期，沒有「上海協和醫院煎制」的字樣，也沒有中藥處方。王洪豔不知道這種像醬油湯似的中草藥含有什麼貴重藥品，只知道這藥價格非常之高，每次服用一小袋，每袋二百七十九元兩角二分，比人頭馬XO還要貴許多。

陳曉蘭告訴王洪豔處方是證據，無論如何也要把處方搞到手。王洪豔三番五次地找祝醫生索要那份中藥處方，祝醫生沒辦法只好把處方給了王洪豔。陳曉蘭看過那張中藥處方，上面列有三十二味草藥，其中的第十味藥是冬蟲夏草，數量為一克，總量十克；第二十六味藥還是冬蟲夏草，數量八克，總量八〇克。讓陳曉蘭費解的是為什麼在同一張處方上出現過兩次冬蟲夏草？為什麼第一次是十克，第二次是八〇克？

王洪豔還算幸運最終要出了中藥處方，安徽農民小胡意識到中藥處方的重要性後，他多次地跟主治醫生要他妻子的中藥處方，醫生理直氣壯地說：「中藥處方屬於我們醫院的智慧財產權，是不能給你的！」對那些沒有拿到處方的病人來說，根本就不知道自己服用的是什麼藥。在陳曉蘭調查的病人中，幾乎每位都服用過這種中草藥製劑，有的病人每月服這種藥就要花一萬多元錢。

那褐色的藥液中是否真有冬蟲夏草？陳曉蘭對此深表懷疑。

在陳曉蘭的追問下，保管員將她和稽查人員領到三樓，進入樓梯口旁的一間掛有男更衣室牌子房間。那房間裡堆放著一箱箱的西藥，保管員在藥堆旁邊找到一床頭櫃大小的保險箱，俯下身去將保險箱打開，手伸進去摸索半天，掏出一小包草藥。陳曉蘭接過去看了看，果然是冬蟲夏草。這家醫院實在是太有創意了，女更衣室是手術室，男更衣室是西藥倉庫。如果沒人領著的話，外人怎麼能找到那間手術室和這間西藥倉庫呢？醫院為什麼要將這兩個地方隱匿起來呢？

「這種冬蟲夏草兩萬元錢一公斤。」保管員解釋道。

陳曉蘭小的時候，在青海工作的姑姑經常給她的父母捎冬蟲夏草，所以她很小就認識冬蟲夏草。陳曉蘭看看手裡那兩萬元錢一公斤的冬蟲夏草，個頭很小，顏色有點兒發黑，好像在保險箱裡存放多年。再看看包裝，上面既沒有批號、重量、產地，也沒有生產日期。

「你們有多少蟲草？」陳曉蘭問。

「一包。」保管員說，

「這只有一百克，夠幾個處方用呢？」陳曉蘭問道。

祝醫生給王洪豔開的處方有冬蟲夏草九〇克，這只是一個處方，祝醫生一天要看多少病人，開多少中草藥處方？這家醫院有多少像祝醫生這樣的醫生？

「我們的冬蟲夏草剛用完。」保管員說。

解釋是無奈的，若不說剛用完，稽查人員要是讓他把其他蟲草拿出來，他上哪兒去拿呢？

解釋又是愚蠢的。愚蠢的解釋就像在帽子上打了一個補丁，不拆補丁就知道那是個破帽子。冬蟲夏草剛好用完了，那麼待煎藥裡的冬蟲夏草能拿出來看看麼？另外，陳曉蘭在外邊的藥房問過煎藥工，他們說像冬蟲夏草那樣的貴重藥材，不僅要當著患者的面放進去藥裡，煎好之後還要把藥渣還給患者。你們的冬蟲夏草用完了，藥渣總得有吧？

你們的冬蟲夏草用沒了，冬蟲夏草的台賬和進貨發票總該有吧，總不會當包裝紙用了吧？台賬將記載醫院進了多少冬蟲夏草，什麼時間進的；用掉多少，什麼時間用的。冬蟲夏草的發貨票會清楚地記載是什麼時間，在什麼地方，購進了多少冬蟲夏草。如果上海協和醫院總共購進一百克冬蟲夏草，兩年多給病人開了大量的冬蟲夏草，結果庫裡的一百克冬蟲夏草一克都沒少，那麼賣出去的冬蟲夏草是哪裡來的？

破綻像衣服上的口子越扯越大，掩蓋不住了。他們拿不出冬蟲夏草的進貨發票，也拿不出臺賬。

陳曉蘭和執法人員走進煎藥室，看見六個煎藥鍋，這比她在外邊的大藥房見到的還要多。

「有沒有正在煎的藥？」陳曉蘭問兩位煎藥工。

「沒有。要等醫生開出方子，我們才能煎。」一位藥工說。

「病人來一個，我們就煎一次。」另一位藥工補充道。

「煎藥機的工作指示燈怎麼是亮的，這不正在煎藥麼？這鍋藥的處方在哪？」陳曉蘭盯著一台煎藥機問道。

陳曉蘭和劉丹跑過幾家藥房後，不僅弄清楚了西醫不能開中藥湯劑處方，而且還知道了中藥湯劑煎制工序和要求。兩名煎藥工以為陳曉蘭不懂，隨便說幾句就可以把她給打發掉了，沒想到沒糊弄過去。他們手忙腳亂了，翻箱倒櫃地找到一個處方遞過來。

「六鍋藥怎麼就一個處方呢？」陳曉蘭問道。

煎藥工更慌了，拿出一個夾著處方的本子，把處方一張張遞給陳曉蘭。

「你們到底做沒做到一方一鍋？」陳曉蘭問道。

「做到了。是一方一鍋，一方一鍋。」藥工說。

「你們的藥是怎麼煎制出來的？」

「藥房將藥配好送過來，我們先把藥放在鍋裡浸泡一個小時，然後煎一至兩個小時。煎好後去渣，包裝，交給藥房，由藥房交給病人。」

「這就是說，從病人將處方交到藥房到拿到煎好藥，最快也得三個小時？」

「是的。」煎藥工肯定地說。

「當藥交到病人的手裡時還是熱的，燙手？」陳曉蘭追問道。

「是的。」

謊言，又是謊言。他們怎麼就沒有一句真話呢？真是訓練有素。

此時要是有病人來取藥就好了，就可以揭穿他們的謊言。

陳曉蘭的手機響了，王洪豔在電話裡焦急地說：「陳阿姨，有人在取藥，拿的跟我的一樣。」

陳曉蘭喜出望外，匆忙跑下樓。張老師見此，也跟著跑下去。

當她們下樓時，取藥的窗口空無一人，病人已取完藥走了。

「你怎麼沒攔住病人，讓她等一會兒呢？」陳曉蘭焦急地埋怨道。

王洪豔沒有吱聲。在醫院她總抑制不住地膽怯和懼憚，怕那些蠻橫的保安，怕那些不講道理的醫生和行政人員。他們已經注意到她了，她哪裡敢在保安的眼皮底下攔住那取藥的病人呢？她像一隻被人追打的小貓似的，儘量躲在角落裡，收斂自己的言行，不讓他們注意自己，她見陳曉蘭氣喘吁吁地從六樓跑下來，又沒見到病人，她內疚啊，自責啊。

陳曉蘭回到煎藥室不一會兒，王洪豔又發來短信：「我旁邊有位病人，取完藥沒走。」

陳曉蘭又急忙「噔噔噔」跑下樓去，見王洪豔身邊坐著一位年輕女性，旁邊的椅子上放著一隻裝有湯藥的方便袋。

「我是藥監局的監督員。」陳曉蘭把監督員證給她看了看說，「對不起，我可不可能摸一下你的藥？」

「可以，您摸吧。」

「您的藥怎麼是涼的，什麼時間取的，是不是很長時間了？」陳曉蘭摸完那袋冰涼的藥後，問道。

「沒有啊，我是剛取出來的，取出來就是涼的。」病人答道。

「你是什麼時間看完病的？」陳曉蘭問。

「我剛剛看完病，把醫生的處方交給藥局，他們讓我等一會兒。我等了十分鐘左右，他們就把藥給我了。」

「陳阿姨，快快，那邊又有了……。」突然，王洪豔說著。

陳曉蘭抬頭望去，見一對夫妻剛從藥局取出一袋湯藥製劑，急忙跑過去。

「我可不可以摸一下您的藥？」

「可以。」

「你們是什麼時間把處方交給藥局的？」

「剛才交的，還不到兩分鐘，他們就把藥給我了。」看來這對夫妻對此還很滿意。

「病人交給你處方不到兩分鐘，你就把煎好的藥付給她，你這藥是怎麼煎出來的？這藥肯定不是按她的處方煎的！」剛從煎藥室趕過來的張老師氣憤地問藥房。

湯藥不同於中成藥，處方是根據病人的病情開的，哪有完全相同的病人和完全相同的病情？

張老師衝進中藥房，讓藥劑員把所有煎好的藥都拿出來。藥劑員不吱聲，張老師只好自己動手找，結果沒有找到。她又回到煎藥房裡找，終於找到一堆煎好的分袋包裝的藥。

「這藥是不是今天早晨煎的，處方在哪兒？」張老師問道。

「這藥不是今早煎的，是昨晚煎的。」煎藥工說

「那就把昨晚的處方拿出來。」張老師追問道。

「不是昨晚煎的，是前天煎的。」煎藥工急忙改口說道。

張老師請陳曉蘭把一位煎藥工領到會議室去作筆錄。煎藥工無奈地跟著陳曉蘭去了，半路卻被一直跟隨稽查人員身後的院方叫走了。陳曉蘭只好請另一位煎藥工去作筆錄。這位年輕的煎藥工說，他是中專學歷，學的不是中醫中藥專業而是電腦，他聲稱自己很健忘，其他事一概不知道。這時，院方又過來阻止，說陳曉蘭沒有資格給煎藥工作筆錄。

陳曉蘭和稽查人員把煎藥室的所有處方收集起來，發現有五成含有冬蟲夏草，其中最少的為四克，最多的為一八七克。上海協和醫院給病人的收據沒有列每味草藥的單價，陳曉蘭起初不知道他們開給王洪豔的冬蟲夏草多少錢一克。在小胡的妻子出院時，醫生要給她開中草藥，沒法拒絕，只好要了五小包。不知什麼原因，收款處竟鬼使神差地在她的收據上列出每味藥的單價，冬蟲夏草每克二百六十元，西洋參每克九元九角，這價格竟是上海市最高限價的五倍。

按每克冬蟲夏草二百六十元計算，一八七克就是四萬八千六百二十元錢！如果藥裡沒有冬蟲夏草，那麼僅

僅這麼一味藥就騙取四萬八千六百二十元錢！還有一張處方陳曉蘭怎麼也看不明白，數量和總量怎麼算也對不上，上面寫著十五服藥，每服藥的穿山甲、蜂房、蛇床子等味藥的數量是十克，十五服藥總量應該是一五〇克，處方上寫的卻是六百克；熟地黃的數量是三〇克，總量應該是四五〇克，處方上寫的卻是一千八百克。難道醫生不識數，不知道十五×十＝一五〇、十五×三〇＝四五〇？突然，她發現處方上的十五是後改的，原來是六〇。她恍然大悟，醫生給病人開了六十服藥，病人可能嫌多了，要求醫生改為十五服，結果醫生就把六十服改為十五服，藥的總量卻沒有改，結果病人付的是六十服的錢，拿到的是十五服藥。這也不對啊，處方上的冬蟲夏草是每服藥五克，六十服膺該是三百克，十五服膺該是七十五克，處方上寫的卻是三〇克！這數字到底是怎麼算出來的？看來這處方跟病人領取的藥沒有多大關係，只跟病人交錢的多少有關係。

執法人員讓醫院在處方上蓋了章，作為證據收起來。

三

陳曉蘭和稽查人員又回到三樓檢查醫療器械，核對四證。當陳曉蘭想讓王洪豔領著去查ＯＫＷ離子導入治療儀時，發現她又不見了。

「你怎麼又跑掉了？這是你舉報的，你要幫助調查。」陳曉蘭找到了王洪豔，責怨道。

「沒有了，沒有了……」王洪豔慌裡慌張，沒頭沒腦地說道。

「什麼沒有了？那麼還有沒有有的，他們給你用的那台ＯＫＷ治療儀還在吧？」聞此，陳曉蘭心不由一驚，急忙問道。

王洪豔把陳曉蘭領到治療室，向裡邊匆匆指了指。在這間治療室內，她以三千六百元的代價，換取了醫生的ＯＫＷ離子導入治療。陳曉蘭進去轉了一圈，沒見到ＯＫＷ治療儀，出來再找王洪豔時，門外已空寂無人。王洪豔怎麼又不見了，到底是怎麼回事？陳曉蘭又氣又惱。原來，王洪豔發現更衣室裡的器械少了許多，在她做手術時是八台，現在只剩下三台了。她懷疑有人給醫院通風報信，醫院撤掉了那些器械。

當今，百姓對監管部門和執法者的信任已經十分有限。這不奇怪，我們哪天讀不到有關「貓鼠勾結」，狼狽為奸，沆瀣一氣的報導？這到底是監管部門和執法者的悲哀，還是百姓的悲哀？

醫院早已注意到王洪豔，他們認為是她把藥監稽查人員帶來的。院長助理把她叫到一邊，要她到辦公室去談談。她拒絕了，院長助理就讓三個人看著她。她認出其中的兩人，一個是保安，另一個是導醫小姐。他們緊緊地跟著，她去哪兒他們就跟到哪兒，寸步不離。她沒辦法，只好坐在候診大廳裡，那三個人就陪著她待在那裡。

「你要覺得看病貴了，你可以來找我，跟我說呀。你帶那麼一大幫人來醫院幹什麼？怎麼的，我給你看病有什麼錯？」祝醫生打來電話責怨道。

「我也不是醫生，不知道你哪兒錯了。他們不是我帶來的，是自己來的，跟我沒關係。我哪裡有這麼大本事？」王洪豔在電話裡爭辯道。

三個小時過去了，那三個人還緊緊地盯著王洪豔。醫院來了幾位員警，跟保安講了幾句話，她心裡更恐慌了。這時，一位藥監稽查人員對她說，你可以走了。她急忙離開醫院，還好，那三個人沒有跟她出來。她見陳曉蘭還在裡邊，想等陳曉蘭出來後一起離去。外邊很冷，她穿得不多，凍得直發抖，只好在街上來回走動。怕陳阿姨出來看不見，她還要緊緊地盯著醫院門口，沒想到這樣一盯居然幫了陳曉蘭大忙。

「你們的ＯＫＷ離子導入治療儀在哪兒？」陳曉蘭返回治療室問醫生。

醫生把奧克威牌微波治療儀（ＯＫＷ即奧克威的拼音縮寫）指給陳曉蘭。

「ＯＫＷ是微波，是不能做離子導入的。請你告訴我，除ＯＫＷ之外，還有其他機器沒有？」陳曉蘭說。

「沒有。這種療法我們現在不做了。」那位醫生老老實實地回答道。

前不久王洪豔還做過，怎麼說不做就不做了呢？會不會見稽查來了，臨時撤下來的呢？

ＯＫＷ是當今許多不孕不育症專科醫院和診室推崇的療法之一，他們說這是一種先進的技術和特效的手段。上海協和醫院在廣告中聲稱：「斥鉅資從德國、美國等國家引進全電腦數碼陰道鏡、多媒體彩超、體內ＯＫＷ綜合治療系統、微米光治療儀等國際先進診療設備。」這種療法在這家醫院的不孕不育症臨床上應用普遍，幾乎每位病人都做過這種治療。

「這種療法是誰想出來的？」陳曉蘭說。

「我們醫院的一位博士發明的。」

「中藥能導入不能導入不是博士說了算的，他依據的是什麼科學原理？運用什麼公式，能導進去多少？請把實驗資料告訴我，請他過來說一下。」

那位醫生說，那位博士已經走了。這種療法參照的是離子導入儀器的原理，將中西藥物與ＯＫＷ微波緊密結合，使藥效得到充分發揮。具體作法是把藥物放在病人的肚臍上面，然後用微波照射達到給藥的目的。

稽查人員問，那藥物是哪來的？醫生說，那藥是博士根據病人的情況開的。執法人員讓他們出示一下處方，醫生說處方已經沒有了。稽查人員發現他們的醫療器械有的沒有標籤，有的在使用上存在嚴重問題。

在上個月調查時，病人告訴陳曉蘭醫生給她ＯＫＷ導入治療時每次長達一個小時。陳曉蘭震驚了，微波是一種存在風險的物理治療手段。按使用說明書的規定一個部位治療時間為十分鐘，最長不能超過二十分鐘。怎麼能做六十分鐘？說到底還是為了錢，計程車按里程計價，微波治療按時間收費，按照上海協和醫院的收費標準一千二百六十元／六〇分鐘（其在上海市衛生局備案的收費標準是一個部位／十分鐘為六十元）計算，二十分鐘只能收四百二十元，如果多給病人做四十分鐘就可以多收八百四十元錢！他們所做的這一切都是為了錢，而不是病人的健康。

短波治療、微波治療都是雙刃劍，不僅能祛除疾病，也能戕害健康。

二〇〇五年九月二日，在上海施工的一位外地建築商被廣告吸引，到金山區一家民營醫院就診。這位四十三歲的建築商病並不很重，不過龜頭有點兒炎症而已。他在那家醫院治療六天，花去了四千二百元醫療費，病情有所好轉。醫生說，導致龜頭發炎的原因是他的包皮過長，如果做了包皮切除手術，不僅會減少龜頭發炎的幾率，而且他的妻子也不易得婦科病。一舉兩得，何樂而不為？於是，他接受了醫生的建議。包皮切除是小手術，三〇分鐘就搞定了。接著，醫生又建議他做一下短波治療，說這樣對刀口和他的前列腺炎都有好處。又是一舉兩得，他又接受了。他從手術室出來之後，直接被領進隔壁的微波治療室。短波治療的收費標準是每十分鐘一百元錢，護士給他治療了一個小時。最終前列腺炎治療得怎麼樣不得而知，龜頭卻被烤焦了。事後，他到三甲醫院就診，泌尿科專家認為，包皮手術在術後只需簡單護理，傷口即可慢慢痊癒，沒有必要動用價格昂貴的光波治療。短波灼傷是由內而外的，灼傷的軟組織必須切除，如壞死部分蔓延擴大，將有生命危險。建築商萬般無奈，只得接受陰莖壞死清創術，最後陰莖遺存僅一釐米。

八百四十元錢，讓上海協和醫院的醫生和護士喪失了最起碼的良知，鋌而走險！

有的病人在上海協和醫院做過OKW離子導入治療後，腹部疼痛難忍，像做化療似的頭髮一綹綹地飄落了，體質不斷下降。短波和微波的灼傷都是由內而外的，腹部的器官會不會被灼傷烤熟？男性的生殖器被烤焦了，哪怕不具醫學常識的人憑肉眼也可判斷；女性被灼傷的部位在腹腔之內，即便是烤焦了也無從發現。恐懼、焦慮、痛苦像一群瘋狂的螞蟻在病人的心上爬著啃著。

四

陳曉蘭走出上海協和醫院，穹蒼潑墨，街燈、霓虹燈、看板競相映輝，街上車水馬龍，路人行色匆匆。西北風掀動衣角，氣溫明顯下降，她打了個寒噤，想起了家，想起小外孫，想起女兒女婿，他們可能到家了，等待她回去吃飯。她加快了腳步。沒走幾步手機響了，她剛摁下接聽鍵，王洪豔那惶懼聲音就傳了過來：「陳阿姨，在你出醫院時，有一個男的跑了出來，緊緊跟在你身後，你要小心哪！」

「他跟著我幹什麼？」陳曉蘭邊說邊回頭張望。

「看到沒有？就是那個穿白衣服的，衣服上邊還有兩條綠杠。」王洪豔說道。

陳曉蘭看見了，那男人長得高大魁梧，虎背熊腰，身高大約有一．八五米。

他跟著我幹什麼？會不會是誤會，會不會是巧合？陳曉蘭掛斷電話，轉彎快走幾步，再回頭看看，那男子也跟轉彎緊走幾步。她索性站在路邊，想等那男人過去再走。沒想到那個男子也站住了，看似乎漫不經心地觀望來往的車輛，實際在注視著她。陳曉蘭清楚了，他就是衝自己來的。

上午，陳曉蘭配合稽查人員查了中草藥，下午又查了醫療器械。在下午兩三點鐘左右，陳曉蘭沒事了，可以回家了。柴會群有會議要參加走了，劉丹有事也走了。陳曉蘭幾番跟稽查人員告別，沒走多遠又折回來。她希望這次稽查能有個結論性的東西。結論意味板上釘釘，難以改變。沒結論就隱含變數，有可能會推倒重來，查得的事實會像河裡的魚，看得清清楚楚，你一伸手它就溜掉了。從醫院的角度來說，可能不希望下結論，或者希望結論模糊一些，似是而非，就像把手伸進泥罐，捉住一隻「吱吱」叫的老鼠，抓的人知道手裡捉住一隻老鼠，旁邊的人也聽到老鼠的叫聲，可是只要不把它從泥罐裡掏出來，那麼就意味還有「狸貓換太子」的機會，它可以變成松鼠、絨鼠或豚鼠，或者其他什麼。如果你把它掏出來示了眾，那麼它只能是老鼠了，什麼也不能變了。

「陳醫生，坐我們的車走吧。」當藥監稽查人員撤離時，對陳曉蘭說。

「你們先走吧，我再待一會兒，跟病人再聊聊。」陳曉蘭說。

這些病人實在太可憐了，被廣告吸引，千里迢迢地跑到上海來治病，不僅花幾萬元錢做了「宮－腹腔鏡」手術，喝了比XO人頭馬還貴的黃藥湯子，而且還做了什麼OKW離子導入。每次一個小時的微波治療會給身體造成什麼樣的危害？今天看上去似乎沒大問題，那麼明天呢，後天呢？誰來為此負責呢？悽惶，焦慮，痛苦，像一根根絞索把她們的心吊了起來，甚至寢食不安，恍恍惚惚，精神瀕臨崩潰。她們不僅需要公道，更需要安慰啊。幾位病人認出來陳曉蘭就是電視裡播放過的「打假醫生」，她們把她圍住了，向她反映所見所知的問題，提供各種各樣的資訊。

這時，一位五大三粗的男人也擠過來，看樣子是想跟陳曉蘭說點什麼，可是他猶猶豫豫，欲言又止，在人群中擠來擠去的。有的病人打量一下那個人，悄然無聲地溜走了；正在話說的病人，瞪大眼睛看著那個男子，把後邊的話咽回了肚子，不再說下去了。

「陳醫生，我老婆也在這家醫院住院，我想向你反映一個重要問題，這家醫院的藥特別貴，我想投訴。」那人見別人都不吱聲了，一下子冷場了，他尷尬地說道。

「你認為藥價高，可以向物價部門投訴，藥監不管藥價。」陳曉蘭說。

「陳醫生，你能不能告訴我你家的電話？」

「可以。」陳曉蘭說著就把自己家的電話告訴了他，同時也要了他的電話號碼。

當那個男子沒啥說的了，見別人都不吱聲，只好離開去。

「陳醫生，你要當心啊，那個男的不是病人家屬，他是醫院的保安！」一位病人對陳曉蘭說。

「不會吧？他把手機號還給我了呢。」陳曉蘭半信半疑地說。

她知道這家醫院會把自己視為眼中釘，肉中刺，不除不快的。可是，她沒想到他們會採取這麼卑劣的手法。

「他給你的電話肯定是假的，不信你試試。」一位病人說。

這倒是好主意，陳曉蘭掏出了手機，撥通那個號碼，「對不起，您所撥打的是空號。」果然是空號。她明白了，那個保安可能受人指使過來監聽她跟病人談話的內容。

俗語說，「咬人的狗是不叫喚的。」如果他們想報復的話，不會採取這麼拙劣手段。陳曉蘭家裡的電話號碼在網上掛了很長時間，許多人都知道，就是不知道也能打聽到。王洪豔不就是通過《解放日報》的讀者熱線打聽到她家的電話麼？陳曉蘭沒有緊張，這種事經歷過多了，也就見怪不怪了。二〇〇三年，她去北京反映情況時，幾個陌生的男人在列車上找到了她，要她下車，甚至威脅她說：「陳曉蘭，你到不了北京！」她到北京後又遭到陌生男子跟蹤，最後她甩掉了那個尾巴，去了國家藥監局，向一位副局長反映了「光量子」等假冒醫療器械情況。二〇〇六年三月，在雲南偏遠地區調查「靜舒氧」時，一位知情人告訴她，那裡的供應商具有黑社會背景，去那裡調查取證會有生命危險的。結果她和幾位記者被那裡的醫院扣住了，要把他們交給供應商。她沉著冷靜，急中生智，最後不僅安全離開醫院，而且還帶回了證據。她跟那些見利忘義的醫生、謀財害命的醫院、坑蒙拐騙的醫療器械商鬥爭了十年，有多少人叫囂要收拾她，要滅掉她？她不是還好好的活著嗎？邪不壓正，她深信這點。

天像掉進了墨汁裡，夜色越來越濃。陳曉蘭扭頭看看，那男人還站在那兒。他到底想怎麼樣？這是上海灘啊，又不是草荒絕塞。不過，陳曉蘭有點擔心，怕他跟蹤自己到家。儘管她家別人很容易打聽到，可是她還是不想把他帶回家去。她想甩掉他，緊走幾步，鑽進路邊的建築工地。那正好停放一輛卡車，她悄悄地躲在卡車的後邊。在黑暗的籠罩下，工地一片寂靜，陳曉蘭惶恐不安地在車後面躲著，想等那男人發現跟丟了目標，懷揣沮喪折返醫院，或者像隻沒頭蒼蠅在街上亂竄，她再悄悄地鑽出去，乘車回家。等一會兒，再等一會，等他一時半會尋找不到跟蹤目標，希望變成失望，失望變成絕望時，也就會放棄跟蹤，回去跟上司交待了。

兩分鐘過去了，五分鐘過去，將近十分鐘過去了。陳曉蘭想，他肯定走了，走遠了，沒事了。她從卡車後邊悄悄地走出來，見工地門口一個人影都沒有，門外的街上熙熙攘攘，車水馬龍。她舒口氣，想趕快離去。驀然，她發現那白色的身影像幽靈似的出現眼前。原來他並沒走遠，而是靜靜地站在車前等她出來。相距只有四五米，四目相對，時間凝固了，她沒有動，他也沒動。她像被惡狼追趕的兔子，心亂了節奏，慌不擇路地逃著。他會怎樣？會不會撲過來把自己拖進黑暗僻靜的工地？他要是保安的話，有可能是農村出來的，沒有文化，也沒有法律意識。沒有文化的人一旦失去了純樸和善良，那將是十分可怕的，也許為幾萬元錢什麼事都幹得出來。

陳曉蘭突然意識到這次與以前遭遇不同，以前遇到的或是政府官員，或是醫院的是醫務人員，那些人都屬於「穿鞋」的，他們不會無所顧忌，孤注一擲。她眼前的這位可能是「光腳」的，他可能來自貧困的鄉村，好不容易在上海找到這麼一份工，他可能會為這份工不顧一切。再說了，遊醫本來就是流氓和無賴啊，他們什麼事做不出來？幾年前，山西的媒體發表一篇揭露性病診所黑幕的報導，莆田遊醫不是跟蹤和搶劫了記者，還揚言要花三十萬元買記者的人頭，要炸毀報社的大樓嗎？

陳曉蘭和那個男子對峙著，她抓緊背包，生怕被他搶去。背包裡有數碼相機和錄音筆。東西倒不值幾個錢，關鍵是裡面有拍攝的照片和錄音，那是證據。她直言不諱地對藥監稽查人員說，稽查過程中的談話她全部錄音了，上海協和醫院承認自己沒有台賬，沒有冬蟲夏草的進貨發票，如果將來有了，那就是造假。

無論如何錄音筆和相機不能讓他搶去，那是證據！

證據？對，眼前的這個人不也是證據麼，為什麼不把他拍下來呢？陳曉蘭突然忘卻了恐懼，忘卻了生命所面臨的威脅，舉起照相機對準那個男子摁下了快門。隨著一道刺眼的閃光劃破黑暗，那位男子的相貌和表情收進了照相機。那男子可能沒想到在這一刻陳曉蘭舉起相機給他拍照，呆頭呆腦地望著鏡頭，一動未動。陳曉蘭又摁下快門，這時他可能意識到這不是拍影留影的場合，不應該把自己的形象留在陳曉蘭的相機裡，於是在閃光燈閃亮那一瞬，他將臉側向一邊，避開鏡頭。

陳曉蘭趁機一躍而起，躥上了大街。她告訴自己不要緊張，不緊張，他不能把自己怎麼樣，可是她還是抑制不住地緊張，心跳過速，渾身乏力，腿有點兒發軟。她不時回頭望望，那男子一直緊跟不舍，始終保持五六步的距離。魚待在水裡才能存活，人群就是水啊，自己只有在人群才會安全，她找有人的地方走。人少時，她就不過橫道，等人多時再過；她走在人行道的裡邊，絕不孤零零行走在馬路邊上，不給他們製造交通事故的機會。

走出幾百米了，她回頭看看，那男子還跟在後邊。不行，我得報警了。

「有事找員警。」報警了，員警來了，一切都會解決的。我們畢竟是個法制社會，不是舊上海的黃金榮、杜月笙、張嘯林時代，人民民主專政是不允許黑社會存在的。遮在陳曉蘭心頭那片濃重陰雲裂開一道縫隙，心裡豁然亮了。她慌忙掏出手機，邊走邊撥一一〇。耳邊傳來：「報警請撥一一〇，火警請撥一一九，救護請撥一二〇……。」就是無人接聽。這電話怎麼了，報警電話出了故障？報警電話是二十四小時開通的，不該出現這種現象啊！難道心慌撥錯了？她仔細看了看，沒錯啊，重撥一遍，還是這樣。她不停地撥打著，可是一一〇說什麼也撥不通。一一〇啊，一一〇，不到萬不得已哪能撥打你啊，你要是這麼個狀況，撥打你又有什麼用呢？看來一一〇指望不上了，支撐在心裡的那支柱要斷掉了，陳曉蘭感到前所未有的惶恐和無助。天色越來越晚，行人越來越少，她這條魚眼看就要離開水了……。

突然，她看見前邊十字路口站著一位員警。員警就是親人哪，她像見到救星似的奔跑過去。

「民警同志，我是『打假醫生』陳曉蘭，我身後那位穿白色衣服的男人一直在跟隨……」她氣喘吁吁地對員警說。

「對不起，我是交警，不是刑警。」那位員警說。

「韓正市長表揚過我，支持我……」她語無倫次地說著。

「我是交警不是刑警。」

「我知道你是交警不是型警，可是一一〇撥不通，我只有找你了。不管怎麼說你也是人民警察，你能把你的警徽給我看看嗎？」

「我是交警，給你看警徽也沒用。」

手機響了，希望在心頭一閃，她急忙接起電話，裡邊傳來王洪豔焦灼不安的聲音：

「陳阿姨，你不要跟那個員警講話，他跟協和的保安有來往。他和跟蹤你的那個人講過話……」

陳曉蘭頓時渾身綿軟無力，絕望佔領心頭。她孤苦無助地回頭望去，那個男子像一匹蹲守獵物的狼，站在離她七八步遠的地方。

藥監局剛剛介入，稽查的序幕剛剛拉開，最終結論還沒出來，問題還沒有解決，病人被騙去的錢還沒有歸還，部分有力的證據還在她的手裡，說什麼也不能在這時候死啊。不行，得跟劉丹交待一下，萬一自己出了事，她好知道怎麼辦。

「陳醫生，你不要害怕，千萬別害怕，我這就去接你。」劉丹在電話裡緊張地說道。

「不，你千萬不要過來。我一個人都擺脫不了那個人，加上你就更麻煩了。」陳曉蘭說。

接著，她告訴劉丹錄音筆在她的兜裡，相機在背包裡，家裡還有哪些證據，放在什麼地方。她一遍遍地叮囑劉丹，如果我發生意外，你一定要找到這兩樣東西，那上邊錄有證據。你要把上海協和醫院查個水落石出。

掛完電話，陳曉蘭松了一口氣，似乎不那麼緊張了。她想起小時玩過的老鷹抓小雞遊戲，我只要躲在員警的身後，那個人就是想害我，想製造交通事故也奈何不得。於是，她緊緊地跟在員警的身後。

「你別老跟著我，我不是刑警，你跟著我也沒用。」員警說道。

「沒用我也跟你，今天是跟定了。你們不是說『有事找員警』麼？我今天有事了，就找你。」

突然，一輛計程車在路口停了下來，裡邊的乘客撕扯著要下車，計程車司機拽著她說什麼也不讓。陳曉蘭知道十字路口是不能隨便停車的，否則將處以兩千元的罰款。那位司機膽子夠大的了，居然把車開到交警的眼皮底下。陳曉蘭平時就不愛看爭吵打架之類事情，此時就更沒有心境看那些了。她緊緊地跟在員警的身後，目光不時瞟向那個穿白色衣服的男人，怕他衝過來抓住自己，同時還注視著過往的車輛和行人。行人中說不上還有他們的同夥，如果他們衝過來將自己架走，大街上有誰會過來幫助自己呢？

「計程車上的那個人你認識嗎？」交警好像看出點兒門道，轉身問道。

陳曉蘭順員警的手指望去，驚喜地發現計程車上的乘客居然是王洪豔！王洪豔拉開車門，半個身子已從車裡出來，計程車司機卻拽著她不讓。

「啊，認識，我認識。」

「你趕緊上車走吧！」員警說著走過去，讓司機打開車門，司機只好將車門打開，陳曉蘭急忙鑽進車裡。

「到衡山路，新華社上海分社。師傅，車速慢一點兒，別開快了。」她驚魂未定地叮囑道。

一輛輛車疾駛而過，每一輛車都讓陳曉蘭心驚肉跳，警匪片裡的車禍鏡頭不時在她腦際閃現，那燃燒的車輛，流淌的鮮血，橫在路邊的屍體……她怕那些人狗急跳牆製造車禍，怕他們開車衝過來，將計程車撞翻，趁亂下手，把她和王洪豔殺掉。她想，計程車的車速慢一點，躲閃就會靈活些，即使發生車禍，受傷也會輕一點兒。

晚七時，陳曉蘭和王洪豔到了新華社上海分社，劉丹正焦急不安地等在門口。把陳曉蘭送到地方，王洪豔長舒口氣，打車回家了。

「一一〇怎麼會掛不通呢？」陳曉蘭和劉丹坐一家小飯館裡，喃喃自語。

劉丹望著陳曉蘭那心緒黯然的樣子心裡十分難受。她也覺得奇怪，一一〇怎麼會掛不通呢？一一〇、一一九、一二〇這都屬於特殊服務，哪怕在手機欠費的情況下都能掛通。她疑惑地拿起陳曉蘭的手機試一下，果然一一〇撥通後沒進入人工台，話筒傳出的是：「報警請撥一一〇，火警請撥一一九，救護請撥一二〇……。」

「真是怪事啊！」劉丹說著用自己的手機撥一下一一〇，撥通之後立即傳來值班員警的問話。

劉丹看著那兩部手機，怎麼也想不出到底哪兒出了問題。她打電話向一位朋友諮詢。那位朋友說，這很簡單，如果有人做了手腳，手機就會掛不通一一〇。

有人做了手腳？陳曉蘭突然想起在她用相機拍攝醫療器械時，有個男的不讓她拍照。她不理睬他，舉著相機繼續拍照。他居然一把拽住了她。

「請你把手拿開，你要是再拽我就掛一一〇！」

「哼，我看你能不能掛通一一〇！」他冷笑著說。

那麼，會不會是他找人做了手腳？要是司法人員都買通，這將是多麼可怕的，一股寒流襲上陳曉蘭的心頭。

「今天要是沒有王洪豔幫忙的話，我這條命就說不上丟在哪兒了……唉，為什麼會這樣呢？我又不是為自己，是維護病人的利益。」

陳曉蘭越想越害怕，越想越生氣，越想越傷心，說著說著眼淚就流了下來。十年了，她付出多少艱辛，遭受多少委屈和磨難，得罪了多少醫生、院長、廠商、經銷商，還有官員。他們將她視為眼中釘，肉中刺，恨不得除之為快。他們跟蹤她，要脅她，恐嚇她，搞得家人提心吊膽，惶恐不安。她感到內疚，感到自己欠女兒和小外孫的越來越多。如果付出了這麼多能改變醫療現狀也值，結果醫療腐敗愈演愈烈，從以藥養醫和以療養醫，發展為醫療詐騙！醫生是病人的親人哪，醫生和醫院怎麼可以騙病人？怎麼可以不管病人的死活，怎麼可以從病人手裡搶奪活命錢？她又想起媽媽臨終的叮囑：「曉蘭，你是醫生，病人不懂你懂，你要保護他們的權利。」媽媽啊，女兒是個小人物、普通的醫生，這病人的權利太難保護了。陳曉蘭又想到衛生監管部門的失職，部分官員的瀆職和不作為。她越想心裡越是難受，越想淚水越多。

在劉丹的心目中，陳曉蘭是位「打假醫生」，是位了不起的人物，這時她才真切地感到陳曉蘭還是女人，一個會傷心，會流淚的女人。不過，陳曉蘭更讓她敬重和感佩了，一位五十五歲的女人，女兒已經成家，已經抱上了小外孫了，生活衣食無憂，完全可以坐享清福，可是她卻這樣憂國憂民，嫉惡如仇，不顧個人安危去維護病人的利益，以柔弱之軀與邪惡勢力鬥爭。這樣的醫生太少了，這樣的人也太少，如果像她這樣的人要是多一些，醫療領域哪裡會這樣？

陳曉蘭和劉丹兩人淚眼相望，是強烈的憂國憂民情緒？還是對現實的幾多無奈，幾多傷感？作為一名年輕的記者，劉丹很明白自己和陳醫生將面對什麼，可是她決定和陳醫生共同作戰，將上海協和醫院的詐騙醜行澈底揭露出來！

柴會群聽說陳曉蘭的遭遇之後很不放心，特意從《南方週末》駐上海記者站趕了過來。

「怎麼搞的，我的手機好像被人監聽了似的，總有重音。」一說起手機，他忍不住說道。

「重音？我的手機兩天前就有重音了，難道被監聽了？」劉丹一聽就叫了起來。

「我的手機也有重音。如果手機被監聽了，我們的情況就會被對方所掌握了。今後，我們不要再用手機聯繫了。」陳曉蘭說。

於是，三人決定第二天各買一張手機卡，以保證他們之間的資訊不洩漏。

「光纖針」讓陳曉蘭感到……

恐怖……

第十章

父親在醫院死了，死得不明不白。假冒偽劣的醫療器械層出不窮，傷骨愈膜出現了，「鼻鐳射」出現了。在陳曉蘭的舉報下，「鼻鐳射」被取締了，「光纖針」又出現了，並且獲得了註冊，「假」的變成了「真」的。陳曉蘭這位打假醫生卻再度下崗……。

一

二〇〇一年春節，一輛計程車從越秀路的爸爸新家疾駛而出，陳曉蘭和姐姐摟著爸爸坐在後座。車開出不到一公里，爸爸已大汗淋漓，張大嘴巴喘不上氣來，口唇出現紫紺……。

「爸爸，爸爸，你再堅持一下，馬上就到了……。」陳曉蘭焦急萬分地說，「司機師傅，請你開快點兒，開快點兒……。」

早晨，陳曉蘭發現爸爸咳嗽，呼吸急促。爸爸過去呼吸系統沒有毛病，只是有點兒心跳過速。她急忙找來聽診器給爸爸檢查，聽見爸爸左肺有明顯的濕性鑼音，可能是肺炎。沒有想到病情發展迅速，爸爸很快就喘不上氣來。她擔心叫救護車來不及，只好坐計程車送爸爸去離家最近的一家二甲醫院。

醫院快到了，要到了，到了。陳曉蘭攙扶著爸爸走進急診室。

「我爸的肺部有濕鑼音，濕鑼音是佈滿的，在左肺……。」

醫生問一下病史，給爸爸測量一下血壓，血壓高。

「這是糖尿病引起的低血糖。」醫生說道。

「我爸剛吃過飯，怎麼會出現低血糖呢？」陳曉蘭不服氣地問道。

醫生沒有回答，他給爸爸開了心痛定。

「心痛定具有降壓效果，但是它會導致心跳加快。我爸爸心跳過速，再注射心痛定的話，會有生命危險的！」陳曉蘭急切地說。

那位醫生固執己見，堅持要給爸爸注射心痛定。護士已將心痛定針劑吸入注射器，等待給爸爸注射了。這哪裡是搶救，這不是害命麼？這針注射進去，爸爸還能活嗎？陳曉蘭奮不顧身地衝過去，一把奪過注射器，扔進了垃圾桶。不知醫生怕丟面子，還是認為醫囑正確，不論陳曉蘭怎麼說，他都堅定不移地要給爸爸注射心痛定。

陳曉蘭和醫生吵了起來，爭吵聲越來越高。陳曉蘭的一位同學在那所醫院工作，目睹這一場面後，急忙找來值班領導。領導問清原委，對那位醫生說：「就按她的意見做。」

「趕快把針拔下來，不要再推了！」陳曉蘭突然發現護士正在給爸爸注射心痛定，藥液已推進了一大半，不由驚慌失措地喊道。

針拔下來了，爸爸的心臟像高速旋轉的發動機愈跳愈快，無法自控，心跳驟升為每分鐘一五〇次、一五五、一六〇、一六五，一七〇……

爸爸眼看就不行了，雙目緊閉，汗如雨下。

「爸爸，你感覺怎麼樣？爸爸，別緊張，沒事的。」陳曉蘭扶著爸爸，滿臉是淚。

這哪裡是什麼「患者至上」的醫院，哪裡是「救死扶傷」的醫生？我那麼苦苦相求：不要給我爸爸打心痛定，不要打，你為什麼非要打，為什麼，為什麼啊？

醫生慌了，護士慌了，緊急搶救，急診室裡一片混亂。需要脫去爸爸的上衣，可是他穿的保暖內衣已經被汗水浸透，怎麼也脫不下來，陳曉蘭和姐姐只好用剪刀剪開。

經過一番搶救，爸爸總算是搶救過來，被送進重症監護室。

三天過去了，五天過去了，七天過去了……醫生還沒有查出爸爸的病灶在哪兒。

醫生認為肺部沒有感染。陳曉蘭不相信這一結論，去查看父親的X光片。

「你們的X光片拍得模模糊糊，根本無法看清肺部有沒有感染！」陳曉蘭看過X光片後，對醫生說。

她懷疑那膠片品質有問題，很可能是假冒偽劣產品。

「你的要求太高了，X光片也只能拍到這種清晰度。」醫生冷冷地說道。

陳曉蘭提出把爸爸扶起來，換個角度再拍一張，這樣可能會看得清楚。

「我們已經看清楚了，不需要再拍了。」醫生悻惱地說。

在給爸爸做動脈血氧分壓測試時，醫生紮了幾次沒找到動脈後，針頭就像沒頭蒼蠅在爸爸的皮下亂竄。

「哎喲，疼死我了！」爸爸忍不住大叫起來。

謝天謝地，血總算採完了。可是，那位醫生拔出針頭後，卻說什麼也找不到塞針孔用的軟木塞，手忙腳亂地舉著注射器竄來竄去，忘了壓住爸爸的針眼。

「採集後的血液在空氣中暴露那麼長時間，這個動脈血氧分壓檢測的準確性已經蕩然無存！」陳曉蘭一邊按住爸爸的針眼，一邊十分不滿地對醫生說。

做動脈血氧分壓測試的正確採血法是摸準動脈後，將採血針頭垂直插入。採完血後，一手壓住動脈的針眼，另一隻手把針頭拔下迅速紮入軟木塞，這樣才能保證血液不與空氣中的氧氣接觸。醫院混亂到這種程度，什麼規範都不講了。

九天過去了，十一天過去，十四天過去了，醫生還沒查出病灶。陳曉蘭像熱鍋上的螞蟻，心急火燎地等待著。確診不了病灶就不能採取有效的治療措施。

「請你告訴我，我爸爸到底是心衰（心臟衰竭）引起的呼衰（呼吸衰竭），還是呼衰引起的心衰？」陳曉蘭忍不住問爸爸的主管醫師。

醫生兩眼茫然，說不出來。陳曉蘭要求組織上級醫院的專家會診。醫生說，不用會診。她只好提出轉院治療，醫生又回絕了。醫生查不出病灶，無法對症下藥，父親只好在重症監護室裡煎熬著。這樣下去，爸爸就會像媽媽那樣因得不到及時、有效的治療而誤診。陳曉蘭急得沒辦法，只好去找醫院的領導，強烈要求：「我爸爸在你們醫院已經住十四天了，該做的檢查都做了，現在你們必須告訴我，他的病灶到底在哪兒。如果你們確不了診，我們可以自己請專家會診。」

醫院的領導早風聞陳曉蘭就是那位舉報「光量子」的醫生，對她有點打怵。商量一番之後，告訴陳曉蘭：醫院同意病人家屬請專家來會診。

陳曉蘭從胸科醫院請來兩位醫生，一位是心內科專家，另一位是肺內科專家。兩位專家分別用聽診器專心致志地聽了一會兒，然後兩人會意地對視一下，不約而同地將手指指在爸爸左側胸部的心尖上方的位置，好像按住那感染病灶似的：「就在這裡，後邊的鑼音是傳導性的！」

兩位專家要求拍片，醫護將可攜式X光機推過來了。在拍照前，專家給爸爸調整好姿勢。X光片很快就沖洗出來，一個明顯的肺部感染灶清晰地呈現在片子上。

一位專家把爸爸扶坐起來，用空掌拍擊後背，讓爸爸隨著拍擊用力咳嗽。突然，專家重拍一下，爸爸咳出一口濃痰。隨後，爸爸的心跳減慢了，呼吸也流暢了。專家的確診證實了陳曉蘭的判斷：爸爸是由肺部感染引起的呼衰，併發了心衰。

肺部感染控制住了，爸爸病情迅速好轉，從重症監護室轉到了普通病房。

在金錢的折騰下，醫生處方的含金量提高了，用藥規範被破壞了，抗生素被濫用了。在爸爸住院的那些日子裡，醫生給他同時用三種抗生素，其中的兩種每天要打兩支。這樣一來，藥費收入高了，每天將近一千元錢。連續用二十來天抗生素後，爸爸出現了腹瀉。醫生又找到了新的給藥理由——給爸爸開黃連素，用以治療腹瀉。這種腹瀉只不過是抗生素使用過多，導致了菌群失調綜合征，是不需要用黃連素的。

幾經折騰，爸爸的抵抗力嚴重下降，出院回家後，又感冒發燒，重返醫院。

二

二〇〇一年二月一日，陳曉蘭在彭浦地段醫院理療科正式上班。

彭浦地段醫院距離她的三泉路新家只有兩站路。當醫生的離家近多麼重要啊，早來晚走不必擔心公車的出車和收車，上班可以走著來，下班可以溜達回去。回到了醫生的崗位，又聞到那熟悉的消毒水味，又回到病人中間，陳曉蘭心裡彌漫著漂泊數載歸家的親切和溫馨，儘管這裡還陌生，新的醫院，新的理療儀器和新的理療床，還有新的同事，新的病人。不過，新院長待她也不錯，不僅在許多方面給予照顧，而且還給她配備了一名護士。

開診了，病人稀少。

「給你驗一下血好嗎？」陳曉蘭給一位病人檢查之後問道。

「好的。」病人點頭說道。

「那麼你明天早晨來抽血。抽血前在十二小時之內不要吃東西，水也不要喝。」陳曉蘭叮囑道。

病人拿著檢驗單走了。

「給你拍一張X光片好嗎？」每當需要檢驗時，陳曉蘭都會跟病人商量。

病人驚異地望著陳曉蘭，怎麼還有這樣的醫生？在「以療養醫」、「以械養醫」的年代，醫院賺的是檢驗費和治療費。當年學醫時，老師教導陳曉蘭，醫療是有償服務，看病是要花錢的，你不問問病人，怎麼能知道他經濟上能否承受得起？

「你哪兒不舒服？我先給你檢查一下。」她對一位病人說。

如今西醫已不講究視、觸、叩、聽，中醫也不看重望、聞、問、切了，往往病人還沒說完哪兒不舒服，怎麼個不舒服，醫生早已開好一迭檢驗單，把診斷交給冷冰冰的數位化的器械。病人還沒等配藥和治療，幾百元錢甚至幾千元錢花出去了，檢驗出來的結論往往又不是立體的、全面的。

「陳醫生，你還是給我開點兒藥吧。」病人說。

「你需要用藥，我會給你開的；不需要，我是不能開的。醫生不能瞎開藥，病人也不能亂吃藥。」陳曉蘭對用藥特別謹慎，能食療的不開藥，哪種藥物沒有副作用？有的醫生只告訴病人某種藥有什麼療效，卻不說它有哪些副作用。這也難怪，許多新藥的副作用醫生也說不清楚。

「你家有什麼藥？」她給一位病人檢查後，問道。

在給病人開藥之前，她往往要問這麼一句。現在不同於過去了，誰家沒有幾抽屜藥？哪年不倒掉幾堆藥？對許多家庭來說，吃的藥遠遠沒有扔的多，浪費太大了。醫生又不是賣藥的，賣出去越多越好，要以少花錢治好病為原則，病人需要服用的藥家裡有，哪還有必要再開？只要叮囑病人每天服幾次，每次服多少，什麼時候服用就可以了。

「陳醫生，我家有一大堆藥，究竟是什麼藥，我也說不清了。」一位病人比劃著說。

「家遠不遠？那麼，你回去取來讓我看看好嗎？」

病人很快就拎來一大兜子藥。陳曉蘭一一鑒定，這種是什麼藥，有什麼療效，服用時需要注意哪些；那種又是什麼藥，有哪些副作用；這種藥過期了，扔了吧，千萬不能服用了。

「陳醫生，我就這麼些錢，你按錢給我看病好了。」一位中年人對她說。他可能被醫生宰怕了，進了醫院心裡就沒了底，見到醫生就像遭劫似的，先主動把自己包裡的錢「洗」出來。

「該用的藥要用，不該用的藥再便宜我也不會給你開。」陳曉蘭感到臉像被人打了似的，心裡十分難過。醫生怎麼會把病人搞成這個樣子？她給病人看了病，開了藥。

「陳醫生，謝謝您，謝謝！」不一會兒，那位病人又回來了，給她深深鞠一躬。他做夢也沒想到花幾元錢就能看病。

「別謝了，陳醫生不光對你，對所有病人都這樣。」旁邊的病人說。

醫生要把病人當親人，病人才能相信你，把什麼話都說給你聽。否則，你不能全面瞭解病人，不知道他這病的來龍去脈，怎麼診斷？

一天，來了一位年過古稀的病人，她說自己得了一種怪病，兒女領她跑遍了上海的各大醫院，看了好多專家、名醫，他們都說她沒有病。她卻清清楚楚地感覺到自己有病，它就在那兒，是心臟病，而且越來越重。兒女卻認為她是沒事找事，折騰家人，不再理睬她。

「我有病啊，我痛苦啊，醫生看不出來也就罷了，怎麼兒女也不理解呢？」老人孑然坐在街頭，默默流淚。陳曉蘭的一位病人見到了，把她領來了。

陳曉蘭沒有馬上給她看病，讓她坐在一邊等候。陳曉蘭一邊給其他病人看病，一邊觀察著她，聽她跟其他病人聊天。原來，在老伴去世之後，她一個人過。兒子不放心，就把她接了過去，白天兒子和媳婦上班了，她一個人守著空蕩蕩的房子，連個嘮嗑的人都沒有。她不願意住在兒子家，又不好意思說。陳曉蘭明白了，她是心理問題。

「您心裡很難受是嗎？」陳曉蘭給她聽聽心臟，第一心音和第二心音改變不大，只是心跳略快。

「是啊，我心口難受死了。」病人說。

「哦，你心口難受是真的。你的心臟是有點兒問題。比方說，心臟是一扇門，你的門不是關不上，也不是卡緊了，而是沒關好，或者說關輕了，沒關嚴。不過，你的門沒有壞，門框也沒有壞，只要用一點兒藥就好了。」陳曉蘭和風細雨地對老人說。

「專家都講我沒病。」老人悻然地說。

「專家講你沒病，是說你的心臟沒壞掉，它既沒少一塊，也沒多一塊。」

「對，你說的是對的，我的心臟不會少一塊，也不會多一塊的。」老人佩服得五體投地。

陳曉蘭給她開了一盒逍遙丸。

「陳醫生，你開的藥太好了，我的心臟好多了。」兩天後，老人來了，感激不盡地說。

「陳醫生，我的病好了。」又過幾天，老人又來了，紅光滿面地說。

在病人的眼裡，陳曉蘭這個醫生很神奇，不管什麼病她都能看好。

其實，這並沒什麼神奇的，只不過注重跟病人溝通罷了。在充分的溝通中，醫生就會找出病人的病因。陳曉蘭說，那位老人認為自己有病，醫生要是否定她有病，她就會認為你沒檢查出來，心理壓力就更大了。有些病是不需要治療的，只要採取心理疏導，用點安慰劑就行了。

這些臨床經驗都不是從書本上學來的，而是「偷」來的。當年，她的女兒小貝尼一歲多時還不會說話，媽媽讓她抱孩子去上海新華醫院兒科找媽媽的學生看看。陳曉蘭抱著孩子在那位醫生的診室坐了一上午，她也沒給小貝尼檢查聲帶。中午，她對陳曉蘭說，你的孩子一點兒毛病都沒有，毛病出在你身上。我觀察你們母女一上午，你就那麼一聲不吭地抱著小孩坐在那兒。媽媽不跟小孩交流，孩子怎麼能學會說話呢？不必檢查了，抱孩子回去吧，注意多跟孩子交流交流就好了。陳曉蘭服了，她確實很少跟女兒嘮嗑，從來不說，「媽媽抱抱」、「寶寶飯飯」之類的話，家裡總是「這裡的黎明靜悄悄」。回家後，陳曉蘭沒事就跟小貝尼說話，小貝尼很快就學會了說話。

後來，當陳曉蘭回到醫生的崗位，在診斷時學會了觀察病人了。有時，病人很囉嗦，說起來沒完沒了，讓醫生不得要領。陳曉蘭就先讓他在一邊坐一會兒，悄悄地觀察他。有時他會跟其他病人交流，嘀嘀咕咕地講述他的病情，陳曉蘭就在一旁偷聽。儘管那些話不是講給醫生聽的，可是比他跟醫生講的還要真實。

陳曉蘭上班的第一個月，門診量只有三百八十人次，連自己的工資都沒掙出來，她感到非常難為情。可是，門診量很快就上升了，過去的老病人聽說她在彭浦醫院開診了，不僅捨近求遠跑來就診，而且還帶來一些新的病人。第二個月，陳曉蘭的門診量升至八百七十八人次。多數病人只相信物理診斷，不相信物理治療，把物理治療當成一種享受性的安慰療法。陳曉蘭就對病人進行科普教育，讓病人知道理療是一種能夠替代藥物的治療手段，康復理療是以物理治療+康復指導為主要治療手段的一門新型臨床醫學，她的病人漸漸接受了這理念。

三

陳曉蘭在彭浦地段醫院上班後，工作很忙，晨出暮歸，沒有時間去醫院照料父親。

爸爸愛吃奶油花生和蠶豆。陳曉蘭下班後，從醫院跑到淮海路，又從淮海中路跑到南京路，最後在外灘給爸爸買到了奶油花生和蠶豆。可是，她捧著花生再也走不動了，只好坐在花池的邊上。她感到手無縛雞之力，腿已支撐不住身體。在那些日子，她血壓一直很高，用降壓藥支撐著。

晚上，她趕去醫院，見爸爸狀態還好，只是心跳仍然過速。

「爸爸，你聽我講話，不要回答。你一說話，心跳就亂了。你要是說話，我就不跟你講了。」她像哄小孩似的對父親說。

爸爸見到女兒高興哪，總抑制不住地想跟女兒聊聊。

「爸爸，我不跟你聊了，我回去了。你好好休息，早點把病養好。我明天再來。」她怕爸爸累著，就早早離開了病房。

第二天是週六，陳曉蘭上午值班，本該十一時三〇分下班，可是要下班時來了一位要做理療的病人。對陳曉蘭來說，病人沒做完理療，她是不會離開的。當病人做完理療已是十二時三〇分。她想回家吃口飯，然後就去醫院看望爸爸。

她剛邁進家門，「鈴——」電話響了。她接起電話，話筒傳來外甥女悲戚聲音：「外公剛剛去世了。」

陳曉蘭慌忙丟下電話趕往醫院。她進病房時遇到爸爸的主治醫生。醫生語調沉重地對陳曉蘭說，你父親是因食物誤入氣管，而導致窒息死亡的。在你父親去世前，我們用了很長時間，竭盡全力地進行搶救，想挽留老人的生命，給老人插入了吸痰器。可是，吸上來了食物，還是沒搶救過來。大家一直忙到現在，連午飯都沒有吃。

陳曉蘭對醫生的盡職盡責感激不已，千恩萬謝。

陳曉蘭懷著無比悲痛走進病房，昨晚渴望跟她聊天的父親已安靜地躺在那裡，永遠不再說話了。想到此，她悲痛欲絕，淚如雨下。

爸爸走了，給爸爸洗洗臉，讓他老人家清清爽爽地上路吧。陳曉蘭打來一盆清水給爸爸洗臉。突然，她的手駐停在爸爸的嘴巴上。

「爸爸的假牙怎麼還戴著呢，誰給戴的？」她喃喃自語道。是啊，這個人還蠻細心的，若不及時給爸爸戴上，等遺體僵後就戴不上了。

「爸爸的假牙根本就沒有摘下來。」陳曉蘭的弟弟在一旁說道。

弟弟說，爸爸吃蠶豆時還挺開心，吃著吃著，突然噎了。爸爸身體虛弱，咳不出來，憋得一下子瞪大了眼睛。弟弟嚇壞了，慌忙喊醫生。醫生來就搶救，搶救時並沒有把爸爸的假牙取出來。

陳曉蘭眼前一黑，差點兒沒暈倒。在搶救病人時，首先要取出義齒，這是農村赤腳醫生都知道的最基本的常識！爸爸的上半口全托式假牙不摘下來，吸痰器的插管怎麼插進呼吸道？難怪那位醫生說吸上來的都是食物，肯定將插管誤插入食道，那麼吸上來的自然就是食物了。如果那位病人不去那麼晚，她正點下班，及時趕到醫院，爸爸是不會死的；如果醫生能夠對病人認真負責，採取正確的搶救手段，規範地操作的話，爸爸也不會死的……

醫生對病人應該有愛心、耐心和細心。幾年前，爸爸的糖尿病引起腳趾潰爛，流膿淌水，發黑發臭。陳曉蘭沒用什麼特效藥就給治好了。她的同學知道後感慨萬分地說：

「你本事怎麼那麼大呢？在我們這裡，腳趾爛到你父親那種程度早就鋸掉了，沒想到你居然還能給治好，你也太了不起了！」

你要是想到那是自己父親的腳，鋸下去後就殘疾了，你會不竭盡全力醫治嗎？你會不細緻入微嗎？你會沒有耐心嗎？不會的。

陳曉蘭不禁喟然長歎，如果醫療制度改革不成功，醫療腐敗現象不改變，那麼不論有權人，還是有錢人，抑或有熟人，都可能因一場小病而在醫院一命嗚呼！在父親和母親死的醫院，陳曉蘭有同學和熟人，可是父母並沒有得到及時有效的救治。

父親去世後，陳曉蘭最見不得的就是蠶豆和奶油花生。有一次，她在家樂福超市見到了這兩種食物，站在那裡就哭了起來。她想起了父親，想起那位同學，想起爸爸的假牙……陪她逛街的女兒發現時，她已哭成了淚人……

四

不久，彭浦地段醫院出臺新政策，規定醫生除完成開單額度外，還要求結構比，即限制藥費，增加診療費和檢查費。醫生要是只給病人開藥，不開檢驗單和治療單就被認為結構比不符合要求。

醫院的改革很少為病人著想，多是挖空心思地算計收入。

這樣一來，理療科受到重視，各科醫生都可以給病人開理療單。

一天，當一位老年病人把外科醫生開的理療單交給陳曉蘭時，她蒙了。處方上清晰寫著治療代碼：一六七一四。一六七一四是高壓靜電治療，用的是「皇城牌電子治療儀」。皇城牌電子治療儀是特大型電子保健治療儀，占地面積至少十二平方米，啟動電壓要在一萬伏以上，同時治療八位病人。醫生通常將它稱之為「高壓靜電治療儀」。這種儀器使用成本太高，需要湊足八位病人才能開機，給病人帶來許多不便，最後被棄之在遺忘的角落。

這猶如人死了，戶口沒註銷，給了沒戶口的黑人或逃犯以冒名頂替的機會。於是，別有用心的人想將「一六七一四高壓靜電治療」盤活生財。幾個月前，院部的頭兒領一個人來找陳曉蘭。那個人抱著一台外形像老式電腦主機的儀器，名為「高電位治療儀」。那人聲稱，這種治療儀在治療失眠、疲勞等病症方面有顯著療效。頭兒告訴陳曉蘭，按上面的一六七一四高壓靜電治療收費，每次收取治療費九元。

「一六七一四高壓靜電治療」是治療失眠和疲勞的，外科醫生怎麼會看起這種內科疾病了？

「你得的是什麼病？」陳曉蘭問病人。

「老毛病，關節痛。」病人說。

關節痛治療失眠？這是什麼療法，痛得睡不著覺？那也應該治療關節炎，關節不痛不就睡著了？

陳曉蘭新來乍到，跟其他醫生不大熟悉，不便找外科醫生討教。她拈著處方，一時不知如何是好。驀地，她發現理療的單位不是「次」，而是「盒」，這十二盒的理療她怎麼給病人做呢？真是丈二和尚摸不到頭腦。按醫保規定，理療的療程通常是五次或十次，她當這麼多年理療科醫生從來沒給病人開過十二次。

「請你去問一下醫生，是不是搞錯了。」她對病人說道。

不一會兒，那位病人回來說是他弄錯了，那個處方是到其他醫生那裡用的。陳曉蘭望著那位病人的背影不禁想到，難道其他醫生那裡也有「高電位治療儀」？

過幾天，一位跟陳曉蘭較熟的病人把一張「一六七一四」治療單交給了陳曉蘭。她一看就傻掉了，次數上居然寫著四十！物理治療最多開十五次或二十次，怎麼能給病人開四十次呢，難道想創吉尼斯紀錄？

她只好讓病人回去問問醫生是否弄錯了。

「陳醫生，不是醫生搞錯了，是我搞錯了。醫生給我開的不是在你這兒做，而是交完款後去外科醫生那裡取。」

取？理療怎麼取？難道把儀器搬回家不成？四十次又是什麼概念？

「陳醫生，就是這種東西。」過一會兒，那位病人過來，從理療科的小窗口扔進兩包東西。

陳曉蘭拿起那個東西看了看，盒上面印著「傷骨愈膜」四個字。兩盒分別為兩種包裝，一種是藍色的，一種是綠色的；一種注有「傷痛型」，一種注著「骨刺型」。「傷痛型」盒上印著：「高壓靜電治療膜，適用於骨關節及軟組織損傷、無菌性炎症、骨折等，對類風濕、痛風亦有治療或緩解作用。」左上角注有「中科院上海分院、上海交通大學生命科技學院監製」。她打開包裝見裡面裝有四貼像風濕止痛膏似的東西。註冊號是：滬藥管械（試）字二〇〇三第二〇五〇〇三二。這東西到底是膏藥還是器械？從註冊看是「械字」號，是醫療器械，形狀和用法分明類似風濕止痛膏。醫院選擇的代碼是「一六七一四」，價格肯定也跟「高壓靜電治療」相同。一打聽，果然如此，每貼九元。看來這東西賺錢比理療容易多了，給病人做一次理療需要四十五分鐘，有了這東西，醫生五秒鐘就能開出四十盒。四十盒是什麼概念？那是一百六十貼，一千四百四十元錢！理療科給病人做四十次理療，需要一百二十小時！

噢，過去有過以物代藥，現在是以物代療了。陳曉蘭明白了。

陳曉蘭想，醫院把傷骨愈膜都算在一六七一四的賬上，這是狸貓換太子，是偷樑換柱、冒名頂替，不僅不光明正大，甚至於猥陋。陳曉蘭有點心事重重，鬱鬱寡歡。一六七一四是列入醫保的治療項目，傷骨愈膜以此打入醫保，那不是詐騙嗎？陳曉蘭越想越搞不清楚，最後只得告誡自己算了，別這麼較真了，你不能什麼事都搞清楚啊。於是，她釋然了，不再去想傷骨愈膜的事了。

傷骨愈膜在醫院火起來了，經常見到病人拎著一大袋一大袋的傷骨愈膜，像從菜市場買的削價處理的大白菜似的往回走。對九元錢一貼，三十六元一盒的傷骨愈膜，病人一點兒都不當回事，有的從外科醫生那領出來後懶得往家拎，像發撲克牌似的給這個兩盒，給那個三盒。陳曉蘭熟悉的病人時不常從視窗扔進來幾盒。

「這個東西好用嗎？」陳曉蘭好奇地問一位病人。

「好用啥呀，根本就沒有用。誰要這東西？反正是醫保的錢，醫生開了，沒法不拿，拿回家也是扔。」

「我用過幾次，一點兒都不管用。醫生要給我開，我又不好講什麼。家裡已經有幾十盒了，這回又給我開了五盒。憑醫保卡個人花百分之十，每盒自己拿三・六元，還能承受得了。」一位年過七旬的病人說。

陳曉蘭想，病人可能不得要領，貼法不對。幾天後，她的肩膀腫了，取出傷骨愈膜貼上，竟然一點兒療效也沒有，該腫還腫，該痛還痛，看來這東西的確像病人說的那樣不管用。

陳曉蘭的一位病人是上海交通大學的物理學教授。陳曉蘭在給他做完理療後，取出傷骨愈膜向他請教什麼是高壓靜電。教授拿起來，看了一眼，「噢」一聲，就把它扔在了桌子上，看樣子是不想解釋。

教授沉默片刻，可能覺得不說有點兒不妥，隨手抓一塑膠袋，猛然撕開，問道：「看見沒有，看見沒有？」

陳曉蘭見塑膠袋粘在教授的手上，教授的手往上抬，塑膠袋就跟著往上去；他的手往下來，袋子就隨著往下去。

「這是什麼現象？」教授問。

「靜電現象，小時候就知道的。」陳曉蘭答道。

「這不就是靜電嘛！」

「我想知道什麼是高壓靜電。」

「你沒看見嗎？我用力一拉，這不就產生高壓了嗎。超過正常的壓力就是高壓。比如，它本來好好的，因為我一拉，有了壓力，於是產生了靜電。」

「原來這就是高壓靜電哪。傷骨愈膜上說，『利用高壓靜電治療膜所具有的特定強度和極性的靜電場的持續作用』。那麼，它的極性是怎麼分的？」

「極是沒辦法分的，這是靜電場，不是靜電的正極或負極在起作用，是靜電場在起作用。」教授笑著說。

回家後，陳曉蘭找出《理療學》，書上對「高壓靜電療法」的解釋是：因為高壓靜電對處於場內機體的生理功能有一定影響。主要利用物理因數對生理功能的影響能力，通過促進、調節等方式，使有助於病理過程向有利的方向發展。

這就是說，在高壓靜電治療中必須要有一個「高壓靜電場」。這麼薄薄的一片塑膠膜能有多大的「高壓靜電場」呢？小時候，聽爸爸說，用梳子梳頭能產生三百伏左右的靜電，這時頭髮會吸附在梳子上；如果多梳一會兒，大約能產生五百伏靜電，頭髮會在梳子上跳舞。傷骨愈膜的靜電有多少伏呢？她先剪一堆紙屑，將揭開的傷骨愈膜移向紙屑，在膜距離碎紙屑一公分時，紙屑立了起來，但沒吸起來，這說明靜電沒有超過用五百伏。

陳曉蘭測試了幾盒，發現傷骨愈膜的靜電極其不穩定，有的僅帶一點兒靜電，有的根本不帶靜電。

這東西怎麼能治療「各種肌肉及軟組織勞損，或扭、挫傷，骨、關節及軟組織的無菌性炎症、骨折不連接等」呢？顯然是騙人的。她想起那位官員的叮囑：「你要珍惜這個機會。」算了，不管它啦，它不過騙騙錢而已，對人體沒有多大危害。

五

傷骨愈膜在陳曉蘭的心裡還沒有淡忘，一位推銷員就找上門來，推銷氦氖鐳射血管內照射治療儀。他姓鄔，是上海某鐳射研究所銷售公司的。陳曉蘭在兩年前聽說過這種俗稱「鼻鐳射」的產品，據說許多醫院都在使用。她看了看產品和使用說明書，覺得跟「光量子」很相似，只是配套使用的不是一次性石英玻璃輸液器，而是一種叫「口鼻腔光纖頭」的東西。

「你這東西一看就是假的，包裝寫著『一次性使用無菌光纖針』，裡面的卻是『鼻頭』。哪有這麼粗的針？」

「啊，包裝還沒批下來，我們借了一個包裝。」姓鄔的解釋道。

陳曉蘭一聽就知道是假的。她問姓鄔的，這種產品的性能和療效如何。他掏出一份說明書遞給陳曉蘭，那上面印著：「本產品投資小，效益好，見效快，應用範圍廣」，像「光量子」一樣應用廣泛，可「治療疾病近五十餘種，對某些疾病獲得了顯著的療效」。這哪裡是醫療器械使用說明書，純粹是商業廣告。

陳曉蘭又發現連接治療儀與鼻頭的根本不是光纖導管，而是塑膠導管，在臨床上不可能有治療作用。

姓鄔的說「廣中路地段醫院每個月用四千個，我按四至七元賣給他們，他們收病人四十元錢，你算算能賺多少錢？」

姓鄔的走後，陳曉蘭給廣中路地段醫院的一位同事打電話問：「『鼻鐳射』你們用過沒有？用過啊，怎麼用的？」

「給每個病人發一個，讓他下次再帶來，用酒精一擦，然後就塞進去了，很容易的。」同事說。

看來他們更黑，一次性的「鼻頭」，他們竟讓病人反復使用。

「鼻鐳射」像幽靈似的出現了。陳曉蘭矛盾重重，彭浦地段醫院引進了這種「療法」，經濟效益日益增長；自己這份工作來之不易，舉報的話，有可能再度下崗。再說，彭浦地段醫院的院長對她很器重，在康復科還沒有創立的情況下，還出資讓她參加了「康復醫學新進展」的培訓。

她選擇了沉默。

「鼻鐳射」在各家醫院火了起來，一位醫生風趣地說，「街上流行紅裙子，醫院流行紅鼻子。」

陳曉蘭睡不著覺了，一閉眼睛就想起媽媽的話：「曉蘭哪，你是醫生，病人不懂你懂，你要保護他們的權利！」

陳曉蘭哪，你怎麼能眼看著病人上當受騙，坐視不管呢？你還是個醫生嗎？

陳曉蘭，你已經年近半百，學歷不過大專在讀，職稱還是初級的醫師，在醫院不具備競爭優勢，上次下崗後能回到醫院已很不易，別再折騰了。上次有父母的幫忙，如今媽媽走了，爸爸也離開了，再有個三長兩短，你可怎麼辦？

可是，她哪裡沉默得下去？每當目光與病人對接時，她的心靈就遭受一次鞭撻。陳曉蘭哪，你怎麼能眼看著病人上當受騙？媽媽叮囑過：「曉蘭，你既然做了，就要一做到底，決不能瞻前顧後，半途而廢。」

陳曉蘭吃不下飯，睡不著覺了，無論如何也說服不了自己再沉默下去了。

二○○二年二月二十一日，陳曉蘭抑制不住悲憤，伏案寫了三封舉報「鼻鐳射」的信。信寫好後，附上證據，一封信送到上海市政協信訪辦，請他們轉給副主席謝麗娟；一封信寄給《中國消費者報》，請他們轉交國家藥監局；另一封信寄給中國全國人大代表李葵南，請她轉交上海市常務副市長。

陳曉蘭是在二○○○年認識李葵南的。當時，她已走投無路，媽媽找同學幫忙，同學給她介紹了中國全國人大代表、《新民晚報》群工部主任李葵南。媽媽的同學講，這個人非常正直，是一位特別關注民生的人大代表。

「請問李葵南老師在嗎？」那天，陳曉蘭來到群工部，敲門問道。

「我就是李葵南。」一位相貌出眾的、個頭和年齡跟陳曉蘭相仿的女性跑了出來。

這個女人太可愛了，說話像唱歌，好聽；走路像跳舞，柔美。事後，陳曉蘭才知道李葵南在部隊文工團工作過，可能從事文藝的人心態比較好，顯得年輕，實際上李葵南比她還大好幾歲。在李葵南身上還保留著人民子弟兵的優良傳統，她待人特別熱情，讓人沒有距離感，而且充滿著愛心，哪怕馬路上見行人有個閃失也會衝過去攙扶。

陳曉蘭把「光量子」和醫院打擊報復的材料交給了李葵南。她認真地看了一遍之後，把材料留了下來。

「你要當心自己的身體啊。」李葵南把陳曉蘭送到電梯旁，幫她按了電梯按鈕，望著她那被折磨得瘦若麻稈的身體說道。

這一細小的動作，這一關切的話語，像隆冬數九的一根燃燒的火柴，不能讓凍僵的人暖一下身，卻可以暖一下心。

陳曉蘭揣著那份熱情走了，一位採訪過陳曉蘭的記者跑過來對李葵南說：「李老師，這人是神經病，你不要理睬她。」接著又一位記者說陳曉蘭有精神病。

「我沒覺得她有神經病啊，她講話條理清晰，一條一條的。」李葵南說。

她沒有聽那兩位記者的，不僅極力說明陳曉蘭反映情況，而且還特別關心陳曉蘭的身體和生活。當知道陳曉蘭沒有收入後，每當陳曉蘭去找她時，她都要留陳曉蘭吃飯。

正在上海人大開會的李葵南聽說陳曉蘭給她寄一封特快專遞，急忙回單位去取。她把舉報信和證據帶到會場，讀給其他代表。

「醫院怎麼會出現這樣的問題，怎麼可能出現這樣的問題？」代表們聽說後義憤填膺。常務副市長將陳曉蘭的信轉給主管文教衛生的副市長處理。

三月底，上海市政府在全市範圍內對「鼻鐳射」進行了查處，全市罰款一百零九萬。

六

「鼻鐳射」被取締了。

氦氖鐳射血管內照射治療儀沒有取締，很快又同「光纖針」勾搭起來。

「鼻鐳射」走了，「光纖針」來了，再次風靡上海灘。氦氖鐳射血管內照射治療儀更加走俏了，醫院要買還得提前預訂。這種治療儀價格不菲，九千元錢一台，若買四千五百根「光纖針」的話，可以贈送一台儀器。據推銷員說，某醫院進了三台儀器，不到半年本就收回來了。

陳曉蘭看見「光纖針」時，一下子就跳起來了，「鼻鐳射」是假的，不過騙騙錢而已，不會對病人身體造成傷害，「光纖針」不然，它跟「光量子」相似，所不同的是一個是紫外光，一個是鐳射。在臨床用藥上，對任何藥物進行加氧、加熱、光照、酸化等再加工都是違法的。加氧，會使藥物氧化；光照會使藥物發生光化學反應；加酸，會改變藥品的根本屬性。因此，藥品被再加工後必須經藥監部門重新檢測、試驗，然後作為新藥重新命名才能使用。再加工後的藥品，不管是否算新藥，在沒經過藥檢部門核對總和批准之前，絕對不能臨床使用，更不能靜脈注射。鐳射的物理特點是方向性好、強度大、單色性好、相干性好。鐳射照射後，藥品的藥性到底會發生什麼變化，穩定性會不會遭受破壞？如果藥性有變，會變成一種什麼樣的藥？在沒搞清楚這些之前，將這些不確定的藥品輸入病人靜脈，那就像導彈失去定位目標，說不上摧毀什麼。

「光纖針」讓陳曉蘭感到恐怖，它像一柄懸頂的長劍，一旦落下，不知有多少病人失去生命。

陳曉蘭發現「光纖針」的包裝不同，包裝袋上印的文字也不同，有的包裝袋注明：此產品「可同時進行靜脈輸液，禁用有光化學反應的藥物」。有的廠家可能怕承擔責任，在「光纖針」的包裝袋上注明：「不可同時進行輸液。」可是卻在「光纖針」上設有一個連接輸液器的介面。這猶如煙盒印上「吸煙有害健康」，然後就放心大膽地賣遍天下。同一註冊批號的產品怎麼會有兩種截然不同的說明呢？陳曉蘭大為疑惑。

既然廠家在針上留介面，那就是輸液用的。如不可同時輸液，有必要留那個介面麼？對此，醫院心領神會。是啊，每人都想撈錢，誰也不想把手伸進手銬裡去撈。儘管對醫生來說還不至於被判刑，可是他也不願意讓責任落到自己的頭上。

「不行，你這病就得用光纖針，否則隨時都可能出事。你已用二十天了？那麼再紮五天吧。」在虹口區的某地段醫院，醫生對一位病人說。

那些在「光量子」上撈到錢的醫生像注射了冰毒，一下子興奮起來，兩眼炯炯有神。

「好吧！」病人能說什麼，生命都交付給醫生打理了，還能在乎兜裡的鈔票？忠實於醫囑好了，別說讓他紮「光纖針」，就是讓他紮嗎啡也會紮的。注射室又回到了火紅的年代，門前排起了長隊。

陳曉蘭決定對「光纖針」進行暗訪和取證。她穿上媽媽的罩衫，戴著媽媽的帽子，穿著爸爸的棉鞋，還戴了一副老花眼鏡，去了廣中路地段醫院門診部。當年給過陳曉蘭一垃圾袋以物代藥處方的小Z已調離醫院辦公室，成為門診服務台的值班人員。陳曉蘭故意湊到小Z的跟前。

「你站這幹嗎？過去過去。」小Z說道。

「你怎麼這個態度呢？」陳曉蘭嘟囔一句，老老實實地坐到旁邊的椅子上。

過一會兒，陳曉蘭又湊過去。小Z又把她轟走了。

「你沒看見門口寫著『閒人免進』麼？你聽見沒有？」掛號室的小W對推門進來的陳曉蘭說。

陳曉蘭又跑到掛號的窗口，臉對臉地看著小W。小W不僅眼睛毒，而且記憶力超強，往往掛號的病人還沒拿出醫保卡，小W已將病歷抽了出來。當年，陳曉蘭就是和小W在夜晚摸進掛號室，查到接受過「光量子」治療的病人家庭住址的。

「你掛什麼科？」小W連問幾句，見陳曉蘭沒有吱聲，有點兒不耐煩了，說：「搗什麼亂？去去。」

連這麼熟悉自己的人都沒認出來，陳曉蘭不由得有幾分竊喜。

她又跑到辦公區，正好遇到院長。她故意做出很誇大地動作，仰臉看院長室的牌子。

院長問道：「你找哪個部門啊？」

院長也沒認出她來。

第二天早晨六點鐘，陳曉蘭仍然那身打扮，帶著《上海外灘畫報》的攝影記者陳峰去廣中路地段醫院總部拍照。

「光纖針」在廣中路地段醫院已像當年的「光量子」那樣火爆，注射室外等待紮「光纖針」的病人很多，陳曉蘭到時已排到了十名之外。

八時，護士Y將注射室的門打開，病人魚貫而入。

「排在前邊的坐下來，後邊的請到外邊去。」Y說道。

沒有座位可坐的病人紛紛退出去，Y一邊換衣服，一邊對站在一旁的陳曉蘭說：「請你出去，聽見沒有？」

「我不出去。」陳曉蘭不理不睬地說。

Y是區衛生局副局長的外甥女，過去經常去理療科做理療，跟陳曉蘭很熟。

「你膽子倒變大的。」Y說。

「我膽子怎麼能不大呢，你不認識我啦？」陳曉蘭問。

「聲音太熟了，就不知道你是誰。」

「不知道你就要把我趕出去呀？」

「看病總是要按次序的。」

「我又不來看病，我來看你。」

「看我？」Y蒙了。

陳曉蘭把口罩摘了下來。

「怎麼會是你呢！」Y緊張又興奮地說。

「我想來拍一下照片。」陳曉蘭說。

「隨便你拍好了。」Y連想都沒想地說。

陳曉蘭把陳峰叫了進來。陳峰取出相機拍照「光纖針」。注射室狹小，不可能不照著病人，另外有些照片也需要拍照病人。個別病人不幹了，說這是侵犯他的肖像權，要去告陳曉蘭他們。

接著，陳曉蘭帶著陳峰去廣中路地段醫院的分院。

「邦華，我想拍一下注射室的『光纖針』。」陳曉蘭找到韓邦華，對她說。

「那就進去拍好了。」邦華還是那麼爽快。

「你們拍吧，橫著拍，豎著拍，想怎麼拍就怎麼拍。」午休時，邦華把陳曉蘭領進鐳射治療室說道。怕有人打擾，邦華還從外邊把門鎖上。陳曉蘭他們拍完鐳射治療室後，又去拍注射室。這時，有病人來打針了，韓邦華見陳曉蘭還沒有拍完，推說鑰匙找不到了，讓他們先在外邊等一等。沒想到一位病人發現了韓邦華的小把戲，去找院長反映情況。

「誰讓陳曉蘭拍『光纖針』的？」陳曉蘭他們走後，邦華被領導叫過去。

「她不過拍拍那些機器。」

「機器也不能讓她隨便拍啊？」

「機器有什麼不好拍的？商店也有賣的。」

「那讓她去商店拍好了。」

「反正那東西是真，讓她拍拍照又有什麼關係？如果那東西是假的，我也不會讓她拍。不過，那東西要是假的，也別放在我的治療室。」

邦華這麼一說，領導也就沒話好講了。邦華沒有受到批評，Y卻遭到處罰。聽病人說要告陳曉蘭，Y膽怯了，把陳曉蘭他們送走後，匆匆跑到樓上向領導反映情況。領導一聽陳曉蘭來過了，還拍了許多照片，立馬就火了。

「你憑什麼讓她拍照片？」領導站了起來，把Y罵了一通。

接著，陳曉蘭又帶《中國消費報》的記者去同學小湯所在的醫院暗訪。

「曉蘭，曉蘭，我們頂不住了，」小湯一見陳曉蘭就大訴其苦，她指著身旁的醫生說，「她上個月因完不成經濟指標，被扣光獎金。我們想抵制『光纖針』，我們可以少拿獎金或不拿獎金，可是我們飯碗都快保不住了……。」

「我們給人罵，其實是怨不得我們的啊。我們不想拿回扣，可是不拿不行啊。不拿就不讓你看病，就要丟掉飯碗。我們也沒辦法，也只好給病人開『光纖針』了……」那位醫生苦臉說道。

陳曉蘭離開那家醫院時，心裡籠罩著一片鉛色的陰雲，特別沉重……。

七

二〇〇一年底，陳曉蘭平均月接診和治療的病人已高達三千六百八十人次，平均每月完成金額超過四萬元。到第二年的十一月，陳曉蘭已在新醫院工作二十個月，對理療科的器械的性能越來越熟悉了，器械的故障率越來越低，有四台進口醫療器械因缺少配件無法使用，陳曉蘭安上自製配件後正常工作了。在二〇〇二年的十一個月裡，陳曉蘭已完成治療費四十九萬八千四百二十二元，治療總數為四萬六千六百五十一人次。

這一年，她身體一直不好，先是患聲帶息肉，後又肝功能異常、血糖異常、雙側乳房腫塊，繼而是青光眼、虹結膜炎。可是，她一直帶病堅持工作和學習，不僅超額完成了醫院的指標，通過了兩門自學考試和全科醫生崗位培訓的十二門學科考核，還服從醫務科的臨時安排幫助「老年大學」搞了兩次培訓。她的自學考試只剩一門，這一門通過就可以拿到大專文憑了，勝利在望，曙光在前。

十一月一日，陳曉蘭接到赴京參加「中日醫學大會」的會議通知，興奮地去請示醫院領導。

「十二月三十一日，你就滿五十周歲了。根據你與原單位簽的聘用合同，將按集體所有制工人的編制退休。」領導對她說。

「你們弄錯了，我不是工人編制，是集體所有制事業單位的幹部編制。」陳曉蘭莫名其妙地望著領導說。

「不，你是以集體所有制工人的身分到我們醫院來的。」領導說。

陳曉蘭蒙了，急忙撥通廣中地段醫院人事科的電話。

「你什麼時候變成工人編制了？你不是虹口區集體所有制事業單位的幹部編制嗎？你找找，在你的檔案袋裡有一份集體所有制事業單位幹部登記表。」人事科的人說。

彭浦醫院領導打開了陳曉蘭的檔案袋，從裡邊翻出來一迭表，其中有一九九九年填寫的「集體所有制事業單位幹部登記表」和「一九九五－二〇〇〇年幹部年終考核登記表」，還有一份是一九九八年二月陳曉蘭與虹口區人才市場簽的合同。這是怎麼回事？她從來沒去過人才市場，也沒簽過這種合同。她拿起那份合同仔細看了一下，那上面沒有她的筆跡和簽名。這種合同怎麼會有效呢？

她突然想起在二〇〇一年二月二十二日下午，市信訪辦的官員M在虹口區衛生局關於信訪處理問題跟她的一次談話。在談話中，官員M遞給她一式五份的「關於陳曉蘭同志信訪問題的處理意見」的文件要她當場簽字。她翻看一下文件的內容之後說，我對這上面的提法有意見，不能簽字。

「你在廣中地段醫院該領的工資和獎金已經分兩次發給你了，工作也解決了，現已在彭浦地段醫院正式上班了。你有意見可以交換，你不簽名，我無法交代。」官員M說。

為了讓官員M好交代，單純、善良的陳曉蘭只好違心地在其中的兩份文件上簽了名。沒想到，事後處理意見的許多條款都沒有落實，如她在舉報「本市部分醫院使用假冒偽劣醫療產品」遭到打擊報復的問題沒有得到處理，那些報復她的人沒受到任何處理；她的「四金」和醫療保險、養老保險等問題都沒解決；甚至連文件中提到對陳曉蘭「舉報和反映本市部分醫院使用假冒偽劣產品等問題的行為給予充分肯定」，並由市藥監局給予一次性獎勵——兩萬元，也沒兌現。

二〇〇一年四月，官員M來電話，讓陳曉蘭下午去市信訪辦領取當年理療科被砸而丟失的東西。陳曉蘭特意調休，提前趕到市信訪辦，左等右等也不見官員M的身影。往他的辦公室打電話，沒人接；她又沒有他的其他聯繫方式，只好站在門口苦等。直到信訪辦下班，大門關閉，她也沒等到M。

二〇〇二年一月三十日，官員M來電話，讓陳曉蘭交執業醫師證書。她一時聯繫不上官員M，只好去市衛生局信訪辦，得到的答覆是「儘快解決」。第三天晚上，她接到官員M的電話，說讓她去虹口區人才市場領取執業醫師證書。她一時弄不明白自己的證書怎麼跑到人才市場去了。不過，她沒有多想，跟他聯繫上很不容易，想跟他談一些重要的問題。她對他說，她最近身體不好，有可能要開刀手術，請他儘快把她的「四金」問題給解決了。他卻讓她先自己花錢看病，然後給她報銷。他還說，他給她辦理好所有手續再跟她聯繫，讓她耐心等待。

當彭浦醫院要陳曉蘭以工人編制退休遭到拒絕後，醫院領導跟官員M溝通。M給陳曉蘭來電話說，他把她的電話號碼弄丟了，所以沒跟她聯繫。陳曉蘭提到彭浦醫院讓她退休的事。他說，你瞭解一下原單位像你這種情況有沒有退休的，第二天中午再電話聯繫。陳曉蘭覺得自己被官員M耍弄了，被他欺騙了。她再也不信任他了，再沒跟他聯繫。

陳曉蘭請求市衛生局在二〇〇二年十二月三十一日前，把她退回廣中路地段醫院。她的「集體事業幹部編制」在閘北區無效，在虹口區是有效的。她認為，在沒徵求她本人同意的情況下，擅自將她幹部編制改為工人編制是錯誤的；別人代她與虹口區人才市場簽的「集體事業職工」聘用合同是無效的。

她的請求像丟進大海裡的一枚貝殼，連一點浪花都沒激起。

二〇〇二年十二月三十一日，陳曉蘭被迫以「工人編制」退休。彭浦地段醫院說，在她調動時，兩個醫院有協定，在崗時工資由彭浦醫院發放；退休後，回廣中地段醫院辦理手續。可是，廣中地段醫院拒絕為她辦理退休手續，她的「四金」被強制封存，因此她既領不到退休金，也享受不到醫療保險。

十月，氦氖鐳射血管內照射治療儀和「光纖針」均獲得註冊許可證，假的器械變成了真的。

第十一章

上海市藥監局要對陳曉蘭進行政治定性；上海市衛生局主要領導建議對她進行訓導，區衛生局要求醫院像解放初期防奸防特那樣防陳曉蘭。陳曉蘭要去北京向SFDA舉報，在上海站遭到了一夥男子的攔截，在北京又遭遇陌生男子的跟蹤。

一

二〇〇三年秋，傷骨愈膜、「光纖針」等偽劣醫療器械不僅沒被取締，反而獲得註冊，用假的醫院、造假的廠商和售假的經銷商更囂張了。陳曉蘭對上海有關部門失望了。失望像一股黑色的水流，在她的心裡流淌著……。

任何的堅持都需要有希望，陳曉蘭的希望在哪兒？國家食品藥品監督局（SFDA）將每月第一周的星期一設為局長接待日，陳曉蘭跟SFDA信訪辦接待室電話預約，想直接向局長反映上海的偽劣醫療器械問題。西方不亮東方亮，陳曉蘭不相信偽劣器械注了冊就會成為好東西，不相信政府會允許坑害病人的偽劣器械存在。她拎著旅行包，懷著希望登上開往北京的列車。

王林伯伯一遍遍告誡陳曉蘭，要像地下工作者那樣保持高度的警惕性，要注意保密，不能讓別人知道自己的行蹤。王林伯伯當年從事地下工作的經驗就像壓在箱底的戰袍，披在了陳曉蘭的肩上。陳曉蘭去北京的具體時間，除合肥的倪平之外，誰都不知道。倪平是她在安徽插隊時的知青戰友，彼此無話不談。倪平聽說她要去北京，表示陪同前往。為了保密，陳曉蘭跟倪平溝通都不用家裡的電話，怕被竊聽。她用短信告訴倪平她的車次，到京後住哪家賓館。

「為什麼還不走呢？」臨走前，倪平冒冒失失地打電話問。

「來得及，從我家到火車站需要一個小時，現在還有一個半小時呢！」陳曉蘭說。

她和倪平相約，她從上海走，倪平從合肥走，在北京見面。

「早點走吧，別誤了火車。」倪平提醒道。

倪平的年齡比陳曉蘭略大，個子比陳曉蘭略矮。在農村插隊時，她們倆人好得形影不離。倪平是單純、爽朗、善良、沒有城府的姑娘，心靈像一汪山泉，沒有污染。在倪平的心裡，世界上沒有壞人，都是清一色的好人。她總是笑呵呵的，笑得特別開心，特別真摯，也特別感人。她不僅愛笑還愛說，不論陳曉蘭跟她說了什麼，她不出五分鐘就毫不保留地給說出去。有時，陳曉蘭怕她說，事先叮囑她，這事你千萬不能說。她答應了，跟別人聊起天就忘了，情不自禁地說出去了。有時，講到一半時，她突然想起陳曉蘭的叮囑，於是不說了，愧疚地瞪著眼睛看陳曉蘭。有一次，陳曉蘭得到招工資訊，悄悄告訴了倪平。當她們倆去生產大隊的大隊長家串門時，倪平坐下沒過十分鐘就像竹筒倒豆似的說了出來。挨她坐的陳曉蘭急壞了，一個勁兒地擠她，想提醒她不要再講了。倪平卻沒意識到，陳曉蘭擠她一下，她就往邊上躲一下，接下來繼續說。陳曉蘭氣得悄悄踢她一下，以為這回她總該明白吧，沒想到倪平卻生氣地站了起來：「你幹什麼？又擠我，又踢我的？」搞得大家哄堂大笑，有人說，陳曉蘭這個「小上海」鬼點子多，倪平太傻了。倪平返城後工作幹得十分出色，已是安徽省電力公司的高級工程師，中國全國「三八紅旗手」了。

倪平的提醒是對的，城市的交通猶如五六歲的孩子，看著乖乖的，說翻臉就翻臉。陳曉蘭放下電話，匆匆拖著旅行包趕往火車站。沒想到竟出乎意料地順暢，路上不僅沒有遭遇塞車，連紅燈都很少。舉報要是這麼順暢該多好，那麼偽劣醫療器械早就絕跡了。陳曉蘭相信官員多數是好的，貪官庸官和不作為的官員只是少數。可是，這些少數的官員讓她失望，讓她寒心。海內外的親屬朋友紛紛勸她出國。

「三姐，到澳大利亞來吧，媽媽的同學歡迎你去她的診所當醫生，薪水是國內的幾倍，這樣我們姐弟也就在一起了……」弟弟在電話裡懇求道。

「曉蘭，父母都不在了，大陸沒什麼牽掛了，出國吧，別在國內跟那些造假的廠商，用假的醫院，護假的官人鬥下去了，你是鬥不過他們的……」一位親戚來電話說。

「曉蘭，你這哪裡是跟醫院鬥？你是在跟一個龐大的利益集團鬥，他們要錢有錢，要權有權，要人有人，你一個普通醫生哪裡鬥得過他們？三十六計走為上，走吧！海外是一個廣闊的天地，在這裡也是可以大有作為的。」一位旅居海外的朋友說。

出國是容易的，海外有五六十位親戚，有的已步入主流社會。可是，陳曉蘭不能一走了之。媽媽病危不讓她守在身邊，讓她集中精力把「光量子」的事情辦利索了。媽媽一再叮囑她：「曉蘭，你既然做了，就要做到底，決不能瞻前顧後、半途而廢。」媽媽臨終前還不放心地說：「曉蘭，你是醫生，病人不懂你懂，你要保護他們的權利……」每當想起媽媽這些話時，她就感到媽媽的赤誠、無私和高尚。媽媽給了她鬥爭下去的勇氣和力量。

總不能讓醫療服務腐敗下去，總得有人跟他們鬥爭啊，總得讓那些人付出點代價吧，要讓他們寢食不安，坐臥不寧，心煩意亂，甚至感到得不償失。許多人都以為我是一個人，其實我的背後站著許許多多有良心的醫生、正直的官員和不甘心任人宰割的病人！

二

陳曉蘭順利地抵達上海站，順利地檢票、進站、上車，順利地找到自己的鋪位。上鋪，她爬了上去。購票時，售票員看了她一眼，問道：「下鋪？」

「不，上鋪。我喜歡上鋪，乾淨，安靜。」她解釋道。

售票員將一張上鋪車票遞給她。五十多歲的人爬上爬下很不方便，可是上鋪比下鋪便宜，相差幾十元錢。現在不比從前了，工作沒了，收入沒了，過去的積蓄越花越少，她越花越不安。

「請你下來！」陳曉蘭剛把旅行包放在行李架上，還沒來得及喘口氣，一位陌生男子就出現跟前，用手指敲著鋪位的底板，以不容商量的口吻說。

「下來幹嗎？」她以為對方找錯了鋪位，「你把自己的票仔細看看，這是我的鋪位。」陳曉蘭不快地說道。

「請你下來！」那個男人仍然堅持讓她下來。

他身材高大，站在下邊足以跟上鋪的她平視。突然又過來三四位男子，紛紛要她下來。

陳曉蘭堅持讓他們把票拿出來。這夥人不提票，也不說鋪位，提了好幾個人的名字。她明白了，他們衝的不是鋪位，而是她這個人。

麻煩來了，他們是誰呢，怎麼知道她要去北京，乘的是這次列車？她不是已經小心謹慎，處處提防了嗎？怎麼還被他們發現了呢？到底是哪兒有紕漏？

「M你總該認識吧？」其中的一個人問道。

「認識，信訪辦的。」她說。

「他來了，在下邊等你，你下去吧。」

「開什麼國際玩笑？我又不找他，他找我就上車好了。」她惱然說道。

那幾個人要取下她的旅行包。

「不許動，那是我的私人財產。我沒觸犯法律，任何人都沒權力動我的東西！如果你們是執行公務，請出示證件。」陳曉蘭堅定不移地說道。

那夥人拒不出示證件，卻堅持要陳曉蘭下車。

「就是她，就是她！」忽然又跑過來幾個人。旅客聚攏過來，過道塞得水泄不通了。週邊的幾位看熱鬧的旅客已站到茶几上。

「你認識他們嗎？」坐在下鋪的幾位六七十歲的老人問陳曉蘭。

他們是新華社的退休記者，集體旅遊的。

「不認識。」孤苦無助的陳曉蘭說。

「走吧，走吧，走吧。她不認識你們，你們讓她跟你們下去幹什麼？」老人們義憤地說。

「陳醫生，你在這裡啊，讓我們找得好苦啊。好，好，回去吧，回去吧！」正值陳曉蘭跟那夥人相持不下時，M氣喘吁吁地跑過來說道。

「我又不找你，跟你回去幹什麼？我是醫生，我要把我在上海所發現的偽劣醫療器械向國家藥監局反映。」

「回去吧，這問題上海能解決。」他說。

「我從一九九七年就反映偽劣醫療器械問題，直到現在你們也沒對造假的廠商進行懲處，從而導致偽劣器械的氾濫。我不能再相信你們了，我要去北京，向國家藥監局反映。」在一次次的較量中，陳曉蘭成熟了，已不再是那個家裡來客就躲進屋的女醫生了。

「走開，走開，不要影響我們的工作。」列車員走過來，不滿意地說。

陳曉蘭不想影響列車的秩序，只好跟那夥人下車去理論。

汽笛響了，火車要開了，站在車門口的列車員悄悄地拉一下陳曉蘭的衣角。陳曉蘭轉身上車，列車員迅速把車門關上，列車緩緩開動了。

那夥人發現自己上當了，惱羞成怒地站在月臺吼道：「陳曉蘭，你到不了北京！」

「我一定能夠到北京！」

「你到北京也到不了藥監局！」

「我不僅要到國家藥監局，而且還會見到局長！」陳曉蘭回應道。

「那我們等著瞧吧！」那些人說。

列車越來越快，把那幾個人和他們的吼聲拋得遠遠的……。

三

列車駛入黑夜，深邃的夜空閃爍著星星般的燈火，忽遠忽近，忽暗忽明，忽繁忽稀。陳曉蘭坐在過道的邊座上，默默地望著窗外。恐懼像夜色襲上心頭。兩年來，親朋好友紛紛勸她：「要注意人身安全，以免那些人狗急跳牆，對你下毒手。」真是防不勝防的啊，她已經夠謹小慎微的了，那夥人還是發現了。M倒不可怕，他是政府官員，料想不會採取極端方式的。那些造假的廠商、售假的經銷商，還有用假的醫院可就不好說了。不知跟M在一起的那夥人是幹什麼的，會不會是廠家和經銷商派來的呢？

他們說她到不了北京，這會不會是恐嚇？車上會不會還有他們的人？她害怕了。爸爸媽媽都去世了，大部分親戚在海外，如果自己出了意外，那麼誰來接替自己去舉報呢，那些證據交給誰呢？

「倪平，如果我出什麼意外，你要接替我幹下去。」她打電話對倪平說。

「放心吧，曉蘭，我會的。」倪平毫不猶豫地說。

她又打電話給王林伯伯。

「曉蘭，放心吧。不過，你要小心，謹慎……」老人堅定不移地說。

這位可愛的、資深的共產黨員是她的堅強後盾。他一次次地為她呼籲，一次次為她去找市委和市政府。他不止一次對市領導說：「我以一個老共產黨員的黨性擔保，陳曉蘭絕對沒有私心雜念，她這樣做是對的。」

陳曉蘭把證據存放在什麼地方都跟倪平和王林伯伯交代清楚了，心情平靜了下來。她又想起女兒貝尼，假如自己遭遇不測，女兒怎麼辦，託付給誰？離婚時，女兒貝尼剛剛三歲，母女相依為命十幾年。在貝尼的眼裡，媽媽頂天立地、無所不能。她不論有什麼事情第一個想到的就是媽媽。小時，媽媽自己動手在十一米的房間裡搭起閣樓，給她一片活動天地；媽媽親手給她做衣服和鞋子。有一年春節，媽媽忘給她準備新衣服，讓她有點失望。大年三十的晚上，媽媽一夜未睡，當新春第一縷陽光撒進房間時，她的枕頭旁出現一套新縫製的衣服。

過去，女兒支持她，為擁有她這樣的媽媽而自豪。後來女兒乘坐公車時讀到一份報紙，上面有關於媽媽的報導。當女兒讀到媽媽為取證而冒險接受「光量子」戕害時，不禁淚流滿面。女兒回到家一把摟住媽媽哭訴道：「媽媽，你不要再打假了，假器械是打不完的，舊的打掉了，新的又有了。可是，媽媽只有一個，失去了就再也沒有了。我什麼都可以沒有，就是不能沒有媽媽。媽媽，求求你不要再管了……」

女兒不能沒有她，她也不能沒有女兒啊。近來經常有人莫名其妙地問她：「你女兒還好嗎？」這種問話讓她驚訝，讓她不安，讓她惶恐。他們怎麼知道我有一個女兒，這是提示還是威脅，他們想要幹什麼？她不能不為女兒的安全擔憂啊。

列車風馳電掣地行駛著，窗外的黑暗既寧靜又讓人恐懼，既能把思考引向深入，又會讓人陷入絕望。遠方的燈光不安地閃爍著，旋轉著。

其他旅客已經入睡了，忽遠忽近的鼾聲此起彼伏，像在為車輪與鋼軌的碰撞伴奏。

手機在警醒著，不時響動兩聲，那是王林伯伯打來的電話。老人牽掛著曉蘭，不時撥個電話過來。出事就在瞬間，當年從事地下鬥爭時，有的戰友前幾分鐘還活著，幾分鐘後已被暗殺。

「曉蘭哪，下車吧，換車再走。你的爸爸媽媽都不在了，你要聽我的話……」

作為一名擁有近六十年黨齡的老黨員，他不能讓陳曉蘭這樣的醫生發生意外；作為曉蘭母親的同學，他有責任保護她。當年，作為中共地下黨員，他為黨和人民置生死於度外。如今他老了，老了就能容忍侵害人民群眾根本利益的醫療腐敗存在嗎？連陳曉蘭這樣的非黨員都站了出來，他一個老黨員能退縮麼？如今，我們黨的最大敵人不是別人，是那些像寄生蟲一樣深藏在自己黨內的腐敗分子。

王林伯伯的電話讓陳曉蘭感到安慰，感到自己絕不是一個人孤軍作戰。

這些年來，說她什麼的人都有，有人說她是中國的堂吉訶德；有人說，她這是一個人的戰爭；一位保姆說，「陳醫生是在拿石頭砸天……」

人變得現實了，現實的人不僅撈到了實惠，也被世人所接受。陳曉蘭這樣的人反而不被理解了，許多人搞不明白陳曉蘭到底圖的什麼，是政府獎勵一千萬元，還是讓醫院賠償一百萬元？哪怕沒有那麼多，有個三五萬元也行，如果什麼都得不到，費勁巴拉地打個什麼勁兒啊？這年頭兒，還有不為自己為別人的麼？再說了，你為的是病人，那病人都在哪兒呢？他們不出錢不出力，不冒任何風險，把你一個撂在這兒，你圖個啥？

有人囂張地說：「上海不就這麼一個陳曉蘭嗎？要不是李葵南在前邊擋著，就是幾個陳曉蘭我們也都收拾了。」

他們搞錯了，支持她的哪裡是一個人？那是一股強大的代表主流和正義的力量，有政府官員，有專家學者，有醫生護士，還有病人……。

她被迫「自動離職」後，是上海市政協副主席謝麗娟將她的信轉給了市長徐匡迪，徐匡迪要求上海市相關部門協調解決她——一位普通醫生的問題。

在她跟醫院打官司時，她的律師被醫院收買了。那律師講，陳曉蘭一根筋，傻乎乎的，現在大家都這麼幹的，只有她反對。醫院的司機聽到了，給陳曉蘭打電話：「陳醫生，你要當心哪，你的律師不可靠。」陳曉蘭說：「他不是挺好麼？」司機說，「他是不可靠的，至少在我今天打電話之後，你不要再相信他了。」

還有原來醫院的那些醫生和護士，如韓邦華、周護士長、掛號室的小W……如果沒有他們，她上哪兒有那麼多證據？可以說，那所醫院相當多的醫護人員是傾向於她的。在她被迫「自動離職」後，許多醫生和護士說，陳曉蘭的離開，使醫院失去了一位深受病人依賴的醫生。一次，院長在全院醫護人員的大會上說，在最近上級機關來醫院檢查，只有一位醫生的處方是合格的，有三位醫生寫的病史是合格的。

「哪三位醫生？說說。」老廣中地段醫院的醫務人員追問道。

同心地段醫院和原來的廣中地段醫院合併後，陳曉蘭對原來廣中地段醫院的醫生和護士有點兒看不慣，覺得他們醫生不像醫生，護士不像護士，有的護士還喝酒吸煙。後來，她漸漸發現他們心懷坦蕩，有什麼說什麼，從來不躲躲閃閃，藏藏掖掖。哪怕關係再好，只要發現有什麼不對的地方，他們也會無所顧忌地哇裡哇啦說出來，從這點看比原同心地段醫院的醫生和護士可愛多了。

「都是誰呀，說一說嘛。」老廣中地段醫院的醫生和護士窮追不捨。

院長被逼緊了，看了看下面，無可奈何地說，一位是剛從外地調來的副主任醫生，還有一個是××……」

「還有一位呢？」

「對，你不是說有三位嗎？那一位是誰？」醫生著急地問道。

「陳曉蘭。」院長說。

「原來是陳曉蘭哪，你早點說不就完了嘛！」有人不滿地說。

「處方合格的呢？」下面又有人喊了。

「幾乎沒有。」院長說。

「幾乎沒有那還是有，那個人是誰？」

「你不是說有一位嗎？怎麼又沒有了呢？」醫生七嘴八舌地問道。

「陳曉蘭。」院長被逼無奈，只好說了。

「陳曉蘭啊，她人也蠻好的！」有人說了一句。

院長不講話了。

其實他們早已猜到是陳曉蘭，有意逼院長說出來。

還有彭浦地段醫院的同事廖生琴，她多次幫陳曉蘭取證，最後提前退休。

還有那些素不相識的群眾。她去國務院信訪辦上訪時，接待室門前神龍見首不見尾，許多人前一天就在那兒排隊。聽說陳曉蘭是醫生，是為病人上訪的，人群中突然閃出一條路，大家請她到前面去；北京一位開擴印店的老闆不僅幫她找到最便宜的旅店，而且還叮囑旅店老闆說：「她是一個好醫生，你要保護好她啊。」

還有她醫科自考班的老師和同學、同學的家人、同學的朋友和病人，他們不僅主動給她提供資訊，搜集證據，還給她精神安慰。一位博士生導師、醫療器械專家對她說：「陳醫生，你咬咬牙再頂一下，我們大家支持你。看病的事兒，我們替你做，舉報偽劣醫療器械沒人能代替你啊！」

還有她家的老鄰居林銘敏。當初她給有關部門寫信舉報醫院欺騙病人時總怕寫不好，於是請學中文的林銘敏幫忙修改。林銘敏不像而立之年的年輕人，倒像飽經風霜，閱歷豐富的老者。傍晚，他一手端著壺茶，一手拿著香煙，像從三四十年代老上海的弄堂走出來似的來到她家。

「啊，『光量子』的問題還沒解決啊？怎麼你又丟了工作？」六年後，陳曉蘭又找他幫忙，他驚詫地問道。他接著說，「這不是你自己的事，是全社會的事。你應該把事實真相告訴人們，讓他們在看病時注意防範。你還要呼籲全社會聲討假冒偽劣醫療器械，要靠全社會的力量來打擊那些不良廠商和醫院……」

二〇〇三年五月，林銘敏在天涯網站把陳曉蘭和倪平的「警惕中國的『血液污染』事件發生和蔓延」一文貼了上去：這是一起假冒偽劣產品嚴重侵害消費者安全和健康權益的事件，類似於歐洲的「血液污染事件」，更甚於國內的假酒事件！呼籲有關部門高度重視和處理。

在醫療系統內部的人製造了假冒偽劣的產品，然後通過衛生系統內的非正常管道流入醫療單位。使用假冒偽劣產品的過程，實際上是將受污染、變性、變質假藥輸入病人靜脈的害人和假治療過程……貼上不到一會兒的工夫，林銘敏就穿著拖鞋跑來找陳曉蘭，說很多網友想跟她交流。

倪平送給她一台電腦，她還不知道怎麼用。他就教她上網，回答網友的提問。

線民紛紛表示支持陳曉蘭，有人對她敬佩不已，有人說她是當代英雄、真正的醫生；也有人表示願意加入到這場打假的鬥爭中來，為她提供幫助……當然，也有人對她表示懷疑，甚至罵她是醫療界的叛徒。

「憨子」是第一個留言的網友，他講述了自己看病的經歷。

陳曉蘭高興極了，這是她「退休」後最開心的一天。

後來，「憨子」幫陳曉蘭建了個人主頁——「一位有良心的醫生」。她至今也不知道他姓什麼，是幹什麼的。可是，他總是默默地幫她，哪家電視臺播放有關她的報導，他馬上打電話告訴她；她的主頁被人破壞了，他悄悄修好了。後來，他成為陳曉蘭個人主頁的義務管理員。

四

手機又響了，還是王林伯伯。他仍然勸陳曉蘭趕快下車，換乘其他列車進京。這也許是一位老地下黨員在長期鬥爭中總結的經驗。

陳曉蘭被王林伯伯說服了，找列車員索票下車。列車員已知道她就是那個勇於站出來揭露醫療腐敗的醫生。

「晚上那一幕我們都看到了，不要怕，我們會保護你的。這樣吧，我把乘警給你找來，你把自己的情況詳細跟他們說一下。」列車員真誠地說。

乘警來了，陳曉蘭把報導她的《中國青年報》拿給乘警看。

「陳醫生，請放心，你在我們列車上是絕對安全的。」乘警讀完報導後說。

「那些人也太過分了！」下鋪的老人說著坐起來，說要保護她的安全……。

陳曉蘭沒有下車，又在窗前坐下來，心裡湧動著感動：我不能放棄，放棄了就少了一位替百姓說話的醫生；我不能輸，我輸了，這些百姓也都跟著輸了。要贏是很難的，之所以出現這些問題，不是某醫院病了，不是某些官員病了，也不是某些醫生病了，而是社會病了，醫療體系病了。廠商造假，經銷商售假，醫院用假，醫生給病人做假治療是各方牟利的流程圖，這已成為潛規則。這個問題不解決，偽劣器械是打不盡的。

造假的廠商恨陳曉蘭，用假的醫院怕她，個別官人煩她，他們無法預料她到底能不能把他們那個天砸個窟窿。俗話說，橫的怕愣的，愣的怕不要命的。她那種捨得一身剮的精神，著實讓他們害怕。不過，他們決不是軟弱的，在想方設法對她進行圍剿，進行殘酷無情地攻擊。

「陳醫生，你又得罪誰了？」前幾天，平時不大來往的同學突然打來電話。

「沒有啊。」

「我聽我們醫院的護士說，領導讓她們時時刻刻提防一位叫陳曉蘭的醫生，她身高一‧六五米……，據說是區衛生局下的通知，說你要去各家醫院取證，要醫院像解放初期全民『防奸防特』那樣對付你。」

「陳醫生，藥監局領導找我談話了，他們說你裡通外國，向外國記者透露上海醫療界的問題，要給你政治定性……」陳曉蘭剛放下同學的電話，新民週刊記者張靜的電話就打了進來。

據說，上海市衛生局的主要領導給上海市政府的《關於光子氧透射治療等問題調查和處理情況的報告》中寫道：「建議有關部門對原虹口區廣中地段醫院陳曉蘭醫生扭曲事實真相，混淆視聽的行為予以訓誡。」

「他們會不會找個藉口，對我進行政治迫害？」陳曉蘭有點緊張了，跑去問王林伯伯。

「曉蘭哪，你要有所準備啊，政治鬥爭往往會調動人的卑鄙和陰險。你要把自己所掌握的證據存放到外灘銀行的保險箱，或者放到我家。如果他們把你抓起來，搜查你的家，證據就會被收走。最後，他們頂多會給你賠禮道歉，賠償你點兒經濟損失，你沒了證據怎麼檢舉他們……」王林伯伯說。

「我又沒幹壞事，為什麼要躲起來？怎麼，我做光明正大的事要偷偷摸摸的，他們做坑害百姓、敲詐病人、搞商業賄賂反而光明正大了。這樣的話，不僅是我個人的悲哀，也是黨和政府、人民群眾的悲哀。」

街燈像玩累了的孩子安靜地亮著，霓虹燈和廣告像張牙舞爪的幽靈，閃爍著慘澹的輝煌。陳曉蘭心情黯然走在街上，內心深處徘徊著孤苦無助。此時此刻似乎沒人能幫助自己了，她只有獨自面對這一切。

是挺立還是趴下？挺立，需要勇氣和體力；趴下，可以偷得安逸。

她回到家，捧著父母的遺照問道，媽，我該怎麼辦？爸，你能幫我嗎？

媽媽始終在微笑，笑容蘊含自信，似乎她知道女兒會怎麼辦。爸爸目光冷峻，似乎在生氣：「怎麼了，你想跟人家討饒啊？這哪是我的女兒！」

媽媽說過，「曉蘭，你既然做了，就要做到底，決不能瞻前顧後，半途而廢。」

爸爸說過，「要麼不做，要做就做到底，不到黃河不死心！」

那天晚上，她滿懷悲壯給上海市政府寫信。她在信中提出三點，一、我不可能聯合國外的勢力；二、我雖然有海外親戚，他們都是愛國的；三、我請求市領導直接跟我談話。

她把信寫好後，請王林伯伯轉給主管醫療的副市長。

那位副市長讀完陳曉蘭的信後，讓有關部門的領導接待了陳曉蘭。他們明確地告訴她，市里始終在關注她的情況……陳曉蘭的眼角濕潤了，淚水情不自禁地流了下來。這是共產黨的天下，是人民的天下啊！

在那個夜晚，那節車廂，幾位旅客一夜無眠，他們在悄悄地保護著這位醫生，這位人民的醫生。陳曉蘭的手機也在不時地響著，許多人關心她的安全，打來電話。她上車前充的二百五十元話費打光了，電池的電量耗盡了……

列車駛入北京站，沒等停穩，乘警就拎著陳曉蘭的旅行包跳下了車。

陳曉蘭拉著旅行包走出車站時，回首望去，後邊空無一人。

五

倪平也趕到北京。她們選擇了一家條件較好的賓館，每天二百八十元。

第二天早晨，陳曉蘭和倪平早早到餐廳就餐，這一天是SFDA局長接待日，接待室安排的時間是下午兩點鐘。陳曉蘭非常珍惜這次機會，怕下午塞車錯過接待，想上午就去SFDA等待。

「曉蘭，我怎麼總覺有人跟蹤我們呢？」就餐時，倪平悄悄對陳曉蘭說。

「不會的，肯定不會的。即使他們跟上了火車，那麼在我出站時也甩掉了。」陳曉蘭十分自信地說。

「曉蘭，曉蘭，你看，就是那個男的，他總跟在我們後邊。他肯定在跟蹤我們！」走出餐廳時，倪平神色緊張地拽著陳曉蘭的衣袖說。

「是嗎？」陳曉蘭疑惑地看了看那個男人，大約四十歲左右，身著深色風衣，兩手空空，神情自若。她留意片刻，沒發現他和別人有什麼不同。

儘管如此，陳曉蘭仍然有幾分緊張，幾分懼憚。她和倪平匆匆回到房間檢查一下東西，沒發現缺少什麼。陳曉蘭帶有錄音筆和筆記型電腦，在電腦上存有許多證據。她最擔心的就是電腦丟失，她們急忙背著筆記型電腦離開房間。

「看，那個人又出現了……」出了賓館，倪平緊張地說。

「我們穿馬路……」陳曉蘭說。

她們突然來個急轉彎橫穿馬路。那人也跟著過了馬路。這回陳曉蘭清楚了，那人的確在跟蹤她們。

「怎麼辦？」倪平一臉惶悚地問道。

「甩掉他！」陳曉蘭說。

她們繞了一圈兒，從天橋走了回來。陳曉蘭回頭望望，那男子不見了。

「曉蘭，他跟過來了，快跑……」過一會兒，倪平回頭看一眼，發現那個男人又跟過來了，驚慌地說。

倪平說罷，拎著筆記型電腦就跑了。倪平的話，陳曉蘭沒有聽見。

陳曉蘭轉過頭去，發現倪平沒有了，那個男人跟在身後。

「這是北京，是首都。我是共和國的守法公民，有什麼可怕的？」陳曉蘭想了想，鼓起勇氣，轉身朝那個男人走去。他突然裝出一副閒逛的樣子，目光隨意，沒有焦點。在相遇那一刻，陳曉蘭想質問他：「你憑什麼跟蹤我？你是幹什麼的？」話到嘴邊，她咽了下去，想起王林伯伯的叮囑，不論在何時何地都不要魯莽，鬥爭需要講究策略。

驀地，她站住了，彎下腰佯作繫鞋帶，斜眼掃那個男人一眼，他走過去之後，又轉過頭看了看她。

她邊繫鞋帶邊想，看來他不想在大庭廣眾之下採取什麼暴力手段。他肯定知道自己已被發現，還裝出一副不是跟蹤她們的樣子。這樣的話，他走過去後就不好意思馬上調頭，那麼她就有機會甩掉他。她四周觀察一下，不遠處有一群晨練的老人。她靈機一動，計上心來，趁那男人沒注意，貓腰緊跑幾步，利用過往行人遮擋他的視線。她把白色風衣脫去，露出大紅毛衣，又把披肩的長髮攏起來，坐在了晨練的老人中間。

她看見那男人站住了，四處看了一會兒，發現被甩掉，慌慌張張地朝陳曉蘭住的賓館跑去。陳曉蘭站起來，向地鐵站走去。她邊走邊撥打倪平的手機，可是怎麼也撥打不通。倪平會不會被他們抓住，她會不會有什麼危險？陳曉蘭越想越焦急，倪平是為保護自己而來的，萬一出點什麼意外，怎麼向她的家人交待？陳曉蘭的汗下來了，眼淚蓄滿眼眶。

她不知所措了。她想起柴會群。她給柴會群發去了短信，告訴他自己在北京的遭遇，請他保存好這一短信，她萬一在京遭遇什麼不測，短信就是證據。

她懷著當年王林伯伯尋找組織一樣的心情，乘坐地鐵趕往ＳＦＤＡ。在接待室，她填好《局長接待日訪項登記表》，喘一口氣，這下安全了，那個人就是跟來她也不怕了。

陳曉蘭再次撥打倪平的手機，竟奇跡般地通了。

「倪平，你在哪兒？你沒事吧？」

「沒事，我在復興門附近的派出所。那男的還跟在你身後嗎？」

話筒傳出倪平的聲音時，陳曉蘭的淚水抑止不住地流了下來。

「你在派出所幹什麼？」陳曉蘭不安地問。

「我在向警方報案。」

「倪平啊，你沒事就好，沒事就好啊！我把那男的甩掉了。我已經到了藥監局，你過來吧。」

下午兩點鐘，陳曉蘭和倪平一起走進會議室。

那是一間很大的會議室，SFDA的副局長任德全和醫療器械司司長郝和平等官員坐在會議桌一端，陳曉蘭和倪平坐在另一端，相隔很遠。陳曉蘭詳細地講述了「光量子」、「鼻鐳射」、「光纖針」等偽劣器械在上海的氾濫情況。

倪平把筆記型電腦打開，將「光量子」等偽劣器械的圖片和大量證據展示給任副局長看。

「你們兩位過來，到我這邊來。」離得太遠，任副局長看不清楚，對她們說。

陳曉蘭和倪平走過去，一邊講解，一邊演示圖片。

第十二章

新華社記者劉丹遭到一男子跟蹤，上海協和醫院拎著「西洋參」來公關，副院長請求她不要發稿。劉丹和仇逸的新聞報導《是手術還是騙術？——上海協和醫院婦科診療案調查》還是發表出來。

一

二〇〇七年一月八日，新華社「新華視點」專欄播發了劉丹和仇逸的新聞報導《是手術還是騙術？——上海協和醫院婦科診療案調查》。三十一歲的未婚女士王洪豔受電視廣告吸引，到上海協和醫院（民營）去做檢查，結果被醫生診斷為「不孕症」，入院檢查不到三個小時、諸多檢查結果尚未出來，醫生便將其推上急診手術臺，不到二十四小時花去醫藥費近四萬元。令人吃驚的是，一周後，當王洪豔拿到另一家醫院做的婦科檢查報告時，發現自己竟然沒有大病。這篇稿子能發出來並不容易。在發稿的那天的早晨，劉丹從家裡出來沒走多遠就發現身後有一「尾巴」。她沒有慌，料定那男的不敢在大庭廣眾之下把自己怎麼樣。她轉身挑戰似的打量對方，他中等身材，體魄強壯，穿著尋常，在相貌上沒有突出的特點，也就是說他混入人群中很難找出來。

當劉丹那凜然目光掃過去時，不知是膽怯還是困窘，他慌忙低下頭。他知道已被察覺，可是既不放棄，也不公然跟隨，而是鬼鬼祟祟地緊跟不舍。

劉丹從小到大第一次被人跟蹤，儘管沒怎麼惶恐，可是身後帶著個「尾巴」總有點兒不安。她幾次想把他甩掉，那人卻像蒼蠅似的怎麼也甩不掉。劉丹上了地鐵，他坐在她的斜對面，裝出一副若無其事的樣子，可是眼睛的餘光卻從沒離開過她。從地鐵下來，劉丹調換幾次走向，他都緊隨在後。

最後，劉丹從地鐵口出來，打輛計程車揚長而去，這才把那個「尾巴」甩掉。

劉丹走進辦公室，喘一口氣，一位同事告訴她，上海協和醫院一會兒要來人找她。

「他們過來幹什麼？」劉丹警覺地說。

「他們聽說你採寫一篇有關他們醫院的報導，想找分社領導和你溝通溝通。」

「咦，他們怎麼知道的？」劉丹緊張地問。

她腦袋一片空白，他們消息怎麼這麼靈通，就像那個尾巴一直盯在她的背後。難怪陳醫生說，上海協和醫院不是一般的醫院。昨晚，陳醫生被陌生男子跟蹤，手機不能報警；緊接著他們發現手機被監聽；今天早晨，自己也遭到跟蹤，他們到底想怎麼樣？

他們會不會通過手機監聽知道寫稿情況？想到這她不禁感到毛骨悚然，脊背陣陣發冷。在這段時間，他們三人電話談的焦點就是這篇報導。這是她寫的第一篇有關醫療的報導，許多問題都要向他們兩人請教。一篇三千多字的報導，三人推敲多日，常常從白天至凌晨兩三點鐘，字字斟酌，句句思慮，數易其稿，惟恐有絲毫失誤被對方抓住把柄。出人意料的是報導還沒發表出來，對方居然已經知道。他們到底知道多少呢？會不會已對報導的角度和內容瞭若指掌呢？見面之後，跟他們說什麼呢？

上海協和醫院派人到新華社上海分社來公關了。最先來的人拎著一大盒西洋參。說是西洋參，那是根據外包裝做出的判斷，如今假的東西太多了，有時下屬給上司送一箱水果，打開一看，裡邊塞的是成捆的現鈔；有時朋友送來一瓶茅臺，開瓶喝到的卻是「二鍋頭」。那盒西洋參很沉，裡邊裝的是什麼「藥」不得而知。分社的領導沒有收下，把他打發走了。

第一個來找劉丹的人是上海協和醫院的行政院長。一見面，劉丹就坦率地說：「我認識你。」

「我也認識你。」行政院長道。

他們像敵對雙方的代表，儘管彼此不想相見，可是客套還是要有的，兩人象徵性地握一下手。

劉丹在上海協和醫院調查暗訪時，多次遇見過他。有一次，劉丹在手術室門口等候病人，他正巧從走廊經過。他可能察覺出劉丹不是病人家屬，也可能劉丹在那兒不停地對病人家屬提問，讓他感到這個女孩子有點兒不大對頭。他的腳步停下了，站在一邊警覺地注視著劉丹。劉丹也發現這位陌生人在注視自己。他沒穿白大衣，她沒想到他就是這家醫院的行政院長。她毫不示弱，以同樣的目光回敬他。兩人對視許久，最終還是他先敗下陣來，轉身離去。

沒想到兩人多次謀面，第一次說話竟在新華社。雙方坐下來，還沒等行政院長寒暄，客套就猶如賣火柴的小姑娘手裡燃燒的火柴，沒改變周遭的溫度就倏忽熄滅。劉丹先發制人，地毯轟炸似的一個接一個地提問。

「病人普遍反映在你們醫院看病特別的貴，對此你怎麼解釋？」

「我們上海協和醫院所有醫療專案收費都是在上海市衛生局備案，經市物價局審核批准的。」行政院長強調道。

「你們為什麼不給病人病歷？」

「我們醫院病人出院時，住院病歷，包括檢查報告單、出院小結等都放在醫院。醫院為他們保存二十年，病人如有需要可以複印。但是，醫院通常對中途偷跑回家的病人以及進院不消費的病人，不提供任何報告單。」

「病人和家屬說，在你們醫院自由嚴重受限，這是為什麼？」

「剛做完手術的病人，我們要對其進行仔細觀察，所以一般要求他們不要亂走動。在任何一家醫院，病人家屬行動都要受限制的。病人入院和出院的時間，我們都要加以限制的，他們往往屬於『欠費群體』。」

「你們每天做多少台宮－腹腔鏡手術？」

「我們醫院的宮－腹腔鏡手術技術比較好，平均一天做十幾台這樣的手術，這個數量與其他醫院相比屬於大的。」

「你們的宮－腹腔鏡手術術前要做哪些準備，是怎麼個手術過程？」

「我們做宮－腹腔手術，要給病人腹腔充氣。醫學規定，手術前病人需要空腹和清腸。」

「據我們瞭解，你們缺乏基本的術前準備，比如你所說的空腹和清腸。」劉丹不想再跟他周旋下去了，鋒芒直戳死穴。

「對不起，這事我說不清，我是黨校的老師，對醫療不太懂。」

黨校老師？聘黨校老師當醫院的行政院長，這到底是創新還是搞笑？

作為黨校教師，為人師表，他怎麼就這種思想境界？明明知道醫院大肆詐騙病人，在侵犯百姓的根本利益，他就能心安理得地在那兒當行政院長，賺那幾個骯髒的錢？讓這樣的教師去培養黨的領導幹部實在令人堪憂。

「劉記者，請您不要發表那篇報導，否則我們醫院就會有許多員工下崗……」行政院長不停地哀求道。他到底是怕員工下崗，還是怕老闆炒他這個行政院長的魷魚？對這家喪盡天良的醫院，對那些沒有良心、坑害病人的醫生來說，別說關門下崗，就是追究法律責任，把他們抓起來判刑都不為過。

他為什麼不斷地哀求別發那篇報導呢？難道他們已經知道了報導的內容？

劉丹一直沒有正面回答報導發還是不發，行政院長只好悵然而歸。可是，他並不死心，又打電話說，有些問題還沒講清楚，想約她再談談。

劉丹冷冷地說，我沒有時間。

她剛放下電話，上海協和醫院的第二撥公關人員就進了門。這次是位年輕的女子，她的身分是醫院董事長助理、院長特殊助理。

坐下之後，她就喋喋不休地說了起來：「新華社能不能緩和一下。有些事情我想不通，關於病人的投訴，我們全部退款都可以，寫道歉信也可以。我們做了很多慈善事業，我們做了一百件好事，這樣一件事情沒有處理好，就完了。醫療糾紛，我們醫院每天都有，我們能補償的都補償。我們希望為病人提供補償，可是王洪豔從來就沒要求過補償，她憑什麼報給媒體？她不給我們機會，這就意味想搞死我們！」接著話鋒一轉，低聲下氣地說：「你這篇報導關係到我們醫院的生死存亡。我們民營醫院很脆弱的，你這篇報導一齣來，我們醫院肯定就完了。你們新華社可要手下留情……你最好跟我們提點要求，你什麼時候到醫院來，和我們接觸接觸。請你幫忙，請你手下留情！我們也希望請你到醫院來，我們具體談談。」

這到底是請求，還是暗示？劉丹沒有理睬，在那兒忙個不停，接電話發短信。

稿件已發到了總社，發不發還沒有消息。她坐立不安了，助理在一旁嘮叨時，她就給編輯發短信詢問稿件的情況。

第二撥公關總算是走了，劉丹剛鬆口氣，又接到那位助理的短信：「你太忙了，晚上我們再溝通。」看來她沒善罷甘休。他們說不上派出幾撥人馬到什麼地方去公關呢？這是一家不講規則、財大氣粗的醫院，誰也無法料到他們會做什麼，能做什麼。

她終於收到編輯的短信，稿件總社已經簽發。

劉丹那張洋溢著青春的圓臉露出了並不輕鬆的笑容。

劉丹的報導發表後，在全中國產生了震動，各地媒體紛紛轉載，網上轉載高達八千餘次，有的媒體在轉載時還將標題改為《上海協和醫院讓無病女子做手術一天收費近四萬》、《上海協和（民營）醫院騙健康人開刀看管病患住院如坐牢》。上海市除《新聞晨報》等兩家報紙之外，其他報紙都轉載了這一報導。

一月八日，陳曉蘭早晨起來就等劉丹的消息，當接到短信：「我的那篇稿件發了！」她立即動身前往上海市衛生局衛生監督所舉報上海協和醫院。她在來訪登記單上填寫道：我舉報的是上海協和醫院（包括××醫院、××醫院也有類似情況）以欺詐手段迫使外地患者接受毫無診療意義的「醫療服務」。一、醫院對病人的各類檢查沒有任何條件限制，必須空腹的沒空腹，必須月經乾淨後三－七天的也沒做到，使標本採集沒有檢驗意義（包括放射科的碘酒輸卵管造影等）；二、「宮－腹腔鏡」手術成了女患者的「白搭」，然而術前沒讓病人空腹、清腸，甚至在病人實施剖腹手術的同時，還做「宮－腹腔鏡」、「微創」手術；三、不論中醫西醫都給病人開草藥湯劑，沒有中醫診療記錄；四、以院內的非法中藥製劑為病人做灌腸、婦科通液、陰道沖洗等診療術……。

我的要求：

一、為了澈底打擊當前民營醫院的「醫療欺詐」，我請求儘快聯合執法（藥監、物價、公安）。

二、我希望參與聯合執法。對於劉丹和仇逸的報導，上海市衛生局在一月八日連夜部署查處工作。「一月九日一早，上海市衛生局衛生監督所抽調九名監督員，對上海協和醫院醫療執業情況進行監督執法，已確定醫院存在擅自使用『某某中心』稱號、虛假宣傳、醫療標識不規範等問題。上海市衛生局透露，近兩年來，衛生行政部門對上海協和醫院診療活動超出登記範圍、使用非衛生技術人員、擅自開展母嬰保健服務等問題曾給予四次行政處罰，並取消該醫院《醫療廣告證明》一年。對該院違反醫療廣告管理法規和違反診療常規等問題，衛生行政部門正在進一步查證中。」

上海協和醫院的病人讀到劉丹、仇逸的報導，瞭解醫院的診療內幕後，怒不可遏。他們不僅向上海市衛生局投訴，還聚集在上海協和醫院的門診大廳，要討個說法。

上海協和醫院對病人的解釋是，請大家不要相信那篇報導，那是新華社編造的，寫稿的記者劉丹已逃跑了。

我們醫院已經將新華社告上法庭，很快就會有媒體出來澄清事實，請你們千萬不要相信新華社，不要像王洪豔那樣把自己搞得身敗名裂。

社會上還有傳言說，上海長江醫院將孕婦診斷為不孕症的事件是上海協和醫院搞的鬼，於是長江醫院派王洪豔到上海協和醫院去臥底，把事弄出來後，王洪豔就消失了……。

二

劉丹、仇逸的報導像巨浪一下子就把小徐從夢中澈底拍醒了。

一月九日，電話響了，小徐剛剛接起來，一位朋友的聲音就急三火四地從聽筒鑽了出來：「上海協和醫院出事了，你知不知道？他們詐騙患者被新華社曝光了！你還不去看看哪？」

小徐如夢驚醒，一屁股坐在椅子上，再也站不起來了。疑惑突然變成了冰雹砸向她的心臟。

前些日子，小徐做完輸卵管通液手術之後，張主任的態度和診斷陡然生變：「你宮頸糜爛很嚴重，需要做手術！」

「我沒有宮頸糜爛啊！」小徐躺在診床上說道。

「你的宮頸糜爛很嚴重。」張主任冷峻地說道。

小徐蒙了，我去過那多家醫院，從來沒有一家醫院說我的宮頸有問題啊，就是在你這做「宮－腹腔鏡」手術之前也沒查出這毛病哪，那糜爛是從哪兒來的呢？

「那麼，手術要花多少錢？」小徐無可奈何而又膽膽怯怯地問道。

「三千二百元錢。」張主任說。

「這麼貴啊！」小徐驚訝地叫道。

她嚇傻了，倒不是為這三千多元錢，她在這家醫院已花掉七萬多元錢了。手術做了那麼多，這樣做下去什麼時候是個頭啊？

「三千多元錢，不貴的。」張主任平靜地說。

小徐疑惑地望著張主任。候診時，排在小徐前邊的是一對夫婦，女的被叫進診室不一會兒，醫生就出來對男的說：「你進去看看吧，你老婆有嚴重的宮頸糜爛！」

讓小徐驚訝的是那男的居然就進去了，診室裡還有其他女患者哪！

「做那麼幾分鐘手術就要花三千多塊！」過一會兒，男的垂頭喪氣地出來了，憤憤不平地說道。

「什麼手術啊？」小徐問道。

「宮頸糜爛。」

宮頸糜爛既不是「非典」，也不是什麼流行病，怎麼會有這麼多女人患上呢？小徐不相信。

「你的藥還有沒有？」張主任問道。

「還有。」小徐小聲答道。

那麼貴的中草藥誰能吃得起啊，每天就得幾百元錢。

「你那個藥不能斷，一定要堅持喝。去做ＯＫＷ吧，下次來把宮頸糜爛做了吧。」張主任語氣緩和地說道。

小徐答應著，惴惴不安地走出診室，在走廊遇到了病友小胡。同病相憐，自然就有幾分親熱，沒想到兩人一聊，還是老鄉。

「小徐，你什麼時候做的手術？」

「十一月一日，你呢？」小徐說。

「我是九月份做的，可是至今還沒懷孕。」

小胡告訴小徐，其他醫院給她確診的是輸卵管堵塞，讓她做人工受孕，上海協和醫院說她是多囊卵巢綜合征，結果做了手術。她已經花去六萬多元錢了，還沒有懷上。現在醫生讓她做卵泡穿刺了，做一次要五六千元錢。

「小徐，你要是懷孩子的話一定給我打個電話啊，讓我也高興高興！」

小徐聽完她的話後，心裡更加緊張和惶恐了，小胡的病跟自己的相同，她比自己早兩個月做的手術，至今還沒有懷上寶寶。「宮－腹腔鏡」手術是否像張主任說的那樣有百分之八十的療效呢？自己會不會也走到需要做卵泡穿刺手術那一步呢？

十二月二十二日，小徐回湖北探親，見到老公和公公、婆婆之後，懷孕的欲望更加強烈了。

一月八日，小徐幾乎是隨著劉丹和仇逸的報導回到上海的。上海協和醫院出事了，我該怎麼辦哪？病已經看到這種程度了，手術做了好幾次，錢也花出去七萬多元了。

「你們醫院是出事了嗎？是被新華社曝光了嗎？」小徐焦急不安地打電話給張主任。

「不是的，我們協和醫院哪會有事？」張主任沒有多說，匆匆放下電話。

第二天，小徐趕到醫院想看個究竟。她走到醫院門口時，從一輛衛生監督執法的車上下來兩位女的，跟她一起走進醫院。

「你是來看病，還是來幹別的？」她們問小徐。

「我在這裡做過手術，我是來找醫生的。」

「你的病歷都在嗎？」

小徐把手裡僅有的看病資料遞了過去。

「你做了七八項手術，用了多少時間？」那人疑惑地問道。

「總共五十分鐘。」

「你這個手術五十分鐘是絕對不可能的，消毒、麻醉等所有項目加在一起五十分鐘怎麼夠？」

「啊？我同病房的還做了闌尾炎手術呢！她用的時間跟我的也差不多啊。」小徐說。

「闌尾炎手術跟宮腹腔手術是不能同時做的。一個是污染性的，一個是非污染性的。」

小徐走進診室，見張主任滿臉不高興的樣子。小徐在跟衛監的人說話時，看見張主任推門出來，見她們在說話急忙把門關上了。

「張醫生，我想現在就想懷孕。」

「行，你先去測卵泡。」張主任淡淡地說。

「我為什麼要做卵泡穿刺？我只是輸卵管堵塞，卵巢又沒有問題！」小徐質問道。

她突然有種被人欺騙了的感覺。看來自己在這家醫院的命運和小胡等病友是一樣的，先做「宮－腹腔鏡」手術，然後做輸卵管通液手術、ＯＫＷ離子導入，最後就是卵泡穿刺。只要不懷孕就不斷地做穿刺，每次五六千元錢。

「你們協和醫院好像不太好啊。」小徐點張主任一下。

「告醫院的是個髮廊女，你別跟著她瞎起鬨。這跟我們沒有關係，你放心好了。」張主任叮囑道。

上海協和醫院的眾多病人出現在網上，他們控訴醫院，講述自己受騙的經歷，字字血，聲聲淚，讓人不忍卒讀。

我和妻子是在兩天前去的這家醫院的，看的就是不孕不育。的確，進去的時候感覺還真的不錯，導醫小姐熱情接待，到了醫生那裡，簡要地說明一下病情，醫生馬上開了幾張化驗單，告訴先去化驗檢查，由在一旁的護士帶我們去交費。

幾個很常規的檢查和化驗，收費六百七十元。我想，的確是貴了一點兒，但是想到他們能查出真正的病因，也就付了。等到化驗單出來以後，醫生馬上就告訴我，你妻子有炎症，需要進一步檢查，又給開了一些單子，要我馬上去交費。聽醫生這麼一說，我馬上就去交了。也是幾個普通的檢查，又交了二千零四十元。心想這回可以檢查清楚了吧，十分鐘後，單子出來了，沒想到醫生還不能確診，還要檢查。醫生說，你妻子的病好像真的很嚴重。我只好又交了八百八十八元，大概把這家醫院所有的「先進設備」都使用過了。我一看，帶來的四千多元已經花差不多了。醫生總算告訴我了：你妻子的病很嚴重，是卵巢囊腫，需要立即手術，並且需要馬上安排。

我告訴醫生，帶的錢不夠了。醫生讓我馬上回去取。由於前面的檢查費用高得實在出乎我的意料，我不由得懷疑起這家醫院來了。我問醫生：「究竟我還需要拿多少錢肯定能足夠！」醫生很肯定地告訴我，一萬五千元肯定夠了。她保證所有的費用就這些了。

聽了這些話，我心想，在其他醫院，看同樣毛病也需要一萬元左右的，何況他們在電視裡做廣告了，貴一些也是合理的。就這樣想，我馬上回去拿了錢，交了一萬五千元住院押金。但是，對於醫生的話，心裡還是有點懷疑……。

晚上，妻子的手術終於做好了，我陪著到了病房。同病房有兩人，一問也巧，同樣的毛病，都是前一天晚上動的手術！其中一個是哈爾濱過來的，已經準備出院了。

我問她這次看病花多少錢，她告訴我總共用了三萬三千元！怎麼會差這麼多？我把醫生告訴我的話給她講了，並問醫生當時是怎麼給她講的，怎麼會有這麼大的差距？

她告訴我，開始醫生也說只要一萬五千元就足夠了，可是到最後醫生告訴她病情比預料的嚴重，手術出來一結帳就要三萬多，當時她一人來的，錢帶得不夠，叫家人打錢過來，為此還和家人吵了一架。家裡也是向親戚借的，沒有辦法，就急著出院了。晚上我看著她面帶愁容地出院了。

哈爾濱的婦女走了以後，我又問同病房的另一位婦女這方面的情況。沒想到，也是一樣的情況，她老公已經乘長途汽車回去拿錢去了。

晚上十點，她老公拿到了錢回了醫院。聽得出，拿的那些錢是向他的老闆借的。第二天早晨，他急著去結帳了，到了病房總台一查，還需要再付兩萬七千元！

我立馬就看到他頭上冒出了汗，由於聽了醫生的話，他回去總共借了一萬三千多元。現在比醫生當初講的多了一倍多！

他們是從江蘇農村來的，看到這樣一堆數字。我看得出，真是欲哭無淚！男的拿出手機，一個個找人借起錢。我聽得出，好多人都不肯借。打了好久，總算求到了一些錢，也是好幾家拼湊起來的。男人馬上買了車票又走了……。

看到了這個情況，我馬上知道自己肯定也上當了。我去了隔壁的病房，同樣的，隔壁病人也在為最後的帳單發愁。來的時候都是說一萬五千元能看好，最後都要三萬元左右，其中的一個也是準備回去拿錢。

最後，我妻子的帳單也出來了，不出所料，也是三萬多元。我明白，和這樣的流氓醫院是沒有辦法講道理的，我只好也認了……。

後來，我詢問了我在大醫院工作的朋友，他告訴我，卵巢囊腫是一般婦女常見的毛病，很多醫院可以治療，這裡的費用起碼是公立醫院的三倍！

二〇〇六年四月，我在網上看到上海協和醫院為慶祝「三八」婦女節而推出的免費體檢活動，就在網上報了名。五月，我去上海協和醫院進行體檢。我去婦科檢查時，就聽醫生說病人什麼白帶很不好啊，宮頸一塌糊塗啊，一點隱私都不給病人留。終於到我檢查了，給我檢查的竟然不是醫生，而是護士。護士小姐說，白帶不是很好啊，做個衣原體檢查吧。我當時根本不懂什麼是衣原體。護士還說公立醫院怕麻煩一般不給查的。我心想來都來了，查吧，圖個安心（想不到就是這報告讓我擔心了一個多月啊）。當然這不是免費體檢的項目，交了一百六十元。

結果說我是衣原體弱陽性，那個醫生（好像還聲稱是他們醫院的專家）瞄了眼報告說，「哦，要來治療的，來照X燈（具體名字不記得了），要照二十次。」我很懷疑這結果，直覺告訴我這就是他們此次免費體檢的目的。看我猶豫那醫生很不高興地說：「隨便你吧。」

回家我心情承（沉）重，在Google上搜索了「衣原體」，原來用簡單的藥物就可以控制的，根本就不需要照什麼燈。但既然是弱陽性，我還是很擔心，想想自己平時很注意衛生的，怎麼會呢。我甚至懷疑老公，死活拉著老公去做婚檢（結婚時圖省事沒做婚檢）。婚檢結果都正常，浦東新區婦幼保健院婚檢的醫生聽我說了在上海協和醫院的經過後告訴我，沒有衣原體弱陽性的說法，他們的目的就是想騙我照燈（因為照個燈要幾千元）——可惡吧。

但一家之說也不一定對，我在六月一日去了上海長征醫院，做了個衣原體的檢查（檢查結果是陰性），化驗室的醫生都說（我分別問了兩個醫生），根據上海市淋病防治中心的規定，沒有衣原體弱陽性一說。至此我發現，我白白擔心了一個月啊，鬱悶啊。

（上海）協和醫院真是可惡啊，想想那麼多外地病人，可能被騙得更慘，千里迢迢來看病，告訴你個莫須有的病，讓你花了大價錢治療後告訴你，因為他們的技術好把病完全醫治了，真是不要臉的醫院啊！

我打了消費者協會的電話。他們說，醫療糾紛不歸他們管，讓我找衛生局。最後找到了閘北區醫療糾紛辦公室，他們讓我和醫院方面先協調，如果不成再找他們或者到法院起訴。（我打電話給）上海協和醫院，一位女士接的。第一次通話說是要去瞭解情況等下周給答覆，接下來的幾次每次都是拖延。一個月後給我的答覆是很多醫院都用這種弱陽性的指標的，不光我們一家用，所以我們沒過錯。當我追問哪些醫院也用時，她支吾地說不上來。

我再次聯繫閘北區醫療糾紛辦公室，這次接電話的是另一位先生，他告訴我這情況比較難處理，這並不完全屬於醫療糾紛（也就是說只有我被騙了才叫醫療糾紛，而且這種騙是很難揭穿的），也正因為如此，醫院才有恃無恐的，他建議我起訴。我從小沒打過官司，想想也耗不起這精力。實在很無奈，既然這樣我只好通過網路，告訴我的朋友和家人，不要去上海協和醫院看病，不然你會付出很大的代價，也希望你們能轉發此信告訴更多的朋友，別上當受騙！

劉丹的電話忙碌起來，有人打電話表示讚賞和敬意，也有人表示不解和惋惜。

上海媒體一位記者打電話說：「劉丹啊，你怎麼寫這種稿子啊？你寫之前怎麼不跟我打個招呼？如打招呼，我肯定會阻止你的。」

這位記者跟劉丹並不很熟，只不過見過幾次面。

「你拿了人家多少錢？在人命關天的原則性問題上，作為記者怎麼能熟視無睹呢？」劉丹說罷，氣呼呼地將電話掛斷了。她感到詫異，自己又沒有做錯什麼，他憑什麼阻止？他是來做說客，還是知道什麼內幕？劉丹對個人的得失沒想過多，只要求自己的報導是真實的、客觀的、公正的，對得起社會和公眾，對得起新聞記者的良心。可是，社會遠遠不像她想像的那麼簡單。她很快就知道那篇報導給自己帶來什麼樣的壓力和麻煩，甚至說是一場災難了。

局長接待日後延一周，陳曉蘭靠饅頭、鹹菜和開水度日。在「一次性光纖針」和「光量子」論證會的前一天晚上，她抱著一本醫學書哭著說：「我不能輸啊，我要是輸了，那些偽劣醫療器械和假的治療就要在醫院繼續存在下去；我要是輸了，全中國的老百姓就都跟著輸了……」

第十三章

一

二〇〇四年一月五日。北京。一個陽光燦爛的冬日。

這是二〇〇四年SFDA的第一個局長接待日。早餐後，陳曉蘭梳理一遍思緒，精神抖擻地趕往SFDA。她到SFDA後，信訪辦接待室說，出席接待日的局長出國了，接待日推到一月十二日了。這像三九天被澆一盆冷水，心裡涼涼的。局長接待日推遲一周，她就得在北京多待七天！離家時想快去快回，盤纏沒帶那麼多。這下完了，一下子增加七天的食宿費用，那點兒錢怎麼支撐得到呢？

她是兩天前到北京的。在她離開上海時，大街小巷，車站碼頭都飄溢著過年的氣息，飯店掛著預訂年夜飯的招牌，火車站像座水源充沛的水庫日夜流淌著，老老少少，男男女女，南來北往。還有十六天就是大年三十，出門在外的人們都在往家趕。那天，滿臉病容的陳曉蘭隨人流湧過檢票口，登上了開往北京的列車。她找到了鋪位，還是上鋪，把旅行包扔到行李架上，喘口氣爬上鋪位。她早晨起床時就感到頭昏胸悶，渾身難受。

元旦過了，春節就來了，就這麼一年接一年地過去了。北京她已跑了幾十次，僅SFDA局長接待日就參加了八次，先後跟四位局長反映過醫療器械的問題，可是該解決的問題還沒有解決。

「陳醫生，陳醫生！」

她從鋪位上爬起來，見年輕的列車長站在鋪前。列車長說，有位旅客食物中毒了，請她過去看看。這幾年往返北京、上海的次數多了，不善交際的她跟列車長和列車員都混熟了，哪位旅客生了病，他們就會來找她。

她看一下錶，晚上八時半了，列車早已駛出上海站。她撐著虛弱的身體跟在列車長身後，穿過幾節車廂，進了軟臥的包廂。病人是鐵道部的官員，人很胖，臉色像張白紙，內衣已被汗水濕透。陳曉蘭號一下他的脈搏，有點兒細速。她詢問一下病史，確診他不是食物中毒，而是急性胃腸炎。在列車長的配合下找到了所需的藥，病人服下後病情很快就好轉了。她感到好笑，沒想到離開醫療崗位兩年後，去北京舉報的路上又當了一次醫生。她回到自己的臥位，想一會兒心事就睡著了。

「陳醫生，陳醫生！」

她又被叫醒，睡眼惺忪地睜開眼睛。車廂昏暗，看不清來人。

「陳醫生，在一個小時前，一位旅客鼻孔血流不止，現在眼睛也流血了，列車長請你趕快去一下。」

她急忙穿上衣服，跟著兩位列車員跑到八號餐車。她給病人檢查了一下，詢問了一下家族病史，認為這是全身性疾病在局部的表現，建議列車長立即想辦法把病人送下車，去醫院救治，否則會有生命危險。

病人下車了，她看一下手錶，凌晨二時。她回到鋪位再也睡不著了，只好躺在那兒想局長接待日怎麼說。她要反映的還是「光量子」、「鼻鐳射」和「光纖針」。「光量子」的註冊號沒登出，「光纖針」還在使用。「光量子」之後出現的偽劣器械大都是「光量子」翻版和演變。如果不從根本上否定「光量子」的原理和療法，就無法把那些第二代、第三代，甚至第N代「光量子」取締。《藥品法》明確規定，變性、變質的藥不准使用，化學藥品使用前不准許再加工。可是，醫療器械監管部門卻在一九九一年批准生產了大量的專門加工各種化學藥品的儀器。每天這些儀器加工了多少種化學藥品，沒留下任何記錄，也無法知道病人用後出現了什麼樣的反應。如果說濫用抗生素有害，那麼濫用這種再加工的藥物更為有害！

ＳＦＤＡ局長接待日，一定要呼籲他們儘快把那些坑害病人的器械停下來，取締！不行，得理出幾條，否則一緊張又忘了。一是醫療器械立法的問題，二是對「光量子」與一次性石英玻璃輸液器的質疑……。

那病人下車後怎麼樣了？得沒得到及時的救治？他會遇到什麼樣的醫生呢？對醫生來說，不管他的學歷和學位有多高，如果他漠視病人的健康和生命的尊貴，把金錢看得高於生命的話，他只會加重病人的痛苦和不幸。她想著想著睡著了。早晨醒來已到北京。

局長出國了，沒辦法，她只好等。「既來之，則安之」吧，正值春運高峰，買車票要多難就多難買，回去哪裡還能趕過來？日子要苦一點兒，錢要節省點兒，伙食標準降至饅頭加鹹菜，這樣口袋裡的錢就能花兩個星期了。不過，日子不能虛度，要充分利用在京的機會，找其他官員反映情況，去圖書館查閱資料，向記者反映偽劣醫療器械的情況……。

陳曉蘭走進醫療器械司下屬的一個處室。那個處室共有四位官員，她都熟悉。

「那三位去哪了？」見辦公室裡只有一位官員，她好奇地問道。

「有出國的，有去獻血的。」年輕的官員說。

「那你怎麼沒去？」

「我才不去呢，那麼髒。」年輕官員說。

這句話猶如一塊石頭砸在陳曉蘭的心上，讓她想起了「光量子」、「光纖針」等在藥監局註冊的偽劣醫療器械。藥監局的官員啊，你們知道中國醫療器械的狀況，知道那些偽劣器械有多麼不安全，有多麼的髒，你們拒絕使用。可是，你們卻眼睜睜地看著全中國的老百姓使用！她又想起可憐的爸爸媽媽，在生病住院時，他們已經知道醫療器械的品質很糟了，還得硬著頭皮用。

陳曉蘭感到心碎了，在那間辦公室再也坐不下去了。走出ＳＦＤＡ那幢高大雄偉的大樓時，她已淚流滿面。她頂著寒冷的西北風往旅館走，十分鐘的路程，她轉悠了一個來小時。她失望啊，傷心啊，委屈啊，打假應該是你們ＳＦＤＡ的職責，你們不僅不作為，還給那些不該註冊的產品注了冊，讓偽劣器械有了保護傘，導致有問題的醫療器械氾濫成災。你們要是以百姓為本，把住醫療器械註冊關，不讓「光量子」等騙人的器械的出現，我何至於兩度下崗？何至於消耗七八年的寶貴時間到處上訪舉報？我的工資沒有了，醫保沒有了，為上訪和舉報，還要到處調查取證，一趟趟往返上海與北京，花去了近十萬的積蓄。為節省幾個銅板，乘坐火車儘量選擇慢車，鋪位選擇上鋪。上鋪只比下鋪便宜幾十元錢，可是為這幾十元錢，年過半百的她卻要艱難地爬上爬下。一次回上海，她沒捨得買臥鋪票，從北京站到濟南，腿站麻了，腰站酸了，腳站腫了。她再也站不下去了，畢竟是「奔六」的人了，狠狠心補了一張上鋪。她喜歡整潔和安靜，剛進京上訪時，以為只要進京一兩次問題就能得到解決，沒想到一跑就是幾十次，住的從二百八十元的賓館標準間降到一百元的普通間，現在已降到二三十元一宿的地下室。這次住的還是地下室，房間裡不僅有兩位同住的陌生人，還有著一股永遠散不盡的黴味。儘管如此，這麼一次次地進京，有幾次是有效的？

她的淚越流越多，寒風刮在淚水上，刮在臉上，像刀刮似的疼痛啊。可是，她不願意回旅店，不願意讓別人看到她哭了。旅店的老闆已經夠好的了，明明要三十元一宿的宿費只收她二十元。

回到旅店，她已忘掉痛苦，又思索起「光量子」的問題。

她在日曆本上寫道：藥液的流速？

生理鹽水的分子量，以及輻射後的變化？

光的波長、輻射的角度和強度，時間的限制？

生理鹽水量子化？目的是注入藥物？

這到底是科學還是巫術？如果是科學，必須用資料說話！

醫生對病人實施的應是醫術，而不是巫術！量子化的生理鹽水稱為什麼？是一種什麼物質？量子化的程度與條件（變化之間）有無關係？為什麼要充氧？一個星期總算過去了。

十二日，她走出旅館，哇，好大的雪啊，萬物都披上了聖潔的外衣。她又想到白大褂，她多麼渴望回到醫生崗位上去啊！可是，眼前沒有時間為自己的事情上訪，先把偽劣醫療器械問題處理完再說。

走在雪上的感覺真好，腳踩在雪上發出「吱吱」的響聲，她突然想到讀書時老師講「張力性氣胸」時對同學們說，「皮下氣體呈握雪感」，不少同學說，「自說自話，什麼叫握雪感？」老師解釋說，「就是那種把雪握在手中，發出的『吱吱』響聲。」上海很少見到雪，就是下雪也是那種軟綿綿的，臨近融化那種，同學們沒有那種感情認識，無法想像得出「握雪感」。陳曉蘭走在雪上，全身心地去感受那種「握雪感」。「吱吱」，感覺那麼真切，那麼的清爽，那麼的美妙……如果能把這種感覺傳遞給還在臨床的同學就好了。突然，一股悲涼從心底襲上來——自己已經離開臨床，可能今生今世再也回不去了。

美妙的「握雪感」消失了，像融化的雪再也找不到了，陳曉蘭的心似乎被嚴寒凍僵了。

二

ＳＦＤＡ會議室裡，一位副局長端坐在會議圓桌之首，醫療器械司司長郝和平、藥品註冊司司長曹文莊等幾位ＳＦＤＡ的大員圍坐在旁。

陳曉蘭認識這位副局長，曾經在局長接待日接待過她。相識，氣氛就有點兒寬鬆和隨意，寒暄幾句之後，陳曉蘭從包裡拿出一次性石英玻璃輸液器等器械，一一擺放在桌上，請在場的官員辨認一下是未經註冊的，還是註冊過的正規產品。

她指出「光量子」原理的自相矛盾和混亂的邏輯。她說，獲得註冊的假冒偽劣器械比假酒和歐洲給孕婦用過的藥物「反應停」對社會的危害還要大得多，因為：一、假酒所產生的危害只有一個——甲醇中毒，這很容易辨別，一旦發生病人就會被送往醫院搶救；二、「反應停」危害的是腹部的胎兒，造成胎兒的畸形——海豹胎，這也很容易辨別。

她接著說，偽劣醫療器械給病人造成的危害卻難以確認，一、這些醫療器械都是專家和藥監局認可的「合法」產品；二、這些器械的使用都是在醫院由醫生來操作的；三、病人與健康人不同，一旦出了意外，醫院和醫生完全可以解釋為病情惡化、病情突變、併發症死亡等等，沒人知道那是由偽劣器械所造成；四、醫院沒留下任何器械使用的原始記錄，沒有任何可供參考的原始資料，病人死了也是白死。

副局長認真聽著，不時詢問幾句，並對郝和平批評道：「你們醫療器械司是國內器械監管的最高執行機構，你們的科學態度和執法能力關係到全中國病人的最大的利益，也是最根本的利益——健康與生命。在處理這些問題時，如果你們只是刻板地遵從長官意志，對下面出現的問題不聞不問，或推諉、拖延、不彙報，那麼問題只會越來越多，越來越大。長官不是超人，也不是全能的。」

「如果陳曉蘭醫生所說屬實，我們要不惜一切代價，把這些產品的註冊登記號全部取締。」副局長表明了自己的態度。

他指示郝和平司長放下手頭的事情，抓緊處理陳曉蘭所反映的問題，要全力以赴。

陳曉蘭接著講：「醫療器械的亂用，勢必會影響藥品使用的有效性和安全性。另外，『光量子』等醫療器械的廣泛使用會引起大量病人的血液污染，其後果難以估量。我認為，國家藥監局應該先禁止這些醫療器械在醫院的臨床使用，請專家對這種藥品亂用可能造成的後果給予密切關注，因為這種後果可能會陸續地出現。藥監局要對它們的安全性進行監管，對不良反應……」

「對藥物的不良反應，你們要關注一下，跟蹤一下。」副局長對藥品註冊司司長曹文莊說。

「這不是不良反應，」曹文莊說，「藥品在正常的給藥範圍、正常的給藥途徑、正常的治療的情況下，出現的與治療效果不一致的症狀叫不良反應。對於醫院亂用藥所造成的不良後果，那不叫不良反應。」言外之意，那不屬於他們司的職責範圍，應該由別人去管。對藥監領域來說，郝和平和曹文莊是不得了的人物，業務比局長還要稔熟。

最後，副局長不僅給郝和平等人佈置了五項任務，而且還指示：「以醫療器械司為主，以市場司為輔，根據陳曉蘭醫生提出的問題召開專家論證會。專家由藥監局和陳醫生分別請，雙方所請的數量相等。另外，要邀請陳曉蘭醫生參加專家論證會。」

「我不是專家，只不過是名臨床醫生。」陳曉蘭說。

「不，你就是這方面的專家！」副局長肯定地說。

陳曉蘭長長地舒口氣，這次沒有白來，這一周也沒有白等，對問題的解決總算有所推動。

不過，她對此並不抱太大的希望。上次局長接待日，副局長對一位處長說：「把你的電話告訴陳醫生，你要跟陳醫生保持聯繫。」

處長的態度誠懇而謙卑，當即將自己的電話告訴了陳曉蘭：「ＳＦＤＡ總機轉××××分機。」

事後，那位處長從來沒給陳曉蘭打過電話。陳曉蘭給他打電話，撥打一遍又一遍，那台分機一直接不通。她被耍了。可是，又一想，就算撥通又怎麼樣，他只要不想管就會找出一百個理由和藉口。

在另一局長接待日，這位副局長聽完陳曉蘭所反映的情況後，當場讓郝和平和曹文莊把自己的電話號碼告訴陳曉蘭，以便她及時跟他們溝通。這兩位肯定不會像處長那樣用一個從來不接的分機號碼來哄陳曉蘭。他們的手機肯定是掛得通的。郝和平和曹文莊是何等人物？那是跺一腳醫療器械和醫藥領域都會顫一顫的大人物。可是，陳曉蘭多次去郝和平的辦公室找他談都沒有任何進展，在電話裡說就能解決嗎？

郝和平果然油滑，出了會議室就將副局長佈置的五項任務「綜合」成兩項。到了下邊的主管處室，兩項變成了一項半。一位副局長的指示還沒出ＳＦＤＡ辦公大樓就流失了百分之七十。

陳曉蘭從ＳＦＤＡ出來，直奔北京站買回上海的車票。火車站已像洪水淹沒的小鎮，旅人像排不掉的水，到處都是。售票處的幾十條蜿蜒長隊就像淤塞的水管，一會兒滴答一滴。農曆已臘月二十一了，再有九天就是春節了，漂泊在外的遊子都心急火燎地往家趕。鐵路已進入春運的高峰，想買一張北京到上海的車票已是難上加難。陳曉蘭只好選擇一隊排在後邊。她知道硬臥車票想都別想，有座號的硬座車票也別奢望，能買到一張沒有座號的站票，在火車上站十幾個小時回到上海就謝天謝地，心滿意足了。她要是回不去，女兒這個年可怎麼過？

陳曉蘭一邊排著隊，一邊想著女兒，想自己的家。陳曉蘭隨著前邊的人緩緩移動著，三個多小時過去了，腿站得麻木，腰難以支持了，前邊的人越來越少，距離售票口越來越近了，勝利在望。陳曉蘭終於買到了一張沒有座號的「站票」，她長長舒口氣，總算可以回家了。

突然，手機響了。ＳＦＤＡ的一位官員通知她十四日早晨九點鐘，在十三樓的會議室開會，對她所反映的醫療器械問題進行專家論證。她說，時間太緊，她已來不及找專家了。他說，你不必請了，只要準備發言就可以了。這是什麼意思，難道所有專家都由ＳＦＤＡ來請？副局長不是說專家要由她和ＳＦＤＡ共同請，各請百分之五十嗎？

陳曉蘭急忙趕到ＳＦＤＡ。對她來說，在一天的時間內準備一篇論證材料，實在是太難了。她先跟通知她開會的官員打聽清楚會議的具體安排，發言的內容和要點，然後又跟他打聽去哪兒查閱資料。

次日，陳曉蘭早早乘車趕往國家圖書館。她過去從來沒進過圖書館，查找資料都是父母說明，遇到難題就跟老師和同學請教。當走進國家圖書館時，望著那一個又一個的閱覽室，一架又一架的數不清的圖書和報刊，她腦袋立刻就大了起來。她不知道自己所要的資料究竟在哪兒，也不知道從什麼地方下手。在這裡，她不可能遇到什麼熟人，也找不到人指點和幫忙，一切都得靠自己。

晝夜悄然完成交割，陳曉蘭憂悒地走出圖書館。在圖書館蹲了一整天，中午吃一個饅頭和一根黃瓜，卻沒有飢餓感。盤纏即將告罄，這些日子一直靠饅頭和開水來打發，今天吃根黃瓜已算破費。

「陳醫生，洗沒洗澡啊？」一進旅店，老闆看見她問道。

她特別愛洗澡，在家天天洗，到北京住在地下室，洗一次澡要花三元錢。手裡的錢不多了，這幾天連澡都洗不起了。她從小長這麼大，還從來沒這般窮困潦倒過。

「不洗了，不洗了。」她跟老闆說道。

「沒事，去洗吧，不收你的錢。」

這位老闆真的很好，有時她有急事，他就開車送她過去。有幾次她回來晚了，旅店的服務員站在路邊，見到她就高興地說：「陳醫生回來了，老闆說陳醫生怎麼還沒回來，會不會出啥事了？讓我們出來接你一下。」身在異鄉還有人牽掛，真溫暖。

她回到房間，心裡空空蕩蕩，一點兒底都沒有。白天查閱的資料除記在本子上的，都像北京天空的星星模模糊糊，有的躲藏在夜幕，有的已經隕落，許多重要資料和論據說什麼也想不起來了。參加論證會的專家都是ＳＦＤＡ請的，他們會不會帶有傾向性，會不會替「光量子」等偽劣器械說話？

她不是專家，不是學者，只是理療康復科醫生，臨床經驗和理論水準有限，怎麼能夠跟那些專家學者探討「光量子」理論？怎麼能夠清晰地、科學地闡述自己的觀點，怎麼能夠用扎實的理論支撐自己的觀點？她越想越沒有信心，好像要上斷頭臺似的，沮喪和絕望襲上心頭。她越想越悲涼，越想越傷心，淚水止不住地流了下來，抱著筆記本哭起來。

「大姐，你這麼傷心幹什麼？」同房間的旅客問道。

「我不能輸啊，我要是輸了，那些偽劣醫療器械和假的治療就要在醫院繼續存在下去；我要是輸了，全中國的老百姓就都跟著輸了……」

陳曉蘭幾近一夜未眠，拼命地回憶讀過的資料，竭力梳理思路，整理發言稿。

三

十四日上午，陳曉蘭按時進入會場。她一進門就看見醫療器械司、市場司、安檢司，還有藥品註冊司的官員，還有請來的鐳射醫學、藥學等方面的專家。這些專家除了博士生導師就是三甲醫院的主任醫師。ＳＦＤＡ還請來了「一次性光纖針」的生產廠家代表。

陳曉蘭坐在會議室裡，感到孤單，左右無援，自信像一根戳在沙漠的竹竿，在一陣陣狂風中搖搖欲墜。可是，她很快就忘了傷心和怯場，不停地告誡自己：「這場論戰只能贏不能輸！那些醫療器械都是ＳＦＤＡ註冊和批准的，專家又是ＳＦＤＡ請的，絕不能掉以輕心，要小心謹慎。」

「陳醫生，你的眼睛怎麼了？」一位熟悉她的官員關切地問。

「不大舒服。」眼睛怎麼了？她感到莫名其妙，隨口應付一句。

「哦，要注意休息呀。」

「謝謝！」

她突然想起來，眼睛是昨晚哭腫的，感到有點兒不好意思。

論證會開始了，上午論證的是「一次性光纖針」的安全性和有效性。

主持會議的Ｇ官員讓陳曉蘭先發言。她性格內向，不善於在大庭廣眾下講話，坐在眾多專家學者面前，一下子不知道說什麼和怎麼說了。

她沉吟一下說，讓「一次性光纖針」廠家代表先說，他們為什麼要生產這種東西，原理和依據是什麼。Ｇ官員小聲說，不行的，這是會議安排的，還是你先說吧。

陳曉蘭說，「一次性光纖針」是與氦氖鐳射血管內照射儀配套的使用的產品，氦氖鐳射血管內照射儀在註冊上是配合血管內照射，光纖針在註冊上是輸光，把血管內照射的光輸進去，並沒有輸液的功能。因此，要用它進行輸液的話，必須對針的材質和所輸的藥液進行綜合性化學實驗，不僅要把光和藥液放在一起來考慮，而且還要考慮藥液的流速和光的使用量問題。目前，在氦氖鐳射血管內照射儀的光藥合用問題上，至今還沒有過動物實驗和臨床試驗，可是，臨床應用卻走在了科學研究的前面，這是非常危險的……我認為氦氖鐳射血管內照射儀的安全性和有效性是不真實的。

會議室很靜，眾人都望著她。

她繼續說，氦氖鐳射血管內照射儀輸出的是半導體鐳射，而絕非氦氖鐳射……要確保儀器輸出氦氖鐳射的話，一是儀器本身必須能夠產生氦氖鐳射，二是光纜必須是石英玻璃的，還有那針，針是紮在人體，現在機器是假的，光纖有問題，針也有問題，那麼只有紮破病人的皮肉是真的了……「一次性光纖針」治療的時間很長，使得病人的皮膚都發黑了，血管都變硬了。

G官員說：「你不要講氦氖鐳射血管內照射儀，我們上午證論的是『光纖針』，氦氖鐳射以後再論證。你要講氦氖鐳射的話，今天這個論證會就沒法開了。它們分別是兩種註冊產品。」

「一次性光纖針」是跟氦氖鐳射照射治療儀配套使用的，不講氦氖鐳射照射治療儀只講『光纖針』有什麼意義？這就像火車的車廂似的，如果沒有了機車，還有人生產車廂麼？

陳曉蘭不解地望著G官員。

G官員發言了，講起光纖針的療效和功能如數家珍。

「你不是有糖尿病麼？光纖針的使用說明書上不是寫能治糖尿病麼？那麼你為什麼不試試呢？」陳曉蘭氣憤地質問道。

「哦、哦，我不試，我不試。」G官員把腦袋搖得跟撥浪鼓似的說，在場的人都忍俊不禁。

「你不能這樣講話，對G官員這樣講話是不禮貌的。」一位官員提示道。

「這有什麼不禮貌的，他不是糖尿病人嗎，這種器械不是你們批准註冊的嗎？讓他用用也沒關係呀。」陳曉蘭說。

「己所不欲，勿施於人。」你自己不用，卻要全中國的病人用。這些人就是這樣，說起這些偽劣醫療器械來總是頭頭是道，有理有據，讓他用就搖頭了。前兩年，上海有一位專家大講特講氦氖鐳射照射治療儀的療效和好處，陳曉蘭氣憤地說：「她不是有乳腺癌嗎？『氦氖鐳射照射治療儀』不是能夠治療乳腺癌嗎？她為什麼不用呢？她跟病人說這麼好，那麼好，結果自己不用而讓病人去用，這說明什麼？說明她誆得了病人，誆不了自己！」有人出來打圓場說：「她那癌症跟別人的不一樣。」陳曉蘭說：「有什麼不一樣？癌就是癌，跟癌不一樣的就是良性腫瘤！」她心想，你們不要耍花招兒，不要以為你們是專家，別人是傻瓜！

專家，什麼是專家？專家是對某一門學問有專門研究的人。在上海討論氦氖鐳射照射治療儀時，上海醫學會的專家就說它多麼好。陳曉蘭說，你要用鐳射照木頭，照牆壁，那是你的事情，究竟好不好，要由土木工程專家來說的，你沒有資格講；你用它照樹木，好不好，那要園林專家來講，你也沒有資格講；用它照藥，好不好，藥學專家還沒講呢，你憑什麼講？專家只有在解釋自己研究領域內的問題時才是專家，如果藥學專家解釋鐳射的問題，或光學專家解釋藥學問題，那就是騙子。那位專家立刻就不說話了。

中國的專家問題實在是太多了。在外科專家講用「奧美定」多麼多麼好時，陳曉蘭就說，你憑什麼說它好，放進去可以，取出來成了問題，它怎麼會好？如果她體溫三十七度，沒問題，當她體溫三十八度呢，她發高燒體溫三十九度、四十度呢？那東西會有什麼變化，這要病理學專家來講。

會場的氣氛有點緊張了。

陳曉蘭想，我要是講一＋一的話，他們就會知道是二。我講一＋N，他們就不知道是幾了。到關鍵時刻，我再把重要的證據拋出來，讓他們措手不及。可是，沒想到廠家代表十分狡猾，每當提到關鍵問題時，他們就說：「我們是完全按照專家的要求做的，究竟依據什麼，我們不大清楚。」要不就說：「在這方面，我們遵循的是專家的意見。」可是，他們所提到的專家又沒有到場，無法論證下去。

一位老專家站起來發言了，他講氦氖鐳射照射治療儀在臨床應用的療效，講用它治療了多少病人，病人的胃口和氣色都有極大的改善。廠家代表剛才還像被告似的，轉眼間就搖頭晃腦，洋洋得意了。還有幾位專家邊聽邊頷首微笑，從神情上看，對老專家的發言非常認可。

陳曉蘭慌了，急忙請示發言。G官員說，你應該讓他講完。她哪裡坐得住？她想，我只有一人，那邊的專家和廠商可能是一夥的，我再不發言，與會者的觀點就會一邊倒，那麼「一次性光纖針」就不能取締，將會繼續坑害病人。

陳曉蘭再也忍不住了，對那位老專家說：「我們都是醫生，請用醫生的語言來說話，您不能籠統地說它好或不好，也不能籠統地講什麼胃口很好，氣色也很好。您剛才所說的變化，我對病人實施暗示療法也可以達到。如果您是中醫專家，那麼請您從中醫的角度來說，給病人使用氦氖鐳射照射治療儀治療三十分鐘後，他的舌苔有什麼變化，脈搏有什麼變化；治療一小時後，舌苔和脈搏有什麼變化。如果您是西醫專家，請您告訴我，治療後病人的血液流變學指標的變化，如血液黏稠度有什麼改變，高切率的變化和低切率的變化都要告訴我，還有紅細胞變性指數等。對不起，我的講話完了。」

那位老專家沒發完言就坐下了，沒再補充發言。陳曉蘭在講話時沒有考慮過多，想的只是自己不能輸，一定要贏得這一戰役，所以嘰裡哇啦地講了一大堆。出乎意料的是，在她講話時那些專家也都邊聽邊點頭，有幾位專家不僅點頭而且還很有力度。

SFDA化學藥品註冊處的一位官員發言說：「藥品是絕對不可以用光照射的，那樣會產生光化學反應。對化學藥品來說，絕對禁止紫外光照射。鐳射的強度比紫外光大，那就更不可以了。」

接著是其他專家發言，出乎陳曉蘭意料的是他們不僅贊同她的觀點，而且還在理論上給以支持，在論證上補充證據。多數專家對偽劣醫療器械的氾濫表示極其不滿和憤慨。

一位專家說：「鐳射血管內照射療法產生於前蘇聯。一九九五年四月，中國醫學會鐳射分會針對這種療法專門召開過專題研討會，有二十六位鐳射醫學專家參加。專家們提出在對這種療法進行觀察和研究中，要確定有效劑量、時間等等。同時不僅要考慮到它的近期效果，還要考慮到它的遠期效果。物理治療和藥品治療不同，可能一兩次沒有效果，時間長了效果可就出來了。在那次會上成立了八個病種的『攻關協作組』。可是到目前為止，還沒有哪個課題組拿出成熟的研究成果。」

中國醫學會鐳射醫學分會主任委員、解放軍總醫院教授顧瑛說，氦氖鐳射血管內照射療法的主要理論依據是「中分子」理論。這種理論在國際上也沒有得到承認，在臨床上還沒有經過驗證。在這方面還沒有一篇說得過去的論文，這種療法一開始就是不合理的。

有的專家認為，SFDA的審核方法還停留在計劃經濟和官僚主義階段，而生產和銷售早已步入市場經濟。註冊處所審核的資料及鑒定專家都是醫療器械的發明者或生產企業提供的，這顯然是不合理的。有些專家喪失了道德和良心，他們不為病人的健康和生命負責，只對企業的利潤和自己的報酬負責，把假的說成是真的，將劣的說成優的。監管部門對此缺少監督，SFDA只對書面的名稱負責，在臨床治療時按照產品說明書進行操作出現意外時，SFDA只要求修改說明書上的文字，而不對註冊的產品進行重審。

最後，會議形成了四點紀要，這對「一次性光纖針」來說是致命的打擊。

四

下午，論證「光量子」，參會的除陳曉蘭和G官員之外，還有「光量子」生產廠家——河南光電技術研究所的研究人員和河南省藥監局醫療器械處處長劉波。對方是四人，陳曉蘭這邊還是一人。他們分別坐在桌子的兩邊，會議還是由G官員主持。

在開會前，G官員告誡陳曉蘭，一不要講石英玻璃輸液器的問題，二不要講有關「光量子」加氧氣的問題，僅就紫外光的問題進行論證。

開什麼國際玩笑？「光量子」的工作原理是藥液＋氧氣＋一次性石英玻璃輸液器＋紫外光，如果只講藥液和紫外光，而不講氧氣和一次性石英玻璃輸液器，還是論證「光量子」嗎？這叫什麼論證會？可是，這一遊戲規則，陳曉蘭無力改變。這個機會對陳曉蘭來說十分珍貴，是歷經數年的努力才獲得的，怎麼可能放棄？

在論證會上，陳曉蘭一講到一次性石英玻璃輸液器，G官員立馬制止。陳曉蘭的思路被打斷了，只好說：

「『光量子』是沒有療效的、騙人的。」

「為什麼？」廠家問道。

「我可以給你講一個簡單的道理，你去醫院看病，醫生給你開完藥後，告訴你回去把西藥拿太陽底下曬一曬，然後再服用，你肯定認為這位醫生有神經病；醫生要是告訴你，把西藥拿回家後放在微波爐裡轉一轉，然後再注射或輸入到靜脈中去，你肯定會認為這位醫生瘋了。可是，你們的『光量子』就是對生理鹽水或葡萄糖溶液充氧，然後在紫外光照射下輸入到病人的靜脈的。不論你們說『光量子』的療效如何好，我認為你們至少應該對生理鹽水或葡萄糖溶液充氧，然後再用紫外光照射後的液體進行化驗，看看它發生了哪些改變，已經變成什麼。你先不要說療效如何如何，你先告訴我究竟是什麼東西起到了這麼好的療效。」

「你不懂，這是一個很深奧的理論。」廠家回答不上來，只好如此應付。

「我不管你們懂得什麼深奧的理論，你們這樣做是違法的。《藥品法》明確規定，變性、變質的藥不准使用，化學藥品使用前不准許再進行任何加工。」陳曉蘭步步緊逼地說道。

「專家都做過實驗了。我們的實驗資料很多，比方用『光量子』之前的，用完後的……」廠家拿出一摞資料。

「我不看那些資料，那些資料沒用，用電腦製作資料很容易。」陳曉蘭說。

廠家的代表啞然了。過一會兒，她又講儀器。

「那麼就說你們的『光量子』吧，這種儀器的主要部分只有紫外線燈管屬於二類產品，是省藥監局可以審批的；藥、氧氣和石英玻璃輸液器都屬於三類產品，應該由國家藥監局審批。在這種療法中，四種主要成分有三種屬於三類產品，你們在註冊時有意把它註冊為二類產品是犯規。另外，在『光量子』中，石英玻璃輸液器增加了一項功能——那就是輸送紫外光的功能。可是，在產品註冊上，它只有輸液的功能，沒有輸紫外光的功能。」

「陳醫生，我們不是說好了嗎，先不談石英玻璃輸液器的問題。」G官員制止她了。

「光量子」是河南省藥監局註冊的產品，石英玻璃輸液器是ＳＦＤＡ註冊的產品。說石英玻璃輸液器，那等於打ＳＦＤＡ的耳光。陳曉蘭事後才知道，生產石英玻璃輸液器的生產廠家先是兩家，後來剩了一家，許可證的有效期是二〇〇九年，當時還有九家在申請和等待批。由於她在論證會上一再提石英玻璃輸液器存在的問題，ＳＦＤＡ沒有再批准其他廠家生產。石英玻璃輸液器透光性能好，而且各種光都能透過，如鐳射、紫外光、紅外光。陳曉蘭認為，只要這種輸液器存在，那麼就存在藥液在光照下改變性能的可能性。這種輸液器只有一種用途——與「光量子」配套使用。只要這種產品還在生產，就說明「光量子」還沒有真正的壽終正寢。

「在臨床醫學上，生理鹽水不同於螺絲釘，它是藥品，」陳曉蘭接著說道，「你們在鹽水里加藥，然後再充加氧氣，在臨床醫學上氧氣也是藥品，它可以使藥發生氧化反應，這等於三種藥物合成，結果是什麼藥，你們能說得清楚嗎？你們都說不清楚，這藥還能用嗎？」

「陳醫生對你們在鹽水和葡萄糖溶液中加氧有意見，你們能不能在說明書上不加這樣的文字？」G官員問廠家，然後又轉過臉對陳曉蘭說，「不加了，不加了，這樣行吧？」

「好好，我們不加了……」廠家應和著說。

「那麼，用紫外光照射藥液也不對呀。」陳曉蘭接著說。

「那麼把紫外光照射那部分文字也改了。」G官員說。

「可以，可以。」廠家代表如釋重負地說。

「你這樣講就不對了，廠家說這種療法神奇是因為在藥液里加了氧，然後又加紫外光照射。如果把氧去掉了，把紫外光照射也去掉了，這種療法還存在嗎？這就像一幢三層樓房，你說去掉三樓，也不要一樓了，這幢三層樓房還存在嗎？另外，他們去掉了加氧和紫外光照射，要想生產這種儀器的話需要重新註冊，因為療法和原理都已經發生了改變。」陳曉蘭感到很荒謬，她沒想到Ｇ官員會這樣做，於是不快地說。

「陳醫生，你打這個比方我聽不懂。」Ｇ官員瞪眼睛說。

「是啊，你現在聽不懂，回去琢磨琢磨就明白了。」陳曉蘭毫不讓步地說。

氣氛頓時緊張起來，甚至有點兒劍拔弩張的味道了。

全場寂然，時間似乎凝固。

畢竟大多數與會者都是見過世面的，沉寂很快就被劃破。

陳曉蘭繼續說，什麼叫「光量子」或「光子氧」？這種叫法本身就是錯誤的。過去，曾經有過一種療法叫「光量子自血回收法」，簡稱為「光量子」。這種療法是國家衛生部認可的，是眾多血療中惟一沒有被取締的。因此，在一些醫院裡一講「光量子」，人們就以為是「光量子自血回收法」，認為它是合法的。這讓我想起小時聽到的一個故事。那故事說的是媽媽讓一個孩子看著晾在外邊的衣服。一個壞人想偷衣服，就跟那個孩子搭話，告訴孩子他的名字叫「騙騙你」。然後，他就去偷衣服，孩子見了就喊：「媽媽，有人偷我們家的衣服！」「誰啊？」媽媽問。「騙騙你。」孩子說。媽媽想，哦，原來是你騙我啊，也就沒有出來。「媽媽，他還在偷衣服呢。」過一會兒，孩子又喊起來了。「誰啊？」媽媽問。「還是騙騙你。」孩子焦急地說。媽媽以為沒事，又沒有出來。最終小偷把所有的衣服都偷走了。為什麼會這樣呢，就是壞人告訴孩子他的名字叫「騙騙你」。「光量子」也是這樣，它之所以長期存在，讓監管人員忽略，就是因為它叫「光量子」。

論證會結束了，陳曉蘭既氣憤又傷心，她對Ｇ官員等ＳＦＤＡ的官員的麻木、無知和沒有責任心感到深惡痛絕。她針對ＳＦＤＡ在醫療器械監管方面存在的問題總結出六條：

當發現審核資料不足，文字不真實時，註冊部門不是要求重新審核，而簡單地修改資料。

審批時，只知道審核效果，不問過程（當製造商提供材料時，不問材料的真實性、準確性和合法性）。

當准予註冊「試」字型大小時，廠家就大規模生產，利用金錢、權力、偽科學和無良心的專家在社會上廣泛推廣，造成極大的不良後果。

「光量子」在藥液中加氧氣的問題。他們只想在說明書上進行文字改動，不改動實質內容。這好比在考試時題答錯了，那麼把答題的過程去掉，然後抄一個正確答案，這能算對嗎？怎麼能這樣執法呢？太不嚴肅了。

一月十七日下午，陳曉蘭登上北京開往上海的列車，硬臥票是一位專家請鐵道部部長特批的。她原計劃在北京待三四天，結果整整待兩周。當她回到上海時，連買一張公車票的錢都沒有了。還好，她包裡有一張上海公交ＩＣ卡，這樣下火車就不必走回家了。

第十四章

在陳曉蘭和有良知專家、官員的努力下，ＳＦＤＡ終下發「嚴格禁止在鐳射照射時加入任何藥物」的文件。ＳＦＤＡ法規性文件卻被視為廢紙一張，上海有些醫院仍然採用鐳射照射時加入藥物療法。陳曉蘭只好在五家醫院做了鐳射加藥輸液治療，然後持證據向ＳＦＤＡ舉報。

一

在「一次性光纖針」的安全性和有效性論證會後，二〇〇四年二月二十日，醫療器械司司長郝和平再次組織「鐳射血管內照射同時合併輸藥安全有效性技術評價會」。這次會除請北京幾位專家之外，還邀請了八位上海專家和廠家代表，沒請陳曉蘭參會。她聞訊後想立即趕赴北京，不管郝和平邀不邀請，都要參加這次技術評價會。偏偏在這時她病倒了，下肢浮腫，咯血，只得放棄。

據說，這次會議爭論十分激烈，一位藥學專家氣憤地要中途退席，他說：「要解決鐳射血管內照射同時合併輸藥的問題，需要的是良知，而不是科學。」

可是，評價會還是認可了ＳＦＤＡ批准註冊的「一次光纖針」的存在。郝和平公然說：「國家局註冊的產品是不可能登出的，哪怕不合理也不會註銷。我們可以採取變通的方法，就是說，你們要在產品使用說明書上注明哪種藥做過實驗，哪種藥沒有。」

這是荒唐的，產品使用說明書哪能寫那麼多文字，另外就是寫了醫生哪裡會記得住？

有一位上海專家在會上大肆攻擊陳曉蘭，說陳曉蘭什麼也不懂，只不過是個工人。

上次發言被陳曉蘭打斷的老專家氣憤地說：「如果陳曉蘭是工人的話，那麼我們這些人也就什麼都不是了！」

陳曉蘭聽說後，深感內疚，覺得那天不該對老專家那麼沒有禮貌，讓她很下不來台。

二月，陳曉蘭的病情有所好轉，她再次赴京詢問ＳＦＤＡ對「光纖針」和「光量子」等器械的最終處理決定。人命攸關的事，郝和平不急，她急啊，拖延一天不知危及多少病人的生命和健康啊。陳曉蘭跟ＳＦＤＡ有關官員談了自己的意見。可以說，ＳＦＤＡ的官員除鄭筱萸、郝和平、曹文莊等，絕大多數官員是好的，他們有責任心和正義感，或明或暗地給陳曉蘭許多幫助。

三月一日，在家的陳曉蘭突然獲知ＳＦＤＡ要請人協助整理有關「光纖針」等醫療器械的材料。在ＳＦＤＡ讀到「二〇〇四年三月四日，鐳射加藥輸液治療已經在全中國各地停止使用」的文字時，她想上海的鐳射加藥輸液治療真停下來了麼？她不相信，可是沒有證據不能隨便說話。ＳＦＤＡ之所以尊重她，重視她所反映的問題，其中最關鍵的一點就是她從來不亂說。為證實這一事實，陳曉蘭在六日特意從北京趕回上海查證。

對陳曉蘭來說，查證和暗訪是一門不斷「學而時習之」的功課，甚至說她已深諳此道。在二〇〇三年十一月，她還陪同李葵南和上海市人大負責人暗訪過「光纖針」。在暗訪前，李葵南告訴陳曉蘭，有關部門已聯繫好了醫院。

「這種事我在醫院時經歷多了。醫院通知某天，某部門要來暗訪，各科抓緊搞衛生。等到那天，暗訪人員出發了，醫院知道了；暗訪人員到哪個路口，醫院知道了，甚至暗訪人員的車遇到塞車醫院也知道。這還叫什麼暗訪？這種事我不去。」陳曉蘭說。

「那麼這樣吧，約好的醫院我們就不去了，你說去哪兒，我們就跟你去哪兒，這樣可以吧？」

陳曉蘭同意了。

暗訪那天，陳曉蘭上車後跟李葵南說，先上高架，去寶山區。後邊跟著的車不斷打電話問，到哪裡啦，到哪裡啦？李葵南說，別問到哪裡了，見我們拐彎你就跟著拐彎好了。車到寶山區後，陳曉蘭讓司機把車開到她事先調查過的一家醫院。他們下車後直接去輸液室，一進門就看見四五位病人正在接受氦氖鐳射血管內照射治療。陳曉蘭看了看那四台儀器說：「這台儀器的名稱不對，這不是氦氖鐳射系列的治療儀。這台儀器同時給兩位病人治療，兩根光纜線應該是一樣的，可是它卻一根很粗，一根很細。你們看這根線在根上已經斷掉了，他們用膠布粘的，是騙人的。這根針是塑膠的，也是假的。」

「這位病人患的是什麼病？」陳曉蘭問旁邊的護士。

「不知道。」

「那位病人呢？」

「不知道。」

「你給他用多少劑量的輸出？」

「不知道。」

一問三不知。

「你給他治療幾天了，有沒有記錄啊？」陳曉蘭問。

「做完他自己就不來了。」

「如果他一直來的話，你就一直給他做下去？你沒有原始記錄嗎？」

護士不吱聲了。

「你得的什麼病啊，治療後感覺好點兒沒有？」陪同暗訪的藥監局官員問病人。

「沒有。醫生讓我做的。我還有一兩次，做完也就不來了。」

聽說上海市人大來檢查工作，醫院派人陪同，見陳曉蘭問得越來越專業，那幾個陪同人員悄悄溜掉了，只剩下幾個溜不掉的護士。

李葵南他們以前去暗訪所見的都是好的，沒見過這樣的洋相。

接下來，陳曉蘭又把他們領到一家地段醫院。

「你們的氦氖鐳射血管內照射治療儀怎麼貼的是『二氧化碳鐳射』？」陳曉蘭一進這家醫院的治療室就發現了問題。

「啊，貼錯了！」那位醫生說著拉開抽屜，從裡邊拿出一個標籤，「叭」貼了上去，陳曉蘭看得目瞪口呆。

「你貼的這個也不對啊？這是氦氖系列鐳射，這儀器是氦氖鐳射血管內照射治療儀。」

「又錯了？」醫生又取一標籤貼上。

「李葵南老師，你看看，醫療器械沒有淘汰的，差不多就換個標籤貼上去。」陳曉蘭說。

「你們看看，這輸出線有真有假。『光纖針』比『光量子』更可怕，『光量子』的藥液在輸液器裡邊流，紫外光在外邊照射。如果輸液器是假的，那麼紫外光將不起作用。『光纖針』的光纖就泡在藥液裡邊，不可能不跟藥液發生反應……」

「你們是幹什麼的？到那邊去，到那邊去！」突然闖進一個女的，對李葵南等人吼道。

「我們是市人大來暗訪的。」李葵南說。

「暗訪怎麼能這樣來呢？來這麼多人影響了我們的工作。」那女的很凶地說道。

「請你們到那邊去，請你們到那邊去！」另一位對李葵南等人說。

他們被請出了治療室，到了另一房間。原來那女的是醫院的副院長，她讓大家出示證件。市人大和市藥監局的人都一一出示了證件。

「她怎麼沒有證件？這個人我看著很面熟，很面熟……啊，她是陳曉蘭。她怎麼跟來檢查呢？」副院長氣勢洶洶地說。

李葵南很客氣地跟她解釋，她還是不依不饒。李葵南火了：「你這像什麼樣子？她是我請來的，她要是不來我們還發現不了你們這麼多問題呢！」

那人老實了，不吱聲了。

陳曉蘭的心情很沉重，沒想到在這家醫院查出的問題很多。當年在調查「光量子」時，陳曉蘭去過這家醫院，他們把「光量子」扔在治療室的一角，落滿灰塵。陳曉蘭問護士，這台機器能不能做一下，我想做「光量子」治療。護士說：「這騙人的。沒用的。你用它幹嗎？」一位腿有點跛的醫生說，這東西是醫院領導放這兒的，我們從來就不給病人用。這次暗訪卻發現這家醫院變了，「光纖針」在那裡很流行。

二

陳曉蘭一個人要在很短的時間內跑遍上海的所有醫院，這不是難的，而是不可能的。如果能有人幫忙就好了，最好有輛車，效率將會大大提高。

陳曉蘭在火車上就想到羅春花。她跟羅春花是在上訪時認識的。

那是一九九八年的一天，陳曉蘭去上海市人大常委會上訪。那天上訪的人很多，陳曉蘭他們站在信訪辦的接待室外排隊等候。上訪跟看病差不多，裡邊出來一位，才能進去一位。排在陳曉蘭前邊的是一位本地的中年農村婦女，其他上訪者進去沒多大工夫就出來了，這位農村婦女進去不僅很長時間沒出來，而且還在裡邊吵了起來。她的聲音一浪高過一浪。工作人員見那個女人不肯出來，索性就把陳曉蘭叫了進去。

陳曉蘭走進接待室時，見那位婦女忿忿地坐在辦公桌上，哇裡哇啦地跟接待人員爭吵不休：「不行，我的案子是不能讓基層法院審理的，我不信任他們！我的案子必須由上海市中級人民法院來審理……」

「您能不能小點聲？」那個女人聲音太大，搞得接待人員聽不清陳曉蘭的講述，陳曉蘭只好對她說道。

「用你管嗎？你管什麼？人家這裡的人都沒說什麼，你說什麼？」那女人轉過來，衝陳曉蘭悻然地吼道。

「你不要這樣大聲嚷嚷好不好，你那麼嚷嚷別人還怎麼說話？」接待人員制止道。

陳曉蘭覺得這個女人不夠理性，行為有點兒過激，不想再埋睬她了。

陳曉蘭繼續跟接待人員講述醫院給病人用「光量子」……突然，接待室肅靜下來了，那個女人不吵了，她的煩躁和悻惱像暴風驟雨似的過去了，她默默地看著陳曉蘭，聽著陳曉蘭的講述。

接待人員公事公辦的表情消失了，浮現幾分尊重，幾分敬意，幾分嘆服。最後，他們同情地對陳曉蘭說，陳醫生，您再堅持一下，您反映的問題，我們一定會重視的。

「阿姐！」當陳曉蘭從信訪辦出來時，那女人「噔噔噔」跟著跑了出來，在她後邊喊道。

陳曉蘭沒有理她，繼續往前走。

「阿姐，剛才是我不好，你不要跟我一般見識啊。阿姐，我沒什麼文化，我給你道歉啦，我們認識一下好嗎？」她見陳曉蘭不理她，低眉順目地請求道。

陳曉蘭還是不想理她。陳曉蘭不想結識這種不講文明、不懂禮貌的人。

「你實在不願意跟我做朋友的話，那麼接受我的道歉總該可以吧？」她跟在陳曉蘭的後邊，邊走邊誠懇地說。

陳曉蘭心想，她可能有自己的心酸和不幸，否則情緒不會那麼難以控制，也不會那麼激憤不平。這幾年來，陳曉蘭對上訪已深有體味，遇到人性化的官員還好，遇到那些居高臨下，無視上訪者人格和尊嚴的官員，難免要遭受冷遇，甚至被訓斥。有的人上訪告狀的時間長了，原有的純樸流失了，心理和人格也扭曲了。

「好好好，我原諒你，接受你的道歉，這總可以了吧？」陳曉蘭站了下來，轉身對那位女人說。「是嗎？」她一臉驚喜地說，「你原諒我就跟我做朋友嘛，跟我做朋友你是不會吃虧的……」

陳曉蘭笑了，她什麼時候考慮過吃虧？

「阿姐，我叫羅春花。」她說著說著咳嗽了一聲，低頭想把痰吐在地上。

「嘿，你不能隨地吐痰！」陳曉蘭見狀急忙喊一句。

羅春花瞪大眼睛，疑惑地看著陳曉蘭，可能意識到自己行為不文明，頭一縮把痰咽進了肚裡。

陳曉蘭忍不住笑了，覺得這個人真逗。

陳曉蘭這麼一笑，羅春花就當做陳曉蘭接受了自己，於是把自己作為朋友塞給了陳曉蘭。

羅春花比陳曉蘭小兩歲，只有小學文化，過去是浦東的農民。她很能幹，頭腦也很靈光。她告訴陳曉蘭，她和丈夫是中國改革開放後第一批下海的，他們從剝象皮魚和拆紗頭生意做起，一點點發了財，成為上海第一批「萬元戶」。

他們的生意越做越大，夫妻感情卻越來越薄。丈夫有了外遇，跟他的女秘書好了。後來，丈夫跟她離了婚，娶了那位女秘書。

羅春花說，在離婚時，丈夫跟她說，他是不得已才跟她離婚娶那個女人的，將來他還會回來。他說，女兒歸我，把兒子留給你，只要兒子在，我就會回來的，這下你就放心了吧。羅春花相信了，在離婚時她連財產也沒爭，幾乎所有家產都給了前夫，她和兒子只分到三間房子。

羅春花說，她哪知道，前夫跟那位女秘書結婚不久，她的女兒就被人強姦後殺害了。

羅春花說，警方把案子破了，犯罪嫌疑人抓住了，是那個女人的外甥——一個男孩。再後來，那男孩被判處死刑，執行了。她說，她不相信是那個男孩能強姦並殺了她的女兒。那個男孩從小就患有慢性腎功能衰竭，靠透析過日子。有腎衰的男性是沒有性欲望和性能力的，不可能強姦她的女兒，也沒有能力殺她的女兒。他連五公斤麵粉都拿不動，怎麼能殺人，又怎麼能殺人後移屍呢？

她認為，這是一樁錯案，讓那個男孩做了替罪羊。她作為母親，一定要找到真凶，為女兒申冤報仇，討回血債。因此，她打官司告狀。幾次官司打下來，前夫不僅賠償她近百萬元，還有三處房產。可是，她為的不是錢財，是替女兒討還血債。她有了錢，也就有了打官司的資本，不僅可以請律師，還可以從上海到北京，從地方到中央，到處上訪告狀。

羅春花雖然有錢，可是沒知識和文化，富而不貴，在社會上沒有地位。她很想結交一些有知識、有文化、有社會地位的人。清明節，上海市領導要去烈士陵園憑弔先烈，敬獻花圈。她也買個大花圈，雇人抬去，把它放在領導獻的花圈旁，然後站在領導身邊。

陳曉蘭覺得羅春花沒有多少文化，心地不壞，也不複雜，活得既簡單又真實。

羅春花很尊重陳曉蘭，每當遇到什麼事情拿不定主意時就會問陳曉蘭。對陳曉蘭說的話，她會不折不扣地去做。有時，她發脾氣哇裡哇啦地亂喊亂叫時，陳曉蘭說一句，她立馬就不吵不鬧了。她長年上訪告狀，不僅結識了一批「上訪專業戶」，而且也養成了一些壞毛病。她好像告狀有癮似的，過一段時間要是不去北京或市政府上訪告狀就有些難過。有時，她會跟著那些人跑到街頭，甚至到某位領導人的家門口胡亂喊幾句口號。有一次，他們因擾亂社會治安被收容了，其他人被遣送回原地，她卻被放了出來。她有錢，把百元大鈔塞在鞋裡，到關鍵時候就拿出來。

羅春花跟陳曉蘭相識後，壞毛病漸漸少了。一次，陳曉蘭要去北京反映情況，羅春花說：「阿姐，我跟你一起去北京上訪。」

「我不是上訪，上訪是為解決自己的事情向有關部門反映情況。你跟我一起去北京也可以，但是你上訪要走正規管道。你想讓政府給你解決問題，就要把事實講清楚，不能動不動就大發脾氣，哇裡哇啦地亂喊亂叫，也不能罵人，或者說粗話和髒話。你跟我一起走，那就要聽我的，先把要去的機關或部門確定下來，其他地方不要去，不要跟那些『上訪專業戶』攪在一起，不能跟著別人到處瞎起鬨。」陳曉蘭說。

羅春花滿口答應了。可是，還沒等離開上海，她就被陳曉蘭狠狠地批評了一頓。

那天，陳曉蘭和羅春花在火車站碰面後，她就跟陳曉蘭借火車票。

陳曉蘭以為她想看一下車廂和鋪位，不假思索地把票遞給她。她連看也沒看，拿著票就走。

「你幹什麼去？」陳曉蘭奇怪地問。

「我去北京上訪很少買車票，買張站臺票混上車就行了。」羅春花說。

她可能覺得政府欠她的，若是各級政府都能做到公平、公正，她一個女人家哪裡會四處奔波打官司告狀？哪裡還用得著千里迢迢去北京上訪？

「買什麼站臺票？混什麼混？你又不是沒有錢，買不起火車票。你把幾百萬元錢存在銀行裡，去北京連一張火車票都不想買，還想混上車？你不買車票就別跟我一起走！」陳曉蘭說著，把車票收了回來。

羅春花愣了一下，沒有跟陳曉蘭吵，也沒有暴跳如雷，像個惹禍的孩子低下了頭。上車後，她乖乖找列車長補了一張臥鋪票。

陳曉蘭既好氣，又好笑。羅春花不是小氣吝嗇之人，有時出手特別大方。她見陳曉蘭的電腦配製太低，上網速度很慢，要給陳曉蘭買一台電腦。

「不行，我不要。」陳曉蘭不容商量地拒絕了。

「是我送給你的，又不要你的錢。」羅春花聲音提高幾度地說。

「你送給我的，我也不要！」

「你為什麼不要？」羅春花急了。

「我需要自己會買，不要你買。」

「算我借你的，這回行了吧？」她有點惱了。

「我不借。」陳曉蘭還是拒絕。

「那麼，我買一台電腦放在你家，你有空教教我，這樣行吧？」她沒轍了，聲調低了下來，對陳曉蘭請求道。

陳曉蘭不好再拒絕了，羅春花歡欣雀躍地捧回一台配製很高的電腦。

到北京後，羅春花跟陳曉蘭說，她想跟那些「上訪專業戶」住在一起。

陳曉蘭說：「你跟我來不僅要跟我住在一起，跟我一起回去，還要像我那樣走正規管道。你不要給我出難題。」

羅春花想去國務院上訪，上訪這麼多年，她已不再是當年剝象皮魚的農婦了，什麼場合都不打怵，多麼大的領導都敢見。陳曉蘭說不行，你那事不歸國務院管。

羅春花聽後就再不提要求了。

陳曉蘭也經常找羅春花幫忙，比如往北京送個材料什麼的。讓羅春花幫忙有兩點好處，一是她有錢，不用陳曉蘭給報銷旅差費；二是羅春花誠實可靠，只要告訴她怎麼做，她就會不打折扣地去做。

陳曉蘭也經常幫助羅春花，她沒有文化，做事不知深淺，惹了麻煩不知道怎麼辦。

陳曉蘭這次找羅春花幫忙，不僅因為她為人仗義，有的是時間，對醫療器械打假有熱情，最關鍵的是她能搞到車票。

陳曉蘭下火車就去找羅春花，見她門外停放一輛車。羅春花見到陳曉蘭高興極了。聽說要她幫忙去醫院調查取證，她二話沒說，換件衣服，揣著照相機，領著正在她家的那幾個人就跑了出來。她跟陳曉蘭去醫院取過幾次證，該做什麼已經稔熟。

他們開著車沿著大街轉悠，只要見到醫院就停下來。陳曉蘭先進去轉一圈，查看有沒有鐳射加藥輸液治療。當他們轉悠到閘北區一家醫院時，陳曉蘭發現了這家醫院還在給病人進行鐳射加藥輸液治療。回到車上，她跟羅春花說了。

羅春花一聽，抓起照相機就跳下了車。

「春花，不必拍照了，我已經掌握了充分證據。」陳曉蘭說道。

羅春花興致特別高，哪裡聽進去？她一頭衝進醫院，同車的另一位朋友不放心，也跟了進去。

陳曉蘭在車上等了好一會兒，也不見她們出來。她只好下車，去醫院找她們。她一進醫院，遠遠聽見「哇裡哇啦」的吵架聲。陪同羅春花的那位朋友見到陳曉蘭後，悄悄把照相機塞給了她。陳曉蘭明白了，準是羅春花在拍照時被醫護發現了，要她把拍的照片刪除，她堅決不從，於是他們不讓她走。

羅春花給陳曉蘭使了一下眼色。陳曉蘭明白了，羅春花是讓她趕快回到車上。

陳曉蘭把相機送回車上，不安地對車上的朋友說：「羅春花被醫院抓住了，怎麼辦？」

「不要緊，羅春花這人是很能的，她一會兒準能溜出來。」

陳曉蘭一想，羅春花什麼世面沒見過？再說了，她又沒幹什麼違法的事，只不過在治療室拍張照片而已，另外照相機已不在她身上，醫院能把她怎麼樣？

半個多小時過去了，羅春花還沒出來。陳曉蘭坐立不安了。羅春花是幫她取證的，萬一出點兒什麼事怎麼辦？她恨不能自己進去，把羅春花換出來。

「陳醫生，你快進去幫幫羅春花吧，她死活不肯說為什麼拍照。他們說什麼也不讓她走，要打一一〇報警。」陪同羅春花去醫院的朋友跑出來，對陳曉蘭說。

陳曉蘭急忙進了醫院，見羅春花正往外跑，後面一群醫生和護士在追。當她看見陳曉蘭時站住了，後邊的人一擁而上，把她抓住，將她手反剪在後。

「你們放了她，要抓就抓我好了，我不會跑的，這事情與她沒關係。你們憑什麼抓她？她不過就拍了兩張照片嗎？」

「對，我們讓她把拍的照片刪掉！」

「我可以給你們講清楚為什麼要拍照。你們看我們在哪兒講，總不能在走廊說吧？」陳曉蘭不緊不慢地說。

「去院長辦公室。」站在陳曉蘭對面的女醫生說。

陳曉蘭看一眼她的胸卡，是副院長。

「沒必要去院長辦公室，她在什麼地方拍照，我們就在什麼地方說清楚。治療室不是還有很多病人嗎？我們現在就過去，向他們解釋為什麼要拍照。」

「你是什麼人，叫什麼名字？」對方不安地問。

「陳曉蘭。」她說著把工作證掏出來，遞過去。

猶如一杯冰茶倒進一壺翻滾的沸水，一下子就平靜下來。

「你是彭浦醫院的？」副院長的語調一下子低了幾度。

「過去是，現在不是了。」

「您能不能放我們一馬？」副院長理虧氣短，低聲下氣地請求道。

「你們為什麼不放病人一馬呢？你們明明知道鐳射加藥輸液療法是一種假治療，你們還要給病人用。否則，你們也沒有必要怕人拍照，沒必要怕我了。」

「對對，我們錯了，錯了。請你高抬貴手，放我們一馬吧。」副院長一邊說著，一邊把陳曉蘭她們送到醫院門口。陳曉蘭上車了，她還佇立在門口。

「哎，厲害，厲害，他們一聽『陳曉蘭』三個字就把羅春花給放了。」

「真是『魔高一尺，道高一丈』哪！」車上的幾個興奮地議論道。

「你有這麼好的姐姐你不跟著學，你跟那些亂七八糟的人亂跑亂蹿幹什麼……」有人批評羅春花。

羅春花開心極了，得意極了，沒想到阿姐有這麼大的威力。

十一日，陳曉蘭懷著沉重的心情再次赴京，羅春花把她送到火車站。五天來，在羅春花的幫助下，陳曉蘭幾乎跑遍上海灘所有的醫院，發現許多醫院仍在使用鐳射加藥輸液治療法。

三

「陳醫生，您反映的問題已經變成法規性文件了，局裡已下發《關於規範一次性使用光纖針產品使用的緊急通知》，在文中明確指出『嚴格禁止在鐳射照射時加入任何藥物』。」

二〇〇四年五月底，陳曉蘭連續接到兩位SFDA官員的電話，他們興奮地把這個好消息告訴給她。陳曉蘭感到歡欣鼓舞，多少年的艱苦努力，多少個風風雨雨的日夜，終於修成正果。如果禁止「光纖針」與藥配合使用，那麼它很快就會在醫院消失。

「陳醫生，你看看我們一共就印了三十份，給你一份。」陳曉蘭再次去北京時，接待過她的那位副局長遞過來一份紅頭文件，開玩笑地說。

陳曉蘭把那份國食藥監械〔二〇〇四〕一七三號文件收藏起來。她想，隨著「光纖針」的消失，這份文件也將成為歷史。

沒過多久，陳曉蘭就歡欣不起來了，發現上海的許多醫院仍然用「光纖針」加藥對病人進行治療。她沒想到自己為之奮爭數年才取得的階段性的成果只是紙面的，SFDA的法規性文件在下邊竟是廢紙一張！

陳曉蘭痛苦不堪，難道自己真就成了堂吉訶德，難道自己真就是在拿著石頭砸天，難道這些偽劣醫療器械真就取締不了？她痛苦了多日，思索了數日，實在想不出什麼好辦法。為打掉「光纖針」，她已踏破SFDA的門檻，已找過上海的、北京的所有相關部門，能做的都做了。

ＳＦＤＡ是中國醫療器械的最高監管機構，是制定和執行法規的最高權力機構啊，他們的文件怎麼會不好使呢？

ＳＦＤＡ是否盡力了呢？看來沒有。那麼怎麼樣才能讓ＳＦＤＡ真正盡力呢？郝和平說過，「國家局註冊的產品是不可能登出的，哪怕不合理也不會註銷。」他們不是註銷不了，而是不想註銷啊。註銷就等於承認自己批錯了，為了那個錯誤，他們寧願再犯錯誤，甚至一錯到底！

「我不下地獄誰下地獄？」陳曉蘭決定充當病人去做鐳射加藥輸液治療，然後再去ＳＦＤＡ舉報。她想好了，到ＳＦＤＡ就把針眼指給他們看：「你們的文件是發下去了，可是它在上海是廢紙一張，根本沒起作用。你們『嚴格禁止在鐳射照射時加入任何藥物』，可是我剛做完這種治療。喏，你們看看針眼還在這兒呢。對了，這還有照片，這是我用過的針頭。」

要做鐳射加藥輸液治療需要有人陪同，要有人給她拍照，還要幫助她把針頭等證據「偷」回來。那麼找誰呢？羅春花倒是敢想敢幹，什麼也不怕，可是她做事不夠穩重，弄不好還會出現像上次發生的事情。要找的人不僅可靠，而且還要機靈。對了，還要會拍照。

陳曉蘭想起張靜。她是一位瘦瘦的，有幾分孩子氣的女孩。早在二〇〇三年一月份就認識陳曉蘭了，比她的老鄉柴會群還要早好幾個月呢！在認識陳曉蘭的新聞記者中，算是老資格了。那時，《上海畫報》的記者採寫了一篇陳曉蘭打假的報導，清樣前想讓陳曉蘭看一看。陳曉蘭的電腦網路總是不通暢，發去的郵件收不到。現代的通訊方式用不上，她只好騎自行車去畫報社看清樣。她進編輯部時，許多編輯記者都熱情地跟她打招呼，她不管認識還是不認識都一一點頭。當時張靜在《上海畫報》當記者，不在陳曉蘭認識之例。

當張靜去《新民週刊》當記者之後，她就去陳曉蘭家採訪。陳曉蘭一開門，她就像老熟人似的一蹦一跳地進來了。當她發現陳曉蘭在用疑惑而陌生的目光打量自己時，就像個孩子似的天真而委屈地問道：「怎麼，難道你不認識我啦？你不是到《上海畫報》去過嘛，怎麼會沒見過我呢？」好似陳曉蘭當初不是去看清樣的，而是去看她似的。

張靜年紀不大，心眼不少，又很機靈，陳曉蘭首先想到了她。張靜自然願意陪陳曉蘭去，可是她沒有數碼相機，陳曉蘭也沒有。陳曉蘭又找了柴會群。柴會群住在浦東，他說浦東一些醫院仍然在使用鐳射加藥輸液治療法。

六月十九日，他們三人去了浦東的一家醫院。一進診室，陳曉蘭發現那位醫生有些眼熟，一時想不起來在哪兒見過。她怕被認出來，跟柴會群借過眼鏡戴上。那是一副近視鏡，陳曉蘭一戴上眼前就像罩了一層塑膠膜，看什麼都模模糊糊。她就那麼走了過去，在醫生的對面坐下，連醫生的表情也看不清楚。

「醫生，我在浦西一直紮『鐳射針』，這兩天浦東的朋友約我來打牌，不能回去扎針，能不能在您這兒補上？」

「可以，可以。」醫生痛快地說。

他給陳曉蘭量量血壓，聽聽心臟，陳曉蘭有點兒緊張，她的血壓不正常，心臟有雜音，如檢查出來的話就不會給她開「鐳射針」了。他也許沒檢查出來，也許想「幫忙」，他在病例本上寫下心臟和血壓正常，然後給她開了「鐳射針」加香丹輸液治療。

「用鹽水還是糖水？」醫生問道。

那口吻有點兒像飯館的跑堂問食客：「清蒸還是紅燒？」

「鹽水。」陳曉蘭說。

理療室裡坐滿了紮「鐳射針」的病人，有年輕的，有年老的，還有幾個孩子。陳曉蘭坐在椅子上，護士將「鐳射針」給她紮上了。驀然，陳曉蘭發現紮在自己靜脈的針頭是假冒偽劣的。它是用塑膠粘合劑粘合起來的，表面十分粗糙，下面還有一點突出。這很恐怖，鐳射的光線很強，照射在藥液和粘合劑上，會發生什麼樣的化學反應，這是不確定的。

陳曉蘭緊張起來，兩眼盯在那針頭上面，恐懼隨著藥液流入血液，引起身體的戰慄，為了取得證據，又不能立即將針拔下來。

張靜機靈地跑到護士台，悄悄把給陳曉蘭紮的「鐳射針」針頭包裝袋從垃圾箱裡拾回來。然後，她和柴會群像一對情侶，大模大樣地把相機取出來，好像剛買的，使用方法和功能還沒搞清楚。倆人一邊商量，一邊擺弄。在擺弄中悄悄拍下了照片，不僅拍了正在紮「鐳射針」的陳曉蘭，還拍了幾位紮「鐳射針」的孩子，其中的一個孩子只有兩三歲，被母親抱在懷裡。

「不好了，不好了，阿姨不行了，不行了！」突然，張靜驚叫起來。

陳曉蘭面色蒼白，汗如雨下，渾身綿軟無力。她幾次想將針頭拔下，可是護士在前後左右轉悠來轉悠去。她怕打草驚蛇，暴露自己的意圖，只好硬撐著。

「沒事的，沒事的。我們也有這樣的時候，咬咬牙，再堅持一會兒，等針拔下來就好啦。」坐在陳曉蘭旁邊的一位紮「鐳射針」的老奶奶安慰道。

「我要上廁所。」趁護士離開，陳曉蘭對張靜說。

張靜舉著藥瓶跟陳曉蘭進了衛生間。陳曉蘭把針頭拔掉，將針頭和藥瓶裝進包裡，他們悄悄地溜走了。

陳曉蘭先後在五家醫院做了鐳射加藥輸液治療，張靜和柴會群都拍下了照片。可是，他們在一家醫院拍照時，幾位紮「鐳射針」的老患者覺得陳曉蘭他們三人有點鬼鬼祟祟，不大正常，於是向護士長告發了。陳曉蘭見護士長領著幾位護士過來了，發覺事情不妙，急忙拔出針頭，張靜隨手綽起輸液架上的藥瓶，三人倉皇而逃。護士長帶人緊追不捨，當要追上時，陳曉蘭站住了，把她們攔住了。張靜趁機帶著藥瓶和針頭跑掉了。陳曉蘭跟護士長講清了這麼做的原因，她對那位護士長說，「我這樣做的目的只有一個，把危害患者健康的騙局揭開來，避免讓更多人上當。」

陳曉蘭取得證據後，又趕赴北京，向國家藥監局舉報。

二〇〇四年七月十五日，上海市衛生局下發了《關於嚴禁在鐳射血管內照射同時進行藥物輸液的緊急通知》。

第十五章

陳曉蘭跟SFDA醫療器械司原司長郝和平打了幾年的交道。郝和平對陳曉蘭的評價是，她連半點私心都沒有；陳曉蘭卻認為郝和平陽奉陰違，在醫療器械監管上不作為，副局長佈置他的五項工作，一轉身就給「綜合」掉三項。可是，他最終沒「綜合」掉法律的處罰，被判處有期徒刑十五年。

一

北京西城區北禮士路甲三八號。國家食品藥品監督管理局（SFDA）的辦公大樓。

陳曉蘭在十一層〇一辦公室的門輕叩兩下，沒等得到允許就推門而入。這裡不是講究教養和禮貌的地方，講的是智謀和戰略戰術。

在寬敞明亮的辦公室裡，一位胖胖的、面色黧黑的官員坐在一張寬大的辦公桌前。他就是SFDA醫療器械司司長郝和平。郝司長見陳曉蘭進來，笑了笑，站了起來。他中等的身材，胖乎乎的臉上戴著一副近視鏡，有幾分學者風度。他是一位橫跨政界和學界的人物，在醫療器械品質監督技術領域堪稱權威。他不僅擔任中國醫療器械電氣標準化技術委員會主任委員，主持過《醫療器械監督管理條例》的起草工作，主編過《醫療器械監督管理和評價》和《醫療器械生物學評價標準實施指南》等權威性著作，而且還是首都醫科大學生物醫學工程學院醫療器械品質監督技術專業的碩士生導師、教授。

不知是郝和平那極其樸素的衣著，還是那為人的平易隨和，這位大權在握的高官卻給人以憨厚質樸之感。有人說，郝和平這種平易近人絕對不是裝出來的，他對清潔工都彬彬有禮。

「郝司長的辦公室，你怎麼可以隨便亂闖？」一位官員曾經對陳曉蘭批評道。

郝和平是跺一腳中國全國各地都有感應的人物，別說陳曉蘭，就是SFDA的科長、處長也不能隨便進他的辦公室哪！

「我反映的是中國全國老百姓的醫療器械使用安全問題，是人命關天的大事。這本來就該他管，他沒有管好，我怎麼就不能進他的辦公室跟他談談？再說，我已經象徵性地敲兩下門了。」陳曉蘭理直氣壯地說道。

過去說，不論職位大小都是「人民的勤務員」，可是不管什麼時候在人們頭腦中都存在等級觀念。在這位官員的眼裡，陳曉蘭只不過是個上訪者。在中國最不受尊重的可能就是上訪者了，有時他們像狗一樣被人轟來轟去。陳曉蘭一直反對別人把她視為上訪者，她說：「我這不是上訪，而是向相關部門舉報和反映情況。」

《現代漢語詞典》對「上訪」一詞的解釋是：「人民群眾到上級機關反映問題並要求解決。」由此可見，「上訪」是個褒義詞。也許「三十年河東，三十年河西」，似水的歲月已無情地將「上訪」由褒義衝到了貶義。在某些官員的心目中，上訪者已不再是「人民群眾」，而是刁民。

陳曉蘭在郝和平對面的沙發上坐了下來。現實往往就這麼荒唐，一位因醫療器械而丟掉飯碗，一位因醫療器械而當上司長；一位被媒體稱之為「打假醫生」，一位是給偽劣器械註冊的司長，他們就這麼戲劇般地面對面地坐在一起。

郝和平依然客客氣氣，平易近人。也許作為「老三屆」他們有著相同的命運和相似的經歷；也許他心底還殘存一點兒良知，敬重陳曉蘭的醫德，敬佩她那種為病人負責的精神，他對她態度一直很好。不管她說什麼或者怎麼說，他擺出一副「大人不見小人怪，宰相肚裡能撐船」的姿態，不急不惱也不記仇。其實，市場有多少騙錢害人的醫療器械，它們是如何獲得註冊的，郝和平能不清楚嗎？在她舉報的醫療器械中，哪種是醫療器械司，也就是他郝和平批准註冊的，他能不清楚？

陳曉蘭是在二〇〇三年的一次局長接待日認識郝和平的。從那之後，她一次次敲郝和平辦公室的門，向他反映偽劣醫療器械的問題。陳曉蘭發現他很油滑，不辦實事，善於「綜合」。在二〇〇四年初的局長接待日上，副局長當著陳曉蘭的面給他佈置了五項工作，他一轉身就給「綜合」掉三項。陳曉蘭氣得去找他的頂頭上司——主管醫療器械司的副局長。可是，縣官不如現管，醫療器械的問題最終還得到醫療器械司——郝和平這來解決。

陳曉蘭講得口乾舌燥時，停了下來，目光從郝和平的臉移到插在桌角的袖珍國旗，再由此移到郝司長身後樹立的五星紅旗。

不知從何時起，中國官員的辦公桌上或椅子旁出現了一杆國旗。國旗是神聖的，在插有國旗的地方，意味著權力屬於人民；辦公室裡的國旗代表著人民在監督國家權力的行使。可是在有些官員的眼裡，國旗代表著國家的權力掌控在他的手裡，他們的官當著當著就忘乎所以了，當著當著就把國家的權力當成他家的了，當著當著就在自己辦公桌的國旗旁被「雙規」和刑拘了。

郝和平啊，你坐在國旗旁，難道不感到羞愧嗎？

不過，郝和平對陳曉蘭所提的要求也不是一點兒都不滿足。二〇〇四年十二月，陳曉蘭要起訴上海幾家醫院對她進行鐳射加藥輸液治療時，找郝和平出具「一次性使用光纖針在進行血管內照射治療時不能輸液」的證明。按照程序，這需要從上海藥監局打報告到ＳＦＤＡ，要依級蓋十二個公章才能蓋上郝和平所掌管的醫療器械司的公章。郝和平卻指示下邊擬份證明，他給蓋章。他還親自跑到那位官員那兒，靠在間壁的隔板上，一邊看著起草證明，一邊跟陳曉蘭聊天。證明列印出來後，他親自拿回辦公室蓋章，然後交到陳曉蘭的手裡。可是，陳曉蘭希望他辦的不是這類小事，而是中國全國百姓的醫療器械安全的大事啊。

二

陳曉蘭是個「不識時務」之人，她沒有注意郝司長的憔悴和衰老，沒有注意郝司長的頭髮這兩年花白了，也沒發現郝司長的情緒低落，心事重重。

官有多大，鬧心的事就有多大。樹大自然招風。郝和平掌管國產三類和進口醫療器械、醫療器械廣告和出口證明等各類審批件的受理、形式審查和發證的大權，是能呼風喚雨的審批大員。在醫療器械行業，先打通審批關節，再獲取巨額利潤，已是眾所周知的潛規則。從某種意義上說，醫療器械廠商與郝司長的關係等同於企業與巨額利潤的關係，如能攀上郝司長這一高枝，那就等於邊角旮旯的捕快巴結上京城的王爺。那些能巴結上郝司長的企業自然會玩命地巴結，「八竿子打不上」的，總會在九竿子的有效射程內找到狙擊點，條條大路通羅馬，穿長袍早晚能會上親家。當然了，也有巴結不上乾脆就不巴結的，他們偷偷將郝司長掛牌「出租」了。那些人打著郝和平的招牌到各省市招搖撞騙，向醫療器械廠商推銷產品。

過去說，革命的首要問題是權力的問題，現在人們發現賺錢的首要問題也是權力的問題。權力永遠是最稀有最寶貴的資源。誰掌握了它不僅把握了自己的未來，而且還掌握了別人的命運。那些受騙廠商買的絕不是騙子推銷的產品，而是產品背後的東西，那產品只不過是一種特殊的包裝。權錢交易也是一種交易，雖然不能一手錢一手「貨」，可是「貨」總是要付的。騙子拿到錢後就「黃鶴一去不復返，白雲千載空悠悠」了，郝司長卻成了跑了和尚的跑不了的廟。郝司長自己打高爾夫球都得別人出錢，哪裡會為那些沒資格享受腐敗的小癟三兒埋單？再說了，郝司長也不是「及時雨」宋江那等人物。宋江被人崇拜，憑的是人品和名望，廠商受騙衝的也不是他郝司長這個人，而是衝他的權。那個位置如換上李司長、張司長、王司長，廠家也照巴結不誤。

儘管郝司長與那群騙子絕對無干係，可是抹在身上泥巴總要自己沖洗。洗澡是一麻煩的、複雜的、不得不小心謹慎的系統工程，尤其是大人物洗澡絕不像新生兒那麼簡單。大人物脫下衣服弄不好就會暴露出沒揩淨的屁股。另外，騙子打他的旗號行騙，這種事傳出去好說不好聽，這等於從某種角度昭示他的腐敗，說明在那些醫療器械廠商眼裡，他郝司長也絕非什麼好鳥。

這無疑把心虛膽怯的郝和平給扔進滾燙的煎鍋。郝和平有理由氣急敗壞，有理由大發雷霆。他澄不清，卻又不能不去澄清，否則還會有人把孝敬他老人家的東西送給那夥騙子。於是ＳＦＤＡ的網站掛出一則給「各省、自治區、直轄市（食品）藥品監督管理局醫療器械處」的《通知》。《通知》云，「我司相繼收到舉報，在山東、江西、遼寧、陝西、廣西、四川等省市有人打著我司郝和平同志的旗號，向醫療器械生產企業推銷產品或進行行騙活動……請各省局醫療器械處儘快通知當地企業，防止受騙，如遇此類事件及時向當地公安機關報案。」

郝和平能有今天也不容易。他一九四八年出生於雲南昆明，父親是煤礦工人。他像所有的「老三屆」一樣，歷經了共和國的所有苦難。所幸運的是當其他「老三屆」還在「廣闊的天地」修理地球時，他被推薦到昆明工業學院機械設計與製造專業讀書。二十六歲那年，他畢業了，孑然一身扛著行李到北京報到，被分配到國家衛生器械局。

後來，他在北京成了家，妻子付玉清跟他一樣也是外鄉人，所不同的是她家在東北，還有一點不同，她的父親是紀檢幹部。他們在京城沒有親戚，也沒有真正的朋友，那個家像株孤零零的小樹在北京紮下了根。不久，他們有了兒子。一家人恩恩愛愛，夫婦倆工作兢兢業業，勤勤懇懇，學習上刻苦鑽研，孜孜以求。憑著個人奮門，郝和平在醫療器械司一個臺階接著一個臺階地升了上去，從科員到副科長，從副科長到科長、副處長、處長、副司長。一九九八年，ＳＦＤＡ成立，已知天命的郝和平坐上了醫療器械司司長的寶座，這位熱愛讀書學習的官員在學術上也有了發展，從學歷不大被承認的工農兵大學生到工科學士、專家學者、特聘教授、碩士生導師。妻子付玉清也從小辦事員坐到國藥集團聯合醫療器械有限責任公司的行政部主任的位置。

官當大了，誘惑就多了，欲望像叼在小孩嘴裡的氣球，不知不覺就變大了。二〇〇一年，郝和平花十七萬元購得一輛銀灰色的捷達轎車，二〇〇二年初，他以九萬多元購得海澱區太月社區的房改房。二〇〇二年五月，他又以兒子的名義在海澱區創業者家園購得一套價值為一百一十六萬元的商品房；二〇〇四年，創業者家園的房貸還清後，他又在朝陽區暢清園社區購得一套價值為一百零七萬元的房產。郝和平買過些藥廠的原始股，也有些講課費、諮詢費或稿費等收入，可是這些收入實在有限，支撐不住沉重的欲望。

似乎人活著總得有點兒嗜好，沒有嗜好就沒有欲望，沒有欲望就沒有滿足的愜意。郝和平過去除了讀書之外沒有別的嗜好，他患有遺傳性痛風病，美食美味美酒自然不能享用了，穿著又習慣於樸素。一九九九年，他突然多了一個嗜好——打高爾夫球。他對這種時尚的高消費很快就上了癮，週末要不打場球就渾身不舒服。打高爾夫球這樣的高消費，郝和平那點工資能承受得起？不過，郝司長打高爾夫球哪裡用得著自己埋單？那還不是想到哪兒打就到哪兒打，哪怕坐飛機跑到海南島去打都不成問題。

有權的人希望永遠掌權，有錢的人企望永遠有錢。不論什麼人都不可能永遠掌權。這一不可能不知給官員帶來多少煩惱和焦慮，尤其像郝和平這等年齡的官員，好日子像蠟頭兒似的說沒就沒了。在位時前呼後擁，無限風光，離位後會怎麼樣？圍在自己周圍的企業老總沒有一個是真正的朋友，他們為利而來，為利而去。退休後，別說請他坐飛機去全中國各地打高爾夫球，恐怕他拿著球拍到人家門口去打乒乓球都不見得有人陪他玩了。

在ＳＦＤＡ那種權力集中、監督缺失的形態下，難免會出現腐敗。司長上面有局長，局長鄭筱萸是一個專橫跋扈、獨斷專行的貪官，只要違背他的意圖，那註定是沒好果子吃的。「伴君如伴虎」一點兒不假，有時他分你一杯羹，有時你就是他的一杯羹。對醫療器械企業來說，郝和平是天；對於郝和平，鄭筱萸是天。鄭筱萸不僅通過妻子和兒子大肆斂財，還怠忽職守，濫發藥品文號，使千餘種違規藥獲得批准，讓偽劣藥品流入市場和醫院。在ＳＦＤＡ的局長分工上，鄭筱萸不主管器械司，郝和平可以對他敬而遠之。可是，人家鄭筱萸是ＳＦＤＡ

的一把手，是大老闆。鄭筱萸要支使郝和平那還不像慈禧太后支使小德張似的？能辦得辦，不能辦也要想辦法辦。有一姓李的人找到鄭筱萸辦一次性使用無菌注射器和一次性使用輸液器的註冊。鄭筱萸讓秘書領著那姓李的直接去找郝和平。郝和平還能不麻溜辦？

鄭筱萸貪，藥品註冊司司長曹文莊也貪，高官之間容易交叉感染，再說郝和平快要退休了，「有權不用，過期作廢」。郝和平先是貪小便宜，每逢開會、吃請時，都將一部舊的諾基亞手機從兜裡掏出來放在桌面上。下面企業正挖空心思想送禮，見此喜出望外，急忙派人買部新款手機奉上。他很快就擁有了十多部各式各樣的新款手機。他最大的消費不是手機，而是高爾夫。他不敢大肆斂財，選擇了錢的替代品——高爾夫會員卡，先後向企業索要三張會員卡，價值分別三萬五千元、二十二萬元和三萬美金。

不論高官還是高知，在兒女問題上大都不能免俗。郝和平的兒子在國外讀書，兒子的婚房他已備下了，還沒裝修，另外還想給兒子備一輛好車，這些都得趁在位置時辦。

二〇〇三年八月，郝和平在上海開會時，遇見浙江一家醫療器械公司的董事長鮑女士。聊天時，郝和平說：「我想買一輛本田雅閣轎車，在北京車行買要另加兩萬多元，太虧了。」一個月後，鮑董事長的表弟給郝和平送去一輛廣州產的本田雅閣轎車，領著付玉清給車上完牌照，辦完所有手續後，將所有的發票一併交給郝和平。這輛價值二十六萬元的車就是郝和平的了。

二〇〇四年初，郝和平夫婦應山東一家醫療器械公司的陳總經理邀請到威海度假。他給過陳總不少幫助，陳總多次感激地說：「你有什麼經濟困難就提出來，我來辦！」郝和平快退休了，再不張口就沒機會了。付玉清在酒桌上提及兒子買的房子還沒有裝修。當他們回到北京後，陳總讓會計將二十萬元現金打入付玉清的帳戶。

誰的錢都不是大風刮來的，收了人家的錢就得給人家辦事。「吃冷飯，睡涼炕，早晚是個病。」郝和平利用職權給人家辦了多少事，讓多少偽劣醫療器械通過了註冊，他自己最清楚。ＳＦＤＡ有人說，郝和平在工作中沒有章法，不講規範，我行我素，自作主張，想怎麼幹就怎麼幹。也有人說，在醫療器械的註冊審批和監管上，都是郝和平一人說了算，技術審評意見幾乎沒用。按規定臨床實驗報告、技術檢測報告是絕對不允許隨意改動的，可是只要郝和平點頭就可以隨意改動。改動最多的是醫療器械的說明書，情況非常嚴重。當一位官員想怎麼幹就怎麼幹時，這不僅意味著他的權力過大，也意味著監管的失控。

「腐敗」一詞太富有哲理了，腐了也就敗了，郝和平澈底地敗了，敗給了自己。腐敗那是一根繩索，只要被它拴上，不管多麼高的官都得像狗一樣被人牽著走……郝和平清楚一旦敗露等待自己的是什麼。在這種情況下，那些騙子以他的名義詐騙，能不讓他惶惶不可終日麼？

付玉清父親對他很不放心，這位老紀檢每次來看他們，進屋先檢查家添了什麼，發現什麼新東西就不安地問道：「這是從哪兒來的，是你們買的還是別人送的？」

「你們混到這種地步不容易啊，一定要把好自己的關，一定要注意啊……」老岳父總是不放心地叮囑道。

郝和平想要的都有了，可是人卻變得憔悴和蒼老了，鬢髮花白了。許多人都納悶地說，郝司長這兩年怎麼老得這麼快？

三

「陳醫生，您又來反映問題了。」在SFDA辦公大樓，官員跟陳曉蘭打招呼。

有的官員她認識，能叫出名字，知道是哪個部門的；有的臉熟，知道是幹什麼的，叫不上來名字；有的陌生，既不知姓什麼，也不知道在哪兒認識的。

「來了，來了。」她回答道。

不來怎麼辦？問題反映了一次又一次，始終得不到解決，假冒偽劣的醫療器械還在到處氾濫。

「在中國，沒有『假冒偽劣醫療器械』的概念。在醫療器械領域的惟一法律依據就是二〇〇〇年出臺的《醫療器械監督管理條例》，它既沒有對假冒偽劣醫療器械進行定義，也沒有相關的處罰條款。中國對醫療器械的監管是以註冊為核心的，只要註冊就是合法產品，就可以理直氣壯地流入所有醫院，不論偷工減料，還是以次充好均游離於法律監管之外。生產醫療器械的企業應該對其產品負責、承擔因此造成的不良後果，不能只取利潤，不承擔風險，一邊行賄，一邊造假。另外，應該把醫療服務詐騙案件從普通的醫療糾紛、醫療事故中剝離出來，追究其刑事責任……」

在一間辦公室裡，陳曉蘭侃侃而談。這些話她在SFDA的大大小小的辦公室，對著方圓長扁的面孔不知說了多少遍，這些話已像演員的臺詞滾瓜爛熟，倒背如流。

「陳醫生，這些問題您最好到衛生部去反映，讓他們來解決。」一位官員說。

有些官員是球技精湛的「足球門衛」，似乎他的職責根本不是解決問題，而是把問題攔截，或一腳踢回，或傳給其他什麼部門，總之多一事不如少一事，不能讓問題落入自己的球門。

「不，不，不。去衛生部只能反映醫風醫德的問題，醫療器械的註冊、銷售、使用都歸你們藥監局管。你們的權力很大，連醫療器械的使用說明書都歸你們管。可是，你們連說明書都沒管好，幾乎所有說明書上都寫著『或遵醫囑』。『或遵醫囑』是什麼意思？那就是醫生想給病人怎麼用就怎麼用，那怎麼能行？這樣一來，說明書還有什麼作用？」陳曉蘭可不是那種進了國家部委就分不清東南西北的醫生，她對各部門的職責早已瞭若指掌。

衛生部已經下文，全中國各級醫院禁止使用「光量子」。可是，ＳＦＤＡ還沒有下文註銷「光量子」的註冊批號。衛生部只能管醫院，管不了生產廠家。

「既然衛生部已經取締『光量子』了，醫院已經不用了，它也就沒有生存空間，就讓它自生自滅好了。」那位官員說道。

「你們不撤銷它的註冊，它就是合法的醫療器械。」陳曉蘭理直氣壯地說。

那些廠家還在成批生產，用錢鋪路打進醫院。在有些醫院「光量子」居然是主打的醫療器械。

那位官員不吱聲了，不吱聲並不意味接受了陳曉蘭的觀點，也不意味會採取什麼措施。

她從器械司出來，又去市場管理司。Ｃ官員是從其他部門調來的，不認識陳曉蘭。他不僅沒理睬她，反而「咣」的一聲將辦公室的門摔上了。也許他不明白一位普通醫生，既不是病人，也不是受害者，為什麼要千里迢迢跑到北京來反映這些問題。在計劃經濟下，人們最不理解的就是談錢；在市場經濟下，最讓人費解的就是不談錢。當一個人不談錢時，別人就搞不清他想達到什麼目的，甚至不知道怎麼應對。

陳曉蘭連早飯都沒吃，早已饑腸轆轆，渾身綿軟，沒想到會遭此冷遇。她火了，一氣之下，將他摔上的門踹開了。

「不行，你今天非得給我一個答覆不可。」陳曉蘭氣呼呼地說。

「別急，你要注意一下自己的態度。」Ｃ官員給她拽過一把椅子說。

「因為你態度不好，我才這樣。」她氣憤地說。

「對不起，那麼請談談您的問題吧。」C官員說。

「那不是我的問題，那是全中國老百姓的問題，甚至包括您都可能遇到的問題——在醫院遭受假冒偽劣醫療器械的坑害，被虛假治療所欺騙。」接著，陳曉蘭把上海假冒偽劣醫療器械氾濫的情況談了。

「您沒跟上海市藥監局反映這些問題嗎？」

「反映過，沒有得到解決。」

「那麼，你希望我們做什麼呢？」

「給他們打電話，督促一下。他們老是撒謊，說什麼『我們每次開論證會都通知陳曉蘭，她一次都沒參加』。」

C官員撥通了上海市藥監局的電話，沒講幾句就笑了。陳曉蘭明白了，對方肯定又在說那套謊話。有一次，中國全國人大代表李葵南開會時遇到上海市藥監局的一位官員，說起陳曉蘭所反映的偽劣醫療器械問題。對方說，每次開會都通知她，可是她一次都不參加。李葵南一聽就火了：「這不可能。我瞭解陳曉蘭，知道她那倔脾氣，你們要通知她開會，就是下刀子她也會去。你就別胡說了。」

C官員說：「以前的事情就算了，你們以後通知她開會就給她發邀請函。如果她出席會議就讓她簽字。請您把陳曉蘭這些年所反映的問題，以及你們處理的情況，用文字形式發給我們。」

下午，陳曉蘭又去市場管理司，C官員交給她一份上海藥監局的傳真，上邊寫著哪次哪次開會請陳曉蘭，她沒有來。陳曉蘭笑了，想起女兒小的時候，她要女兒在月底領零用錢時報帳。女兒不願意報銷太少，就寫上廁所二分錢，上廁所二分錢，然後還是上廁所二分錢……她想不起來別的，只好一個勁兒地寫「上廁所二分錢」。

這次還算卓有成效，上海市藥監局同意通知她開會時發邀請函，交換意見要記錄，記錄完讓她簽字。

四

「郝和平陽奉陰違，在醫療器械監管上不作為。」陳曉蘭對郝和平的頂頭上司SFDA的一位副局長說。

自從郝和平將局長佈置的五項任務「綜合」成兩項之後，她對郝和平的印象就更壞了。

「陳醫生，你老告郝司長的狀，說他的壞話。可是，郝司長背後卻總說你的好話。」一位官員說。

「你知道郝司長幫過你多少忙？在上次評價會上，上海來的八位專家沒一個說你好，其中一位專家說你是工人，根本就不懂得醫療器械。人家郝司長聽後，用指節叩擊桌面，十分不快地說，你們不要這樣評價陳曉蘭，我們是用納稅人的錢請你們到北京來開會的，鐳射血管內照射同時合併輸藥的安全有效性問題就是陳曉蘭提出來的。我接待過那麼多到國家局上訪的人，只有陳曉蘭為的不是自己，而是病人的健康和生命，她半點私心都沒有！」另一位官員插嘴說道。

正因為她沒有私心才會說郝和平不好，她與郝和平個人之間沒有恩怨，跟那些造假的廠商、用假的醫院、撈取回扣的醫生也沒有半點個人恩怨，她之所以不惜一切代價地舉報他們，是因為他們坑害了病人！

中國醫療改革二十年，「光量子」氾濫了十五年，老百姓的數以百億的救命錢被它吞噬掉了，無數家庭被害得傾家蕩產，家破人亡，這能說跟醫療器械司司長郝和平沒有關係嗎？

「絕對的權力導致絕對的腐敗。」陳曉蘭認為，SFDA有百分之百的權力，卻沒有任何責任；衛生監督管理局有百分之九十五的權利，只有百分之五的責任；醫療保險局只有權力，也沒有責任。這些監管部門都擁有絕對的權力，卻沒有相對的責任。那麼，誰為病人負責？沒人為病人負責，醫療怎麼會不腐敗？醫改怎麼會成功？

從某種意義上說，與其說陳曉蘭與偽劣醫療器械鬥爭，不如說她在跟鄭筱萸、郝和平等貪官、昏官、庸官的鬥爭。沒有這些貪官的存在，偽劣醫療器械就拿不到註冊批號，就披不上合法的外衣，也就進不了市場和醫院；沒有那些昏官、庸官的存在，它們在市場和醫院也不會存在。

二〇〇五年七月八日上午，郝和平下班回到海澱區知春裡的家。他的另兩處房子像存在銀行的錢一樣不過是個數位。第二天是週六，不知他是否想過約哪位企業老總去打他的高爾夫球，是開車去還是坐飛機去。西班牙人說，高爾夫球不適合資源短缺的中國，一個十八洞的球場每天灌溉用水就達三千立方米，相當於一萬五千人一天的用水量。西班牙人就是「老外」，當一個人能佔用一萬五千人的生存資源那意味著什麼？

也許郝和平已沒有心思打高爾夫球了。二〇〇五年六月二十二日，鄭筱萸被免去國家食品藥品監督管理局局長、黨組書記職務。前一天晚上，向郝和平行賄本田雅閣轎車的鮑董事長打來電話：「出事了，北京檢察院來調查買車的事了。你一定要說車錢已給我了。」

「沒問題。你就說車是我托你幫忙買的，我去上海開會就把車錢給了你。」

郝和平又將鮑董事長的電話跟妻子付玉清說一遍，叮囑她千萬不要改變說法。

可是，這種事情就像小孩子在外邊惹了禍，想攻守同盟，蒙混過關，結果常常是發誓最狠的人把其他人供了出去。郝和平不會不明白，行賄和受賄是兩碼事，只要出了事，最倒楣的就是他了。別說週末打高爾夫球的事了，恐怕這天上午開會時他都七上八下，忐忑不安。

突然，郝和平接到一位副局長的電話，說局裡有緊急要務與他協商，請他到單位去一趟。不管他多麼不情願，可是局長的指示還是要執行的。郝和平匆匆趕到單位，進了他自己的辦公室。等待他的不是局長，而是北京市西城區檢察院的幾位年輕的檢察官。他們向他宣佈一項決定：他因涉嫌受賄被正式刑事拘留。

那些以郝司長名譽行騙的騙子是否逮捕歸案不得而知，郝和平卻在自己的一一〇一辦公室，在陳曉蘭注視過的國旗旁，被檢察官帶走了。

俄羅斯作家克雷洛夫在寓言中寫道，小偷不能跟大盜相比，大盜可以逍遙法外，小偷卻要坐牢的。沒想到小騙子逍遙法外，大騙子卻進了牢房。我相信隨著反腐的深入，像郝和平之類的貪官將會一個接著一個地進去的。

隨著郝和平的倒臺，醫療器械的黑幕也漸漸然拉開。在任何國家，任何地區，如果法律失去作為，監管不利的話，那麼「造假」將會成為最誘人的、空前繁盛的暴利產業。據媒體報導，「在國外，醫療器械新產品開發投入資金一般要占到銷售額的百分之十左右，中國企業新產品開發資金只占銷售額的百分之一左右。」對於那些製造「假冒偽劣」醫療器械的廠商來說，在這方面投入就更為微乎其微了，甚至只要有一個騙人的「創意」就可以了。

據統計，截止二〇〇五年底，我國醫療器械生產企業已達一萬一千八百四十七家，市場銷售額達六百億元，而且以每年百分之九的速度增長。據《第一財經日報》披露，二〇〇一年至二〇〇四年，中國共註冊境內醫療器械產品年均七千三百七十種，是美國的兩倍；其中二〇〇四年僅境內一、二類醫療器械產品就註冊七千零八十八種。而美國的ＦＤＡ公佈的資訊顯示：二〇〇四年，該局僅批准了五十二種使用新技術的新醫療器械，並公佈了三千三百六十五種使用現有技術的醫療器械。

到目前為止，中國有多少註冊的、披著合法外套的「假冒偽劣器械」恐怕無人知道，但在不論經濟發達省市（如上海），還是貧窮落後地區，幾乎隨處可以覓到它們的蹤跡。據鄭州晚報報導，某醫療器械企業生產一塊用於固定關節的人工鋼板成本只要十元，出廠價卻要二十元，賣給病人竟高達一千元！這中間的九百八十元利潤空間不知滋養了多少貪官和罪犯，使多少窮光蛋成為富翁。「以藥養醫」過時了，「以械養醫」出現了，藥品在醫院的利潤率通常只有百分之十五，而醫療器械的利潤率可高達百分之八十。過去看病往往是藥費過高，有用沒用的藥醫生都給你開，現在看病是治療費高，醫生想方設法讓你做各種各樣的檢查和治療。

在數年前，國務院提出醫藥、醫療的行政審批要實行「全程一站式」，這樣可實現審批過程的透明化、程序化。可是，「全程一站式」在國家藥監局卻沒有實施。據說，部分官員對這種辦公方式有抵觸情緒，「大家都不太願意依法，而是希望渾水摸魚，同時逃避責任」。

「全程一站式」晚實施幾年，不僅富了一些官員，也毀了一批官員，如果當初審批過程能夠做到透明化，程序化，郝和平等官員的權力就要受到限制，也許就沒有了牢獄之災。

二〇〇六年一月十二日，ＳＦＤＡ藥品註冊司司長曹文莊被中紀委「雙規」。

二〇〇六年十一月二十八日，郝和平因受賄罪和非法持有槍支罪被判處有期徒刑十五年。

二〇〇六年十二月二十三日，ＳＦＤＡ原局長鄭筱萸因涉嫌收受賄賂被中紀委「雙規」。

二〇〇七年五月十六日，北京市第一中級人民法院對鄭筱萸案作出一審判決，以受賄罪判處鄭筱萸死刑，剝奪政治權利終身，沒收個人全部財產；以怠忽職守罪判處其有期徒刑七年，兩罪並罰，決定執行死刑，剝奪政治權利終身，沒收個人全部財產。鄭筱萸利用的職務便利，為八家製藥企業在藥品、醫療器械的審批等方面謀取利益，先後多次直接或通過其妻、子非法收受上述單位負責人給予的款物共計折合人民幣六百四十九萬餘元。

二〇〇七年七月六日，北京市第一中級人民法院對曹文莊案作出一審宣判，認定曹文莊犯受賄罪，判處死刑，緩期二年執行，剝奪政治權利終身，沒收個人全部財產；認定曹文莊犯怠忽職守罪，判處有期徒刑七年，兩罪並罰，決定執行死刑，緩期二年執行，剝奪政治權利終身，並處沒收個人全部財產。

郝和平進去之後肯定是風光不再，監獄肯定不會為他提供高爾夫球場。人民幣自然是好東西，越來越堅挺，郝和平卻一時半會兒用不上了，他用受賄的數十萬元為自己打造了一副沉甸甸的手銬。

自郝和平被捕後，陳曉蘭兩次去北京市西城區檢察院反映情況。她對檢察官說，藥監系統存在的問題絕不僅僅在於「經濟犯罪」，郝和平等貪官收受賄賂不假，但是更重要的是瀆職罪，是利用手中的權力為不法醫療器械廠商大開方便之門，使得那些假冒偽劣醫療器械有了合法的外衣，流進全中國的醫院，坑害了廣大患者，甚至使一些患者喪失了生命！他們給國家和人民造成的損失，遠遠大於收受的幾十萬賄賂。

是啊，這就像一名罪犯偷了一把菜刀，砍死了許多人，法院判了他盜竊菜刀罪，他的殺人罪卻被忽略了。陳曉蘭認為，這不是落井下石，而是讓郝和平罪有應得，否則怎麼警示那些瀆職的、不作為的官員？雖然是以弱鬥強的決戰，陳曉蘭從未放棄和退縮。

第十六章

上海協和醫院對新華社的報導提出十三點質疑，《新聞晨報》發出了不同聲音；王洪豔精神瀕於崩潰，不能出來作證，二十九家媒體質疑新華社報導的真實性。有人說，劉丹和陳曉蘭被人收買了，為搞垮上海協和醫院，虛構了一個叫王洪豔的病人。劉丹陷入了前所未有的困境……。

一

一月十日，上海協和醫院理直氣壯地致函新華社，對劉丹的報導提出了十三點質疑。同日，上海《新聞晨報》發出了不同的聲音：《投訴人言行讓人看不懂》、《「王洪豔從未向醫院索賠」》等兩篇報導。昨天，媒體報導了「上海協和醫院的診療是手術還是騙術」，說上海東方醫院體檢表明當事人沒有什麼大病，但到了上海協和醫院又是動手術又是吃高價藥。

巧的是，文中的投訴人王洪豔曾經向晨報熱線進行過相同的投訴，但當時有兩位晨報熱線記者先後與她取得聯繫，詢問詳細情況並要求她提供相關證據，而她卻不肯提供。這一度令記者感到事情蹊蹺。

昨天，《新聞晨報》記者分別走訪調查了協和醫院、東方醫院，發現事情並不簡單。

該醫院副院長張新昨天已經找過所有曾接待王洪豔的醫務人員瞭解情況，包括處理退藥事務的醫務處工作人員。張新告訴記者，去年十一月二〇日十五點左右，三十一歲的王洪豔到醫院看病，為其看病的是祝新革醫生，這是一名有專業資質的大夫。祝醫生回憶說，病人聲稱自己……（涉及王洪豔個人的隱私，本書作者刪去）。為了能夠進一步確認病情，醫生為其進行了包括B超、HSG在內的專項檢查。B超結果顯示，王洪豔雙側卵巢多囊表現，宮頸納囊，盆腔積液，HSG結果則顯示，左側輸卵管通而不暢。綜合各項檢查資料，醫生初步診斷為繼發性不孕症、慢性盆腔炎、雙側輸卵管炎、多囊卵巢綜合症、慢性宮頸炎。

醫生建議病人做宮腹腔鏡探查術，這是一個檢查和治療皆可的擇期手術。在排除病人有手術禁忌症並對其進行術前化學和物理檢查後，當晚二十時十分，在其全麻狀態下進行該項手術，整個手術持續了二十分鐘，手術相當順利，隨後病人被安排入住病房……。

昨天下午，協和醫院醫務科倪科長告訴記者，王洪豔出院五天後，突然來電稱自己服用醫院開的藥後臉部出現紅疹，懷疑是藥物過敏，要求退藥。當天下午，醫院將四千多元藥費退給了她。十二月四日，王洪豔再次來到醫務科，要求複印病歷和檢查結論，聲稱：「我要回黑龍江老家看病，為了避免重複檢查，需要將在協和醫院已經檢查過的單據和醫生的診斷帶回老家。」

……

「上週五，王洪豔突然與藥監部門的人一起來到醫院，藥監部門隨即對藥房等相關場所進行了檢查。但醫院沒有收到『整改』之類的通知。」協和醫院副院長張新告訴記者，王洪豔本人從來沒有以東方醫院檢查報告與協和醫院不同而提出經濟賠償。「從十二月下旬開始，醫院曾多次打電話聯繫王洪豔，但對方以正在開車、正忙等理由回避了。現在，我們也希望能夠正面接觸她，瞭解她的真實想法、目的。」

他表示，醫院留下的病理組織可以證明，當時手術是有效的、病歷記錄是真實的。如果經過客觀公正的調查，醫院確實存在過錯或責任，醫院不會逃避。

去年十一月三〇日二十一時許，晨報熱線六三五二九九九九接到一位王小姐的投訴電話，稱二〇日在協和醫院檢查，一位姓祝的醫生說她婦科病嚴重，並於當天做了手術，但二十九日東方醫院對自己的體檢報告上卻顯示身體健康。

當天夜裡，晨報熱線記者正在家中休息，這位王小姐突然撥打記者手機，表示要投訴協和醫院為牟暴利，胡亂定診……。

第二天，晨報熱線記者與這位王洪豔小姐取得了聯繫。對方表示，東方醫院的體檢是在協和醫院做過手術後再做的，之後，二十四日在紅房子醫院、二十七日在浦東婦幼保健醫院進行過體檢，都顯示自己身體無恙。記者要求其將相關診斷材料和收費資料整理好交給記者，當時，王洪豔以「資料還在醫生那裡」為由，讓記者再等幾天。

第三天傍晚，晨報熱線記者再次與王洪豔取得聯繫，她表示自己正與律師一起協商起訴協和醫院，等一會再給記者回電話，但之後就一直沒有再與記者聯繫過。

接到王洪豔的投訴後，另一名晨報熱線記者也曾經與她聯繫，但她始終沒有提供東方醫院的檢查報告、協和醫院的病歷，還說「決定不投訴了」。

昨天中午，記者數次撥打王洪豔提供的家庭電話、手機，但電話始終無人接聽，手機也處於關機狀態。昨晚，記者再次撥打她的電話，仍然無法取得聯繫。不僅《新聞晨報》的記者打電話找不到王洪豔，其他人也找不到她，只有陳曉蘭和劉丹知道她新的手機號碼。

一月五日，王洪豔將陳曉蘭和藥監稽查人員領到掛著更衣室牌子的手術間後，就被院長助理盯上了。院長助理認為是她把藥監稽查人員找來的，讓她到辦公室去談談。漂泊異鄉的人本來就缺少安全感，又攤上這種事，王洪豔害怕了，不敢跟他們去辦公室。見此，院長助理氣急敗壞地讓三個人看住王洪豔。那三個人須臾不離她的左右，差不多看了她三個小時。當她離開醫院時，又親眼目睹陳醫生被人跟蹤。她越想越害怕，不由得提心吊膽，坐立不安起來。

一月六日，先是祝醫生打電話指責她，接著上海協和醫院醫務處又打電話找她，搞得她惶惶不可終日。傍晚，她回到家，以為只要躲在家裡不出去，醫院就找不到她。沒想到，妹妹卻告訴她，下午兩三點鐘，有兩位男子在外邊一個勁兒地摁門鈴。妹妹通過門鏡認出來，那兩個人是醫院的保安，所以沒敢開門。那兩個人在外邊摁了好長時間才離去。

壞了，他們找上門來了，看來無處躲藏了。王洪豔聽後矍然失容，驚恐不已。那一夜，她噩夢連連，好不容易熬到天亮，早早跑出去租房。她在浦東租了一間房子，跟妹妹挾著枕頭和棉被連夜搬了過去。沒有想到，那房子因拖欠電費而斷電，空調不能用，正值小寒的第二天，上海的最低氣溫已達負一℃，屋裡特別陰冷，就像冰窖一般。恐懼和寒冷折磨得她們姐倆睡不著覺。次日起床，見廚房的豆油都凍凝了，王洪豔想到自己和妹妹被騙去八萬元錢，不僅沒討回公道，人身安全還遭受威脅，不禁悲不自勝，失聲痛哭。

王洪豔不敢出門，整天披著棉被惶恐不安地坐在床上，怕醫院通過手機找到她所在的地方，她把手機卡換掉了。夜晚，房間漆黑一片，寒氣襲人，躺在床上嚴寒像水將她淹沒。她輾轉反側，徹夜難眠。突然房門被撞開，一頭怪物闖進來，她被嚇醒了，忍不住哭了起來……。

八日晚上，王洪豔在網上讀到了劉丹那篇報導，感到幾分欣慰，壓在心底的那口惡氣總算出來了，終於讓那些惡人得到報應。

王洪豔不僅一下子成了新聞人物，而且還成為備受關注的證人。上海協和醫院在找她，各路媒體在找她，衛生監督部門在找她，保安也在找她，她嚇得更不敢出屋了。

衛生監督所找不到王洪豔就一遍又一遍地找劉丹，動員她把王洪豔交出來。

陳曉蘭知道王洪豔的精神狀態很糟，怕她再遭受刺激，導致精神崩潰；還怕對方問話不妥，王洪豔回答錯誤，授人以柄。陳曉蘭主動找到衛生監督部門。她說，是我舉報的上海協和醫院，王洪豔只不過是其中一個病人而已，你們要找就找我好了。我在舉報時，一而再，再而三地建議衛生監督部門、藥監局、物價局和公安局聯合執法。上海協和醫院有詐騙行為，有亂用藥行為，有亂收費行為。對於詐騙案沒有司法部門介入，沒有強制性的手段是無法查清的。同時，我還請求要參加聯合執法，第一，我是舉報者；第二，我是藥監局的監督員，參與過藥監的稽查；第三，我對上海協和醫院進行過暗訪，對醫院佈局和情況比較瞭解。

十日早晨，劉丹還沒上班就接到分社總編室的電話：「《新聞晨報》也發了兩篇協和醫院的報導，怎麼跟你說的相反呢？」

劉丹沒當回事兒，她認為自己調查採訪了半個多月，並參加了藥監稽查，證據充分，沒有失實，不必擔心。她趕到單位後才發現事情不那麼簡單，對上海《新聞晨報》那兩篇報導和上海協和醫院的十三點質疑對以前沒寫過醫療報導的劉丹來說難以解釋清楚。好在她在趕往醫院的路上給陳曉蘭和跑醫療口的記者打了電話，他們接到電話趕了過來。

新華社不能對《新聞晨報》的報導置之不理，必須進行反駁；同時還要對上海協和醫院提出的十三點質疑給予回復。有關領導提出，晨報的報導影響很大，已引起社會的關注，請王洪豔過來一下，大家碰個頭，商量一下怎麼辦。

劉丹撥通了王洪豔的新的手機號，把《新聞晨報》的報導和分社的意思跟她說了。正處於驚恐之中的王洪豔惱火了，她認為劉丹在關鍵時候把她推了出來，把她出賣了。她感到內外交困，走投無路了。她的思維錯亂了，語無倫次了。劉丹發覺王洪豔的反常後，意識到這個電話打錯了。

《新聞晨報》的兩篇報導，尤其是那篇涉及王洪豔隱私的報導，讓王洪豔感受到如盤的壓力。報導被轉載後，家鄉黑龍江的親朋好友都讀到了，眾人議論紛紛，還有人拿著報紙去找她的哥哥：「這上邊寫的是你妹妹吧？」年邁的母親知道此事後痛哭失聲，病倒在床。家人認為她給家裡丟了臉……痛苦和絕望啃噬著王洪豔那顆柔弱的心。那些日子，她天天上網搜尋，想找一位律師跟上海協和醫院和《新聞晨報》打官司，討回公道……。

《新聞晨報》的報導先後有二十八家媒體轉載，有的媒體還將標題改為《王洪豔從未向醫院索賠滬協和醫院事件疑雲重重》。那麼，到底是手術還是騙術？新華社與《新聞晨報》報導孰真孰假，孰是孰非？讀者拭目以待。

劉丹陷於困境，無論解釋和反駁都需要事實和細節，這些只有當事人王洪豔才能說清楚，可是她偏偏不出來。

二

陳曉蘭很理解王洪豔，她在上海既沒有劉丹的新華社背景，也沒有廣泛的社會關係。陳曉蘭對劉丹說，我們不能對王洪豔要求過高，不能硬要她出來。在這種惡劣的環境下，她出來的話，一是安全沒有保障，二是她的心理壓力已達到極限，如果精神崩潰，那麼大家將陷於更大的困境。

可是，王洪豔不出來行嗎？

有二十九家媒體質疑新華社，甚至有的公開說新華社的報導是失實的。還有人說，劉丹要是交不出王洪豔，就證明她的報導是假的。也有人說，劉丹和陳曉蘭被上海協和醫院的競爭對手——上海長江醫院收買了，他們為搞垮上海協和醫院，所以虛構了一個叫王洪豔的病人……。

上海市衛生局領導親自前往新華社上海分社，要求新華社交出王洪豔。

新華社只不過是一家新聞機構，對上海協和醫院的查處是沒有話語權。如果上海衛生局查處的結果是上海協和醫院沒問題，那麼就是新華社的報導失實了，劉丹吃不了就得兜著走……

劉丹承受著來自方方面面的壓力，日子從春天掉進冬季，變得天凝地閉，冰霜慘烈。平時愛說愛笑的她像變了一個人似的，沒事就坐著發呆，動不動就孤苦無助地說：「怎麼辦哪，我該怎麼辦哪？」說著說著淚水就流了下來。

她感到委屈，作為記者她應該講真話，應該將上海協和醫院的醫療欺詐黑幕揭露出來。可是，她需要理解，需要信任，需要幫助，還需要社會各界的支援。在那些日子，她給別人發短信時，說的最多的話就是「理解萬歲」。

陳曉蘭見王洪豔暫時不能出來作證，部分事實無法澄清，只好給上海市領導寫信。她在信中寫道：一月八日新華社報導的上海協和醫院「給未婚女子做假手術」的報導中，整個採訪過程中，我都是見證者和參與者。

……

應該說，新華社的報導內容是客觀的、經得住檢驗的。記者前後為此投入了半個多月的時間，接觸了數十位患者，也曾採訪了協和醫院的管理層。報導影響強烈，全中國數百家報紙予以轉載。

我是一名醫生，我知道，作為中國全國醫療最發達的城市——上海根本不缺醫少藥，根本不需要那麼多民營醫院。可是，不知為何衛生行政部門一下子批了這麼多家民營醫院（據我所知在兩百家以上），跟協和醫院一樣，這些醫院都是靠打廣告自我吹噓，吸引外地病人，特別是農村病人。說白了，它們其實就是利用上海的名氣招搖撞騙。據我所知，大部分民營醫院都是租房子開的，一滿三年就搬家，這樣就可以再免三年稅。這些民營醫院，只會敗壞上海的醫療衛生風，只會丟上海的醜，起不到任何正面作用。這不是對民營醫院的偏見，而是實事求是的總結。

……

由於協和醫院行醫的詐騙本質，我認為此事再由衛生部門處理已經不合適，必須有藥監部門和公安部門介入，否則有可能「大事化了」，甚至是非顛倒。去年，長江醫院將兩位孕婦診斷為「不孕症」，結果被衛生部門定性為「過度檢查」和「過度診療」，對此又沒有相關的查處依據，最後不了了之。實際上這是對民營醫院欺詐行為的包庇和縱容。在那之後，民營醫院的欺詐行為不僅毫不收斂，而且愈演愈烈。最終才又釀成了王洪豔案。

我以我的名譽和人格擔保以上所說屬實，希望能引起市領導的重視。為受害者伸張正義，並以此為契機，整頓上海的醫療風氣，為全中國做出表率。

「劉丹，你不能讓王洪豔出來跟我們見一面？」領導好意地問道。

「王洪豔搬家了，手機號碼改了，我找不到她，」劉丹說完，又怕領導誤以為自己跟王洪豔失去了聯繫，急忙補充道，「有時，她會在晚上九時至十二時之間給我辦公室打電話。」

劉丹沒有說謊，王洪豔確實給劉丹打過幾次電話，幾乎都在下半夜。王洪豔的思維已經混亂，講話沒頭沒尾，語無倫次。如果把她送到精神病院去做鑒定的話，很有可能被確診為神經錯亂。劉丹不敢給嬌小無助的王洪豔施加壓力，不敢告訴她上海市衛生局要求新華社交出她，也不敢告訴她有很多媒體要採訪她，只能勸慰她：「豔子，你要好好睡覺，好好休息，不要著急，一切都會好的……」

幾天過去，領導忍不住又問起王洪豔的事，劉丹只得跟領導誠懇地表示：「這篇報導絕對沒有失實，我問心無愧。」

是啊，她不僅採訪了王洪豔十多次，對上海協和醫院暗訪了近一個月，採訪了十幾位其他病人，走訪了多家中藥店，諮詢了好幾位專家，還參與了上海市藥監局對醫院的執法稽查，稿件所涉及的事實全部都有證據支援，為把握起見，報導還有所保留。

劉丹想不明白《新聞晨報》為什麼在未採訪當事人王洪豔，在對關鍵事實尚未核實的情況下，片面刊登院方提供的說法，質疑投訴人動機，傷害王洪豔呢？「王洪豔從未以此向醫院索賠」這是上海協和醫院方的說法，怎麼能將之作為標題呢？另外，即使「王洪豔從未以此向醫院索賠」之說成立，也說明不了王洪豔有什麼不可告人的目的。相反，如王洪豔以向媒體投訴來要脅醫院賠償經濟損失，那才是別有用心呢。可是，王洪豔沒有那麼做，而是向媒體和藥監局投訴，揭露醫院的欺詐行為。劉丹和柴會群查閱了二〇〇六年度的《新聞晨報》，發現《新聞晨報》在其《健康視點》版面對上海協和醫院進行過三次正面報導：

二〇〇六年十一月三〇日，《上海「媽媽」雲南助養「兒子」》

二〇〇六年十二月八日，《傳遞協和之愛，援助艾滋孤兒》

二〇〇六年十二月八日，《「送子鳥」基金首援不孕患者協和志願者主刀手術成功》

劉丹和柴會群明白了，這兩篇報導絕不是偶然的。

在陳曉蘭和柴會群的幫助下，劉丹寫了三千多字反駁上海協和醫院的材料。她在材料中對他們提出的十三點質疑予以一一反駁，她在結尾寫道：需要強調的是，王洪豔僅是我掌握的一個證據保存得相對完善的病例，跟她一樣的病人還有很多。

總之，我認為本次對協和醫院的報導，不僅事實清楚，證據充分。而且陳曉蘭醫生對該事件定性為「醫療欺詐」也非常準確。協和醫院通過系列騙術，把一個個完全沒有手術指征的病人強行推到手術臺，動機在「謀財」，結果是「害命」，如此嚴重的事件，已經完全不能用醫療行為來解釋。事實上，「醫療欺詐」是一個全新的犯罪現象，必須給予充分重視，是市場經濟下醫療領域監督嚴重滯後、相關法律空缺的結果。背後是醫療腐敗的蔓延和醫療體制的扭曲。然而，對於王洪豔事件，目前有跡象表明，在協和醫院的「公關」下，上海市衛生部門仍在沿用一貫做法，將此事定性為「過度診療」，對此卻又「無法可依」，最終可能導致不了了之。

三

劉丹憔悴了，失去了青春的光彩；臉龐瘦了下去，圓臉變長了。讓她費解的是衛生主管部門要想澄清實事，為什麼不調查「宮－腹腔鏡」手術的真偽，為什麼不調查手術是否有效？另外，受害者又不僅僅王洪豔一人，網上有那麼多病人留下了QQ號和其他聯繫方式，他們為什麼不找她們瞭解情況？她也跟他們說過，王洪豔一時找不到，可不可以讓其他病人出來作證？他們卻拒絕了，堅持要她交出王洪豔。

「如果我不幸被開除，就跟你去辦患者協會。」劉丹跟陳曉蘭說。

陳曉蘭看著劉丹，心裡很不好受。她是一位多麼可愛的姑娘，天真、單純、胸懷坦蕩；她又是多麼難得的記者，正直、善良、敬業。她比自己女兒貝宜的年齡還小，承擔的卻是沉重的社會責任，承受的是這「黑雲壓城城欲摧」的壓力。可是，在這種情況下，陳曉蘭除了給她以安慰之外確實幫不上忙。無論如何不能讓王洪豔出來，她已經遭受很大的傷害，精神瀕臨崩潰，說什麼也不能增加她的壓力，哪怕是一根草葉都不能讓她承擔。在那些日子，陳曉蘭和柴會群幾乎天天陪伴著劉丹到凌晨一兩點鐘。劉丹特別感激，將他們三人稱之為「鐵三角」，說他們是拆不散的，打不爛的戰鬥集體。

一天，劉丹實在挺不住了，給她所敬重的領導發了一個短信，解釋一下事情的原委。

沒想到很快收到回復：「我相信你是對的！」

劉丹一遍遍地看著那個短信，捧著手機放聲大哭，心底的委屈化為滔滔淚水。

「劉丹，你是報導者，當事人不出來，你可以出來講兩句。」有的記者採訪不到王洪豔就要求採訪劉丹。

「對不起，我是記者，不是患者的代言人。我要是患者的代言人的話，就不是記者了。」

「我們去上海協和醫院採訪，他們說新華社的報導失實了，那個記者逃跑了，你在上海嗎？」一家電視臺的記者來電話對劉丹說。

「我為什麼要逃啊，我不僅在上海，而且還在新華社發稿呢！」

「我們認為你的報導是客觀的，真實的。請你不要關機，我們在節目裡跟你連一下線好嗎？」

劉丹覺得自己已經頭破血流，走投無路了，心理壓力已達到所能承受的極限。沒想到在這時候還有這麼多的人在關心她，相信她的報導是真實的，還要幫助她澄清事實。劉丹感動得淚流滿面，她感到幸福，感到悲壯，感到付出的價值。可是，壓力再大她也不能站出來說話，她認為作為記者必須要保持中立的、客觀的立場，不能做病人的代言人。

三天過去了，五天過去了，新華社一直沒有對《新聞晨報》的報導進行反駁，有人認為新華社這回栽了，劉丹的報導失實了。陳曉蘭她們三人商量，王洪豔再不出來，萬一衛生監管部門下了結論——上海協和醫院沒有問題，那麼黑的就變成白的，真新聞就成了假新聞。上海協和醫院的黑幕不僅沒揭開，反而給他們做了廣告宣傳，王洪豔她們沒討回公道，接下來上當受騙的病人將會更多。王洪豔出來的話，風險實在太大，弄不好她會精神崩潰，劉丹和新華社會更加的被動。他們經過反復商量，最後決定儘快幫助王洪豔找一位代理律師，讓律師代理王洪豔作證，澄清事實。

陳曉蘭說，這個律師特別關鍵，一旦找錯了，被不講職業道德的律師出賣了，我們就全軍覆沒了。我們要找的律師不一定有名氣，但是一定要為人正直，誠實可靠，有正義感。他最好沒打過醫療官司，跟醫療界沒有任何聯繫，跟上海協和醫院沒有任何瓜葛。

第二天，他們三人分別行動，柴會群和劉丹社會關係多，有一些認識律師的朋友。柴會群的朋友向他推薦一位律師，各方面條件都很合適，遺憾的是這位律師出差在外，一周後才能回來。可是，王洪豔的事情等不得，只好放棄。

柴會群突然想起一位叫斯偉江的律師。他跟斯律師只有一面之交，卻覺得這個人很可靠，值得信任。可是，如此重大的事情怎麼能憑感覺來抉擇？萬一出了問題，那將無可挽回。於是，他們跟斯律師見過三次面，他給他們的印象特別好。斯律師的確很正，他表示只要王洪豔同意，可以免費為她代理。

律師找到了，還要王洪豔同意才行。這時王洪豔不僅是思維有點錯亂，而且敏感多疑，她認為劉丹出賣了她，不願意再跟劉丹來往；陳曉蘭也因為替劉丹說話，勸王洪豔不要誤解劉丹，她認為陳曉蘭也不好了，連陳曉蘭的電話也不接了。因此，讓王洪豔接受斯律師絕不是一件容易的事。

「王洪豔，我是陳曉蘭，我們在柴會群這呢，你來過一下，我們碰一碰。」陳曉蘭給王洪豔打電話說。

「你們都在是嗎？你們都在我就得過去，是嗎？你們設計好了圈套讓我來鑽，是嗎？」王洪豔說罷就將電話掛斷。

「王洪豔，你說的是什麼意思，我沒聽懂，請再講一遍。」陳曉蘭再次掛通電話。

「我再不信任你們了，你們自己的事情自己辦吧，跟我沒關係了……」說完，她又把電話掛斷了。

陳曉蘭的心涼了，看來做王洪豔的工作，比找律師的難度還大。

劉丹不知所措地說：「怎麼辦，該怎麼辦哪？豔子會不會再也不理我們了？」陳曉蘭終於又見到王洪豔。

第十七章

陳曉蘭再次配合藥監稽查時，被上海協和醫院拒之門外。他們強硬起來。王洪豔對誰都不相信了，拒絕跟陳曉蘭他們配合，新華社和劉丹的壓力越來越大了……

一

王洪豔沒有能出來作證，上海協和醫院的態度陡然變得強硬。

一月一五日，陳曉蘭第二次配合上海市藥監局到上海協和醫院稽查執法。當藥監稽查的車開進醫院院內，執法人員剛下車，醫院就告訴他們，不許陳曉蘭再踏進醫院一步！戳在一旁的保安威脅道：「陳曉蘭膽敢進醫院，我們就要給她點顏色看看！」

風雲突變，短短幾天醫院的態度就發生了一八〇度大轉彎！

一月七日，上海協和醫院的院長親自將電話打到陳曉蘭家，態度溫婉，語氣謙卑地說：

「陳老師啊，您那天來醫院檢查，我們對您的態度不好，請多多原諒。您是專家，我們希望您再次到醫院來檢查工作。」

「你別客氣，我哪裡是什麼專家，只是一個最普通的醫生，」陳曉蘭立即將那頂「專家」高帽退了回去，她接著說，「我沒有必要去你們醫院檢查工作，那不是我的職責，上次只不過是配合藥監執法而已。」

「陳老師，我們希望您能夠指導我們的工作。」

「我沒那個義務。」

沒想到，那位院長善敘家常，慢條斯理地聊著，猶如林間散步，鬆散而隨意。不經意間順著一個岔路下去，聊起了他的恩師，再轉個彎兒，又談起陳曉蘭的母親，在那條小路上七繞八繞陳曉蘭的母親就與他的恩師相遇了——他們是大學的校友。看來他和陳曉蘭不是沒關係，只是沒走動。這回相識了，走動了，那麼就應該友好相處，彼此關照了，否則就對不起前輩。

「陳老師，您要是不想到我們醫院來檢查指導的話，那我只好登門拜訪了……」

「別，別，我最討厭的就是別人來我家。」陳曉蘭急切地說。

沒想到聊了半天，水還是水，礁還是礁。

「那麼，我們在外邊找個地方聊聊好嗎？我們兩家距離很近，我也住在彭浦新村，就住在你那個社區的斜對面……」

陳曉蘭的心像被木棍猛擊一下，直往下沉。他這話是什麼意思，是否在暗示他們已經知道我住在哪兒？是否想以此要脅我放棄調查？自從調查和檢舉他們醫療欺詐以來，她不僅被跟蹤，手機不能報警，電話被監聽，前些日子還發生過一件怪事，她在上網查資料時，家裡來了客人。她跟客人聊著聊著，不經意間掃一眼電腦，驀然發現滑鼠的箭頭像著魔似的活躍起來，連續點開幾個文件。難道有人通過網路操縱她的電腦，查看和盜取她的文件？她急忙跑過去關掉電腦，兩眼呆呆地看著顯示幕，毛骨悚然，驚恐不已。

「如果你們認為我在配合藥監稽查的過程中有什麼問題，可以向藥監部門反映。我沒有必要去你們醫院檢查。」她冷峻拒絕後掛斷電話。

可是，那位院長不死心，又打來兩次電話。

幾天前，他們還懇請她到醫院檢查指導，現在卻把她拒之門外，這是為什麼？

藥監稽查人員進了醫院，陳曉蘭堅持要進去，她不相信他們能把她怎麼樣。執法人員都勸她留在車上，不要下來。執法人員小孟誠懇地說：「陳老師，您別下車好嗎？就算您幫我一個忙，我們來時領導交待過，一定要保證您的人身安全。」

讓陳曉蘭坐在上海協和醫院門口的車裡，不參加執法檢查，怎麼心甘？

「陳老師，你想查什麼就打電話告訴我們，我們替您查。」另一位執法人員說。

話都說到這份上了，陳曉蘭也不好再堅持。病人說，醫院讓保安用擔架抬著術後病人上下樓。上次稽查時，陳曉蘭特意觀察了一下電梯，好像長度不夠，放不下一張手術推床。她這次帶了一把卷尺，想量一下電梯的尺寸，弄清到底是不是醫用電梯。在上次稽查時，醫生承認他們每次給病人做一個小時的OKW微波中藥導入。按規定微波治療每次最長時間不能超過二十分鐘，一個小時將會導致病人體內的灼傷。她懷疑他們的OKW微波治療儀有問題，她從家拿來一支氖光燈管，想用它測試一下他們的OKW微波治療儀是否真有微波輸出。她進不去了，只好將卷尺和氖光燈管交給執法人員，讓他們去做了。

藥監稽查人員都進去了，陳曉蘭一人坐在車裡，心裡特別不是滋味。沒想到搞醫療詐騙的耀武揚威了，揭發檢舉的人卻像犯人似的躲在車裡不敢出來，真讓人感到悲哀。她是藥監局的社會安全監督員啊，醫院有什麼理由拒之門外？這不僅說明醫院的強橫和囂張，也說明藥監執法的軟弱。

「幹什麼，幹什麼你們？」突然，坐在前邊的司機悻惱地衝著外邊吼了起來。

陳曉蘭順著司機的目光望去，見車週邊了一群人。藥監稽查車的車窗玻璃貼了一層膜，外面的人看不見裡面。在靠近倒車鏡的位置有一個小角沒有貼膜，醫院的保安和其他人員趴在那向車裡窺視。在那個小角塞滿了大大小小、橫橫豎豎的腦袋，還有那圓的扁的三角的眼睛和驚喜、興奮、好奇的目光。

「哪有陳曉蘭哪，我怎麼沒看著呢？」

「我看到了，在後排坐著呢……」

「什麼樣的人？」他們邊看邊說。

「去去去，看什麼看？」司機氣惱地吼道。

那些人沒有理睬司機，仍然趴著看。

陳曉蘭感到自己成了關在籠子裡的動物或者罪犯，她感到自己尊嚴被踐踏了，人格被污辱了，痛苦和壓抑像一把鋒利的鋸子在她的心上鋸著，讓她痛苦不堪。

藥監稽查是否順利，檢查到哪兒了，會不會遇到什麼阻力和障礙？他們能不能秉公執法，網目不疏？醫院會不會收買他們，給他們塞紅包，那種大得足以讓人心驚肉跳的紅包？陳曉蘭越來越坐立不安了。上海協和醫院提出了十三點質疑，《新聞晨報》發出了不同聲音；王洪豔精神瀕臨崩潰，不能出來作證，新華社和劉丹陷於被動；一些媒體和讀者紛紛懷疑劉丹的報導的真實性，如果這次藥監稽查查不出實質性問題，王洪豔等病人就討不回公道，劉丹有可能被單位除名，上海協和醫院這條泥鰍就會鑽出網去，不僅繼續興風作浪，坑害病人，而且還會咬住劉丹、王洪豔她們不放。

「電梯量過沒有？尺寸是多少？」陳曉蘭著急了，給稽查人員打電話問道。

「量了，長一‧五米，寬一‧六米。」稽查人員說。

果然不出所料，這不是醫用電梯。

術後的病人在上下樓轉移時必須保持平臥。電梯不符合要求，衛生監管部門為什麼准許他們開業，准許他們開展手術？他們是不知道手術後的病人必須保持特殊的臥位，還是不知道病人不能用擔架抬著上下樓？這不是在拿病人的生命和健康開玩笑麼？

反腐是政府的事，打假是監管部門的職責。可是，在政府和監督部門也存在腐敗啊，若沒有貪官、庸官和不作為的官，若沒失職、瀆職和出賣人民利益的執法人員，這些醫院能這麼幹，敢這麼幹嗎？老百姓關心的醫療問題會得不到解決嗎？陳曉蘭越想越心酸，越想越難過啊，她是一個普通醫生，她的職責是救死扶傷，治病救人，而不是什麼醫療打假。正因為那些監管部門沒起到應有的作用，醫院出現了假器械、假治療、真欺詐，才把她逼到了這條充滿艱辛和危險的道路。對她來說，「醫生」只是稱謂，已不再是職責。

「用於中藥離子導入的ＯＫＷ微波治療儀查過沒有？在治療儀的工作狀態下，氖光燈管有沒有反應，亮了沒有？」陳曉蘭再次打電話詢問。

「有反應，亮了。看來治療儀沒問題，是真的。」

「我倒希望它是假的！」

「為什麼？」稽查人員大惑不解地問。

難道陳曉蘭想找出醫院欺詐病人的證據，把他們澈底制服？

「如果它是假的，那只是圖財，如是真的，那就害命了。按規定微波治療每次最長只能二十分鐘，他們給病人做一個小時！你們再幫我查查，醫院到底有沒有『宮–腹腔鏡』？如有的話，把它的說明書拿給我看一下。」陳曉蘭說。

凡跟陳曉蘭接觸過的人，不論是醫生還是病人，也不論清官還是貪官，對她的評價都是這位醫生沒有私心，沒有個人目的，她為的是病人利益，這也就是她被許多線民稱之為高尚和偉大的地方。

二

「宮－腹腔鏡」是上海協和醫院的金字招牌，他們不僅在廣告上大肆宣傳，而且還鼎力推介，不管病人病情輕重，也不管是否需要，醫生都千方百計地勸她們做這種手術。陳曉蘭知道有宮腔鏡和腹腔鏡，從來沒聽說過「宮－腹腔鏡」。她一直想搞清楚它到底是什麼東西，它與宮腔鏡和腹腔鏡有什麼區別，在手術中是如何操作的，它是怎麼將複雜的、需要變換八九個體位的手術在半小時左右完成的？

陳曉蘭看過王洪豔的手術單，上面清楚地寫著「宮－腹腔鏡」手術、「膀胱截石位」。她問過王洪豔手術的詳細過程。王洪豔說，那天，二〇時十分她被推進手術室，麻醉師給她實施了全身麻醉後，她就失去了知覺，在手術過程中究竟發生什麼，她一點兒都不清楚。能夠證明她做過「宮－腹腔鏡」手術的只有肚皮上的三個小紅點。不過，根據王洪豔的描述，在她清醒時的確是平臥位。

「什麼是宮－腹腔鏡？」陳曉蘭向婦科專家請教。

「不知道。」多數專家搖著頭說。

「我只知道宮腔鏡和腹腔鏡，從沒聽說過宮－腹腔鏡。陳醫生，如果你打聽清楚了，一定要告訴我。」一位對科學持有嚴肅認真態度的專家說。

專家總是謙遜的，不會「一瓶不滿，半瓶晃蕩」，不會像江湖郎中那樣坐在那掛滿「妙手回春」、「華佗再世」錦旗的診室，以為自己天下第一。

有的專家為自己不知道「宮－腹腔鏡」而感到難堪，感到羞愧，感到自己孤陋寡聞。科學技術發展的速度確實是太快了，突飛猛進，日新月異。一位醫生離開臨床三五年，有些醫療器械就不認識了；就是從沒離開過臨床，誰敢拍胸脯說，世界上什麼「高精尖」的醫療器械我都知道？陳曉蘭認為，既然上海協和醫院在廣告上打出「宮－腹腔鏡」，那麼他們肯定就有那種器械，否則醫生拿什麼做「宮－腹腔鏡」手術？

「什麼宮－腹腔鏡？沒有宮－腹腔鏡，也不可能有宮－腹腔鏡，只有宮腔鏡和腹腔鏡！」在陳曉蘭請教過N

位專家後，終於遇到一位敢於否定它的存在的專家。

這位專家解釋說，宮腔手術和腹腔手術是不可能同時進行的，這也就決定了不可能有「宮－腹腔鏡」這種怪物。你想想，在做宮腔鏡手術時，病人是什麼體位？對，膀胱截石位！病人要仰臥在婦產科那種短手術臺上，兩腿分開，放在支架上，醫生位於病人的兩腿之間。在做腹腔鏡手術時，病人是什麼體位？對，是平臥位！病人要平臥在手術臺上，醫生和護士站在手術臺的兩側。這兩種手術不僅手術臺不同，病人的體位不同，醫生和護士站立的位置不同，所需要的手術器械也不相同，怎麼可能同時進行呢？

陳曉蘭恍然大悟，「宮－腹腔鏡」是不存在的，那麼「宮－腹腔鏡」探查術肯定就不存在了。上海協和醫院只能給病人做宮腹手術與腹腔手術，那麼，這兩種手術他們是否真給病人做了呢？王洪豔的手術單只有「膀胱截石位」，醫生到底是在文字上省略了「平臥位」，還是在手術中省略了「平臥位」？是在宮腔鏡手術後將病人移到另一手術臺做的腹腔鏡手術；還是根本就沒給病人做腹腔鏡手術？

「不過，我們通常也把宮腔鏡和腹腔鏡簡稱為『宮、腹腔鏡』。」那位專家補充說。

陳曉蘭明白了，他們是有目的、有預謀地將「宮、腹腔鏡」改為「宮－腹腔鏡」。在當今喟歎原創力匱乏之時，騙子竟如此富有創造力，改動一個標點符號就創造出了「宮－腹腔鏡」手術，創造出了這一虛擬的、獨家所有的手術，騙來了全中國各地的病人，這一創舉完全可以寫進中國醫療詐騙史！

「請你們幫我查查醫院有沒有宮－腹腔鏡，把它的說明書拿給我看看。」陳曉蘭給藥監稽查人員發去短信。

「他們到底有沒有宮－腹腔鏡？」陳曉蘭再次追問稽查人員。

「沒有宮－腹腔鏡。只有宮腔鏡和腹腔鏡。」執法人員說。

「不對，肯定有宮－腹腔鏡！他們在廣告上就是這麼寫的，你們一定要給我查出來！」

「肯定沒有宮－腹腔鏡。」

「那麼，請你們在報告上注明宮腔鏡和腹腔鏡的產品的型號和編號，還有要注明上海協和醫院沒有宮－腹腔鏡。」陳曉蘭說完，長長舒口氣。

總算查清了，他們根本就沒有「宮－腹腔鏡」。這一虛擬的器械侵吞了多少病人的血汗，害得多少人傾家蕩產，債臺高築？據上海協和醫院醫務處的介紹：「一個月要一千多人，一天三四十，三三得九，那麼其他的門診人次還有一些。」據陳曉蘭掌握的情況，在十二月二十五日一天，他們就給病人做了二十七例「宮－腹腔鏡」手術。如此算來，那天僅此一項，按每台手術兩萬元計，他們至少收入五十萬元，如果手術的項目增至五六項，七八項，那麼收入將會翻一番、兩番，甚至三番，那就是一百多萬元了。

「宮－腹腔鏡」的謊言終於被揭穿了。陳曉蘭的心裡終於出現一縷陽光。

陳曉蘭想去見王洪豔，勸她接受斯律師的代理。但她給王洪豔掛過幾次電話，王洪豔見她的電話號碼或者不接，或者接起來馬上就掛斷。她幾經周折，打聽到了王洪豔藏身的地點，跟劉丹約好立即去找王洪豔，無論如何也要跟她見一面，把事情解釋清楚。如果王洪豔不再出面，她們也好另做打算，再拖下去新華社拖不起，劉丹的壓力也與日俱增。

陳曉蘭看一下表，估計劉丹已去浦東了。她不想等待藥監稽查的最後報告，打算坐計程車去見劉丹。當她打電話跟藥監稽查人員告別時，他們堅決不同意她坐計程車，怕她路上出意外，要藥監稽查車送她過去。他們叮囑司機，一定要把陳醫生安全地送到地方。

三

「豔子還是不接我的電話。」一見面，劉丹就眼淚汪汪地對陳曉蘭說。

領導理解劉丹的苦衷，清楚她面臨著難以克服的困難，沒有要求她必須交出王洪豔。可是，劉丹知道王洪豔再不出來的話，新華社的聲譽將蒙受重大的損失。她多麼希望王洪豔能接她的電話，同意跟她見面啊。

陳曉蘭和劉丹找到了王洪豔所藏身的房子，敲了敲門，裡邊沒有動靜；再敲，還是沒有動靜。打電話，王洪豔不接，她們知道王洪豔在裡邊，門卻不開。門，敲過一遍又一遍，自尊和信心都敲了進去，門還是板著面孔，冷冷地面對著她們。

陳曉蘭沒轍了，劉丹洩氣了。難道就這麼回去？心有不甘。陳曉蘭想起了陳軍醫。此時此刻，王洪豔能相信的，恐怕只有她了。陳曉蘭撥通她的電話。陳軍醫果然是古道熱腸、富有正義感之人，接到電話後就趕了過來。

三人在外邊商量一會兒，陳軍醫認為她可以去做王洪豔的工作，陳曉蘭和劉丹先不跟她去，怕王洪豔從門上的貓眼看見她們不肯開門。等她做通工作，陳曉蘭她們再進去見王洪黜。

天氣陰冷陰冷的，空中飄灑著淅淅瀝瀝的毛毛雨，陳曉蘭和劉丹怕王洪黜從窗子看見，躲在社區的一個角落。那裡風很大，雨橫掃過來，打在陳曉蘭和劉丹的身上和臉上。她們穿著單薄，不一會兒就凍僵了，身子像掛在枯枝上的樹葉瑟瑟作抖。堅持一會兒，心就像凍透了，話說不出來了，臉色蒼白。

不行，這樣下去非凍死不可。

她和劉丹哆嗦到了社區門口，請求保安讓她們進小屋暖和暖和。

保安一臉疑惑地望著這一老一少的兩個女人，心裡可能在犯嘀咕，她們在社區裡轉悠來轉悠去的，已有些時辰了，想幹什麼呢？

劉丹看出保安的疑惑，把記者證掏出來給他看看。

「黜子會聽陳軍醫的嗎？陳軍醫能做通黜子的工作嗎？黜子會見我們嗎？」鑽進門衛的小屋許久才暖和過來，劉丹焦慮不安地問。

「我這回是下定決心了，以後再有這種事情，就是殺了我也不管了。我們圖啥呀？醫院把我們當成眼中釘肉中刺，恨不得把我們殺了；監管部門認為我們多事，病人都沒投訴，你們檢舉什麼，這不是沒事找事麼；病人也不理解，好像我們有什麼個人目的，他們是在說明我們。我們付出那麼多的心血，那麼多的時間和金錢，反而遭受這種委屈和痛苦，把自己搞得這麼可憐，何苦呢……」陳曉蘭心灰意懶地說。劉丹望著陳曉蘭那張疲倦、憔悴和衰老的面容，想想她這一個多月的奔波與操勞，也為她感到難過。

過了一會兒，陳軍醫回來了。她去時怕王洪黜不開門，先掛了電話。一敲門王洪黜就把門打開了，「你帶來幾個人？」她神經質地問道，目光緊張地在陳軍醫的身後搜尋著。

「沒有，就我一個人。」陳軍醫平靜地說。

王洪黜側過身子，把她讓進去。

陳軍醫勸了許久，王洪黜才同意與陳曉蘭她們見面。不過不是今天，而是明天或後天，具體時間由她來定。不管怎麼說，王洪黜同意見面了，今天沒有白來，陳曉蘭不禁長舒口氣。

「她同意了，同意了……」劉丹手舞足蹈地說。

四

陳曉蘭和劉丹打計程車把陳軍醫送回家後，一頭鑽進肯德基速食店，要兩杯熱咖啡，暖暖身子。已到中午，她們望著那些美味，一點兒食欲也沒有。前些日子在外邊暗訪，總吃這種食物，已經吃膩了。一杯熱熱的咖啡喝了下去，身子暖了過來，思維也活躍了，被凍僵了的想法和感覺像結束了冬眠的小動物似的跑了出來。

劉丹給王洪豔發短信，懇望在明天見面。陳曉蘭望著低頭髮短信的劉丹，見她的臉又瘦了一圈兒，氣色也特別不好，不禁心疼起來。這些日子，劉丹實在是太不容易了，報導發出後，遭到醫院的質疑和媒體的質疑，王洪豔不出來，新華社不能正面出擊，她無法公開反駁《新聞晨報》，像做錯了什麼似的，只能這樣煎熬著，苦著自己……陳曉蘭越看越心疼。

有時事情過去了也就過了，有時事情過去了感覺卻沒過去，想著躲起來的王洪豔，陳曉蘭越想越來氣。她就是在這種心緒下給王洪豔寫了一條短信：

「在上海協和的問題上，你不是為了我們，我們也不只是為你一人。」

寫完之後，她拿給劉丹看。劉丹臉色陡變，慌然說道：「你可千萬別這樣，你這樣說她要不見我們怎麼辦哪？」

王洪豔推遲一兩天見面，畢竟還能夠見面，或者有希望見面。若把她惹惱了，她改變了主意，拒絕見面了，或者藏到什麼地方找不到，那可就麻煩了。

「就應該這麼說！在醫學上講這叫厭惡療法。王洪豔的心態失衡，過於敏感，疑慮重重，誰都不相信，有著強烈的受迫害感。我刺激她一下，她就會清醒過來，否則她隨時都可能瘋掉！」

陳曉蘭說完，手指摁下發送鍵，短信發了出去。

過一會兒，王洪豔回復了，態度強硬，語言暴躁。

陳曉蘭接著一條又一條地給她發短信：

「我們是掏自己的腰包來做這件事的，為的是所有病人的利益，當然也包括你的利益……」
「我們從來不指望用一杆槍打敗敵人。有沒有你這場戰役我們都會打下去的，一直打到底……」
「我們之所以找了那麼多的病人，就是想減輕你的壓力。要知道你這麼不通情達理，我們早就不跟你合作了。」
「你看電視廣告找醫生，使自己掉進了陷阱；現在又想上網找律師，萬一選擇不當，我們大家都得跟你倒楣……」
柴會群從單位趕過來。陳軍醫忙完家裡的事情也過來了，她支持陳曉蘭的觀點和做法。
幾個回合之後，王洪豔不再回復了，沒有了動靜。她為什麼不再回復，到底發生了什麼，會不會出現什麼意外？他們坐立不安了。
陳軍醫說，我再過去看看她吧。說罷，急忙坐計程車趕過去。
陳曉蘭他們三人緊張而焦慮地等待著。過了飯口，肯德基速食店裡的人寥寥無幾了。陳軍醫見到王洪豔沒有？王洪豔會不會不給她開門？王洪豔會不會認為陳軍醫跟陳曉蘭他們是一夥的，會不會不聽陳軍醫的勸導？他們的交談停止了，在靜待陳軍醫的消息。
陳曉蘭的手機響了。「是陳軍醫！」陳曉蘭說著接起電話。劉丹神色緊張地望著陳曉蘭，不知是凶是吉。陳軍醫的話簡短：「王洪豔說現在見面，請他們過去。」
陳曉蘭放下電話，把消息告訴劉丹和柴會群。劉丹的臉像冰封的河面開化了，一派春光。
「當當當。」
板了一上午面孔的門隨之敲門聲終於開了。
王洪豔出現在門口。這是王洪豔嗎？王洪豔是一個特別注重自己形象的女性，在穿衣打扮上，讓人無可挑剔，任何一細節都不放過。眼前的王洪豔披著被子，頭髮蓬亂，衣著不整，面色蒼白，眼睛賊亮賊亮的，情緒處於極度亢奮狀態。
沒有想到王洪豔被折磨成這個樣子。陳曉蘭的怨氣沒了，劉丹的眼裡蓄滿了淚水，柴會群不忍再看兩眼。
王洪豔本可以像其他病人那樣不投訴上海協和醫院，她的日子比其他病人好得多，有自己的房子和自己的「現代」。上海協和醫院也多次找她，想跟她談談。她知道「談談」是什麼意思，知道醫院怕她把事情鬧大，怕騙人的黑幕被揭開，怕已投入的數千萬元廣告費付之東流。她知道在這種情況下，民營醫院往往會不惜代價去封病人的嘴，被騙去的八萬元錢很容易討回來。可是，她是位「朋友來了有好酒，敵人來了有獵槍」的東北女性，嫉惡如仇，有著一種這個時代所缺少元素——正義感。她沒有跟上海協和醫院提出索賠問題，不想讓他們悄悄了結。她就想給這個騙人醫院劃一個休止符，讓他們的騙術壽終正寢！

陳曉蘭、劉丹、柴會群和王洪豔，與上海協和醫院的鬥爭是一場以弱鬥強的生死決戰。在這場決戰中，他們是同生共死的戰友，是唇齒相依的朋友。在這場鬥爭中，他們有過膽怯，有過驚恐，也有過軟弱，有過誤會，可是他們從來沒有放棄，沒有退縮，更沒有背叛。

天色已晚，街燈點亮，車流如織，車要想開得快一點兒就得見縫插針，死貼硬靠。王洪豔接受了陳曉蘭的建議，同意跟他們去見斯律師。她已經將近一周沒出門了，覺得外邊危機四伏，殺手隨時都會現出，只有藏身於那間小屋才有安全感。可是，她有著一股為朋友兩肋插刀的俠氣，當初自己嚇得渾身哆嗦還能打計程車去救陳醫生。她用黑色頭巾把臉裹得嚴嚴實實，只露兩隻眼睛，坐在計程車的後排座上，緊張得渾身僵直，眼睛像隻警覺的小鳥注視著車裡車外。當坐在身邊的劉丹想跟她說話，她把食指立在嘴唇邊：「噓……」制止了。劉丹說了一句話，提到了「協和」兩字，她的手死死地抓著劉丹的胳膊，聲音微弱地說：「這個不能講……」怕司機聽見，她說的不是漢語是英語。在她眼裡可能除了陳曉蘭他們三人之外，其他人都有可能是上海協和醫院派來的殺手。

蒼天憫人，一切順利，王洪豔對國浩律師集團上海事務所的斯偉江律師很滿意，當天就在委託書上簽了字。斯偉江律師接受委託之後，立即致函上海市衛生局。一月十八日，斯律師得到了答覆：上海市衛生局約定在一月二十二日上午聽取王洪豔的意見。

王洪豔有了代理律師，形勢發生了根本性的轉變。新華社上海分社和陳曉蘭他們又佔據了主動地位。那些「王洪豔是陳曉蘭和劉丹虛構的病人」、「王洪豔是長江醫院的托，已經逃跑了」等等說法都不攻自破。

第十八章

陳曉蘭在舅媽的搶救中發現醫療腐敗在上升，醫生的責任意識和臨床水準在下降。在八千六百四十五元六角二分的醫藥費中，最能體現醫生技術水準和價值的開銷僅有三十四元；濫用藥的現象相當普遍……。

一

二〇〇五年九月二十一日，陳曉蘭突然接到表哥張怡打來的電話，舅媽病危，正在上海某三級甲等醫院的急診住院部搶救。

當陳曉蘭見到舅媽——張印月時，舅媽已躺在重症監護室的病榻。蒼白的床單，蒼白的枕頭，蒼白的舅媽雙目緊閉，瘦骨如柴的身體像充足氣的皮球——鼓鼓脹脹，皮膚泛著青光。她渾身上下插滿各色各樣的管子，兩支輸液管分別紮在兩隻腳上，藥液正一滴一滴地滴著；嘴裡插著兩支蒼白的七〇毫升的塑膠注射器，像象牙齜著，殷紅的血水順著嘴角緩緩流下……。

陳曉蘭「退休」之後踏進醫院就會有一種久違的親切和錐心的痛楚。離開醫院三年了，作為醫生離開臨床久了，對疾病訊號就會失去敏感，判斷力就會下降，最終將會廢掉。當醫生，穿白大褂，帶聽診器，這是她小時的夙願。實現了，又失去了，今生今世怕是回不到臨床了，不甘和失落像兩隻粗糙的手搓揉著她的心。

她多麼渴望跟病人在一起，為他們診治疾病，為他們所需要。從醫三十多年來，病人已成為她生活中不可缺少的一部分。離開病人，她的心就像斷了桅杆，生活沒有了動力和方向。讓她欣慰的是那些老病人還跟她保持聯繫，哪兒不舒適就給她打電話，在醫院看病遇到什麼不順心的事也打電話跟她說說。

自父母病逝後，她對醫院的態度和看法變了，一走進病房就感到緊張、懼憚和憤恨。在有些醫院不該死的病人死去了，不該消失的生命消失了；有些醫生不講醫德，沒有良知，不再把病人的生命和健康視為首位，而是「一切向錢看」，怎麼賺錢就怎麼做。可以說，他們和病魔一起打劫病人。醫生墮落到這種地步是可怕的，社會上許多人將醫生稱之為「白衣魔鬼」。她去北京，朋友再三叮囑她，打計程車時，千萬別說自己是醫生，否則計程車司機會有意給你繞路。醫患關係什麼時候這樣緊張過？悲哀啊！

重症監護室沉浸在蒼白的靜謐之中，似乎一切都在悄然地等待著。這裡的病人一隻腳已伸進墳墓，另一隻腳還留在人間。他們多麼需要幫助啊，需要醫生和護士把他這只腳拽住，幫他把那只腳拉回來。這裡看似靜悄悄的，實際上正在進行著生死搏鬥。活下來的，悄悄從這裡走出；死去的，不聲不響地被推走。

表哥一見到陳曉蘭眼圈就紅了，淚水湧了出來，悄聲跟表妹講述了事情的經過。兩天前的早晨，他發現母親病重了，請一位熟悉的醫生到家裡看看。

「根據你母親的情況，最好不要送進醫院，找社區醫生定時上門診治就行了。老人年邁體弱，去醫院要抬上抬下的，容易發生危險。」醫生說。

張怡覺得不論怎麼說，作為兒子應該讓母親享受最好的治療，於是撥打了「一二〇」，叫來了救護車，將母親送到了這家三甲醫院。急診室的醫生對老人的診斷是感染性休克，除此之外，還伴有心臟、呼吸和腎臟三項功能衰竭。感染性休克是休克中最為兇險的一種。老人經過一天的緊張搶救，病情有所緩解，從搶救室轉入急診住院部。

在陳曉蘭去之前，不省人事的舅媽已有過多次必要的和不必要的搶救。表哥說，剛才一位護士說媽媽心跳驟停。病房裡所有的目光都聚集在心電監護器上。螢幕上的那條波動的、跳躍的曲線似乎被一種神祕的力量扯平，安安靜靜地趴下，不再動了。

七八名醫生一擁而上，注射強心劑，做人工呼吸。在「叭叭叭」的電擊中，老人那衰老而瘦弱的軀體痙攣地抽搐著跳動著，讓家人心如刀絞。經一番折騰之後，心臟監護器上的那條線仍然安安靜靜趴在那兒，一動不動。醫生感到蹊蹺，怎麼一點反應都沒有？再檢查一下，血壓，有；脈搏，有；呼吸，有，為什麼偏偏心臟罷工了，怎麼會出現這種怪現象？電擊停止了。

原來驟停的不是心跳，是心臟監護器的導線，它本該老老實實吸附在病人的胸前，卻開了小差，而且溜出很遠。按病房的原設計，心臟監護器是放在床邊的，醫院為增加病床容積率和經濟效益，它的空間被擠佔掉了。它只好向空中發展，被高高地固定在牆壁上。這樣一來，心臟監護儀距離病人遠了，原有導線勉強夠著病人的胸部，這就對病人提出苛刻的要求：必須老老實實地躺在那裡，不能亂動。病人一動彈導線就會掉下來，從而出現病人心跳驟停的假像。

醫生將導線重新吸附在病人的胸前，那道可愛的、激動人心的曲線又歡快地一波接一波地跳躍起來，家人不禁舒口氣。

難道醫生已退化到除了看儀器，連最基本的檢查都不會的地步？

這是多麼低幼的錯誤喲，會有心臟停止跳動，血壓和呼吸依然存在的現象嗎？心跳停止意味著已經死亡，誰見過死人呼吸，誰見過死人有脈搏，誰見過死人有血壓？醫生怎麼會糊塗到這個份上。如果用聽診器聽一下病人的心臟，或者摸一下病人的脈搏，哪裡會發生這種荒唐事？

我們要相信科學，要崇尚科學，可是我們不能把儀器與科學等同起來。何況醫生有良莠，儀器和試劑有真假。有一位病人的癌症檢驗一直是強陽性的，可是他一直沒患癌症，到死也沒有；一位老幹部每年兩次癌症檢驗都是陰性，卻突然死於膽囊癌。

二

近幾年來，陳曉蘭聽到醫院的荒唐事太多了。×是位特別能宰病人的醫生，早在八九年前，他就能給普通的感冒患者開幾百元錢的處方。如果說，最底層的人是社會上最先富起來的人，那麼最沒良心的醫生就是最先富起來的醫生。據說，這位醫生四年撈了二三十萬元的回扣。

醫生也有生病的時候，也會成為病人，住進醫院。

「×住院了。差點死了。」有人給陳曉蘭打電話興奮地說。

「是嗎？」陳曉蘭問。

她不僅憎恨他，討厭他，而且還瞧不起他。

原來×的心臟病發作被家屬送進一家醫院。心電顯示心臟已經停止跳動，醫生宣佈他死了。他被抬上推屍車，身上罩上了白布，看守太平間的人一臉冷漠地推著他走在前邊，滿面悲戚的家人跟在後邊。突然，他的胳膊噹啷在車外，像不願離開的靈魂在那兒擺動。家屬急忙跑上前，把他的胳膊放在了車上。這時，突然發現他的手動了一下。

「他沒死，還活著……」突然，家屬大喊起來，邊喊邊奪過車向急診室跑去。

「怎麼沒死？你看看，心電圖都沒有了。」急診室的醫生說。

「可是他的手在動。他沒死，還活著……」家人爭辯道。

醫生又給他做一遍心電圖，還是沒有心跳，死了。

家人又把他推往太平間。在放進冰櫃之前，家屬還覺得他沒有死，於是找人從其他科室借了一台可攜式心電儀，發現那尾生命的曲線還在掙扎著。

家人又把他推回急診室，用急診室的心電儀一測還是死的。

醫生認為家屬搞錯了。家屬氣憤地跟醫生吵了起來。醫生無奈只好讓家屬把那台可攜式心電儀器再借來測一下。用可攜式心電儀一測還有心跳，是活的。這時醫生才發現急診室的心電儀壞了。×被從鬼門關拽了回來。不知他知道自己這一經歷會有何感想。

陳曉蘭感到奇怪的是這家三甲醫院重症監護室的醫生都沒有攜帶最傳統、最適用的診療器械——聽診器。難道聽診器早淘汰，只有沒有心電、彩超的鄉村診所才用這種診療器械？難道醫院已完全進入了高科技時代，進入了E時代？

心電、胸透、彩超、核磁共振能代替聽診器嗎？那些先進的儀器真就那麼可靠？有一項調查表明，每九十三名被診斷為「心臟病」的兒童，僅有十七人有心臟病。不僅如此，許多檢查結果還導致了過度的甚至錯誤的治療。大多數化驗室的準確率只有百分之九十五，且前提是所有儀器運轉良好（有些機器通常每週發生一次故障）；一位健康人做二十項左右的化驗，可能有一項指標顯示他有病。因此說，許多化驗和檢查可能是危險的，甚至可能致命。

英國ＢＢＣ著名衛生節目主持人、醫學博士弗農·科爾曼說，至少有三分之二的化驗單是不必要的，常規的血液和尿液檢驗僅在百分之一的診斷中有用；X光檢查中只有十分之一是必要的。據世界衛生組織報導，單X光檢查的費用就可占一個國家衛生支出的百分之六至百分之十。

不過，有一點是聽診器永遠做不到的，一是儀器檢驗是昂貴的；二是檢驗的數位化，不論對錯，儀器都能像模像樣地輸出一張或幾張資料。醫生用聽診器給病人檢查，比彩超和心電還準確，也不能多收取一元錢的診費，這是聽診器的致命的弱點。

三

舅媽的病房裡彌漫著消毒水味，這喚醒了陳曉蘭心底那份熟悉的感覺。她所不熟悉的是那些進進出出的醫生、護士，還有從舅媽的嘴裡支出來的白色塑膠注射器。

在陳曉蘭當醫生時，注射器的功能還沒被開發到這種地步。

「這是怎麼回事，怎麼把注射器插在病人嘴裡？」陳曉蘭好奇地問道。

「氣管口腔插管沒有牙墊，使用起來不方便。後來，有一位醫生發現用注射器代替牙墊效果挺好，於是就在病房裡推廣起來。病房都這麼做，從來沒有病人和家屬提出過異議。」一位醫生平靜地說。

不知發明用注射器代替牙墊的醫生有沒有申報專利，醫院給沒給他科研獎勵。看來這些傑出人物之所以籍籍無名就在於不注重推廣和保護智慧財產權，使得自己的發明被他人無償利用，而且是在這不被人知道的角落裡偷偷摸摸地流行。

「牙墊是用來固定呼吸機插管的。你們把注射器插到病人的嘴裡，只要病人一動，呼吸機的插管就歪到一邊去，這怎麼能起到固定作用呢？她嘴角的流血很可能是插管不正，紮破口腔黏膜造成的。」有三十多年醫齡的陳曉蘭驚詫了，憤怒了。

現實比小說還充滿懸念。我們想知道的是假如病榻上躺的不是一般的病人，是那位「注射器牙墊」發明人的母親或者祖母，他是否也會使用這一偉大的發明呢？「己所不欲，勿施於人。」可是，在現實中，許許多多的發明和創造都是給他人用的。

「口腔氣管插管怎麼會沒有牙墊呢？」陳曉蘭不相信地問道。

她提出要看看呼吸機的產品使用說明書。

「說明書？早就找不到了。」醫生和護士推說道。

「醫療器械的產品說明書是其使用的法定依據，沒有它怎麼能證明你們的操作具有合法性？」陳曉蘭說道。

病房裡的氣氛有點緊張了。陳曉蘭事後瞭解到，醫院在採購呼吸機時，因為口腔氣管插管較貴而沒有購進。

可是他們就沒有想想這樣會給病人帶來多大的痛苦，會讓多少病人像張印月那樣滿嘴流血水？筆端行此，我的腦海裡不禁浮現出許多醫院牆壁上張貼的標語：「一切為了病人，為了病人的一切。」我每次讀到這樣的標語，內心都充滿了感動。可是，標語在某些醫院已是裹在藥片上的薄薄糖衣，一不小心「唯利是圖」就裸露出來。

如果醫院和醫生窮得只會數鈔票，只會用鈔票的多寡計算得失，病患的痛苦和生命都像收入的零頭一樣忽略不計的話，那麼醫院還能算是醫院，醫生還能算是醫生嗎？

「這種藥怎麼能輸液呢？」陳曉蘭突然在輸液架上發現一瓶搶救藥，詫異地問道。

「這種藥怎麼就不能輸液呢？」醫生不快地反問道。

「這種搶救藥只有快速注入體內才會奏效。你把它放進五百ｃｃ溶液中，得多長時間能夠全部輸入病人體內，輸進去之後還會有療效嗎？」陳曉蘭說道。

「我給她放十支藥，肯定能達到療效！」那位年輕的醫生說。

「那樣就超劑量了，她還能醒過來嗎？」陳曉蘭氣憤地問道。

肌肉注射一支就能達到療效的搶救藥品，為什麼要用十支靜脈輸液呢？計程車司機只要開出三公里就能把乘客送到目的地，為什麼要爬上三環、四環、五環、六環公路之後，再把乘客送到目的地？計程車司機絕對不是拉乘客遊覽市容風貌，是錢。

所不同的是，計程車司機不是搶劫殺人犯，哪怕繞道也只是騙幾個錢，不良的醫生卻謀財害命。還有一點不同，計程車司機給乘客繞城一圈兒容易敗露，被乘客投訴到工商管理部門受嚴厲處罰；醫生給病人用錯多少藥都不會被病人或家屬發覺，甚至還會一臉感激地一個勁兒地掏錢。不知為什麼，政府對計程車司機和小商小販的監管遠比醫院嚴格得多，計程車司機多收一元錢要罰幾倍的款，醫生多收病人幾百元，上千元，往往沒人管。

另外，世界上沒有一個國家會為市民報銷計程車費，醫療費則不然，不完全花自己的錢那就不會心疼，這也為醫生濫用藥大開方便之門。濫用藥自然與回扣有關，否則醫生也不會跟處方較勁，應該開一味開上五味。據說，前不久，這家醫院的一位心內科主任因收取藥品回扣被警方拘留。看來拘留也沒能阻止醫生給病人多開藥。

「你們以前的醫生不懂，我們現在……」

「你懂什麼？臨床經驗是靠實踐積累出來的，而不是靠讀書讀出來的。對腎衰的病人，你一天就給她輸液六千ｃｃ。你想沒想過三千ｃｃ就足以把三天無尿的老年人的所有的血管脹開！在病人處在尿少，甚至無尿的情況下，輸液是要有所限制的，用量應該是前一天出量再加四百－五百ｃｃ，否則你把液體輸入她的體內，讓她怎麼排出來？液體排不出來，就是脹也得把病人脹死！你這是治病嗎？你是盡可能多地把藥都給病人輸進去，然後好跟家屬收錢。我們是不在意給親人花錢，可是我們花錢的目的是為了救命，而你們這樣大劑量、超劑量地給藥，這不是救命，而是害命！最終她不是死於這種藥物，就是死於那種藥物！」陳曉蘭氣憤不已地說。

四

根據舅媽的臨床表現，陳曉蘭認為她已經去世。

她請醫生給舅媽做一下瞳孔對光反射檢查，這是一種判斷病人死亡與否的基本方法。可是，在這一現代化的重症監護室裡，現代化的診療設備齊全，就是沒有手電筒這種常用的診療器具。陳曉蘭無可奈何地搖著頭，把手伸進手袋從中掏出一個手電筒遞了過去。

醫生翻一下病人的眼皮，用手電筒照了照瞳孔。陳曉蘭發現舅媽瞳孔已經擴散，對光照已毫無反應，手腳下垂部位和背部大面積淤血。

「瞳孔擴散沒有？」陳曉蘭見那位醫生看過沒有反應，問道。

「沒到邊緣。」醫生遲疑一下，說。

什麼叫「沒到邊緣」？瞳孔擴散還是沒擴散，病人死亡還是沒有死亡，怎麼連這點都判斷不出來？

舅媽悄然離開了人世。表哥之所以把舅媽送進醫院，就是想挽救她老人家的生命，讓她能夠多活些日子，沒有想到，除了多花幾千元醫藥費，讓媽媽在醫院多遭點兒罪之外，並沒有得到必要的治療。

「她還沒有死，你看，她心跳和呼吸都有。」醫生不同意陳曉蘭的判斷。

「她之所以還有心跳和呼吸，那只不過是在呼吸機與藥物作用之下所產生的假像。」陳曉蘭說。

陳曉蘭要求撤掉呼吸機，人已經死了，沒必要再用了。

「只要病人的心臟還跳動，我們就不能撤呼吸機！如果你們病人家屬要求撤掉，需要征得上海市醫保局的同意，否則醫院將承擔責任。」醫生說。

荒唐！怎麼會有這種規定？陳曉蘭不大相信，她撥通了上海市醫保局一位稽查官員的電話。

「我們不可能做這種規定。」官員十分肯定地說。

「你在撒謊。醫務人員是不能撒謊的！」陳曉蘭放下電話，生氣地指責那位醫生道。

「可能我記錯了，不是市醫保局定的規定，是我們醫院的規定。」醫生臉色不紅不白地說。

「你們哪位院長規定的？你講吧，我打電話問他。」

「不，不，不是院長規定的，是我們科主任規定的。」這下醫生有點兒慌了。

「那麼好，我給你們科主任打電話。你們科主任我認識。」陳曉蘭說。

醫生不吱聲了，無可奈何地撤下了呼吸機。呼吸機是按時間收費的，每小時八元。當醫生從舅媽嘴裡拔下注射器時，殷紅的鮮血和紫色的血塊從口腔裡噴湧出來，血落在臉上，又從臉上流到脖頸和枕頭，一片血色淋漓。陳曉蘭從醫以來從沒見過如此景象，她的心蜷縮了，再也舒張不開。

「這是病人牙齒出的血。」醫生解釋道。

「她鑲的是滿口的假牙，難道假牙也會出血？」

從老人嘴噴湧的鮮血在親屬的心裡流著，讓他們不得安寧。張怡去跟醫院交涉，要求見母親的主管醫生，並要求醫院提供母親所用藥品的說明書。醫院先是答應了，後來又變卦了，說你們家屬認為醫院有問題的話可以打官司。如今許多醫院動不動就這麼說，不論有理沒有理他們都充滿信心。不過，也難怪，中國的醫療官司，病人敗訴多，勝訴少，而且打起來很麻煩。

「我們並不想打官司，只是想討個說法。」張怡說，「我真後悔將媽媽送到醫院。」

老人變成一紙慘白的死亡證書。在這最後三天裡，她每日的排尿量僅四十毫升，醫生卻給她輸了一萬九千毫升的藥液。她的體重僅四十多公斤，一萬九千毫升藥液重達十九公斤，近乎於她體重的一半。

後來，陳曉蘭去華山醫院找王大猷討教。他已經不認識陳曉蘭，忘記在她舉報「光量子」時，給過她的幫助。當陳曉蘭提起來，他才回想起零零碎碎的記憶。陳曉蘭說起舅媽的事，他已經見怪不怪了。他說，他的叔叔拉肚子去醫院看病，在醫院輸完液之後，死在回家的路上。解剖後發現他的心臟血管破裂了，藥液流進腹腔。老年人血管硬化，彈性很差，大量藥液引進後，心臟承受不了。陳曉蘭問他，醫生怎麼能這樣用藥？這位藥學家無奈地問道，我們能有什麼辦法呢？

舅媽住院三天，總共開銷八千六百四十五元六角二分，平均每天為兩千八百八十一元八角七分。

當陳曉蘭提起醫療費，一位醫生不以為然地說：「對於像她這種病人來說，這是一個很一般的數字。」

陳曉蘭對舅媽的治療費進行了分析，在這八千六百四十五元六角二分中，藥費為五千五百九十一元四角六分。在藥費清單上，有抗生素泰能亞胺培南七支（單價二百一十八元）、穩可信鹽酸萬古黴素三支（單價一百八十元四角）、羅氏芬二支（單價一百一十八元）、複達欣頭孢他啶二支（單價一百零三元）、慶大黴素四支（單價三角八分）；醫療器械費用為二千八百二十七元一角六分，其中化驗費為九百三十四元，輸氧費和病室治療費為一千零九十五元，一次性醫療器械及耗材為六百五十六元一角六分。

一年後，我在陳曉蘭家採訪時，她還義憤填膺地說：「泰能的價格是慶大黴素的五百多倍。任何一位有臨床經驗的醫生都知道，對普通感染而言，慶大黴素、青黴素等廉價抗生素就可以治癒。可是，醫生卻在我舅媽治療中選用了大量昂貴抗生素。這些藥品使用後，從白血球數量不僅沒有下降反升的現象來看，這不僅說明我舅媽的感染沒有得到有效的控制，這不能不讓我們懷疑這些搶救藥品品質的真實性。」

藥劑師認為，泰能亞胺培南、穩可信萬古黴素這些通過腎臟代謝的抗生素，對於腎衰病人來說，應該相當謹慎。陳曉蘭在泰能亞胺培南的藥品說明書上發現，注意事項一欄明確寫道：「過敏、嚴重休克或心臟傳導阻滯者禁用。不用於腦膜炎治療。腎功能衰竭時須調整劑量。」可是，醫生偏偏把這種藥品給患嚴重休克的舅媽用上了。

「還有，醫生給病人濫用搶救藥品。在五十八小時裡，醫生居然給病人用了升血壓的藥——多巴胺一百五十八支！在三十四小時內，給病人用了中樞呼吸興奮劑——尼可剎米和山埂菜城各用了四十七支！均超過藥典限制的極量，這種過量的用藥必然會產生毒副性。濫用藥品不僅浪費錢，而且會增加用藥配伍的複雜性和危險性。可以說，許多病人並不是病死的，而是被藥死的。當前，醫生的濫用藥和泛用藥的現象十分普遍，簡直是借『藥』殺人，讓人恐怖！」

「事後，我們發現，在藥品使用清單上，只有四支泰能亞胺培南的記錄，可是到收費清單卻變成七支，那種藥每支二百一十八元。我拿著這兩份清單去找重症監護室的護士長。護士長承認多收三支泰能亞胺培南的藥費，即六百五十四元。

「在舅媽住院搶救的三天裡，最能體現醫生技術水準和價值的花費僅有三十四元！」陳曉蘭氣惱地說道。通過藥費清單得知，其中大輸液費用占藥費總額的百分之十三點四，位於藥費總額的第三位。

五

陳曉蘭說，在六七十年代，醫生和護士往往用「一瓶」來嘲笑那些醫術低下的庸醫，如「張一瓶」、「李一瓶」、「王一瓶」。如今，中國的醫生幾乎都成了「一瓶郎中」，不論感冒發燒，還是頭痛腦熱，抑或是腸炎胃病、腦瘤中風，醫生都會二話不說，提筆開方——輸液。

陳曉蘭的話讓我想起往事。那是在「文革」中，我所在的施工現場有個衛生所，那裡只有一位醫生，姓肖。工人師傅不稱他為「谷醫生」，卻稱他為「田春苗」。「田春苗」年近而立，尚未婚配。當時社會有句順口溜：「一是權，二是錢，三是聽診器，四是方向盤。」可是，這位擁有聽診器的醫生偏偏沒得到姑娘的青睞。「田春苗」挺倔強，少言寡語。不論誰去看病，也不論看什麼病，他都用那深度近視鏡後邊的眼睛目不轉睛地注視片刻，然後像突然醒悟似的提筆開方。他開的處方往往都是點滴（即輸液），如他認為病情不重就開一瓶或兩瓶，較重的開三五瓶。開始時，師傅們都認為他醫術不錯，對工人的病很重視，不像其他醫生那麼一臉漠然，不將工人的病痛當回事。

後來，不知怎麼工人對谷醫生的態度陡然生變，明裡暗裡都稱他為「田春苗」。接著又發生一件讓「田春苗」丟人的事。一位青年女工患急性闌尾炎，被工友送到了「田春苗」那兒。「田春苗」將其診斷為子宮外孕，護送到大醫院。那個女工還是個女孩，只有十九歲，還沒找男朋友。這事惹惱了工地上的幾位女工，她們堵在衛生所門口，非要揍「田春苗」一頓不可。她們不是不寬容他的診斷失誤，是認為他的診斷污辱了一個純潔的女孩。

在那些日子，「田春苗」心緒黯然。一天，我去衛生所開藥，他在破例給我開兩瓶刺五加之後，跟我聊起天來。他說，他的運氣很不好，剛讀一年醫科中專就趕上了「文革」。「文革」沒結束他就畢業了。在那個荒唐的年代，這個不懂什麼醫術的人就當上了醫生。他診斷不出什麼病，也不敢開藥。後來，他發現大多數「病人」不是為了看病而是為了開藥，開的藥多數不是自己吃。於是，他的膽子就大了一點兒，不論「病人」要什麼藥，他心情好就給開；心情不好就不給開。

「田春苗」開的藥，大多數是維生素、五味子、刺五加之類的藥。其他醫生、護士都瞧不起他，病人也很少找他看病。他一天到晚像「板凳隊員」似的在診室傻坐著。後來，「田春苗」主動申請下到了施工隊，來到了我所在的施工現場。

他吸取過去的教訓，不再只開維生素了，發現病人對輸液比較看重，於是動不動就給吊一瓶。儘管如此，工人師傅還是發現了他不會看病。有人背後稱他為「獸醫」，後來人們看了電影《春苗》，影片中的主人公是一位名叫田春苗的姑娘，她沒讀過醫學院校，參加幾天衛生員學習班就在鄉村當了赤腳醫生。從此，工人師傅就管他叫「田春苗」了。

出那事之後，「田春苗」又離開了那個一個人的診所，不知去何方了。

三十多年過去了，不知「田春苗」是否還在，如果他還當醫生，恐怕早已沒有當年的煩惱，或許還會感到自豪，在當今眾多「一瓶」面前，他還是師叔呢！

陳曉蘭說，在ＳＦＤＡ的藥品法則裡寫著一百毫升以上的輸液叫大輸液。國際用藥原則是：能口服的不肌注，能肌注的不靜脈注射和輸液。在國外輸液是需要病人簽字，家屬簽字，病理科主任簽字，藥劑科主任簽字的。可是，在經濟利益的驅動下，大輸液卻成為當今中國醫生的首選。醫學專家認為：「輸液產品是直接進入人體血液的藥品，哪怕將〇・〇五毫米直徑以下的不溶性微粒帶入人體後也排除不掉，會導致肺肉芽腫和肺栓塞等疾病，滅菌不澈底的藥品還會造成中毒甚至死亡。」

在二十世紀八十年代中期，中國大輸液的產量只有三億瓶。二〇〇三年，中國的大輸液的產量已達到三十二億瓶。「其中，一種新型包裝的大輸液產品，國內製藥企業一下子從國外引進了三十七條生產線，此外還有十多條生產線正準備投產。」大輸液成為中國製藥行業五大支柱產業之一，中國已成為大輸液的大國。

「據世界衛生組織二〇〇〇年的估計，全球每年人均注射三點四次，其中不安全注射的比例高達百分之四十，造成全球每年有二千一百七十萬人感染乙型肝炎，在新感染病例中占百分之三十二；使二百萬人新感染丙型肝炎，占新感染病例總數的百分之四十；使二十六萬人感染愛滋病，占新感染病例總數的百分之五，在南亞這一比例可能已高達百分之九。另外，肝癌的百分之二十八和肝硬化的百分之二十四也可歸因於不安全注射。全球每年死於不安全注射的人數達五十萬人。在全球，不安全注射使一百三十萬人提早死亡，其中我國占百分之二十九點四；造成二千六百萬壽命年的損失，直接醫療費用達五億三千五百萬美元，我國占百分之二十六點五。」

流行病學家、計畫免疫學家王克安說：「在發展中國家，每年大約有一百六十億次各種注射，其中百分之九十五以上用於治療目的，約百分之三為免疫預防注射。據報告，百分之七十用於醫療目的的注射或是不必要的，或是可以通過口服途徑給藥代替的。」

陳曉蘭認為，大輸液的氾濫是醫療服務腐敗的現象之一。她正在收集有關大輸液的證據，準備向國家衛生部反映。

如果說陳曉蘭父母的死是醫生的失職的話，舅媽的死則有點謀財害命的味道了。那麼接下來所發生的「哈爾濱天價醫藥費」、「瀋陽的敲骨吸髓事件」等震驚事件則是醫療服務腐敗的深入發展。醫療服務腐敗如制止不住將會出現雪崩，給中國的百姓帶來巨大的災難！

第十九章

陳曉蘭在上海某三甲醫院的高幹病房見到一個綠色塑膠小瓶，它卻號稱加拿大引進的技術，可以在人類原有的呼吸系統之外再架一條給氧通道，可以治療包括「非典」在內的數十種疾病。幾個月後，它風靡南京，出現在衛生部、世界衛生組織和聯合國兒童基金會命名的某三甲醫院。

一

在二〇〇五年七月二十一日那個晴朗的早晨，陳曉蘭特意跑下樓，在社區門口買了一份《南方週末》。柴會群告訴她，他寫的「靜舒氧」報導發表在這期。她邊走邊看，很快找到了柴會群的報導《國家藥監局批示查處靜舒氧》。她沒等看完就傻掉了，國家藥監局批示查處靜舒氧是事實，可是在法制社會證據比事實更為重要。這一消息是SFDA的一位官員告訴她的，她手頭沒有任何證據啊。這些年來，她得罪的人越來越多，那些人恨不得找個機會致她於死地，她不得不穩紮穩打，謹小慎微，避免紕漏，不讓對方抓住把柄。還有一點她不放心，那就是她手裡的物證——靜舒氧的輸氣器件——那綠色塑膠瓶跟王治手裡的在外形上相同，內部結構不一致。如果廠家藍孚公司說她的證據是假的，要跟她對簿公堂的話，她將陷於被動。想到此，她一著急眼淚就流了下來。

陳曉蘭初識靜舒氧是在一年前，醫學自考班的同學王黎明焦慮不安地來找她，說她父親，一位八十三歲的享受副局級待遇的老幹部在上海市某著名的三甲醫院的高幹病房住院，醫生給他用一種叫靜舒氧的東西，不知會不會對身體造成傷害。

王黎明的父親患有哮喘病，這是老毛病，時好時犯，難以根除。病房幾乎成為他的第二個家，每年冬天都要進去住些日子。老幹部住院自然也要輸液，輸液已成為習慣。北方人將輸液稱之為點滴，這不僅形象，而且富有動感，可以想像藥液一滴滴地滴落下來，流進靜脈；南方人則將之稱為掛水，或掛鹽水，既理性又形象，藥水瓶或藥液袋懸掛在藥架上，然後將針紮進病人的手臂。可以說，中國的科學發展和普及的速度遠遠不及大輸液，在最近的二十年內，大輸液從三億瓶發展到三十二億瓶！世界上沒有任何一個國家像我們這樣需要大輸液，熱衷於大輸液！幾年來，我心存這樣一疑惑：假如有一天取締了大輸液，中國醫生是否還會看病？

老幹部和家屬對輸液也習以為常，往往要一瓶接一瓶地掛著，從早晨掛到深夜，從深夜掛到黎明，夜以繼日，日以繼夜，從週一掛到週五，再從週五掛到週一。紮得兩隻手臂的皮膚像貼在那些大輸液廠家牆壁的銷售分佈圖——佈滿密密麻麻的紅點。

王黎明是一位擁有二十多年臨床經驗的醫生。她不僅關心父親的病情，還關心主治醫生的處方，如用藥和治療方式。從某種意義上說，在醫療服務腐敗下，最不相信醫生和醫院的不是病人，而是瞭解內幕的醫生。病人畢竟不懂醫學，醫生讓他花了多少冤枉錢，對他身體造成了哪些傷害，這是天知地知，病人不知的事情。醫生欺騙病人容易，欺騙醫生很難，如有什麼貓膩，對方一搭眼也就明白個六七分，誰也唬不了誰。當醫生作為病人或病人家屬進入醫院時，可能最不相信的就是醫生。

咦，父親的輸液架上怎麼出現一個像三四兩酒瓶大小的綠色塑膠瓶？王黎明一走進父親的病房就發現它了。她走過去端詳一下那個莫名其妙的小塑膠瓶，見上面印有「靜舒氧」三個字。靜舒氧是什麼東西，她大惑不解地睜大眼睛看著那個小瓶。父親的藥液輸完了，護士過來換上一瓶，隨後把那靜舒氧也換了。這說明那小瓶裡裝有藥品，那是什麼藥？王黎明百思不解，問陪護父親的母親。母親當了一輩子醫生，也沒聽說過靜舒氧是啥東西。

王黎明只好向父親的主管醫生請教。主管醫生告訴她，那綠色小瓶裡裝的是氧氣。靜舒氧是讓氧溶於藥液，隨著藥液輸入病人的靜脈，提高血液的帶氧量，從而達到靜脈給氧的目的。這是從加拿大引進的新療法，是高科技產品，高幹才有資格享受，普通病人不僅享受不到，而且也享受不起。

王黎明在高幹病房觀察了一下，三十多位病人不論什麼病都在用靜舒氧。王黎明困惑了，不知道該不該讓父親用這種用主管醫生說的好得不得了的靜舒氧，她想起同學陳曉蘭。

「靜脈輸氧的說法跟『光量子』差不多，會不會是『光量子』的翻版呢？氧是微溶於水，是不可能隨著藥液進入靜脈的。按生理學原理，氧氣吸入人體與紅細胞結合後，是通過動脈和人體組織進行氣體交換的。氧氣直接輸入靜脈怎麼能提高血氧飽和度？另外，動脈的壓力大，靜脈的壓力小，動脈血管是耐氧化的，靜脈血管是不耐氧化的，高氧血在靜脈裡是否會引起血管氧化變脆？」陳曉蘭把自己的擔心跟王黎明說了。

陳曉蘭很想知道靜舒氧到底是個什麼東西，跟王黎明來到高幹病房。她見到的第一個用靜舒氧的是肺癌病人。接著，她挨床查看下去，正如王黎明所言，幾乎每個病人都掛一瓶靜舒氧。這些年來，陳曉蘭養成了一種習慣，看醫療器械先看它的註冊號和商標。她在第一個瓶子上發現註冊號是「魯藥（包）字二〇〇四第二〇〇四〇〇五號」，在第二個小瓶上見到的註冊號是「魯食藥監械（准）字二〇〇四第二五四〇〇四九號」，接著陳曉蘭又發現了第三種註冊號：「魯藥械（試）字二〇〇四第二〇六〇〇三九（更）」。同一產品，同一廠家生產，怎麼會有三種註冊號？好像藥監局是他們家開的似的，想要什麼批號就有什麼批號。

「國家藥監局最近對靜脈輸用氧氣或者是靜輸氧註冊沒有？」陳曉蘭回到家就給SFDA打電話諮詢。

「醫用氧氣屬於藥品，國家藥監局不可能再給它註冊了。」A官員說。

「請你問一下藥品註冊司。」

「不用問，這是不可能的。」

「還是請你問一下，準確點兒。」陳曉蘭說。

「國家藥監局從來沒給這種產品註冊過。」過一會兒，A官員回話說。

陳曉蘭跟A官員講了自己親眼目睹的靜舒氧。A官員耐心地向她解釋道，「魯藥（包）字二〇〇四第二〇〇四〇〇五號」，表示它是山東省藥監局二〇〇四年批准的藥品包裝材料。藥品包裝材料的審批許可權在省一級藥監局，山東藥監局有權批准。如果靜舒氧小瓶裡充的氧氣，那麼省一級的藥監局就沒有權力批准了。在醫學領域，醫用氧氣屬於藥品，僅供鼻吸，改為靜脈輸入則意味改變了用藥途徑，必須由國家藥監局重新批准。

「如果是用靜舒氧做試驗呢？允許嗎？」陳曉蘭問。

A官員說，做這類試驗必須擁有臨床藥物試驗的批件，還要按照規定同病人簽訂協定。如果沒有臨床試驗的批件，任何單位或個人都無權做這種試驗。另外，臨床試驗還必須由指定單位來做，並非什麼醫院都可以做的。

「靜舒氧會不會是試字型大小產品呢？」陳曉蘭進一步問道。

A官員說，醫療產品的試用期指的是臨床試驗，「試」字型大小是指產品的試生產。醫療產品在試生產前，要先進行臨床試驗，只有通過臨床試驗之後才能進入試生產階段。

經過A官員的解釋，陳曉蘭明白了，「魯藥（包）字二〇〇四第二〇〇四〇〇〇五號」說明靜舒氧只是包裝材料，是不能在臨床上使用的；「魯食藥監械（准）字二〇〇四第二五四〇〇四九號」說明它是醫療器械，如果小瓶裡裝的是氧氣則屬於違規用藥。

二

陳曉蘭和王黎明去找護士，要求給王黎明的父親停用靜舒氧。

「為什麼不用呢？反正也不要你們家出錢，白用還不用？許多人想用還用不起呢！」護士說。

「你們不給我父親用靜舒氧了，把那筆費用照樣扣下來，行嗎？」王黎明被勸得實在沒辦法了，怕搞僵關係，只好無奈地說。

「那就繼續用好了，你看看高幹病房哪個病人不用？沒關係的，還是繼續給他用吧！」護士苦口婆心地勸著，似乎不用靜舒氧王黎明的父親吃了多大虧似的。

陳曉蘭心裡清楚，如果王黎明的父親繼續用靜舒氧的話，佔便宜的是廠家、醫院、醫生和護士，吃虧的是國家。王黎明查過父親的帳單，治療費總共是兩千六百多元。父親用了五十三瓶「靜舒氧」，費用為兩千一百多元，「靜舒氧」竟占全部醫療費的百分之八十！王黎明的父親哪裡知道吊在藥瓶旁的小綠瓶要花這麼多錢，他為給國家省錢連醫院給安排的護工都不用。

「病人的家屬已經說不用了，你還勸什麼？自己不掏錢就得用啊？我去買瓶老鼠藥給你吃，你吃嗎？我也不用你付錢，我出錢，請你吃！」

「怎麼這麼說呢？那不是害人嗎？」護士反問道。

「你不是也在害人嗎？只不過我告訴你那是老鼠藥，你沒告訴他這是毒藥。病人家屬要求停止使用這種東西是因為它可能會對病人造成傷害，可是你卻非要給人家用。」陳曉蘭氣憤地說。

護士白了陳曉蘭兩眼，不吱聲了。

陳曉蘭又去找高幹病房的一位主任醫師瞭解情況。

「那綠色小塑膠瓶裡面到底有沒有東西？」陳曉蘭問道。

「有的。」

「裡面裝的是什麼東西？」

「氧氣。」

「這種產品的療效怎麼樣？」

「很好。缺氧的病人一用就好。」

一用就好？我捏住你的鼻子，給你用靜舒氧行不行？這簡直是胡鬧，違反最基本的原則。陳曉蘭為醫生能把謊說到這種程度感到驚訝。

「它上面寫的是『魯藥（包）字二〇〇四第二〇〇四〇〇〇〇五號』，說明它是一種包裝材料！你們怎麼可以拿包裝材料當醫療器械給病人治病呢？」陳曉蘭氣憤地問道。

「那我們不管，醫院買進來讓我們用，我們就給病人用。」主任醫師發現自己遭遇了強手，不再堅持他的「效果很好」了。

陳曉蘭又去醫院的院部瞭解情況。醫教科的負責人說，靜舒氧的代理商來醫院推銷時，不僅手續和證件齊全，而且還持有上海市醫學會的「推廣使用」批件，所以他們醫院才引進了這種產品。他們給了陳曉蘭一份靜舒氧使用說明書。

這東西的名稱叫醫用自動輸氣器。它有著高貴的加拿大血統，是VANFROM公司在中國獨資興建的一家高新技術企業——藍孚生物醫學工程技術（山東）有限公司生產的。綠色塑膠小瓶子裡裝的不是氧氣，而是潔淨空氣。

「什麼是『潔淨空氣』呢？有沒有衡量標準？再有，每只輸液袋上都有空氣篩檢程序，有什麼必要再使用這種『潔淨空氣』？醫院使用這種產品的依據是什麼？」陳曉蘭問道。

聲稱「在人類原有的呼吸系統之外，再架一條給氧通道」的靜舒氧，只不過取代了輸液器上的空氣篩檢程序罷了，根本不具有任何治療功能。所謂的「可以治療內外科、兒科、婦產科、眼科、腫瘤科、傳染病科的數十種疾病，甚至於『非典』」之說，只不過是一個彌天大謊！

辦公室的空氣頓時變得緊張起來，在場的醫生不知如何回答了。

空氣、陽光和水，對生命來說是不可缺少的。我們每天都在自由自在地呼吸，正常人吸一口氣就是五百多毫升，從來沒有誰計算我們吸進了多少毫升空氣，也沒有人跟我們收錢。可是，這家三甲醫院卻把瓶裝的一百毫升空氣賣到三十七元錢。在一百毫升空氣中，只有二十一毫升氧氣，這就是在空氣稀薄的西藏高原也賣不到這個價錢！

我不禁想起一個久違的名詞：立場。人在很多情況下都有個立場問題（或者說出發點），如果醫院和醫生站在病人的立場，我想打死他也不會把這種近乎沒用的東西賣給病人的。當他們站在廠家和醫院的立場，或者說是自己的立場——撈取回扣，那麼就會不遺餘力地推銷這種「產品」（如果說這種東西稱得上產品的話），恐怕病人不用都不行，醫院會對醫生施以壓力，醫生會千方百計迫使病人使用。中國話說得好：看醫生。看醫生怎麼會不聽醫生的呢？病人是沒有選擇餘地的。

那麼，究竟是什麼改變了我們人民醫院和人民醫生的立場和出發點的呢？錢！錢可以使一些醫院背叛於人民，成為制假、銷假鏈條上一重要環節；錢，能使部分醫生同制假、銷假的商家狼狽為奸，結為同黨！

高幹病房裡的醫生都是思想純正、品德高尚、業務精湛的。靜舒氧能在那裡暢通無阻的話，那麼很快就會在門診和其他病房氾濫成災，這對病人和醫保來說將是一場大劫難。陳曉蘭想知道這種只要有點醫學常識就能識破的器械是如何叩開上海醫院大門的，是通過哪條管道流進來的？她順藤摸瓜，找到了一份上海醫學會出具「靜舒氧新技術臨床試用准入評審論證報告」。報告上清楚地寫著：

申請單位：上海第一人民醫院
論證時間：二〇〇四年九月二十八日
論證地點：上海市醫學會三〇四會議室
論證結果：經我會組織五位專家對該項技術能否進入臨床試用准入進行論證，結果為五位同意准入，〇位不同意准入。這五位專家到底是什麼專家，他們是誰？有關方面拒絕告知。

專家的意見是，「本裝置技術從加拿大引進，是在無菌靜脈輸液時應用靜舒氧裝置，將含有高氧分壓的無菌、無顆粒、無有害物質的潔淨氣體直接輸入靜脈發揮給氧作用……資料顯示，靜舒氧技術應用於搶救急性缺氧性疾病，或遇院外搶救無合適氧源的情況下，近期療效肯定、使用方便，未見任何副作用……」不知道這五位專家是沒有閱讀產品的批件和使用說明書，還是昧著良心；不知道他們是根據什麼認定「本裝置技術從加拿大引進」的？憑什麼說它能「將含有高氧分壓的無菌、無顆粒、無有害物質的潔淨氣體直接輸入靜脈發揮給氧作用」？依據是什麼？在「靜舒氧」的批件上明明白白地寫著：「產品適用範圍：充以潔淨空氣，用於代替輸液器空氣篩檢程序，實現無菌、無污染輸液。」既沒說可用於何種病症治療，也沒有說適用於何種病症，它的作用僅僅是「代替輸液器空氣篩檢程序」！難怪有人說，當今的專家既不「專」又不「家」。

陳曉蘭氣憤地說：「往往是那些有學歷、資歷和學術地位的專家把醫療器械造假騙子介紹到醫院去，他們給那些騙人的產品發放准入證，讓騙子把國家的醫保資金和病人的救命錢收進自己的私囊。」

五位專家簽了字，靜舒氧獲得了臨床試用准入證，長驅直入上海灘，打進了三甲醫院的高幹病房。世上不論好事壞事缺少一個環節都辦不成，沒有醫學會、專家、醫院和醫生為騙人的廠商提供必要的條件，騙人的東西是進不了醫院的。

三

二〇〇四年十一月二十五日，為防止靜舒氧在全中國的蔓延，坑害更多的病人，陳曉蘭專程赴京，直接向國家藥監局反映。

ＳＦＤＡ醫療器械司註冊處的一位官員跟陳曉蘭解釋道，早在幾年前就有人向他們反映過靜舒氧的問題，他們已經給予了糾正。如在靜舒氧的二〇〇二年「試」字型大小註冊證上，產品名稱為「醫用自動輸氧器」，可是在產品裡面充的不是氧氣，而是潔淨氣體，名不符實。在二〇〇四年批「准」字型大小註冊時，將產品名稱改為「醫用自動輸氣器」，並注明小瓶裡充的不是氧氣，而是潔淨空氣。二〇〇四年，「靜舒氧」在原有「械」字註冊證沒有登出的情況下，又在山東省藥監局取得了「包」字註冊號，從而導致一種產品兩個註冊號，一「械」一「包」的不正常現象。關於靜舒氧的「包」註冊號問題，ＳＦＤＡ醫療器械司已無權糾正，藥品包裝材料的註冊不屬於醫療器械司管轄範圍。

陳曉蘭沒想到在SFDA的信訪辦卻獲得意想不到的收穫。

「陳醫生，這個人也在舉報靜舒氧，你們可以溝通一下。」陳曉蘭一進信訪辦，一位熟悉的官員就對她說。陳曉蘭就這樣認識了吉林某科技公司董事長王治。

他們舉報的都是靜舒氧，所反映的問題的角度和內容卻大不相同。

王治舉報的焦點是廠家造假，在靜舒氧裡充的不是氧氣，而是空氣；陳曉蘭舉報的是靜舒氧充氧是違法的，氧氣和藥品是絕對不能摻和的，否則會使藥品發生氧化作用。他們兩人所提供的物證外形一致，結構不同，王治拿的裡面還有螺釘、氣門和密封圈，陳曉蘭拿的裡邊什麼都沒有。

王治說，他就是靜舒氧的發明人。

怎麼，靜舒氧的發明人要投訴靜舒氧？他不是有病吧？陳曉蘭驚詫地望著王治。

王治也看出來陳曉蘭的驚疑，於是跟她講述了靜舒氧的來龍去脈。

二十世紀九十年代初，王治和兩位朋友在長春創辦了一家公司，專門從事醫療器械的研發和生產。在公司內部，他們三人的分工是王治負責科研和技術，另兩個人一人搞管理，一人搞銷售。

王治用了七年的時間研發出了靜舒氧，一九九七年四月取得了專利，名稱為無菌充氧器。

可是，在將要投入生產時，王治發現生產環節有一個技術難題無法突破，即輸氣器所用的原料是微毒的工業塑膠，在高溫制瓶的過程中所產生的環氧乙烷殘留量檢測不出來，這將影響輸氣器使用的安全性。

二〇〇一年五月二十三日，王治的專利因費用而終止。後來，三個人的意見難以統一，只好分道揚鑣，各自創辦自己的公司。那位負責銷售的朋友去了山東，並把王治這一不成功的發明借鑒了過去，先生產一種叫舒氧康的產品，後來又改為生產靜舒氧。王治說，據他所知，靜舒氧在取得註冊之前，並沒有按有關規定進行必要的動物試驗和臨床試驗。

王治說，現在的靜舒氧輸氣器是由兩部分組成的，一部分叫進氣器件，就是那根連接塑膠瓶與輸液瓶的帶管子的長針頭。另一部分叫輸氣器件，即那個綠色的小塑膠瓶。

王治說他去過靜舒氧的生產車間，那不過是一個小作坊，設備簡陋，生產的輸氣器——那綠塑膠瓶，不僅沒有過濾裝置，甚至連加壓裝置也沒有，因此那裡面根本充不了多少空氣。他們生產的輸氣器的容積是相同的，但是規格卻是不等的，分別為一百毫升、二五〇毫升、五百毫升。在靜舒氧的使用說明書上說，在使用時要根據輸液量來選擇不同規格的輸氣器。其實這是騙人小把戲，在沒有加壓裝置的前提下，容積相同的瓶子怎麼會有容量不等的空氣？王治說，那瓶子的生產成本只需要幾角錢，可是經過銷售商和醫院，到病人手裡卻高達三十七元錢。病人花三十七元錢買的是什麼？說句實話，那只不過是空瓶而已，裡邊連過濾裝置都沒有。

事後，柴會群的調查證實：靜舒氧的一級批發價僅六元，醫院的進價為二十六元至三十元，賣給病人的統一零售價為三十七元。從一級批發到醫院進價，存在著二十元至二十四元的暴利空間。

這一暴利空間能滋生出多少腐敗？難怪某些醫院和醫生有著那麼高漲的積極性。

陳曉蘭問王治，她曾經在杭州市的醫療器械批發市場見過靜舒氧所用的進氣器件——也就是那根長針頭，在它的包裝上除標明「進氣器件」之外，還有一行小字：「一次性輸液器。」她感到蹊蹺，這東西到底是「進氣器件」，還是「一次性輸液器」呢？

王治回答說，進氣器件實際上是××醫療器械公司生產的。它沒有取得註冊證號，所以只好冒用一次性輸液器的註冊號來生產，這實際上是造假。王治說，市場上有一種「一次性輸液器」，也就是那個長針頭，其連接塑膠瓶的那一端根本就不通氣，不論輸氣器件——小塑膠瓶裡充有什麼樣的氣體，都不能輸進輸液瓶內。為證明這一點他還當場給陳曉蘭進行了演示。

陳曉蘭的舉報引起SFDA的高度重視。二〇〇四年十二月二日，SFDA副局長魯惠生對陳曉蘭所反映的靜舒氧問題作出了批示，要求山東省藥監局進行調查處理。

為阻止靜舒氧在上海的蔓延，二〇〇四年十二月十一日，陳曉蘭給上海市主管醫療衛生的副市長楊曉渡寫信反映靜舒氧問題。二〇〇四年十二月底，靜舒氧就在上海部分醫院消失。

四

從年初到現在，陳曉蘭一直急切地等待山東藥監局對靜舒氧的查處消息。她沒想到的是自己這個舉報人卻陷於尷尬，那靜舒氧還在生產，一撥撥綠色塑膠小瓶像管湧似地湧出廠門，流向全中國各地。在另一管道，錢像小河流水「嘩啦啦」地流進廠家的帳戶，一串串阿拉伯數字像水位似的升了起來。在廣州，一位代理商以年七八十萬支的銷量在推銷著靜舒氧；四川省某城市的醫學會為推廣靜舒氧不僅專門發文，還組織醫院和醫生使用。不僅如此，還冒出一種靜舒氧輸液儀，廠家在網上以「如果你投資十幾萬，那麼你就可能在一年間成為百萬甚至千萬富翁」的誘惑，在河北、北京、遼寧等地廣泛招商。雲南某市以「送溫暖」的方式，將靜舒氧輸液儀推廣到貧困地區。

五月份，陳曉蘭坐不住了，再次進京督促查處靜舒氧。SFDA的一位官員說，關於查處靜舒氧的文件，早在二〇〇四年十二月四日就發給了山東省藥監局，那邊查處的結果還沒有報上來。

「舉報假冒偽劣醫療器械是沒有獎勵的，而舉報假藥是有獎勵的。靜舒氧用的是氧氣，氧氣是藥，你們應該按假藥對他們進行罰款。獎勵我可以不要，查處必須認真，如有結果一定要在第一時間告訴我。」陳曉蘭在回上海前對那位官員說。

轉眼間又過去兩個月，北京那邊還沒有動靜。對靜舒氧的廠家、銷售代表、醫院和醫生來說，時間就是金錢，每一天都在流進；對病人來說，時間就是生命和財富，每時每刻都在流失。正是處於這種心情，陳曉蘭才配合柴會群採寫了報導《國家藥監局批示查處靜舒氧》。沒想到柴會群在報導中披露了沒有證據的事實，弄不好要被廠家抓住把柄。

「靜舒氧在我們南京已經用瘋了！」當陳曉蘭回到家，捧著報紙坐立不安時，接到南京市一位血液科主任醫師的電話。他是讀到報導之後，向陳曉蘭反映情況的。

「都有哪些醫院在用？」陳曉蘭問。

「很多醫院都在用，如婦幼保健院。」

去南京！既然靜舒氧在南京被用瘋了，那麼在那裡有可能會找到像王治手中的證據，陳曉蘭想。

「你一個人去南京怎麼能行，要不我陪你去吧。」正巧倪平來電話，聽說陳曉蘭要去南京取證，她著急地說。

「不用，我自己去就可以。」倪平那麼忙，哪能事事都讓她陪呢？

讓陳曉蘭一個人去南京，倪平怎麼能放心呢？她一個人面對實力強大的外企公司，在南京又人生地不熟的，萬一出點事怎麼辦？不行，必須得有人陪她去。倪平想來想去，想到了柴會群。她撥通了柴會群的電話，柴會群一聽就爽快地答應了。

半夜，陳曉蘭和柴會群乘火車趕往南京。在上車之前，陳曉蘭跟年初採訪過她的南京記者T取得了聯繫，柴會群也給南京的同行打了電話。

次日清晨，陳曉蘭和柴會群在南京下車，先買一張南京地圖，弄清各個醫院的方位。然後，他們打的趕到約好的地點，柴會群認識的記者已等在那裡。

他們邊走邊寒暄，轉眼間到了一家醫院。這是一家著名的三甲醫院，擁有著七十年的歷史，已由專科醫院發展成集保健、醫療、教學、科研於一體的醫院，曾經得到過衛生部、世界衛生組織和聯合國兒童基金會的命名。不僅陳曉蘭，幾乎所有的人都不希望在這家醫院裡發現靜舒氧。醫院是病人託付生命與健康的地方，如果這麼著名的醫院都在使用靜舒氧，那麼可悲的就不僅是當地衛生監管部門了。

「才七點來鐘，時間還早，病房的病人可能還沒起床。」陳曉蘭走進住院處，看一下表對記者說。

陳曉蘭提議看看垃圾袋，只要醫院使用靜舒氧，在那裡就會發現蛛絲馬跡。記者在病房走廊的垃圾袋旁彎腰撿起一個東西問道：「這個是不是？」

「就是它，就是它！」陳曉蘭疾步走去，看見垃圾袋裡橫躺豎臥著許多綠色塑膠瓶和一堆像叮完人死掉馬蜂似的靜舒氧進氣器件——帶有粉紅色塑膠柄的長針。她拿起一個靜舒氧小瓶，邊轉動著查看註冊批號邊說道。

「踏破鐵鞋無覓處，得來全不費功夫。」她要找的證據找到了。一種複雜的心情湧上她的心頭，這麼多的靜舒氧啊，害了多少病人？從一樓到六樓，幾乎每層樓的垃圾袋都可以發現靜舒氧的蹤跡。看來那位血液科醫生說的沒錯，靜舒氧在這裡確實被用瘋了，已經氾濫成災！

八點多鐘了，病人已經起床了，陳曉蘭走進婦產科和兒科病房跟病人瞭解情況。

「你們用過這種東西嗎？」陳曉蘭拿出那綠色小瓶問道。

「用過，用過。」病人和家屬看了一眼，紛紛點頭說道。

陳曉蘭瞭解到，靜舒氧在這家醫院也是三十七元錢一個，醫生給病人使用時說小瓶裡裝的是氧氣，效果如何如何好。

這是一種沒經過臨床試驗的產品，對人體有沒有副作用，究竟有多大的副作用都沒有搞清楚，怎麼能給這些懷孕的婦女和兒童使用呢？都市的家庭都只有一個孩子，一個孩子支撐著家庭的所有希望和未來，萬一出點什麼意外，醫院和醫生怎麼向孩子的父母、爺爺奶奶、外公外婆交待？

在六樓的婦產科病房，他們看見幾乎每個輸液瓶下都懸吊一瓶靜舒氧。

記者問一位護士，病人對靜舒氧反映如何。

「挺好的。」護士說。

陳曉蘭和幾位記者坐在住院處下邊的小花園商量對策時。當地記者打電話邀請其他媒體記者過來。醫院門前很快就雲集了各路記者，有的記者為的是採寫報導，有的想認識一下著名的「打假醫生」陳曉蘭，記者T也趕來了。

「喂，你是哪位？靜舒氧生產廠家的湯先生？你是怎麼知道我手機號的？」突然，一位當地記者接到靜舒氧廠家打來的電話。

暗訪剛剛開始，他怎麼就知道了？記者們驚詫不已地彼此看看，究竟是有人走漏了風聲，還是被發現了？看來對方對陳曉蘭到南京暗訪已瞭若指掌。當地的一位記者打電話向當地品質技術監督局舉報，執法人員很快就趕過來。瞭解清楚情況後，表示愛莫能助，這不屬於質監局監管範圍，他們無法直接進醫院執法，只能協同當地藥監局執法。

「藥監局不受理怎麼辦？」陳曉蘭擔憂地問道。

「沒關係，我們跟你們一起等，總會有人管的。」質監局執法人員安慰道。

記者只好打電話向當地藥監局舉報。對方說立即過來，可是一個小時過去了，距醫院沒兩站路的藥監執法人員還沒趕到。陳曉蘭只好打電話向SFDA舉報，並請求SFDA督促當地藥監局儘快派人到現場執法。

一個多小時後，不知是SFDA給當地藥監局打了電話，還是他們知道眾多記者雲集在醫院影響不好，兩位稽查人員來了。他們提出只許兩個人跟隨他們進去執法，其他人在外邊等候。

「我是舉報人，為什麼不讓我進去？」陳曉蘭理直氣壯地說。

陳曉蘭跟著稽查人員到了醫院的設備科，院方冷漠地表示，不接待陳曉蘭。當稽查人員提出查看靜舒氧的進貨單時，讓人費解的是對方電腦顯示的正好是有關靜舒氧的頁面；打開資料夾，上邊的第一頁就是靜舒氧的進貨單。院方說，醫院使用的靜舒氧是經過有關部門統一招標進來的，醫院沒有任何責任。

陳曉蘭當眾做了一個試驗，她把靜舒氧進氣針插進輸液瓶，瓶裡的藥液出現一串氣泡。她捏住進氣針的軟管，藥液仍在冒氣泡。她又將進氣針解剖，在場的人發現進氣針還有另一進氣通道，氣體其實是從那通道進去的。試驗做完後，院方的態度有所轉變。可是，靜舒氧是有註冊批號的產品，藥監執法人員沒權力封存，只能讓醫院自己決定是否繼續使用。

沒想到參與調查和採訪的電視、報紙等多家媒體記者，除T所寫的報導發表在本報之外，其餘都沒發出來。據說，T所寫的原稿標題為《靜舒氧蒙了南京人》，靜舒氧的南京代理商得知消息急忙趕到報社交涉，最後報社只好做出讓步，將標題改為《靜舒氧南京遇打假風波——打假者、廠家各執一詞》。

陳曉蘭又經歷了一次打假的尷尬。

五

在七月底，陳曉蘭在親朋好友的一片反對聲中，獨自赴濟南向山東省藥監局詢問靜舒氧的查處結果，回老家山東看望生病母親的柴會群聽說後匆匆趕到濟南陪同。

陳曉蘭到濟南後，並沒有直接去山東省藥監局，而是先和柴會群、劉春雷暗訪了八家三甲醫院。劉春雷是《新民週刊》記者張靜的同學。張靜聽說陳曉蘭隻身去山東舉報特別不放心，給《齊魯晚報》記者劉春雷打電話，請他陪同陳曉蘭。八家醫院暗訪下來之後，陳曉蘭感到特別奇怪，這些醫院居然沒有一家使用過靜舒氧。這究竟是「兔子不吃窩邊草」，廠家沒向本地醫院推銷，還是本地醫院知道靜舒氧的底細，拒絕使用？

七月二十七日，陳曉蘭到山東省藥監管局醫療器械處詢問靜舒氧的查處結果。沒想到，得到的答覆卻是：山東省藥監局沒有收到SFDA有關查處靜舒氧的文件，也沒對靜舒氧進行查處。SFDA的文件怎麼會沒收到呢？陳曉蘭多次問SFDA信訪辦的官員，他準確無誤地告訴她：「文件已經下發了，寄給山東省藥監局了。」

到底誰在說謊？

陳曉蘭從包裡取出幾隻靜舒氧的綠色儲氣瓶和幾根長針頭——進氣器械，一一擺在辦公桌上。

「我想瞭解一下，跟靜舒氧儲氣瓶配套使用的進氣器械——這種長針頭，你們給沒給予註冊？」陳曉蘭拿起一根長針頭問道。

「這只是靜舒氧的一個部件，用不著註冊。」一位官員流利地答道。

「在靜舒氧中，進氣針是單獨包裝的，應該單獨註冊，」陳曉蘭說著，拿出國食藥監械〔二〇〇四〕三二一號檔，指著第四條說，「『輸液用無菌氣體瓶用於代替輸液器中的空氣篩檢程序』，這裡指的是用『瓶』代替空氣篩檢程序，沒講用這個進氣針代替空氣篩檢程序。進氣針是與輸液藥瓶內的藥液直接相連的，應該算是三類醫療器械，怎麼可以不註冊呢？」

「你說的也有些道理。不過，那只是你的理解，我們就是那樣理解的。這只能說明我們彼此對文件理解的不同。」那位官員說。

沒想到「理解」一詞被這位官員理解和運用得如此巧妙，恐怕語言學家也望塵莫及。

官員還解釋說，山東省藥監局之所以給靜舒氧註冊，是因為它通過了專家評審。

專家怎麼能認為這種可代替空氣篩檢程序的產品具有治療價值呢？陳曉蘭拜訪了山東大學齊魯醫院的一位參加過靜舒氧評審的專家。這位專家說，他認為靜舒氧有兩種功能：一是可以防止瓶內藥液被空氣污染，實現無菌輸液；二是靜舒氧具有一定的壓力，在壓力的作用下，傳統輸液瓶可實現不懸掛輸液。這位專家一再解釋，他們根本就沒對靜舒氧的治療功能進行評審。

山東省藥監局的官員也證實他們沒有對靜舒氧的治療功能進行過審批。

可是，既然在註冊上沒有提及靜舒氧的治療功能，廠家怎麼膽敢宣稱它可以給人體「再架一條給氧通道」，可以治療包括內外科、兒科、婦產科、眼科、腫瘤科、傳染科等在內的數十種疾病，甚至在適應症中還把「非典」也列了進去？還有，既然沒對治療功能進行審批，那麼廠家如此宣傳，當地藥監局又是怎麼監管的呢？是沒有發現，還是予以默許？

在濟南時，陳曉蘭接到南京某報記者T的電話，T說她採寫的陳曉蘭赴南京揭發靜舒氧的報導在本報七月二十九日見報後，她和報社的老總壓力很大，想請陳曉蘭去南京見一下主管部門的領導，並參加一個論證會，當著媒體記者的面做一下演示，證明靜舒氧的確是騙人的產品。T還表示，如果陳曉蘭同意去的話，那麼旅差費全部由報社承擔。陳曉蘭認為，這些記者都是在說明她揭露偽劣醫療器械，幫助她解決難題，因此不論哪位記者採訪她，或者有什麼要求，她都要竭盡全力滿足。她沒加思索就答應了。

陳曉蘭對這事特別當回事，還特意從濟南趕到長春跟王治請教。

「你千萬不能去，那太危險了。」王治聽說後勸道。

陳曉蘭說，她已經答應記者T了，所以一定要去。王治擔心廠家狗急跳牆，危及陳曉蘭的生命安全，說到時候讓他的當員警的妻子赴南京，陪同陳曉蘭參加論證會。

陳曉蘭沒想到的是這個論證會竟是陷阱。

第二十章

陳曉蘭應某報社之邀赴南京參加靜舒氧論證會，沒想到那居然是個陷阱。不參會廠家會說她根本就沒有證據，嚇得不敢出席；參加會沒有話語權，只能挨打。可是，當聽說主辦方在大批《南方週末》記者柴會群的報導時，陳曉蘭決然地衝向會場……。

一

二〇〇五年八月三日傍晚，陳曉蘭和柴會群、高利鋒乘列車抵達南京，參加T說的論證會。

高利鋒是《燕趙都市報》的記者，從石家莊專程到上海採訪陳曉蘭的。陳曉蘭對他說：「很抱歉，我要去南京開會，那邊要我去演示靜舒氧，請你在上海等我一下。我演示完馬上就回來。」

「那麼，我跟你去南京好了，領導讓我來上海採訪你時說了，你去哪兒，我就跟你去哪兒。」高利鋒說。

這時，陳曉蘭接到《齊魯晚報》記者劉春雷的電話，也說要到上海來採訪她。聽說陳曉蘭要去南京，劉春雷表示去南京與她會面。

掛斷電話不一會兒，陳曉蘭又接到柴會群打來的電話。

「T邀請我沒有？」柴會群問道。

「他們怎麼會邀請你呢，你又不是什麼大人物，」陳曉蘭詼諧地說，「你看人家多好啊，還給我報銷旅差費。」

「我跟你一起去。」柴會群感到有點兒蹊蹺，覺得這裡邊似乎有點兒名堂。

陳曉蘭自然希望他能去，不僅路上有個伴兒，有些事情他比自己想得周密。

走出南京站，柴會群疑惑地問陳曉蘭：「T請你來，她為什麼不來接你？」

不祥的感覺像一群蹲守在老樹上的禿鷲，讓人更加不安。

柴會群說得沒錯，陳曉蘭是報社的客人，即便T不能接站，報社也應該安排其他人接站。

陳曉蘭只好給T打電話，T讓她自己打車去報社。陳曉蘭在路上接到王治的妻子的電話，她已趕到南京。陳曉蘭只好約她在報社見面。陳曉蘭他們四人相繼來到報社，坐在樓下等T。他們等了四十五分鐘，T才下來見陳曉蘭。

「我們只招待陳曉蘭一個人，你們幾人我們不招待。」T說。

柴會群越來越感到反常，越感到反常他就越要盤問，當他問及會議的安排及參加的人員時，T說策劃這一會議的是她的頂頭上司部主任S，派給她的任務只是聯繫和接待陳曉蘭，其他事情她知之不多。據她所知，這次會議除媒體的記者之外，還有當地藥監局等方面的人員。

陳曉蘭他們到賓館後，王治的妻子忍受不住旅途的勞頓坐在陳曉蘭身旁睡著了。柴會群不斷地打電話詢問南京其他記者有關論證會的事，出乎意料的是他們都不知道此事。這家報社出資主辦論證會肯定會邀請各路記者參加，怎麼後天下午兩點鐘就要開會了，這些消息靈通的記者還不知道呢？這是不正常的平靜，在這平靜的背後隱藏著一個謎，謎底就在T的上司S手裡。

報社和藍孚公司究竟是什麼意圖？柴會群、高利鋒，以及從濟南趕到南京的劉春雷都在猜測著，恨不得馬上就能破解。那是一個漫長的金陵之夜，盛夏把整個城市捲入溽熱之中，活躍歡快的是汗水，慵懶滯緩的是手腳。賓館有空調，溫度適宜，睡眠在那謎一般的會議驚擾下，像受驚的小鳥圍著鳥巢繞來繞去，就是不肯入巢。

第二天上午，陳曉蘭和柴會群等人又趕到T所在的報社。

「這位就是我們部的主任S，本次活動就是他策劃的，他負責召集……」T將一位身材不高，戴眼鏡的男子介紹給陳曉蘭他們。

「不是我策劃的，不是我策劃的，是企業，企業。」S急忙爭辯道。

「你不是說是你安排的嗎？怎麼又變成企業了？」T不滿地質問道。

S仍然否認會議是自己策劃的，他說報社也不是什麼主辦方。

「那麼主辦方是誰？」柴會群單刀直入地問道。

S說，主辦方是靜舒氧的生產商——藍孚公司。這也不是什麼論證會，是新聞發佈會。報社邀請陳曉蘭參會，只不過是替藍孚公司傳個話而已。

作為傳話人，為什麼要承擔陳曉蘭的旅差費？

S解釋說，他們通過媒體得知陳曉蘭自費到外地打假時，選擇的都是最便宜的交通工具，住的是最低廉的旅館，於是想為她承擔這次旅差費，以表達對陳曉蘭醫療器械打假的支持。

「你們這樣做實際上是充當了藍孚公司的工具！」柴會群意識到問題的嚴重性和複雜性，一針見血地指出。這哪裡是替人傳話，分明是將毫無防備之心的陳曉蘭騙到南京，讓打假的醫生挨造假廠家之打。

S無言以對。

這是一場陰謀。可是，藍孚公司為什麼要請陳曉蘭參加所謂的新聞發佈會呢？難道想讓她證實靜舒氧是一種騙人的產品？不論什麼樣的會，主辦方都會把話語權牢牢地把握在自己的手裡，不會自己搭台讓敵對方唱戲的。他們無非是想借這個會給陳曉蘭一個沉重的打擊，讓她澈底陷於被動，從此閉嘴。

陳曉蘭當即表示：一、拒絕報社報銷旅差費，二、拒絕參加藍孚公司的新聞發佈會。

S無奈地表示理解，可是卻讓陳曉蘭對自己不參加新聞發佈會發表聲明。

陳曉蘭突然意識到自己已鑽進別人的圈套，參加所謂的新聞發佈會，她沒有話語權要陷於被動；不參加會被對方說成沒有充分的證據，不敢出席會議。她權衡再三，最後還是決定出席這個會議。可是，她的決定遭到大家的一致反對。

二

五日下午二時，柴會群、劉春雷和高利鋒等人步入一家酒店四層鳳棲廳的新聞發佈會會場。主席臺上坐著幾位藍孚公司的高層人物，他們頭頂懸掛著紅底白字的「加拿大藍孚生物醫學工程技術（山東）有限公司新聞發佈會」的會標，下面的三五十媒體記者說說笑笑，有點兒喧鬧，記者T和主任S也在其中。

柴會群等找個地方坐下，跟周圍的記者打聽了一下，他們都是得到「藍孚公司有關高層領導下午兩點將和打假醫生陳曉蘭在這裡當面對質，告知公眾一個真相」的消息特意趕來的。

新聞發佈會宣佈開始，會場靜了下來，藍孚公司的董事長Lawrence Zhang說，對已到南京的陳曉蘭沒有參會感到深深地遺憾，那遺憾好似想舉辦一場豪華酒會，事先準備的茅臺酒沒送到，只好喝二鍋頭了。不知遺憾是本意，還是得意是本意。

看熱鬧的從來不怕事兒大，沒事兒哪來的新聞。記者們聽說另一主角不能出席，有點大失所望，不禁竊竊私語，有人小聲說，陳曉蘭是否擔心自己的安全沒有到場？也有人說，陳曉蘭可能不願意和廠家面對面……。

當藍孚公司副總經理、高級工程師向記者們介紹靜舒氧註冊過程之後，投影儀上突然打出了：《國家藥監局批示查處靜舒氧》一文的辨析，列有十一條。董事長Lawrence Zhang開始批駁《南方週末》的報導。這篇報導發表後，藍孚公司已在國內兩家大報刊登聲明，聲稱靜舒氧的「一切批文均合法有效，完全符合國家的相關政策和法規」，並「未收到主管部門的查處通知」。

藍孚公司認為報導的標題——《國家藥監局批示查處靜舒氧》是嚴重歪曲事實。

他們還說靜舒氧有不同產品，有真有假。陳曉蘭所掌握的證據在外型上與藍孚公司生產的相似，內部結構卻完全不同。言外之意，陳曉蘭是以假的靜舒氧來打真正的靜舒氧。

藍孚公司在會場一遍遍地在投影儀上打出國食藥監械〔二〇〇四〕三二一號文件的第四款，以證明靜舒氧裡裝的氣體是符合要求的。該款的內容是：「輸液用無菌氣體瓶（含無菌、無毒、無生物學危害氣體）用於代替輸液器中的空氣篩檢程序，氣體無治療作用，作為II類醫療器械管理。」可是，藍孚公司卻刪去了關鍵的內容：「氣體無治療作用」。

「靜舒氧到底有沒有治療作用？它的治療作用為什麼沒有經過國家藥監部門審批？」柴會群忍不住地站起來質問藍孚公司董事長Lawrence Zhang。

「這不是今天會議要討論的內容！」Lawrence Zhang冷冷地回答。

藍孚公司早已知道《南方週末》的記者、《國家藥監局批示查處靜舒氧》的作者之一柴會群就在會場，並且點出了柴會群的名字。

「據有法律效力的註冊內容顯示，它的功能僅僅是代替輸液器上的空氣篩檢程序！它本身並沒有治療作用。

另外，註冊機構——山東省藥監局也承認沒有批准靜舒氧的治療作用，你們卻宣稱它包治百病……」柴會群接著說。

在寫那篇報導前，柴會群以申請做靜舒氧代理商的名義，到濟南對藍孚公司進行過暗訪，並收集到了其違規宣傳的證據，包括他們在一份印有「加拿大藍孚」字樣的製作精美的宣傳材料上宣稱，靜舒氧通過給人體「再架一條給氧通道」，可以治療包括內外科、兒科、婦產科等在內的數十種疾病。

藍孚公司提前宣佈新聞發佈會結束，有關人員紛紛退出會場。

柴會群怕南京的媒體誤以為陳曉蘭自知理虧，不敢出席，只好站起來向與會的記者解釋陳曉蘭未到場的原因，並對藍孚公司提問。可是，在那種場合下，一方在上，人多勢眾，把持著麥克；一方在下，孤掌難鳴，憑著自己的嗓子喊，實力懸殊。

在藍孚公司的輪番進攻下，柴會群的聲音很快就被淹沒。

此刻，陳曉蘭就在江蘇商廈附近的一家賓館如坐針氈。她多次想到會場，可是身邊的人都擔心她的人身安全，說什麼也不讓她去。有人提議陳曉蘭先打一一〇報警，然後再去會場。她覺得這樣不大妥，可是一時又想不出其他辦法。

「記者挺多，藍孚沒有進行演示，正在那批柴的那篇報導。」南京的一位記者發短信說。

「柴已暴露，他們現在正在批你，不過用語還算溫和。」三時，劉春雷發來短信說。

「柴會群被逼無奈，只好站起來發問。」三時二十六分，劉春雷又發短信說。

「藍孚讓我不擇手段把你騙到現場。請你不要過來。」三時三十一分，T發短信說。

「陳醫生，你在哪兒，去不去會場？」陳曉蘭的電話急促地響了，南京的一位記者在電話裡問道。

「我在會場附近，馬上就過去。」

「陳醫生，你不能過去。」在旁的王治的妻子說。她是一級警督，專程從長春趕來保護陳曉蘭的。

「不行，我必須去。」陳曉蘭掛斷電話，說著就往外走。

「他們想逼迫你上當。你去了，他們的陰謀也就得逞了。」王治的妻子說道。

可是，柴會群在會場裡邊，她不能不去啊！她不去，他的處境將會更被動，更難堪。有關醫療器械的要求和規定，柴會群是很難說清楚的，哪怕為了這位記者朋友，她也要挺身而出。

「我是陳曉蘭，我在二〇〇四年十一月二十五日向你們反映的靜舒氧的問題，現在已是二〇〇五年八月五日了，你們還沒處理。現在廠家非常囂張了，在南京開新聞發佈會，在批幫助揭露靜舒氧的記者。我現在就到他們的會場去，如有三長兩短，國家藥監局應該承擔責任……」陳曉蘭邊往會場走，邊給國家藥監局打電話說，可是訊號較弱，還不等她說完，電話就斷了。

國家藥監局的那位官員對陳曉蘭的電話非常重視，他急忙一遍遍地撥陳曉蘭的電話，怎麼也撥不通。他急了，在他的眼裡陳曉蘭已不是一個上訪者，而是敢說真話，勇於為病人負責的真正的醫生。他尊重她，敬佩她，甚至把她視為朋友。

「你千萬不要去現場，那樣很不安全……一個造假企業開什麼新聞發佈會？你報警，把這個情況反映一下。」電話總算撥通了，那位官員焦急萬分地對陳曉蘭說。

三

三點五〇分，陳曉蘭和身著警服的王冶的妻子提著黑色塑膠袋出現在酒店門口，塑膠袋裡裝的是各種各樣的靜舒氧的瓶子和材料。

電梯升到四層停下，陳曉蘭走出來時，正巧與準備離去的藍孚公司董事長Lawrence Zhang等人相遇。

「陳醫生把東西帶來了，我們想當眾演示給你們看。」柴會群對Lawrence Zhang說。

「哦，你就是陳曉蘭？」Lawrence Zhang問道，「你說國家藥監局查處靜舒氧，那麼你把文件給我看看。你講我的產品沒有用，你做過實驗嗎？你說我的產品是假的，假在什麼地方？」

「我知道，你是東北人。」陳曉蘭見他很凶，不禁說了一句。

「不，我是加拿大籍，我叫勞倫斯。」他糾正道。

「什麼勞倫斯，你不就是姓張的嗎？你把英語的發音吐字弄清楚點。你就是造假發了財，拿錢買了移民，你以為我不知道？你中文講講也就罷了，還講什麼英文？」陳曉蘭理直氣壯地說。

氣氛陡然緊張起來，三言兩語之後火藥味就濃了。記者們圍了上來。

「按說明書，靜舒氧裡裝的是潔淨空氣，那麼什麼叫潔淨空氣？所謂的潔淨空氣輸入人的靜脈之後，對人體有什麼幫助？」陳曉蘭問道。

藍孚公司向記者展示過他們委託山東省臨床藥理中心作的檢測報告，想以此證明「靜脈輸液給氧」是安全的。真是捉襟見肘，他們證明了靜舒氧使用是安全的，卻暴露了在安全性沒有得到證實的情況下，他們早就開始了靜舒氧的生產和銷售，那份報告是二〇〇五年五月二十日出來的。

「瓶體內的氣體是濃度為百分之六十至九十的氧氣。『靜脈輸液給氧』並不是把氧氣直接輸入靜脈，而是把氧氣溶解在輸液的藥液中，然後以溶解氧的形式隨藥液一起輸入靜脈，直接增加血液中的溶解氧，這在本質上是安全的。」藍孚公司的人說。

陳曉蘭早已發現，在三月份，「靜舒氧」的註冊證變更了，由原來的「充以潔淨空氣」，更改為「充以無菌、無毒、無污染潔淨氣體」。這簡直是太聰明了，「氣體」，這是多麼巧妙的字眼，可以代表氧氣，也可以代表空氣，甚至可以代表氮氣。在向醫院和醫生推銷靜舒氧時，可以說那氣體是氧氣，說它「在人原有的呼吸系統之外，再架一條給氧通道」；當藥監部門或當熟悉醫療器械註冊規則的人士追究起來時，又可以說那氣體是潔淨空氣。

此時，他們為強調靜舒氧對疾病的治療作用，那氣體又變成了氧氣。對於靜舒氧，一位藥理學專家曾經一針見血地指出：「生理鹽水和葡萄糖溶液本身就是藥品，如果加入百分之六十至九十氧氣，那就使之成為了另一種新藥——『高氧液』。這個被廠家命名為『高氧液』的靜脈輸注的新藥至今沒有在國家藥監局註冊。」也就是說，藍孚公司製造的靜舒氧是註冊產品，可是它在使用中所產生的「高氧液」是沒有註冊的非法藥品！

另外，他們可能忘了，如果靜舒氧充的是氧氣的話，他們銷售的不是單純的「醫用自動輸氣器」，不是「輸液用無菌氣體瓶用於代替輸液器中的空氣篩檢程序」的話，那麼它的註冊批號還有效嗎？那不就等於手持站臺票坐火車嗎？

「另外，你們的瓶子一樣大小，也沒有加壓裝置，有的標注一百毫升，有的標注五百毫升，這不是騙人嗎？」陳曉蘭接著質問道。

「由於該產品內部結構的特殊性，使得同樣大小的瓶體內可充入不同壓力的氣體……」藍孚公司說。

隨後，他們回到會場，趁部分記者和有關人員還沒有離去，陳曉蘭和藍孚公司分別就靜舒氧的進氣原理進行了演示。在演示中，藍孚公司提出讓陳曉蘭用他們帶來的產品，陳曉蘭斷然拒絕了。她提出只要是藍孚公司生產的產品，而且在有效期——出廠一年內，那麼都應該是有效的，藍孚公司是沒有理由要求她必須用他們為這次會準備的樣品的。她所用的樣品是藍孚公司當年七月份生產的，出廠僅一個月。

陳曉蘭的演示證實瓶子裡沒有任何加壓設施，靜舒氧輸入的氣體是從另一側的旁路進去的空氣。

藍孚公司認為，陳曉蘭拿的產品是失效的。

「如果你們認為它失效，那麼它也是在有效期內失效的。在醫療器械中，很多產品僅有短期效果，沒有長期效果，剛從生產線上下來的產品可能還有那麼點兒效果，沒過幾天就沒用了。」

藍孚公司認為，陳曉蘭的操作方法是錯誤的，結論自然是錯誤的。

現場一片混亂，陳曉蘭還在做實驗的時候，藍孚公司的人走了，多數記者也跟著他們去吃飯了，僅有幾個記者留下來看陳曉蘭的演示。場地是藍孚公司租用的，他們有權讓會場工作人員將燈關掉，把陳曉蘭趕出去……。

次日，南京某報報導：「昨天，記者接到線索，靜舒氧的生產廠家下午兩點將和打假醫生陳曉蘭在南京一酒店當面對質，廠家想通過雙方的見面和溝通以及同時做試驗向媒體披露事實的真相。」「陳曉蘭解釋道，她在某報社做實驗的時候用的是過期的產品，而廠家做實驗的產品是剛剛生產的。」

柴會群在網上發表了《被利用的與被損害的——陳曉蘭醫生與藍孚公司南京「對質」真相》一文，他悲憤地寫道：「近日的南京媒體，分別報導了揭露靜舒氧騙局的陳曉蘭醫生與靜舒氧生產廠家藍孚公司『對質』一事。由於記者受到廠家單方面誤導，特別是沒有將有關背景作出必要交代，致使事實真相受到歪曲，陳曉蘭醫生也為此深受傷害。作為全程參與此事件的記者，我有義務將真相予以披露……這一次，陳曉蘭卻意外地『栽』在個別新聞界敗類手裡，並最終導致部分媒體受到誤導，致使黑白顛倒、親痛仇快！如果靜舒氧因此在南京起死回生，那不僅是南京百姓的悲哀，更是江蘇新聞界的恥辱！」

二〇〇五年九月五日，陳曉蘭再次專程赴京向ＳＦＤＡ催促查處靜舒氧。這個局長接待日接待的只有陳曉蘭一人。ＳＦＤＡ的副局長繞過長長的會議桌，走到陳曉蘭的身旁，緊緊地握住她的手，真誠地說：「感謝你這八年來的堅持！」

二〇〇五年九月份，ＳＦＤＡ專門成立調查組，赴山東、浙江、江蘇等地進行調查。

調查組發現：「靜舒氧在生產、銷售和使用中存在大量問題。如，藍孚公司生產條件簡陋，產品生產工藝流程不合理、無產品零部件清洗場所和設備；藍孚公司不具備無菌和環氧乙烷殘留量等檢測能力，產品未經檢驗即進入成品庫，未經品質檢驗即上市銷售等問題。」

藍孚公司還違反了《醫療器械說明書、標籤和包裝標識管理規定》，將注冊商標靜舒氧與產品註冊名稱「醫用自動輸氣器」連寫使用；「在生產地及部分醫療機構發現企業印製的產品廣告彩頁中，擅自擴大適應症和誇大產品功效，宣傳產品靜脈輸氧治療作用。」另外，調查組還發現，與靜舒氧配套使用的進氣器件——「壓力平衡針」，正如陳曉蘭所說，未包含在產品註冊範圍內，是未經註冊的非法產品。

九月二十九日，陳曉蘭應邀參加了ＳＦＤＡ的專家論證會，專家對靜舒氧的註冊、品質等問題提出了強烈質疑。藍孚公司提出了靜舒氧存在的理由是醫院空氣污染嚴重，靜舒氧可保證無污染輸液。一位專家認為，空氣品質導致輸液污染的說法是沒有科學依據的，即使有這種可能，目前使用的一次性輸液器上已有空氣篩檢程序，用不著再加一個「替代產品」。對於病人而言，這個保證「無污染輸液」的產品的費用遠超正常輸液收費。

全中國類似靜舒氧的以「靜脈充氧」為名註冊、生產的產品共九種，其註冊依據是ＳＦＤＡ的關於輸液用「無菌氣體瓶」的相關規定。可是，在臨床應用上這些產品已遠遠超出註冊的範圍，大肆宣傳「靜脈給氧」起到的治療作用。

有人認為，靜舒氧實際上是生產企業、經銷商和醫院聯手設的一個「局」。「顯然，如果病人事先知道靜舒氧沒有治療作用，僅僅是代替輸液器空氣篩檢程序的話，沒有人會花三十七元錢使用。」

二〇〇五年十月十一日，ＳＦＤＡ正式下發國食藥監市〔二〇〇五〕四八七號文件，要求山東省藥監局責令藍孚公司立即停止生產、銷售靜舒氧，對其違法行為，依照《醫療器械監督管理條例》及相關法規的規定，依法查處，構成刑事犯罪的，移交相關部門處理。

在ＳＦＤＡ發文之前，深圳市藥監局已對本市醫院使用的靜舒氧進行了查處。醫療器械處負責人認為，靜舒氧之所以在全中國迅速氾濫，主要在於註冊關沒有把好。「這其實是個多餘的產品，根本沒有註冊的必要。」

十一月一日，ＳＦＤＡ再次發文，要求規範「輸液用無菌氣體瓶」的產品管理，其中包括靜舒氧醫用自動輸氣器。對涉及違規註冊的產品要求重新註冊，停止銷售並召回已經進入市場的產品。ＳＦＤＡ還決定：從二〇〇六年六月開始，將相關醫療器械產品註冊審批權從省級藥監局收回ＳＦＤＡ。

四

靜舒氧停止生產和銷售了，總算是壽終正寢了。陳曉蘭長長出了一口氣。她為打掉靜舒氧搭進兩萬多元錢，先後去了六次北京，還去了山東和長春。

可是，不知是錢的威力太大了，還是人賺錢的欲望太強了，ＳＦＤＡ先後四次發文，靜舒氧還是沒禁止住。這一幽靈從發達地區飄向了「老少邊窮」地區。二〇〇六年春節前夕，陳曉蘭聽說新疆的部分醫院還在使用靜舒氧。她從在銀行提取四千五百元錢，想去新疆調查取證，沒想到還沒等到家錢就讓小偷給偷去了。

二〇〇六年三月五日，陳曉蘭接到一位陌生人的電話。他說，他叫溫敏，是雲南省一家醫療器械銷售公司的銷售人員。他說，一年前就想給她打電話，反映一下靜舒氧在雲南的情況，可是決心難下，拖到今天。

「我認為你很偉大，真的很偉大。」溫敏誠懇地說。

「我沒有你想像那麼偉大，只是一個平凡人，在還不知道深淺的時候，感覺是對的就向前跨了一步，沒有想邁出去的那只腳能不能站得住，所以每一步都走得挺艱辛。」她實事求是地說道。儘管這種電話接過很多，可是每次都讓她或多或少有些感動。

「不過，您要注意安全。廠家說，他們要在二〇〇六年給全中國的病人都掛上靜舒氧，由於你的舉報，靜舒氧被叫停，他們的財路被截斷。他們對你恨之入骨。」

溫敏說，當初在雲南的靜舒氧臨床試用論證會上，七位專家一致不同意它進入，拒絕簽字。在某種情況下，專家不過是聾子的耳朵——擺設。溫敏說，專家沒簽字，也沒有抵擋住靜舒氧的進入，也許廠商或者銷售商以錢鋪路，打通了關鍵環節；也許某些官員認為，上海的專家都一致同意靜舒氧在醫院臨床試用，你們拒不簽字並不等於這種產品不好，只能說明你們自己沒有水準。

陳曉蘭感到欣慰，看來專家並非都像上海那五位專家那樣，對人民高度負責的專家還是多數。溫敏一聽就笑了。他說，並非那七位專家多麼高尚，對病人多麼有責任意識，而是廠商和銷售商的工作沒做到位。工作做到位的話，他們會簽字的。

溫敏說，雲南使用的靜輸氧不是陳曉蘭舉報的那種綠色塑膠小瓶，而是一種儀器。在給病人輸液前，護士用那種儀器往輸液瓶內充氧，然後再給病人輸液。陳曉蘭知道有一種叫「靜舒氧輸液儀」器械，廠家曾經在網上以「投資十幾萬，一年賺得千百萬」進行招商。溫敏說，二〇〇五年六月份，雲南某市還以「送溫暖」的方式，將十五台「靜舒氧輸液儀」推廣到貧困地區。陳曉蘭聽說後氣憤地說，「靜舒氧輸液儀」的行銷模式跟她過去舉報的「光量子治療儀」、「鐳射血管內治療儀」完全相似——將儀器免費贈送或者低價賣給醫院，然後高價向醫院推銷耗材，靠耗材牟利。這哪裡是什麼「送溫暖」，簡直是送寒流！

溫敏還告訴陳曉蘭，雲南總共有六百多台「靜舒氧輸液儀」，除七台之外，都是經他手出去的。他知道那東西是騙人的，可是那錢賺得太容易了，像做夢似的。夢境無常，有時一個夢正做得好好的，正在愜意著，幸福著，陶醉著，陡然跌進噩夢。

那是某一縣醫院的大門口，一位近花甲的農村老漢身子蜷縮一團，蹲在地上，瘦弱的身子劇烈地抖動著，那張滿面溝壑的臉抽搐著，老淚一滴接一滴敲打在地上。進進出出的病人和家屬的腳步被老漢的哭聲纏住，同情地駐足觀望。

溫敏正巧去那家醫院給醫生發放靜舒氧的回扣。對醫院裡的哀慟，他已見多不怪，可是老漢那壓抑的哭聲卻鬼使神差地讓他收住了腳步。老漢邊哭邊訴，他家在偏遠的山村，老伴患有心臟病，因沒錢治病只好在家挺著。老漢望著被折磨得死去活來的老伴兒，心像掉進磨盤似的被一點點地研碎了。老漢一狠心把家裡養的和地裡的種的都賣了，湊夠一百多元錢，滿懷希望地領老伴兒進城看病。沒想到，醫生只給老伴開了兩針，那一百元錢就沒了。醫生說，如果老伴想繼續治療，他就得回去張羅錢。可是，家裡能賣的都賣了，他上哪兒去張羅錢呢？

「那針咋就這麼貴呢？這兩針怎麼能治好病呢？」老漢那雙松樹皮般粗糙的手捧著一紙單據，哽咽地說著。溫敏過去，要過單據來看了一眼，什麼也沒說，像老鼠似的從老漢的身邊溜走了。原來醫生給老漢的老伴用的正是他推銷的靜舒氧！老漢那一百元錢，有七十一元六角花在毫無治療價值的靜舒氧上了！

那天，溫敏匆匆發完回扣，連飯都沒有吃就離開了。他是流著淚水離開那個小鎮的。車疾馳於高山峻嶺之間，溫敏的心卻像負重的馬匹顛簸於坎坷泥濘之中。自責、愧疚從他的心裡溢出，如煙似霧地彌漫著，愈來愈濃，愈來愈重。他不停地叩問自己：溫敏，你怎麼能墮落到這種地步？一百元錢，對那位農民老伯意味著什麼？意味著要起早貪黑、臉朝黃土背朝天地勞作多少個日夜！結果，你們輕而易舉把他的七十一元六角騙到了手。你們賺的哪裡是錢，那是在榨取老伯的血汗哪！

從那以後，靜舒氧像一隻鑽進他胸腔的老鼠，啃噬他的心靈，讓他晝夜惶恐，不得安寧。他感到自己作惡深重，想洗手不幹了。同事勸他說，我們幹的就是昧良心的事兒，掙的就是黑心錢，你千萬不能有罪惡感和同情心，否則你下不得手，賺不到錢。

溫敏說，靜舒氧太具誘惑力了，一針的耗料進價只有三元五角，賣給醫院二十三元，中間近二十元的差價被瓜分：經銷商得八元左右、醫生最多得十二元，最少得十元，有關人員二元左右。靜舒氧進醫院後，再加十個點，這就是二十五元八角了。另外再加收十元錢左右的治療費，這樣靜舒氧的耗材和治療費加在一起賣給病人就是三十五元八角了。溫敏有時安慰自己，這麼賺錢的東西我不推銷，別人也會推銷，對病人來說，不管誰推銷，結果是一樣的。可是，對於他卻不一樣了，要做就能賺一筆相當可觀的鈔票。

母親打來電話。母親說，她生病住進醫院，醫生給她開了幾針特別貴的針，也不知是什麼藥，紮上之後沒有什麼療效。溫敏一下子就想到了那位農村老伯，想到了靜舒氧，急忙問針的形狀。還沒等母親描述幾句，他就明白了，那就是靜舒氧！

「媽，不要再紮了，千萬不要再紮那種針了。」他對母親千叮萬囑道。

「可是，醫生開的還有幾針沒紮呢。」母親說。

「媽，把那些針退掉吧，醫院要是不給退的話，那也不紮了。」

放下電話，他直拍大腿，報應，真是報應！兒子推銷的靜舒氧被用到自己老娘身上了。

後來，在陳曉蘭的舉報下，靜舒氧被央視曝光了，國家衛生部下發文件要求各地醫院禁用靜舒氧，藥監局下發文件取締了靜舒氧，溫敏就離開了那家醫療器械公司。

「陳醫生，雲南省的部分醫院還在或明或暗地給病人使用靜舒氧，尤其是西雙版納。」

「我很想去你們那裡看看……」陳曉蘭說。

「陳醫生，你千萬不要來！他們跟黑社會有密切聯繫，會有生命危險的。」溫敏急忙阻止道。不去，手裡就沒有證據，沒證據就不能舉報，不舉報靜舒氧就要繼續坑害病人！

五

陳曉蘭放下電話，恨不得馬上買機票就飛到雲南。她非常想知道溫敏所說的靜舒氧和衛生部已經下文禁用的是不是同一種產品，靜舒氧是不是改頭換面，更新換代，又「培育」出新的品種。可是，她走不了啊，女兒貝尼即將分娩，她這個當媽的怎麼走得開呢？上海離不開，雲南去不得，她急得在房間裡團團亂轉。

時光是條河，不管你焦慮也好，閒適也罷，它都不會改變自己的方向和流速。女兒分娩了，生下一個可愛的男嬰，陳曉蘭當上了外婆。她每天疼愛地抱著小外孫，心裡充滿歡喜，可是那種歡喜仍然擋不住去雲南的衝動。

「媽，你不是講好了，在我坐月子期間哪兒也不去，怎麼又要去雲南了呢？媽，我現在真的很需要你，我不想讓你走……」女兒貝尼一聽就急哭了，淚眼婆娑地說道。

陳曉蘭一邊給女兒擦眼淚，一邊愧疚不已。小貝尼是早產兒，還沒到預產期就出生了，生下時只有兩千克多點，瘦小得像隻小貓。她第一次給女兒洗澡時，一隻手就足以把女兒托起來。她像一片梧桐樹葉，輕飄飄的。女兒三歲時，陳曉蘭離婚了，女兒歸她撫養。女兒是她的心頭肉，她對女兒的愛遠遠超過自己的生命。女兒在她的母愛中一點點長大，上幼稚園了，上學了，畢業了，工作了，結婚了，有了孩子……在九年前，她是一個盡職盡責的好母親，給了貝尼完整的母愛；在這九年來，她忙於醫療器械打假，忽而北京，忽而南京，忽而長春，沒有時間和精力關愛女兒了，欠女兒的債越積越多。貝尼坐月子，這是一個難得的彌補機會，陳曉蘭想在這一個月裡什麼也不做，什麼也不想，一天到晚守著女兒，照料她的飲食起居，陪她聊天，和她一起照料小寶寶，盡情享受天倫之樂。

過去女兒貝尼為有陳曉蘭這樣的母親而自豪，現在卻有點兒生怨了。記者採訪時，貝尼不滿意地說：「媽媽就是為爭一口氣唄，也就是為了一句話：紫外光不是鐳射。其實很簡單，這就像秋菊打官司一樣的，她為了一個道理，為證明她沒有說錯。她據理力爭的也就是為了這句話，她沒有說錯。沒想到事情會越滾越大，滋生出這麼多事。我說你別管了，那不該是你管的事情。她總說這是最後一次，結果卻一次次地管了下去。前幾天又跑去上海市長江醫院，她不斷地做下去。她就是閒不住……」

她是答應女兒了，可是那時沒有接到溫敏的電話，不知道雲南還在用靜舒氧。似乎有種聲音在呼喚她，有種力量在推動著她，去雲南，去雲南！雲南佔據了她的心，每天早晨從睡夢中醒來，那位蹲在醫院門口的老漢就浮現在眼前，那渾濁的老淚一滴滴地砸在心上。深夜，她輾轉反側，難以入寐，爬起來走到母親的遺照前，跟母親聊聊天。母親微笑著，笑容還是那麼親切、慈祥，充滿著愛意。媽媽，你說我該不該去雲南？如果我去雲南，那麼就不能照顧月子裡的貝尼，照顧不了剛剛出生的小外孫。媽媽，貝尼是你的外孫女，你疼愛她；小尼克是我的外孫，我也疼愛他啊。媽媽，如果是你的話，你該怎麼辦？母親依然微笑著，默默地看著她。她讀懂了，媽媽那眼神在告訴她：去雲南！媽媽在重複臨終前的囑託：「曉蘭，病人不懂，你懂；你是醫生，你要保護病人的權利。」媽媽似乎還在責備她：那天，你不是答應媽媽了嗎，怎麼忘了呢？在你小的時候，媽媽是怎麼教育你的？答應的事就要做到底！去吧，快去吧！貝尼母子沒有你照顧能行，雲南那邊沒有你調查取證和舉報不行啊！

當小外孫尼克出生七天時，陳曉蘭說什麼也坐不住了，決定去雲南，這幾天就走。

「倪平，我想請你幫個忙好嗎？你這兩天能不能到上海來一下，幫我照顧一下小貝尼？她在坐月子，沒人照料不行。我要去一下雲南，聽說那邊還在使用靜舒氧。我把她丟在家裡不放心，上海又沒有其他人可託付，只好請你到上海來一趟。」她打電話給遠在合肥的倪平。

倪平接到電話後，第二天一早就匆匆趕到了上海。貝尼母子託付給倪平了，陳曉蘭可以安心去雲南了。可是，溫敏卻好像蒸發了似的，說什麼也聯繫不上了。陳曉蘭一遍遍地撥打他的電話，連續撥了兩天也沒有撥通。如果沒有溫敏幫忙，她到雲南後將會像大海撈針似的不知從哪兒下手。

女兒貝尼不安地說：「媽，你很難確定溫敏究竟是好人還是壞人，他說來電話就來電話，你卻跟他聯繫不上，這裡邊肯定有問題。他萬一是壞人怎麼辦？如果是恨你的那些廠商、銷售商和醫院設的局怎麼辦，你不是自投羅網啦？再說，溫敏他怎麼知道我們家的電話？他為什麼要跟你講靜舒氧的事，他想反映問題，為什麼不去找國家藥監局，找你幹什麼？你不過是個普通的醫生，能解決什麼問題呢？」

倪平也勸陳曉蘭：「曉蘭，關於醫療器械打假的事情，你已經苦鬥九年了，能做到這樣已經很不容易了，媒體對你進行了報導，政府也肯定了你的做法，醫療器械的問題也引起了政府的重視，你見好就收吧，別再打下去了。你這樣一個接一個地打下去，打得完嗎？」

正當她們爭執不下時，溫敏來電話了。陳曉蘭接完電話之後，去意已決，不論誰說什麼都聽不進去了。倪平幫她買了機票，怕她手裡沒有錢，還塞給她一個塞滿錢的信封。

「我有錢，帶的足夠用了。」陳曉蘭說。

「窮家富路，出門在外，多帶點錢沒壞處。」倪平說。

三月十九日，陳曉蘭乘機飛往昆明。貝尼和倪平的心卻像鑽入雲層的飛機，懸在空中。貝尼哭了，媽媽連溫敏是好人還是壞人都沒搞清楚就去了，萬一是恨媽媽的人設下的圈套，媽媽還能回來嗎？

六

陳曉蘭飛抵春城時，天像墨汁滴落水中，漸次洇開，很快就暮色蒼茫。

到賓館入住後，她難以成眠，擔心聯繫不上溫敏。她事先沒告訴溫敏自己要來雲南調查取證，怕他躲起來不見，因為他一再說還沒想好是否出面作證。

第二天一早，陳曉蘭用房間的電話打給溫敏。

「你好，我是陳曉蘭。」沒想到電話一撥就通了，陳曉蘭欣喜地說。

「你好，你好！」溫敏回應道。

「我到雲南來了。」

「到雲南來了？那麼好，我過會兒去看你。」他的語調平和，沒有驚訝，好像早已料到。噢，可能是來電顯示已經告訴他這是市內電話。

陳曉蘭放下電話，心裡那塊石頭落了地，孩子似的高興地說：「總算沒白來，一會兒他就把靜舒氧所用的耗材帶來……」

下午兩點半，溫敏如約而至。

「還有兩位朋友，是跟我一起來的，可不可以讓他們過來一起聊聊？」陳曉蘭問溫敏。

「不是兩位，而是三位。你們一起來四人，有一位住在外邊，剩下的兩位跟你住在這裡。你們入住後，調過一次房間……」溫敏彷彿料事如神地說道。

確實是三位。央視「共同關注」欄目的兩位記者要採訪陳曉蘭，她告訴他們自己要去雲南調查取證，他們就跟來採訪。雲南的一位朋友到機場去接的他們。可是，這事只有貝尼、倪平知道啊。

「你是怎麼知道的？」陳曉蘭目瞪口呆地望著溫敏，感到脊背發涼，毛骨悚然。他到底是幹什麼的？私人偵探，還是黑社會的耳目？怎麼會對他們的行蹤瞭若指掌，難道又被人跟蹤了？

記者事先將兩台密拍機調好，鏡頭對準房間裡的沙發。溫敏很機警，沒坐到沙發上。

「大意，你們太大意了。這裡不是北京，不是上海。」溫敏解釋道。

他說，在見陳曉蘭之前，先跟賓館服務員瞭解到了這些情況。他說，他的車子都沒敢開進賓館的停車場，而是停在離賓館附近的地方，然後步行過來。在這個地方必須謹慎小心，否則會有危險的。

「你把它關掉。」溫敏指著密拍機對進來的記者說道。

陳曉蘭希望溫敏出來作證，他沒有同意。不過，他給陳曉蘭提供了許多非常有價值的資訊。他告訴陳曉蘭：「西雙版納的一家醫院有三十多台『靜舒氧輸液儀』。我第一次給他們送過去十二台，後來又送去了二十多台。那家醫院每個月要用掉一千五六百份靜舒氧的專用耗材……」

「那我們去西雙版納好了。」陳曉蘭說。

「你不能去那裡，那樣會有生命危險的。你多次在央視露面，前兩天還獲得『三·十五』品質先鋒獎，央視剛剛播過那個節目，另外網上還有你的照片。你去了，他們一眼就會認出你來。」溫敏連連勸阻道。

「我又沒傷害誰，他們幹什麼要傷害我呢？我這樣做只不過想讓病人免遭受欺詐和傷害，我個人又沒得到什麼好處……」陳曉蘭百思不得其解地嘟囔道。

「你阻斷了他們的財路，他們就會想法幹掉你。你千萬不要去西雙版納。」溫敏誠懇地勸道。

陳曉蘭他們並沒有聽從溫敏的勸阻，當晚飛抵景洪。

第二天一早，陳曉蘭戴著墨鏡，穿著紫色緊領衫，趕到溫敏說的那家醫院。她在醫院的門診和病房轉了好幾圈，每層樓都看了一遍，也沒發現溫敏說的那種靜舒氧。她一次次把手弄髒，然後跑去跟護士借用肥皂，趁機溜進辦公室和處置室查看了一下，還是沒有發現。究竟是溫敏提供的消息不確切，還是這家醫院已經停止使用靜舒氧？她又去放醫用垃圾的地方查看，還是沒有發現蛛絲馬跡。當她打算離開醫院時，卻在院內的下水溝裡發現一枚靜舒氧專用的進氣器件。由此看來這家醫院肯定給病人用過靜舒氧，現在是否還在使用，有待查明。

溫敏的忠告，讓陳曉蘭不得不小心從事，白天儘量待在房間不出來，天黑人靜才出來找地方吃飯。陳曉蘭端起飯碗，不禁感到有幾分心酸，對兩位記者說：「憑什麼那些造假、售假、給病人用假的人都那麼正大光明的，我們卻變得鬼頭鬼腦的，見不得天日！」

她的話音剛落，手機響了，溫敏的短信出現在手機上：「聽說當地的醫藥銷售機構有黑社會參與，如果他們的利益受損，可能會對你個人不利，儘量與當地政府保持聯繫！」讀後，陳曉蘭緊張地將短信的內容告訴兩位記者。怎麼辦？是明天早晨訂機票打道回府，還是留下來繼續去那家醫院調查？留下來，說不上會發生什麼事情，也許會像溫敏說的危及生命。

可是，保全了自己的生命，就等於放棄那些受靜舒氧戕害的病人生命，會使許多生活在貧困線上的農民蹲在醫院的門口飲泣不已。

不能離開，必須要查個水落石出。陳曉蘭跟記者達成共識。

三月二十五日上午，陳曉蘭和記者又去了那家醫院。她徑直走進一間醫生辦公室。

辦公室的四周是櫃，中間是一張大桌子，桌上凌亂地放著文本和紙張，一角坐著一位年齡在三十歲左右的穿著短袖白大褂的男醫生。

「我想瞭解一下靜舒氧的情況，你們這裡還在用嗎？」陳曉蘭單刀直入地問道。

「不用了。」醫生說。

「為什麼不用了？」

「成本太高了，病人都用不起。」

「只因為成本高嗎？那麼儀器在哪兒呢？」
「在護士長那呢。」
「你能不能帶我去看看？」
醫生以為陳曉蘭是廠家的售後服務人員，站起來領她去找護士長。
「我想看看靜舒氧儀器。」陳曉蘭對那位人到中年的護士長說。
「靜舒氧儀器？有。在樓下的房間。」護士長見陳曉蘭是醫生領來的，也以為她是廠家代表，毫無戒備地把陳曉蘭他們領到了樓下的一個工作間，從工作臺下邊搬出了三台微波爐大小的靜舒氧儀器。見到儀器，記者急忙取出攝像機進行拍攝。
「你們想瞭解哪方面的情況，你們是幹什麼的？」護士長覺得有點不對頭了，問陳曉蘭。
「不是……」陳曉蘭本可以哼哼哈哈地搪塞過去，可是她不會撒謊，只好直言不諱地告訴護士長：「這個產品是假的。」
「你們怎麼知道它是假的？」
「因為這種產品是我向國家藥監局舉報過的。它已經被確定是非法產品了。」陳曉蘭說。
「你們是通過什麼管道知道我們醫院在用這個產品？現在你說它是假的，可是它現在都進了醫保。醫保都承認它這一塊嘛！」護士長悻然地說，「你們是幹什麼的？把拍完的帶子都給我留下來。」說罷陡然變臉，掏出手機撥打一通。片刻，一群人從樓上樓下、四面八方趕過來，把陳曉蘭他們圍住了。
「你們要是不交出錄影帶就別想出去！」有人威脅道。
錄影帶不能交出去，說什麼也要保留下來，這是證據。
陳曉蘭他們被「請」進一間會議室。一位男子盯看陳曉蘭片刻，說道：「我在電視上看到過你。我已經通知供應商了，他們馬上就到……」
他為什麼要通知供應商，讓他們來幹什麼，他找的究竟是供應商還是黑社會？他們將會把自己和記者怎麼樣？陳曉蘭不禁想起溫敏的短信，不由緊張起來。她從小到大從來沒見過這種陣勢，心裡有幾分膽怯，幾分惶恐。要是被他們非法拘留了怎麼辦？親戚、朋友、家人都不知道，想救也找不到地方。不行，得趕快通知親朋好友。可是，通知誰呢？貝尼正在月子裡，無論如何不能讓她知道；倪平跟貝尼在一起，告訴她就等於告訴了貝尼，那麼告訴誰呢？

十一時二十九分，上海，張靜的手機上出現一條短信：「我們被院方扣了——陳曉蘭。」張靜急忙回撥，聽到的是：「電話無法接通，請稍後再撥。」她焦急地連續撥打，話筒傳出來的仍然是那不緊不慢、令人心急如焚的重複。她急得團團轉，想不出解救的辦法。

在景洪的那家醫院，劍拔弩張，似乎每一秒鐘都被拽到了極限。

「你知道造假是違法的，你通知他們來的目的是什麼？那樣的話，我不僅要打一一〇報警，還要給你們當地的藥監局和衛生局打電話報案！」陳曉蘭氣憤地握著手機說。

她的話像一瓢冷水潑到火上，對方的氣焰降了下來，他們相互看看，有幾分猶豫。據溫敏講，他把靜舒氧儀器免費送給醫院，然後向醫院推銷靜舒氧所用的耗材——進氣器件和管子。按規定，醫院是不可以這樣做的。

「我們到這裡來的不只是三人，外邊還有一幫記者。事先有約，如果十一點我們不出去，他們就要進來。」隨行的記者見對方有點猶豫，借機嚇唬道。

對方態度轉變了，表示他們也有苦衷的，請求記者不要把這件事披露出去。

「你們是醫務人員，作為醫務人員是不能欺騙病人的。企業制假售假，你們不能幫助他們去騙病人，不能把醫院作為他們售假的管道，不能用假儀器給病人進行假治療。你們知道『靜舒氧』價格太高，病人承受不起，所以不再給使用，這很好，最起碼心裡還有病人。有些醫院和醫生，他們明明知道病人承受不起，還要強迫病人承受。錢是病人的，但是要經過醫生的那支筆花銷出去。病人不懂，所以相信醫生，醫生讓他用什麼藥，他就用什麼藥；讓他進行什麼治療，他就進行什麼治療。我們醫生要為病人負責，要對得起病人的信任！」陳曉蘭動情地說。

最後，在場的醫生和護士目送陳曉蘭他們離開。

夜長夢多，此地非久留之處。溫敏的相勸和忠告，看來並非空穴來風。陳曉蘭他們匆匆趕回到賓館，收拾好行李，退房打車，匆匆趕往機場。

下午二時許，張靜的手機出現一條短信：「我到機場了——陳曉蘭。」

晚七時四十六分，張靜手機上又出現一條短信：「我登機了，應該是安全了。」

張靜高興地跳上採訪車，趕往虹橋機場。

當晚十時五十五分，陳曉蘭推著行李從機場走出來。當腳踏在上海的土地上，她驚魂方安，不禁長長舒口氣。

第二十一章

上海協和醫院的執照被吊銷，醫院沒了，醫護人員散了，小徐、小馬、小肖、小翠等病人被騙去的幾萬元錢，甚至十幾萬元錢上哪兒去討？

一

二〇〇七年一月十九日，劉丹的第二篇有關醫療的報導——《倉促定性有失公允》發表。

報導寫道，十九日，上海市衛生局以電子郵件的方式對媒體公佈初步調查結果：「上海協和醫院存在過度檢查和不當治療行為，違反了相關的診療常規和基本操作規範的規定」，「上海協和醫院存在涉嫌違法發佈醫療廣告等違法行為」。上海市衛生局組成的專門調查組，對上海協和醫院醫療執業情況進行調查，並組織了各方專家根據王洪豔的病歷資料，就上海協和醫院對其診療的問題進行了論證，「目前正在進一步調查取證中」。

陳曉蘭氣憤地說，衛生局的這個初步結論是在避重就輕。什麼叫「過度診療」和「過度治療」？我查了很多醫療方面的政策法規，根本就沒有這個定義。從字面理解，過度檢查也好，過度治療也好，雖然「過度」，但畢竟還是檢查和治療。從上海協和醫院的幾位患者的就診情況來看，根本就不是什麼過度的問題。比方說，按照不孕症診療常規，結婚兩年，有正常夫妻生活，男方沒有不育症，女方不孕的情況下，方能診斷為「不孕症」，他們卻將許多結婚不到兩年，甚至還沒結婚的女性診斷為不孕症，然後實施所謂的「宮－腹腔鏡」手術，這哪裡是什麼過度診療？再者，有些醫學檢查是有特定要求的，有的需空腹十二小時，有的要在月經乾淨後三到七天，有的要禁欲七天，否則檢驗結果不準確，沒有診斷意義。可是，他們在檢驗中根本就沒做到這點，那就是無效檢查，哪裡是什麼「過度檢查」？上海市衛生局這樣做就是想把刑事犯罪變成行政處罰。二〇〇六年，上海衛生局在處理上海長江醫院的問題時也下過類似的結論，最終以罰款八千元和警告處分了事。

陳曉蘭還說，通過幾十位病人的就醫經歷來看，這絕不是什麼「過度檢查和不當治療」問題，而是涉嫌詐騙！為達到非法佔有病人財產的目的，他們虛構和誇大患者的病情，把沒病說成有病，小病說成大病，給根本不需要手術的病人開刀手術，這完全符合法律對詐騙罪的界定。按民事欺詐行為和刑事詐騙罪的相關法律規定和司法解釋，「一方當事人故意告知對方虛假情況，或者故意隱瞞真實情況，誘使對方當事人做出錯誤意思表示的可以認定為欺詐行為。」上海衛生監管部門應將此案移交到司法部門。

幾天後，衛生監管部門對王洪豔一案進一步調查取證。

辦公室裡氣氛緊張，一邊坐著幾位衛生監管人員，另一邊坐著陳曉蘭和王洪豔的代理律師斯偉江。按理斯偉江一人出席就可以了，陳曉蘭是沒必要來的。她怕斯偉江不懂醫學，又涉及婦科臨床，有些問題回答不了。另外，關於王洪豔的就醫經歷，陳曉蘭已聽她講過十多次，可以倒背如流，因此她主動陪斯偉江來接受調查。

「王洪豔的性生活是否正常？」當陳曉蘭講述完王洪豔就醫經歷之後，一位監管人員問道。

斯偉江被問住了，一時不知如何回答。

「王洪豔是未婚女子。那麼，請你說一下未婚女子的性生活怎麼樣算是正常，怎麼樣算是不正常？」陳曉蘭反問道。

「王洪豔的性生活怎麼樣？」

「那麼，請你說說未婚女人的性生活應該怎麼樣？」陳曉蘭氣憤地反問。

幸虧王洪豔沒去，如果她在場肯定無地自容，看來陳曉蘭當初不讓王洪豔出來是對的。

二

不論什麼夢都是脆弱的，一旦被驚醒就再也無法做下去。上海協和醫院詐騙病人王洪豔的事件曝光後，殘存在小徐等病人心裡的殘夢破滅了。

強者孤獨，弱者無助，雄獅可以獨步非洲荒野，藏羚羊和梅花鹿卻要把自己隱藏於群體之中。弱者需要群體，她們驚醒之後一是找上海協和醫院和其主管部門討公道，二是與病友聯繫。這時，她們才發現過去見面聊天，打聽一下對方的病情和治療效果，分手時沒留對方的聯繫方式是多麼大的失誤。小徐在確信自己被騙之後，想找手術後跟自己住在同一病房的小馬，卻不知道她在哪兒。正當小徐覺得自己再也聯繫不上小馬時，突然想起小馬借她的手機給丈夫打過電話。小徐急忙跑到移動公司列印出兩個月的話單，找到了小馬的丈夫電話。小徐、小馬、小胡、小肖等病友很快就取得了聯繫。劉丹的報導《倉促定性有失公允》發表後，她們從報導中得知王洪豔的代理律師後，就主動跟斯偉江聯繫，打聽案件進展情況，積極提供相關證據，甚至希望他能成為自己的代理律師。還有三十多位在滬的病人通過各種管道找到了陳曉蘭，向她反映自己被騙的經歷。

一月中下旬，中央電視臺《生活》欄目記者到上海採訪這一事件，陳曉蘭和十幾位病人被請到了拍攝現場，小徐等人見到了陳曉蘭。

陳曉蘭仔細看了小徐的病歷，驚異地問道：「你做過多少次ＯＫＷ中藥微波離子導入？」

「十多次。」

「能不能具體點兒？」

「十四次，每次一個小時，僅這一項治療費就花了一萬七千六百多元。」

「治療後有什麼反應？」

「頭髮掉啊，而且是大把大把地掉。特別是後來連續做了十天，每天一個小時。」小徐說著，拽一把頭髮，掉下一縷。

「除此之外，你還有什麼症狀呢？」

「總想喝水，腹痛，痛得厲害，有時候腹部的兩側突然會抽搐地痛；經常感到累，感到疲憊不堪。不管什麼時候，只要躺下就能睡著，睡了很長時間，醒了還是困乏，身體狀況越來越差。」小徐說。

陳曉蘭吃驚地看著她，目光由驚訝變為悲憫。這些人膽子也太大了，每次一個小時微波治療，連續做十天，這多麼可怕啊。作為理療科醫生她不能告訴小徐這樣會產生什麼樣的後果，怕給她造成過大的精神壓力，像王洪豔那樣精神瀕於崩潰。

小徐出去之後，陳曉蘭對記者說，這種長時間的微波治療有可能給她的子宮造成永久性的、不可逆轉的傷害。這相當於把饅頭放進微波爐裡長時間加熱，外表還沒有什麼變化，裡邊已經烤焦了。

「這些病人太可憐了，哪怕子宮烤熟了，她們也沒有感覺。」陳曉蘭傷感地說。

小徐是一位非常聰明的女性，從陳曉蘭的問話中恍悟到ＯＫＷ中藥微波離子導入治療的危害，驀然想到上海媒體的一篇報導。醫院對一包皮手術後的男子進行微波治療時，由於治療的時間過長而導致生殖器烤焦。她又想起在ＯＫＷ中藥微波離子導入治療後腹部的疼痛，想到有一次她的肚皮被烤出了水泡……肚皮被烤傷了，腹腔的子宮、卵巢、附件會不會被烤傷？會不會像那男子的生殖器樣被烤焦烤熟？想到這裡，她的腦袋一下子就大了，鼻血滴滴答答地流了下來。子宮是生命的搖籃，輸卵管不通可以做試管嬰兒，子宮要是不行了，今生今世都不可能懷小寶寶了。她又想起丈夫，想起公公婆婆渴盼抱孫子的目光……

小徐匆匆趕到上海紅房子婦產醫院做輸卵管照影檢查。在上海協和醫院做完「宮－腹腔鏡」手術後，她多次想到這裡來檢查，可是每週都要去上海協和醫院做輸卵管通液手術和ＯＫＷ中藥微波離子導入治療，哪還擠得出時間去其他醫院檢查？再說，做這種檢查很痛苦，對身體有傷害，她也有點打怵。

小徐寄希望ＯＫＷ微波治療儀是假的，是沒有療效，那樣她的生殖系統也就不會受到慘重傷害。只要子宮沒受傷害，輸卵管像張醫生說的那樣通暢了，被騙七萬多元錢也就認了。人只有在健康狀態下才會想錢哪，對她來說什麼都沒有懷寶寶重要。

上海紅房子婦產醫院的病人很多，做輸卵管照影需要預約。

可是小徐等不得了，她恨不得馬上就知道自己子宮、卵巢、輸卵管和附件的狀況。她一臉窘態地跟醫生講述了自己在上海協和醫院就診的經歷，講自己為什麼這樣急於知道檢查結果。

「你為什麼要去上海協和醫院呢？」醫生問道。

小徐無話以對，她感到自己很丟人，真是無地自容。在世人的眼裡，受騙者是愚昧無知的，是讓人恥笑的。因此，受騙者往往不跟騙子討公道，而是「啞巴吃黃連，有苦說不出」。

「我必須得做這個檢查，想儘快知道結果。」小徐眼淚汪汪地說。

三天後，結果出來了，她捧著檢查報告單猶如捧著巨大的冰塊，寒氣從手到心，整個心涼透了，淚水奔湧而出。報告單上清楚地寫道：「宮腔尚可；雙側輸卵管高傘端粘連，完全不通盆腔，左側伴積液。」

在做「宮－腹腔鏡」手術的前六天，她在這家醫院做過檢查，結果是：「宮腔大小、形態正常，壁光；右側輸卵管未顯影，近端可能阻塞，左側輸卵管傘端粘連，基本不通盆腔，炎症所致。」

術前，宮腔正常，宮壁光滑，現在變成了尚可；過去右側輸卵管未顯影，近端可能阻塞，現在變成了完全不通！花了七萬多元錢，做了那麼多手術，遭受了那麼多的罪，不僅病沒治好，反而更重了，恐怕連試管嬰兒都做不了了，她絕望了……

她一夜一夜地睡不著覺，恐懼、焦慮、痛苦像一群瘋狂的螞蟻在心上爬著，啃噬著。

「我為什麼要相信廣告，為什麼要鬼迷心竅地去那家民營醫院？為什麼把自己的生命、健康和希望交給那些騙子？如果在湖北，我怎麼可能去民營醫院？肯定要去武漢的大醫院。上海市衛生局為什麼批准這家民營醫院為『協和』，難道他們不知道有『北京協和』嗎？」她悔恨著，自責著，啜泣著。

小徐氣憤地趕到北京西路一四七七號的上海市衛生局投訴，結果被告知上海衛生局信訪室在漢口路二二三號。她趕到漢口路，門衛聽說她要投訴上海協和醫院，說：「現在協和的事鬧得很大，把衛生局搞得焦頭爛額，你要投訴還得去那邊。」

還要去北京西路？小徐的腿軟了。腿軟也要去！她跟門衛要了那邊的電話後，轉身打的趕往北京西路。走到半路時，她覺得還應該打個電話問一下，免得再跑冤枉路。她撥通電話，一位女的說：「你要投訴上海協和醫院就去閘北區衛生管理監督所。」

「我是外地人，已經跑了你們衛生局兩個地方了，你們不能受理嗎？」

那女的可能動了惻隱之心，告訴小徐一個電話。

「你說協和有問題，你去找協和好了，你找我幹什麼？」小徐撥通電話，一個男的悻惱地說。

「我是外地來的，已經跑好幾天了。協和不是歸你們管嗎？」小徐憤怒地說。

那人態度緩和了，勸她還是去閘北區衛生管理監督所投訴。當她趕到閘北區衛生管理監督所時，已是第十七位投訴上海協和醫院的病人了。接著，她又趕到上海藥監局投訴，接待她的兩位官員都很客氣，聽完她的講述，看了她的資料之後說，醫院每次給你做一個小時的ＯＫＷ微波治療，對身體的傷害將是很大的，後果可能是嚴重的。

春節臨近了，小徐感到無顏回湖北面見老公和公婆。老公已經三十二歲了，在他家那個村子，像他這年齡的人，孩子都背書包上學了。她認為自己不能耽誤老公，應該跟老公離婚，讓他再找一位有生育能力的妻子。可是，離婚後，她自己怎麼辦，難道要孤獨而淒涼地過完後半生？她越想越絕望，越想越悲涼，那樣活著還不如死。她想去上海協和醫院跳樓自殺，以死來討公道！

她想在跳樓之前回湖北看望一下父母。在路上，她想著這三十來年的人生，想著有過的歡樂和幸福，想著有過的憧憬和追求，一切的一切都被上海協和醫院那群可惡的醫生給毀了，她心如刀絞，肝腸寸斷。她走進家門時，父母笑顏逐開，滿屋濃濃親情。媽媽想起她從小就愛吃荷包蛋，不顧身體的虛弱，親自下廚給她做了一碗荷包蛋。她捧起那碗荷包蛋，淚水抑制不住地流了下來，一滴滴敲打在湯裡。

「你怎麼的啦，在外邊受什麼委屈啦？」父母望著她的淚眼，焦急地問道。

她發現了自己的自私，父母給了她生命，把她撫養成人，供她完成了學業，她要是就這麼死了，父母怎麼辦？讓父母白髮人送黑髮人，他們怎麼活得下去啊，這對他們來說不是太殘忍了，太不公平了嗎？她望著患有嚴重低血糖、病病歪歪的母親和年邁體衰的父親，抹一把淚水，跳樓自殺的決心冰釋了。哪怕什麼都沒有了，為了父母也要活下去。

她在家待了多日，沒敢跟老公和父母說手術和OKW中藥離子導入微波治療的事，也沒有提看病欠下的債務。

小徐、小胡、小肖等三十人表示，絕不能放過上海協和醫院，說什麼也要討回公道！

她們都做過所謂的「宮－腹腔鏡」手術，無一人懷孕。她們在上海協和醫院少則花一萬多元，多則將近十七萬元，總額在一百五十萬元左右。對這些二三十歲的年輕人來說，成家不久，收入不高，幾萬元的債務壓在身上像山似的沉重。在這些女患中，有的去上海協和醫院看病怕丈夫不同意，是自己偷偷跑去的；有的跟丈夫說了，丈夫沒有同意，不甘心放棄這個機會，去了；也有像小徐那樣想給丈夫一個驚喜，結果上當受騙。有的丈夫認為不孕是妻子的事，錢是妻子花掉的，債是妻子欠下的，一切都是妻子的錯。妻子被逼得內外交困，以淚洗面。有的夫妻為此爭吵不休，家庭籠罩在愁雲慘霧中，婚姻現出危機，甚至勞燕分飛……

當她們要投訴時，發現自己手裡除付款收據（有的收據上只有費用總額，連個細目都沒有）之外，其他證據什麼都沒有。小徐找張主任索要病歷、病史和檢驗報告等證據。張主任什麼也沒說，把她領到醫務處。小徐見裡邊有一位男子正在跟醫務處的人理論。那男子一看就是偏遠山村來的，忠厚老實，拎一個都市早已見不到的包。從交談得知，他的妻子輸卵管堵塞，花了三萬多元錢做「宮－腹腔鏡」手術後，醫生說輸卵管通了，可是他的妻子一直沒有懷孕，去其他醫院檢查竟發現輸卵管仍然是堵塞的。他只好領著妻子來上海協和醫院複診，醫生說他的妻子還得做手術。他沒讀到新華社的報導，還不清楚「宮－腹腔鏡」的內幕，對他們還抱以希望。

那男子走後，小徐指責醫院給她做了十四次ＯＫＷ中藥微波離子導入治療，每次一個小時，最終導致子宮損傷。

「這是不可能的，你有證據嗎？」醫務處的人說。

「我是活人，沒辦法把子宮掏出來給你們鑒定！」小徐憤怒地喊道。

「你不鑒定怎麼能說損傷呢？」那人說。

小徐無話可說了，她提出要病歷等資料。這時，醫務處的一位中年婦女說話了：「病歷、病史和檢驗報告是不能給你們病人的。」

「別的醫院要就給，你們怎麼不給呢？」

「我們為病人負責，要為病人保管二十年。」

她還在說那騙人的鬼話。後來，在小徐的堅持下，拿到了病歷等資料的影本。當小徐提到手術收費清單時，那個女人說，可以給她寫一份。可是，寫完之後，那個女人又拒絕蓋章。

「你給我這麼一張清單能證明什麼？能證明是你們協和醫院給我做的手術麼？況且手術的費用又不是個小數。」小徐惱然地說。

最後，那個女的無可奈何地給她蓋了章。接著小徐又去找張主任要中藥處方。

「那是秘方，是不可以給病人的。」張主任拒絕道。

「你讓我花了幾千元中藥費，每天吃掉的錢相當於一克白金，你總得讓我知道自己吃了什麼吧？」

「我們倆相處得不是挺好嗎？」

「是啊，我過去一直信任你。你知不知道，做醫生是要有良心的，是要對病人負責的。病人是人，不是散架了還可以裝起來的機器！你也是女人，你知道對女人來說一輩子最重要的是什麼，你不能在她的傷口撒鹽，對不對？」

「你放心好了，我做醫生是很有良心的。」張主任尷尬地說。

張主任勉勉強強地給小徐補了一張處方。

三

二〇〇七年一月三十一日，央視《生活》欄目播出《手術刀還是宰人刀》的專題報導。報導以這樣開頭的：「有這樣一些患者，她們先後在上海協和醫院看病，經歷了幾乎相同的過程，遭遇了幾乎相同的結果：她們被推進手術臺，在一個小時之內，做了七八項的手術，花費幾萬元到數十萬元不等。現在，這些患者最想知道，她們的錢究竟花在了什麼地方？她們患的是什麼病……」接著《生活》的記者採訪了小馬夫妻、小徐、小肖等病人。這一驚心動魄的報導播出後，在全中國產生強烈的震動，媒體紛紛轉播轉載，網上再次掀起熱潮。

二〇〇七年二月三日，陳曉蘭接到一封「曾經是上海協和醫院員工的人」來信。這人在封信中揭露了上海協和醫院的內幕，他（或她）在信中寫道：近一段時間，上海協和醫院的醫療問題被連續曝光，我的心情久久不能平靜。我是個知情者，醫院裡的一幕幕情景，讓人心驚肉跳……你們瞭解到的僅僅是冰山一角。他們打著醫療的幌子，做著最殘忍的勾當。

醫院的佈局、機構都是很「嚴謹」的。醫院裡邊安裝了許多監視器，門口有保安和導醫，只要見到有人進來，就會上去進行詢問。

進了醫院的門，就像是進了籠子。病人就診一直有人跟在你的後邊，直到你看完病離開醫院為止，還美其名曰「服務到位」，實際上是不讓病人有自由走動的空間。

醫院有規定，凡是醫生，一律稱呼為主任。老闆招聘來的醫務人員素質都是很低的，也沒有什麼技能，不管你的證是真是假，只要你能把病人的錢騙到手就行。每個週一早上七點三〇開早會就給全院的工作人員反復講，醫生儘量要做得巧妙一些。你的嘴沒有那麼巧，就要注意，病人要鬧事的，鬧大了醫院要賠錢的，醫院裡的祕密要保密，不能對外人講，親屬也不能講。醫生、檢驗、護士、藥房每一個關口都要做（把）好，千方百計留住病人。

「協和」在兩年時間就這樣輝煌，同時把一批醫生變成了百萬富翁。醫生月收入達到了七八萬至十幾萬。這些錢是怎麼賺的呢？來看病的人幾乎都給他們做手術。百分之八〇－九〇的病人都來自外地，病人什麼時候來就什麼時候做。病人是不是適應手術，有沒有病都不管。手術經常做到凌晨兩三點，就怕病人跑了，錢賺不到了，有些病人做完手術，才發現要那麼多錢就傻眼了。想跑沒有那麼容易，保安會看著你。

醫生在醫院是老大，老闆也要讓三分。醫生之間經常因為搶病人而打仗。病人就是錢。護士也有提成，醫生配藥越多，護士也提得越多，不然就沒有幹勁了。還有輸液室結餘的大量藥品返回藥庫，也給護士提成。這些藥品都是從病人身上克扣下來的，包括很貴重的藥，循環使用，循環掙錢。

他們就是利用病人迫切想要孩子的心理，千方百計讓病人掏錢。西藥處方亂用藥，大量的抗菌素合用，激素類藥也是大量用的。凡是搞醫的人，有醫學常識的人都會怕極了，短期、長期的不良反應後果病人哪能知道啊。這樣的處方你們是看不到的，只有把電腦打開，所有的內幕才會暴露出來。現在民營醫院的電腦都搞兩個系統，假的用以備有人檢查，另一個外人是不會知道的。

舉個例子，中藥處方一律是協定處方，如：疏通方、益氣生精方、助孕排卵方等，大概有近百種吧。醫生開方時，就在這個基礎上再加冬蟲夏草，一加就是幾十克。其實基礎藥方每服藥的價格並不是很貴的，才十幾塊錢，一加蟲草就變成幾百塊錢，上千塊錢一服了。病人也感到貴，醫生、護士花言巧語地和病人講，什麼對你的病有幫助啊，有效果啊，這麼一說，病人也就接受了。病人有幾個能知道藥裡到底有什麼……在藥裡邊，有時候根本就不加一根蟲草，只是把錢加上去了……

病人的交款單都是一式兩聯的，其中一份是要交到醫生手裡的，醫生憑此提成。醫生的工資為什麼會這樣高？每天按三百門診量計算，一天的蟲草是多少？一個月是上百公斤，可醫院一共才進過多少蟲草？

上級來檢查時，有攝像頭在監控，立即通知各科室，不到一分鐘，就會藏好不能讓你們看到的東西。還有沒有資格證的「醫生」、「藥劑師」，就會馬上跑掉，或者到外邊去充當病人。老闆常在會上再三告誡我們，檢查人員帶著錄音筆，要我們講話小心。

我也是沒有資格證書的，讓我回家了。醫院的無證人員很多的，假證的也有，你們是不容易查到的。麻醉科有個叫王輝的，他就是冒牌的，此人真名叫欒×，目前還在工作。你們拿著這張科室人員組成，去人事那裡看證就可以知道了。

我不是因為離開（上海協和）才寫信給你們的，而是良心受到了很大的震動。其實我也是幫兇，但是我不想再隱瞞這些真相。希望你能好好查一下，為病人討個公道。

四

二月六日，上海市閘北區衛生局宣佈：上海協和醫院在醫療執業活動中違反了醫療診療常規、規範，並存在違反國家相關消毒管理、醫療廢物管理、醫療廣告管理規定等違法違規行為。根據相關衛生法律法規的規定，上海市、區衛生行政部門對上海協和醫院給予警告、罰款、吊銷《醫療機構執業許可證》的行政處罰，對醫院有嚴重違法違規行為的醫師給予暫停執業活動六個月的行政處罰。

醫療詐騙與「違反了醫療診療常規、規範」之間有什麼區別？那麼殺人、盜竊、搶劫、強姦可否說成違反公民的道德常規和規範呢？有一點不同，前者要被判刑，後者可以逍遙法外。

陳曉蘭聞訊之後氣憤地說：「執照吊銷了，醫院關門了，那一夥騙子也散掉了，物價、藥監等部門還怎麼查？醫療詐騙當事人如何處置？誰來為那些受害的病人負責，他們的人身傷害和經濟賠償誰來承擔？上海協和醫院涉嫌醫療服務詐騙，應該把案子移交公安部門處理！另外，『對有嚴重違法違規行為的醫師給予暫停執業活動六個月的行政處罰』，這也太輕了。他們靠詐騙病人每月獲數萬元非法收入，只停業六個月？違法的成本也太低了，應該讓他們終生不得行醫！」

二月八日，陳曉蘭分別去找上海市物價局、上海市衛生監督所和上海市藥監局。

「醫院門關了，我們就沒法進入了。另外，員工都散了，找不到瞭解情況的人。」物價局遺憾地說，那位官員還拿出相關文件，讓陳曉蘭看看。

「這是一個新問題，不適用老的文件。過去有醫院害人的嗎？沒有。你那個文件上講的醫院是事業單位，現在醫院是企業了。你們必須進入，關門也可以查。」陳曉蘭說。

衛生監督所官員說：「吊證已經是極刑了，其他問題，已經超出了衛生行政部門的職能。另外，受害者可以通過法院進行民事訴訟。」

上海市藥監局的官員說，關於上海協和醫院的案子，他們已經跟公安部門聯繫過了，對方表示沒有先例，無法受理。

陳曉蘭說，「這種解釋不符合健全法制精神。副總理吳儀在加強食品藥品整治和監管工作的電視電話會議上有一重要講話，她說，食品藥品專項整治中存在著『打不疼』、『打不死』的問題，一個重要原因就是行政執法與刑事司法銜接不夠，執法不嚴、打擊不力。有些涉嫌犯罪案件該移送的沒移送，滯留在行政執法環節，沒有進入刑事訴訟程序，甚至以罰代刑、一罰了之……公安機關要適時介入，積極偵查；檢察機關和行政監察部門要加強監督。你們要把上海協和醫院一案件移交公安局，他們不受理，是他們的問題，你們不移交就是你們的失職。」

二月九日，陳曉蘭得到上海市藥監局的答覆：他們已以上海協和醫院涉嫌貴稀中草藥材使用的經濟問題，將此案移交到了公安部門。

上海協和醫院關門了，這讓病人空前地擔心和緊張。這類民營醫院的房子和設備都是租的，醫生和其他人員都是聘的，醫院一關門就「樹倒猢猻散」。俗話說，「跑得了和尚，跑不了廟。」廟沒了，就算找到了和尚又有什麼用呢？誰來為病人負責呢？遭受的肉體的和精神的傷害找誰賠償，被騙去的幾萬元，甚至十幾萬元的醫療費上哪兒去討？

二月八日，上海協和醫院的鐵柵欄門關著，有保安把守。近百名病人和家屬緊緊地圍在上海協和醫院的門外。在一片責罵和抗議聲中，上海協和醫院的牌子摘掉了。突然，激憤的病人突破了保安的防線，衝進醫院。樓裡面已是人去屋空，掛在門診大廳的大幅名醫照片和錦旗不見了；導醫小姐、領診護士和醫生也都不見了，收費室、掛號室的窗戶已被木板封死。病人跟不明身分的人爭吵起來，繼而發生肢體衝突，轉瞬間一位女病人被打得鼻青臉腫……公安機關出動了多名員警，維持秩序。

由於病人不斷地上訪投訴，市區兩級衛生行政部門督促上海協和醫院成立七個工作組，並重新發佈了公告。幾天後，醫院的牆上出現新發佈的「告知書」，告知醫院被吊銷《醫療機構執業許可證》後，由上海協和醫院投資管理（集團）有限公司承擔醫院的善後處理工作和法律責任。僅僅五天，工作組就接受了三百七十多件患者登記。

小徐和小胡來到上海協和醫院登記，見工作組中居然有原上海協和醫院的人，特別失望。一位工作人員讓她們出示身分證，小胡拒絕了。一月八日以來，她找過醫院多次，這些人不僅認識她，還把她視為病人的代表。他們給她打電話說：「如果你同意，我們可以請最好的專家給你看病。」小胡說：「給我一個人看好病有什麼用？你們醫院還要繼續騙人，還會有更多的病人上當受騙！」

小徐出示了身分證，進入了接待室。小胡只好在外邊等她。

「你找衛生局沒用，還得來找協和吧？」一個人挑戰似的問道。

「我是受害者，你們醫院是害人者，你們囂張什麼？」小徐憤怒地怒斥道。

那個人給小徐登記後，跟她要病歷、病史和檢驗報告單。小徐問影本行不行，那人說影本不行，必須是原件。

「原件我沒帶。」小徐怕有詐，原件交上去拿不回來。

「沒有原件的話，你的問題就不能解決。」

小徐無奈，只好把病歷等資料的原件拿了出來，讓他們複印。一切都辦完之後，他們告訴小徐回去等待。等待是漫長而無期限的，在我採訪時，小徐也沒等到處理結果。

小徐無限悲憤地說：「人不可能不生病。當人生病時，醫生就是上帝。可是，上海協和醫院這樣的醫療機構太黑了，他們根本就不管病人死活，當病人進去之後，錢就不是錢，人也不是人，成了他們的印鈔機……一次，張醫生在給我開處方時接到一個電話，對方想拉她去別的醫院。她得意地說，我在這裡挺好的。我帶來的人每月都能賺兩萬元錢，還不是醫生呢。現在，閘北區衛生局的行政處理決定已經過去六個月了，那些被停業的不良醫生又可以看病了，張醫生不知在哪家醫院騙人呢……。」

二月中旬，小翠最後一次來醫院複診時，上海協和醫院已被吊銷執照。自從她出院以後，她數次複診，那位李醫生先說效果挺好的，後來又說手術沒有達到預期效果是小翠沒配合好。醫院的一位工作人員還把她拉到一個房間，一邊拍桌子一邊說，之所以造成這種結果是你個人的原因，不是醫院的責任。你要是同意的話，醫院退還你兩千元，以後不要再來複診了。

小翠沒要那兩千元錢，她的下身還在流血，病還沒有治好，怎麼能不來複診呢？再說，她已經花去三萬六千元錢，對於一個農家女來說，這不是一個小數，在這些錢中有相當一部分是借來的高利貸。

上海協和醫院關門了，小翠的夢澈底破滅了。在病友的幫助下，她在新華社上海分社找到了劉丹。劉丹把她介紹給了陳曉蘭。陳曉蘭和《健康報》的記者把小翠領到上海第九人民醫院，請一位整形專家給她做了檢查。老專家說，她的陰道還不足兩釐米，上海協和醫院做的手術基本上就等於沒做！

「我二月二日來複診時，醫生還說有五釐米呢。」小翠莫名其妙地說。

在老專家的建議下，小翠去上海第六醫院做了B超檢查，結果是：沒有子宮回聲。

小翠想在上海等待有關部門對上海協和醫院的處理結果，希望能討回被騙去的醫藥費，拿回去還高利貸。她沒錢住宿，只好蹲火車站和地鐵站。王洪豔知道後，把她領回家住了一個來月。

我去上海採訪時，聽說她在上海打工呢。她是一個很懂事的女孩，不想給養父母增添經濟負擔，想賺點兒錢把欠下的高利貸還清。找到那份工作後，她就離開了王洪豔的家，住到了工廠的宿舍。

我很想採訪這位不幸的女孩，陳曉蘭和王洪豔一遍遍給她打電話，她的手機一直處於關機狀態。

王洪豔帶來了小翠的門診病歷本。本上有小翠記錄的醫藥費清單，手術費兩萬一千九百七十六元，中藥費四千零四十元，檢查費二千六百一十六元，輸氧二千一百三十四元……共計三萬六千四百五十元。我看著她那稚拙的字跡，心裡竟湧出一種莫名的酸澀。真不知道這個可憐的姑娘何年何月才能還清那筆高利貸。上海協和醫院已經關門了，那位姓李的醫生不見了，小翠還在為他們打活，不知要打到何時！

陳曉蘭說，手術後，小翠的腹腔跟外邊通了，沒有任何保護措施，這是很危險的。她想出錢給小翠做一個整形修補手術。這一想法得到劉丹、柴會群等人的回應和支持，他們都表示願意出錢幫助這個可憐的女孩。

上海協和醫院關閉後，劉丹和柴會群很想去看看。他們來到上海市中興路一六〇〇號，見鐵柵欄門已經關閉，那幢大樓已空蕩而荒寂。門口的保安沒有了，那些穿白大褂的醫生、護士、導醫小姐、領診護士都不見了。他們是改邪歸正了，還是在另一家醫院重複那卑鄙無恥的勾當？

劉丹在附近邊走邊看邊打聽群眾對醫院關門的反應。一位居民說，這家醫院很黑的，住院的病人至少要花幾萬元。如病人欠帳，醫院就不讓出院，有的身上被保安打得青一塊紫一塊的，甚至被逼得要跳樓。有位病人從醫院裡逃了出來，被保安在大街上逮住，愣給拖了回去……。

劉丹聽後，嚇得半天沒說出話來。她想再轉一轉，突然發現一位保安在遠處指著她對同伴說：「就是這個人，就是這個女的……」

柴會群緊張地對劉丹說：「別看了，趕緊撤，這不安全。他們要打你怎麼辦？」

劉丹和柴會群匆匆離開了那個地方。這個騙人的醫院關門了，可是他們的心情卻很沉重，說什麼也輕鬆不起來。

據《健康報》報導，這家醫院從二〇〇四年十月更名為上海協和醫院以來，門診治療五萬多人次，手術做了五千多例，手術病人的醫療費基本上在兩萬元至十三萬元之間，這些病人絕大多數都是來自外地的農民，他們的錢多數是借來的，有的借的是高利貸。且不說門診治療的五萬多人次，僅說那五千多例手術病人，如按平均每人四萬計算，那就是兩億元人民幣！

誰來為這些無辜的病人負責？

一篇署名文章《醫療欺詐源於監管不作為》說道：「如果說醫療費用高漲與財政投入不足有關，有關部門尚有推卸責任理由的話，那麼，醫療欺詐行為則充分暴露出有關部門在監管方面的不作為。」那麼是否說治理醫療欺詐，關鍵是對醫療監管部門進行監管？我不知道上海長江醫院與上海協和醫院的醫療欺詐案是否與上海市衛生監管部門的不作為有關。一年多過去了，沒聽說上海衛生監管部門的哪位領導為此而撤職罷官，也沒聽說有人為此而引咎辭職。看來沒人為此負責，那些被騙的病人只能自認倒楣了。

從某種意義上說，讓上海衛生監管部門查處上海長江醫院和上海協和醫院，這本身有點搞笑。且不說上海衛生監管部門是否應列入查處之列，僅就他們與那兩家醫院的關係來說就不妥當。二者是一根繩上的螞蚱，那兩家醫院的問題越嚴重，衛生監管部門的責任越大；反之亦然。「兩利相權取其重，兩害相權選其輕」，他們腦袋又沒進水，怎麼會給自己選擇一個沉重的大枷？他們將上海協和醫院定性為「違反了醫療診療常規、規範」，這是一個多麼尋常的錯誤，多麼易犯的錯誤，多麼可以理解的錯誤。

我在採訪時，小徐哭說道，假如能夠做活體檢驗的話，哪怕開膛剖腹我也願意去做！如果沒人做的話，這些騙人的老闆和醫生就得不到懲罰，他們換個地方就可以繼續騙人。最後，她哭喊道：「為什麼上海允許這家醫院叫協和醫院？為什麼那家醫院開辦了三年，衛生監管部門沒發現他們在欺詐病人？他們根本就沒為百姓負責！百姓是什麼？是國家的根本呀！」

百姓是國家的根本，可是個別官員根本就不在乎。陳曉蘭講過一樁事，她問某監管部門的一位官員：「你們應該站在哪個角度思考問題？」那官員很爽快地說，「我們肯定是站在醫院的角度了。」陳曉蘭說：「你們是國家公務員，應該維護的是國家和人民的利益，應該富有社會責任感！」

據說，有五百位病人提出起訴，由於缺少病史、病歷、檢驗報告等有效證據，法院沒有受理。只有王洪豔的起訴被上海市閘北區人民法院受理。

上海協和醫院被吊銷執照後，善後處理工作和法律責任由上海協和醫院投資管理（集團）有限公司承擔。三月二十七日法院通知王洪豔：上海協和醫院的投資方——上海協和醫院投資管理（集團）有限公司的兩個帳戶，一個已銷戶，一個只有三百二十六元八角七分，法院還查封了一台宮腔鏡，一台腹腔鏡。

宮腔鏡＋腹腔鏡，這不就是上海協和醫院的「宮－腹腔鏡」麼？

這種東西，王洪豔會要嗎？

二〇〇八年九月十八日，上海市閘北區法院對王洪豔起訴上海協和醫院一案做出一審判決：「依據《中華人民共和國民法通則》第一百零六條、《中華人民共和國合同法》第一百一十二條之規定判決如下：一、被告上海協和醫院有限公司在判決生效之日起十五日內返還原告王洪豔醫療費兩萬元。二、原告王洪豔的其他訴訟請求，不予支持……」

十年前，當我們點入「陳曉蘭醫生主頁」時，感佩之情撲面而來：

「陳醫生，我敬重你，中國社會之所以還有希望，有進步，就是因為我們國家還有你這樣的人。魯迅先生說：『我們從古以來，就有埋頭苦幹的人，有拼命硬幹的人，有為民請命的人，有捨身求法的人……這就是中國的脊樑。』我想你就是中國的脊樑！」

「陳醫生：您是社會進步的動力。您能否開設一個帳號，讓我們為您盡一點微薄之力？」

「陳醫生：我的家人幾乎都是醫生，我感謝您對中國的醫療做出了勇敢的行動，我們需要您這樣的人出現，很敬佩您！」

「陳阿姨，您好！讀到您的事蹟，感動極了。我是一名年輕的醫生，媽媽從我上班第一天就對我說：『對病人，就是愛心+醫術=醫德，你是一名醫生，記住要有良好的醫德。』可是當我的親人有病住院時，明明可以用一般的藥能治而大醫院卻非要用極其昂貴的能提成的好藥，明知道是陷阱，無奈自己醫院太小，條件不行，只能任大醫院的同行宰割……」

陳曉蘭大為感動。她說，許多人認為我很了不起，醫學理論淵博，臨床經驗豐富，內科、外科、中醫科、理療科、藥劑科都很精通。其實，他們不知道在我的背後站著那麼多醫生、護士和各科的專家。我需要什麼，他們就會及時地為我提供什麼。否則，我怎麼可能得到那麼多可靠的資訊，掌握那麼多確鑿的證據？又怎麼可能在一次次論證中，駁倒那些專家？

陳曉蘭也得到上海市政府的關注。一次會議上，上海市主要領導說：「陳曉蘭的事雖說只是個案和極少數現象，但反映的問題令人痛心。我們這個社會需要公平和正義，每個公民都必須具備『兩德』：一是社會公德，二是職業道德。」這番話被上海的媒體報導出來，醫生、護士、病人紛紛給陳曉蘭打電話。陳曉蘭聞訊跑到街上買回幾份報紙，邊走邊讀，讀一遍又遍，多年的心酸、痛苦與委屈一起湧上心頭。她忍不住躲進衛生間裡痛快淋漓地大哭一場。

女兒把那篇報導剪下來，帶去墓地，告慰臨終前把病人託付給媽媽的外公和外婆：我媽媽沒有辜負你們的囑託，她在這場漫長的戰爭堅持下來了……

《天使在作戰》[1]發表後，在社會上引起強烈反響，大陸數十家主流報紙紛紛連載，陳曉蘭得到社會的關注，先後獲得央視「二〇〇七感動中國年度人物」、「三・一五品質先鋒獎」、全國年度法制人物等獎項。陳曉蘭走在街頭時常被認出，人們拉著她的手說：「陳醫生，我們感謝你！你有什麼困難一定告訴我，讓我們也盡一份力！」有人遞張名片說：「陳醫生，不論你經濟上，還是其他方面有什麼困難，請你隨時來找我！」

十年過去了，「陳曉蘭醫生主頁」早已關閉。我在新浪找到「上海打假醫生陳曉蘭」的博客和微博。點入進博客，見到她對上海東方醫院德國柏林人工心臟，央視記者王志安在醫療報導中「嚴重違反新聞道德和政策法律」等的舉報，以及對上海市第一人民醫院假藥案、過重症監護室、就醫和用藥安全性等問題的關注。

陳曉蘭在博客上發表與轉載博文一六一篇，訪客十二・二九萬人次，看一下訪客留言。

于紹宗：你還在堅持，真的不易……

憨子：謝謝陳醫生！我也一直惦記著您呢，你現在一定更忙了，注意健康！在「感動中國」看你的時候，可比去靜輸氧展示會現場打假的時候顯憔悴多了，您應該多騰出時間休息一下！

新浪網友：陳曉蘭你過得好嗎？希望你好人一生平安！

安東：敬佩陳老師的正義吶喊和執著精神！凡具有正義感和良知的公民都會支援您的！

不過，也有訪客對陳曉蘭的醫生資質和動機表示懷疑，甚至謾罵。

---

[1] 本書作者創作的一部反映陳曉蘭醫療打假的中篇報告文學，2006年發表在《北京文學》。作者又在此基礎上，創作長篇報告文學《一個醫生的救贖》。

「謝mike」：「我靠，你是醫生嗎？」

「用戶２７１４５５４４３４」：「首先應該打假的是你這個假冒醫生，理療科的技術員而已。」

「阿毛毛蟲」：「你就不能給子孫積點德麼？」

「貓媽媽３２１」惡狠狠地罵道：「陳曉蘭這個雜種垃圾。」

陳曉蘭的最新博文是《數字透露出導致醫療環境和秩序亂象的主要根源》，文中感慨地說：「醫療監督員：醫療機構＝一：三十五至四十五真的不行呀。」這篇博文發於二〇一六年一月十四日，已一年半了，難道陳曉蘭已放棄醫療打假，已退出這險惡的「江湖」？

陳曉蘭說過：「打假是我畢生的事情，不僅是良心的驅使，醫生的職業榮譽感也迫使我不能停下腳步，所以肯定比一般人更關注醫改問題。」

難道她的身體出了什麼問題？我撥打她的電話，沒接。短信，沒複。我的心懸起來，想給她發個郵件，發現她的郵箱還是雅虎的，雅虎郵箱在幾年前已經停止服務。

我又點入「上海打假醫生陳曉蘭」微博，見粉絲為二〇四六九，發表與轉發微博為一一三六八條，最新一條微博發於二〇一七年七月二十三日，懸起的心終於放了下來。通過陳曉蘭的博客與微博的評論，她的關注度似乎在明顯減弱。

隨著中國新一輪醫改的深入，「看病難，看病貴」問題已得到明顯緩解，據官方統計，政府衛生支出從二〇〇八年的三五九三・九四億元已上升到二〇一六年的一・三二萬億元，是前者的四・一倍。居民個人衛生支出占衛生總費用比重連續下降，個人負擔逐年減輕，二〇一二年為百分之三四・三四，二〇一三年為百分之三三・八八，二〇一四年為百分之三一・九九，二〇一五年為百分之二九・二七，二〇一六年初步估算為百分之二八・九三。

「以藥養醫」、「以療養醫」「以械養醫」已成為過去時，「公立醫院回歸公益性質、醫生回歸看病角色、藥品回歸治病功能」，中國的醫療腐敗得到遏止。全球著名醫學雜誌《柳葉刀》公佈的報告稱，中國醫療事業發展蓬勃，醫療品質不斷提升，是全球進步最大的五個國家之一。

據中國政府網報導，國務院總理李克強要求：「醫改要從老百姓最關心的問題突破。」國辦印發的《關於建立現代醫院管理制度的指導意見》描繪出二〇二〇年基本形成的醫院願景：堅持公益性、控制醫院特需服務規模；健全績效考核制度，病人的滿意度將影響醫護人員的收入；醫務人員薪酬不得與藥品、衛生材料、檢查、化驗等業務收入掛鉤，嚴禁給醫務人員設定創收指標……

二〇一七年五月，白宮公佈二〇一八年川普預算案，計畫削減一・七萬億美元福利開支，作為未來十年內平衡預算的一部分，其中減少醫療補助金八千億美元，「具體來看，白宮上周遞交的預算計畫將針對低收入美國人的醫療補助保險開支削減六一六〇億美元」。要是「看病難」、「看病貴」的陰霾飄到美利堅的上空，那裡會有像陳曉蘭這樣的醫生出現嗎？不得而知。

我想，隨著中國醫療環境的改善，陳曉蘭將會淡出社會視野，那場並非「一個人的戰爭」也將終結，「上海打假醫生陳曉蘭」的博客與微博將會成為醫改的記憶。

朱曉軍

二〇一七年七月於杭州博士樓

Do觀點54 PF0192

一個醫生的救贖

作　　者／朱曉軍
責任編輯／杜國維
圖文排版／楊家齊
封面設計／葉力安

出版策劃／獨立作家
發 行 人／宋政坤
法律顧問／毛國樑　律師
製作發行／秀威資訊科技股份有限公司
地址：114 台北市內湖區瑞光路76巷65號1樓
電話：+886-2-2796-3638　傳真：+886-2-2796-1377
服務信箱：service@showwe.com.tw
展售門市／國家書店【松江門市】
地址：104 台北市中山區松江路209號1樓
電話：+886-2-2518-0207　傳真：+886-2-2518-0778
網路訂購／秀威網路書店：https://store.showwe.tw
國家網路書店：https://www.govbooks.com.tw

出版日期／2017年10月　BOD一版　定價／490元

獨立作家
Independent Author
寫自己的故事，唱自己的歌

一個醫生的救贖 / 朱曉軍著. -- 一版. -- 臺北市：
獨立作家, 2017.10
面； 公分. -- (Do觀點 ; 54)
BOD版
ISBN 978-986-94308-4-5(平裝)

857.85 106013458

國家圖書館出版品預行編目

讀者回函卡

感謝您購買本書，為提升服務品質，請填妥以下資料，將讀者回函卡直接寄回或傳真本公司，收到您的寶貴意見後，我們會收藏記錄及檢討，謝謝！

如您需要了解本公司最新出版書目、購書優惠或企劃活動，歡迎您上網查詢或下載相關資料：http:// www.showwe.com.tw

您購買的書名：________________________________

出生日期：________年________月________日

學歷：□高中（含）以下　□大專　□研究所（含）以上

職業：□製造業　□金融業　□資訊業　□軍警　□傳播業　□自由業

□服務業　□公務員　□教職　□學生　□家管　□其它_____

購書地點：□網路書店　□實體書店　□書展　□郵購　□贈閱　□其他

您從何得知本書的消息？

□網路書店　□實體書店　□網路搜尋　□電子報　□書訊　□雜誌

□傳播媒體　□親友推薦　□網站推薦　□部落格　□其他__________

您對本書的評價：（請填代號　1.非常滿意　2.滿意　3.尚可　4.再改進）

封面設計____　版面編排____　內容____　文／譯筆____　價格____

讀完書後您覺得：

□很有收穫　□有收穫　□收穫不多　□沒收穫

對我們的建議：________________________________

____

____

____

請貼
郵票

11466
台北市內湖區瑞光路 76 巷 65 號 1 樓

獨立作家讀者服務部　　收

（請沿線對折寄回，謝謝！）

姓　　名：＿＿＿＿＿＿＿＿　年齡：＿＿＿＿　性別：□女　□男

郵遞區號：□□□□□

地　　址：＿＿＿＿＿＿＿＿＿＿＿＿＿＿＿＿

聯絡電話：(日) ＿＿＿＿＿＿＿＿　(夜) ＿＿＿＿＿＿＿＿

E-mail：＿＿＿＿＿＿＿＿＿＿＿＿＿＿＿＿